眷恋这样的时光

敦煌文艺出版社

图书在版编目（CIP）数据

眷恋这样的时光 / 孙菊英著. -- 兰州 ：敦煌文艺出版社，2018.7（2024.1重印）
ISBN 978-7-5468-1564-0

Ⅰ.①眷… Ⅱ.①孙… Ⅲ.①散文集－中国－当代 Ⅳ.①I267

中国版本图书馆CIP数据核字（2018）第085394号

眷恋这样的时光
孙菊英　著

责任编辑：张　桐
装帧设计：大风起

敦煌文艺出版社出版、发行
地址：（730030）兰州市城关区读者大道568号
邮箱：dunhuangwenyi1958@126.com
0931-2131552（编辑部）
0931-2131387（发行部）

三河市嵩川印刷有限公司印刷
开本 720 毫米×1020 毫米　1/16　印张 21.25　字数 396 千
2018 年 6 月第 1 版　2024 年 1 月第 3 次印刷

ISBN 978-7-5468-1564-0
定价：75.00 元

目录 | CONTES

第一部分　故乡人文

序言

时光中行进

/赵武明

就在那里，无须言语。只有去欣赏，去感受抑或静享，才能透彻感悟对时光的眷恋和情怀。

把生活欢喜过了，你就会愉悦。你若澄澈，世界就干净；你若简单，世界就难以复杂；你不去苟且，世界就不会暧昧；你没有半推半就，世界就不会为你半黑半白。阳光温暖，行走且思，方能悟出生活赋予的真谛。写作也是，从生活里来，从心里来，间或还有心灵和精神的追求，对万事万物的感同身受，或带着炙热的情感，在闪亮的细节中抒怀。倘若一个作者没有自己特性或独立的栖息地，没有自己的文字属向，他仍无法僭越的文学“背景”，包括精神和地域的，还有个性的，岂能写出有影响、让人心灵共鸣的文字呢？写作是细水长流，在更多的思考或行进中让文字丰腴充实，不能一味无病呻吟，花前月下。

《眷恋这样的时光》中，每颗字、每句话、每个段落及每篇文章，都是作者倾吐的一种心痕。这种痕迹不是焦灼的，而是炽烈的。因为孙菊英对其生活的故土和远行的热土更多的是眷恋、顿悟甚至思忖，不让带着针脚的时光逝去。山重水复，花草虫鸟，人物景象，万物千事，一一详尽，尽如其言。真谓执笔万言写尽人生，用心千般赏落花情。她的文笔简洁朴实，间或沁出泥土的气息，就是那么质朴纯真。因为她用心感受着大地的恩赐，深深植根生活，汲取营养。过滤。把一切不属于生活的内容剔除干净，用最本真的文字表达方式，简单，简单，再简单些。她书写着，静静地思索，偏安一隅。在她的笔端流淌着对家乡美的情怀，对故土的深爱，对旧时光的眷恋。或远或近，或这或那，微风吹拂，细雨滋润她心田的仍是一种难以释怀根植泥土的情愫。

只有那些努力的时光里，生活才是一种生长的状态。灵魂经过了磨砺，就不惧怕任何旅程。心有光亮，自予光芒。就像克瑙斯高所说的那样:“时光如同来自四面的、节奏均匀的微波，将生活恒定不变地托升起来。除了其中所含的细节以外，一切总是同样的千篇一律。”认真生活的人，对生活抱以很高的敬意，生活一定不会辜负他。终有一天，他的认真会变成他人的望尘莫及。我们不必追赶岁月的深情，因为所有的一切，在时间面前，终将释怀。写作必须从真实的生活中产生真实的作品。其实，读孙菊英的文字，我觉得除了土更多的是真情，恰恰这些与众不同让她走出了一条属于自己的“本土的”写作蹊径。

越是本真，越耐人去读。散文创作贵在“真”和“实”，一味辞藻华丽或做作，或一味板起面孔讲理说事，陈芝麻烂谷子……写者自诩高超，不知其云；读者味同嚼蜡，索然寡味。孙菊英写人写物都用情至深，温度灼然。看她的文字，是断断续续从报纸杂志上。当她将书稿放在面前时，我有点愕然，时光不负人。看完她的书稿《眷恋这样的时光》，不仅惊诧于她对文学的坚守，还有对文字的挚爱。写作是件苦差事，光有激情无异随波逐流，还得有驾驭文字的能力、悟性以及厚实的阅读为本，兼及还有对生活及生命的感悟！

创作就是不断追求自我的过程，努力向上，除了让世界看到我们，更多的是让自己看到世界。时间的力量是伟大的，你花了时间和精力去耕耘，就能从中得到多少相应的蜕变能量。时间一直往前走，没有尽头，只有路口。徘徊止步还是向左向右，心随着方向。透过文字去领悟所有的美好，源于温柔对待这个世界。所有梦想，只有坚持才能实现，犹如窗前的花静静绽放，倏然令人心动。孙菊英想了，也写了。《眷恋这样的时光》就是岁月馈赠她最美的礼物，这样最好！

时光渐远，一切认为或不知心悸已融入文字，缀在记忆的枝头。世界上有人为了生而活，有人为了活而生。为了生而活的人，把生活过成了生存；为了活而生的人，却把日子过得真正鲜活。努力走向新生的朝阳，是一场苦旅，但并不胜于言说，而在于鄙弃浮华和喧嚣。行走在路上，一门心思，砥砺思考。读孙菊英的文字，更多的是一种与自然亲近，与亲情并行，与真情相伴，与心灵呢喃，静归于字纸。

扎根泥土，才能枝繁叶茂，硕果累累。透过文字，孙菊英的写作是行进的，近似朝圣者虔诚地钟情于大地，怒放的生命开出了一树属于她的花，溢于心间。行走在文字的两旁，对她来说唯有披荆斩棘，才能向着阳光前行。她温情的写作，温心地生活，才能写出有温度的文字。

打开《眷恋这样的时光》，在文字中呼吸！留驻时光的记忆！

是为序！

2017/11/26

第一部分　故乡人文

有一本书
我一直在读
多少个日日夜夜里
越读越入迷
她的名字叫
故乡

站在西固历史的田埂遥望

曾经，我以一个旅者的身份站在西固历史的门外，用思维给过去涂抹心中的色彩，武断稚嫩却蕴含美好心愿；现在，我以一个耕者的身份融入西固历史的土壤，将过去和现实对接，客观谨慎不乏浪漫情怀。自从进入“西固区教育展览馆”工作组后，我不断收集史料，不断提炼文字，身不由己地站在西固历史的田埂遥望，赴一场没有约定的约会，时而惊心动魄，时而不知所措，时而百感交集。

今年，“西固区教育展览馆”的筹备工作开启，为承载西固教育发展历程，展现西固教育历史内涵，打造“西部教育名区”拉开了序幕。同时，让社会了解西固历史文化，全面真实再现西固教育的各个历史阶段。越是深入了解，越让人对西固的历史难以割舍。在收集书院、私塾、学堂、校舍校貌的老照片、遗物、碑记及拓片的过程中，一段段波澜壮阔的教育史诗唱响在耳边。我仿佛看到了私塾里被罚站的小家伙耷拉着脑袋等待先生的一声令下，也仿佛看到了背着粗布书包的小小儿郎蹦蹦跳跳地进入简陋的学堂。一根老教鞭曾经在多少教师手里进行着生命的接力，一件老式的摇铃唤醒过多少酣眠的灵魂，一段碑记又流淌着多少仁人志士的期望。伫立在西固名人的肖像前，翻阅他们的著作、手稿，给了我这个晚辈多少为人师的感悟。一次次重大会议的历史记载，一次次活动的老照片，复原着那年那月的划时代意义。蕴含史料价值的录像、宣传片、录音磁带传递着曾经的西固历史前行的步伐……前仆后继的过往中，朴素与宏伟相伴相生，慈念顿时蔓延在我心里，文化脉搏强劲有力，这将一起汇聚在即将建成的“西固区教育展览馆”里，与踏入展览馆的人们深情相拥，循着“西部教育名区”的栈道共鸣前行，凝结成一曲曲动人的文化凯歌，奏响在曾经兵戎相向的西固大地。

于是，西固的文化精神便凝结在各种校报、学报和不同的刊物中。当散发着墨香的文字挨挨挤挤地扑入眼帘，它便瞬间抚慰了一代代教育工作者的心灵，滋润了千百万学子求知的心田，丰满了一只只雏鹰飞翔的羽翼。一张张发黄的老报纸，一部部专著，是心血，更是诉说。是啊，历史在匆匆前行的脚步里，更在大胆创新的双手中。具有重大意义的教育法律法规、规章制度、教育史志、校庆纪念册等相继诞生，让西固的步伐更加稳健，更加昂扬。孩子们的校服、书包、课本、作业本，教师的教案、试卷、课程表、成绩单一步步走向规范，见证西固教育从稚嫩走向成熟的历程。以前的花名册、毕业证、工作证等给西固人做了最好的定位。“天道酬勤”亘古不变，国家级奖励的集体奖状、奖章、奖杯等源源不断，每年高考捷报频传……西固教育的历史终于在今天熠熠生辉，那是多少文化底蕴积淀的结果，又是多少西固人心血凝结的精华，呼之欲出的“西固区教育展览馆”必将不负众望，脱颖而出。以“众里寻她千百度，蓦然回首，那人却在灯火阑珊处”的动人，屹立于西部，屹立于西部人的思维中。西固教育终于在逆流而上的风平浪静里，孕育出了坐看云起的恬静。

一个人有精神有个性，那他的人生就不会苍白；一个地区有文脉有内涵，那这个地区就有精彩的过往。忽然，“风景这边独好”跃上眉梢，看着一幅幅贴在了十字路口、学校门口、小区信息栏里征集史料的宣传单，虔诚就在举手投足间。伙伴们回眸的刹那，就像放出了一只只信鸽，唯愿有好消息传来。这段时间，我们出访的路上有风有雪，但大家将乐此不疲的坚持化成了轻描淡写。我知道，我和我的伙伴们做的不只是工作，而是维系着浓厚兴趣的事业。正如西固区河口古镇的张德贤老师所言，功在当代，利在千秋。

叩问西固教育历史，穿越曾经的狼烟滚滚，剥离重重雾霾的裹挟，借着不同史料的佐证，“西部教育名区”必将实至名归。

西固民俗，一朵盛开在民间的花儿

最近，随着西固民俗文化馆筹建工作的深入，挖掘到了一些我从来没见过的民间老物件，有的精致，有的粗糙，但都包含了旧时西固老百姓的生产生活习俗和精神寄托。随着文字思路的清晰，仿佛一部不加丝毫修饰的黑白电影在我眼前放映，一幕幕一段段，瓷实温暖。其中的情节时而冗长，深埋着人们衣食住行里的无限韵味；时而精短，泛动着大众心声的表露和呐喊。时急时缓中无数个镜头暖暖地回放着，它引发的不只是头脑的思考，还有植根身心的审视。审视一个时代的斑驳变迁，一代人审美标准滋生的根源，最主要的是老百姓小情怀里的民间大智慧。

因历史的厚重，成就了西固民俗植根的丰厚土壤。

丝路古城西固历史悠久,属兰州市辖区，深沟桥旧石器时代文化遗存表明，早在15000年前就有人类繁衍生息。它作为兰州的西大门，古往今来戍边将领、文人志士络绎不绝，因此留下了丰富的遗迹、遗物，被誉为丝绸之路上一颗璀璨的明珠。它在历史上经历了数次隶属变更和人口迁移，民风习俗逐步形成了西固的地域特色。遍观西固历史，有民族融合的痕迹，也有土生土长的原汁原味，就是在这样历史交融的土壤里，西固民俗植根发芽了，并随着人们生活条件的改善而逐步多样化、普遍化。

因农耕的演绎，成就了西固民俗传承的永久载体。

西固先民重农务本，逐渐形成了内涵极为丰富的农耕文化，不仅成为西固最具代表意义的文化符号，也对西固的历史和经济发展产生了深刻影响。在孕育淳厚而独特的民俗民风之时，铸就了继续传承的永久载体。西固黄河下川水车，成了母亲河畔的亮丽风景，让历史的回音在吱呀作响里流淌。水磨磨出的是面粉，磨碎的却是岁月里的困苦；碌碡碾压的是土地，平静的却是昔日人们焦灼的心情；连枷敲打的是带壳的粮食，呈现的却是人们在日子里的惊喜……种、收、碾、磨的生产场景里，有西北汉子汗流浃背的劳苦，触动的却是人们储存在记忆深处的火热。是啊，人们的生活总会打上地域的印记，虽说民间的生活用品、生产工艺比较简陋，但一代又一代西固人就是在这种条件下成长起来，形成了自己的生活模式和精神浓缩。扁担挑起了家家的希望，簸箕和筛子滤出宽厚为人的思想，托盘和碗碟盛出的是热情，老锁子总也锁不住滚滚历史的车轮。

因共同的价值取向，形成了西固民俗的地方特色。

浓重的姓氏文化里，功成名就的家族成员成为家族里最亮丽的一笔，而默默无闻的家族成员和他们一起铺垫着一个家族的演变史，维系着家族乃至地方的精神核心。热闹的婚礼，其实是经历了一次次风俗洗礼的最后呈现。葬礼上的仪式看似自然流露，但依然有其特定的内涵，将普通人的一生盖棺定论。传统节日里的小情小调，炖煮的是老百姓日子里的渴盼。大书特书的年俗活动丰富多彩，地域特色浓厚。贴春联、贴门签子、敬门神等，都是老百姓一年来对美好生活的祝愿。且不谈欢乐祥和的喜庆，也不语人寿年丰的满足，你只看那街头巷尾的红灯笼里闪烁的心情，就能读懂新年伊始的酣畅，在春风里绽放成老人和娃娃的笑颜。庙会上，虔诚的善男信女，终于将地方信仰推向了高潮，敬畏就在那一刻渗进了每个人的心里。也许，这就是民俗的力量。

因物质条件的丰富，升华了西固民俗的内涵。

西固社火简单粗犷，太平鼓敲响了人们共同的心声,宣泄着创造美好生活的热情；耍狮子的腾挪躲闪里，隐含着做人的道理，却最终在亮相的一瞬间，将人生的精彩不折不扣地呈现在人们眼前；铁芯子上被化妆好的稚嫩孩童，在猎猎寒风中展示着众人皆知的中国传统文化，人们思维的触角试探着越长越长，越长越长。西固军傩舞将舞蹈、音乐、美术等多种要素相融合，用最慷慨的舞姿和豪迈的步伐把将士出征前的祝愿化成了排山倒海的怒吼。啼笑皆非的泥雕还原了昔日老百姓的生活场景；剪纸里有老奶奶的细语呢喃，也有令人瞠目结舌的文化长卷……这些民俗最终都在西固的喉咙里打结，随着滚动的音符汇成了地方戏曲。格调新奇，感情饱满的西固民歌具有强烈的艺术感染力；民间说唱与时俱进，唱出了新意；花儿新唱高亢悠长，诠释着一定的艺术思想；眉户戏与当地民间小调融合，唱腔温雅。是啊，老百姓哼唱着小调，不知不觉把喜悦和满足谱写成心曲，不仅栽种在田间地头，也栽种到了金城的大舞台上。

此刻，再次近观被时光打磨过的老物件，再次翻阅有关西固民俗的颗颗文字，再次和地方文化老人热聊西固民俗的过往……道道生活的印迹，浓浓的乡土乡音，篇篇饱含深情的记述，不容置疑地将我推向平凡岁月的精神脉动中。西固民俗，没有滂沱的历史那么让人扼腕感慨，却有潺潺小溪般的情怀让人欢喜；没有国色天香的牡丹那么大气富贵，却有小草的执着摇曳着四季，在时空交错中谱写着劳动人民不断前行的心曲。西固民俗正像是一朵盛开在民间土壤的花儿，芳香着时光,也芳香着与之息息相关的人们。

西秦明月

偶然的邂逅，铸就必然的缘分。说必然，也是要经历心之所愿的无数吸纳与沉淀，只是在相遇的刹那，不管不顾地将这种沉淀里凝聚的大情怀小心情皆数倾吐罢了。

临近中秋，手里忙着，心里念着，夜色渐浓，秋风微寒。一抬头，弦月高挂，清辉满溢，我总觉得少了点什么，是“把酒问青天”的豪迈，还是波心荡漾的遥相呼应，似乎都不是。漫步中，我预感到离痴痴期盼的那点点动人心魄更近了，更近了……秋风送爽，夜晚信步金城公园，为构筑金城的西汉大将李息，立马横刀，骁勇飒爽，铮铮铁骨在月色朦胧里嘎嘎作响。我敬仰，我也追寻，追寻与我共鸣的和谐，追寻心境衍生在月色里的和谐。一束柔光穿越而来，遍寻内心的足迹，那就踏上通往西秦的大道吧。

磅礴大气的西秦宫，在柔和的灯光辉映下，静静地矗立在南山脚下，“你来与不来，我就在那里”的淡然将我拒之千里。内心似有所动，可瞬间即逝。

抱憾之时，只有将此刻留在镜头里，一张，两张，三张。蓦然，镜头里的一个亮点吸引了我，那是什么？我缓缓地移开相机，入眼的分明是一弦明月，静静悬于西秦宫之上，多么扣人心弦的画面，多么隐含天机的诉说。我肃立于西秦宫数级台阶之下，仿佛听候召唤的刀笔小卒。虽然我很渺小，可那一刻的百感交集却将我内心膨胀得很大，共鸣中我静听自己的心跳，安抚着一厢情愿的脆弱情怀，和西秦明月在红尘携手一段时光。

是啊，一轮明月高悬，一方宫廷泰然，几缕柔光缭绕，夜色亦朦胧。此刻的浑然天成敲击着思维，我默立，穿越中对接着相关文字与眼前的画面。“五胡十六国”的战事铸就那个年代的主题，西秦也只是陇西鲜卑在历史长河中漾起的一个小水滴，是乞伏一族权力更迭的代名词，但他们依然在大西北的金城西固埋下了呐喊，开启了属于自己的朝拜晚叩。殊不知，西秦的明月将鲜卑乞伏的点滴看在了眼里，记在了心上。乞伏乾归接任其兄乞伏国仁的王权之际，将都城从苑川(今榆中县大营川一带)迁到了金城西固，注定要在这里酝酿一番云雨。为了壮大西秦，乾归“以神武之姿开基陇右，东征西讨，靡不席卷，威震秦梁，声光巴汗，于是尽有陇右、巴西之地”，西秦盛况有目共睹，同时也成就了一段西秦王迎佛骨舍利到浴佛寺（今西固万寿寺）的传说。月有盈亏，人有祸福。隆安四年春，金城南景门的轰然倒塌，预示不详，他又迁都苑川。该来的终归要来，虽经几番挣扎，他还是没有逃脱成为后秦附庸的命运。东山再起的雄心支撑前行的步伐，乱世缝隙里，他在谭郊（今永靖县西北）再度称王。在世人眼里，西秦国又一次清晰起来。福祸相依中，谁也不清楚明天的阴阳。觊觎权力的目光里，他最终成为侄儿刀下亡魂，福尽人亡的路上，乾归走了，走得不情不愿。儿子乞伏炽磐承接父脉，他“性勇果英毅，临机能断，权略过人”，不安于现状的本心，催促乞伏炽磐走上了扩充疆土的路。兵戈铁马，战事连年的硝烟中，他清楚地认识到国富民强的重要性。重改年号之际，他大赦境内，减轻赋税，努力恢复农牧业生产，看来“发展才是硬道理”古已有之。

就是在乞伏炽磐的旗帜下，西秦明月朗空。笃信佛教的他，数次邀名僧到西秦讲经，最早开始了开凿炳灵寺石窟的工程。今甘肃省永靖县西南35公里处的小积石山大寺沟中的169号石窟，就是西秦开凿的石窟之一，为现今研究石窟艺术提供了最有价值的参考。“最”字足以让世人记住西秦，让世人铭记乞伏炽磐。石窟无言，历史犹存。乞伏炽磐在物质和精神的双丰收中笑看天涯时，疾病却悄悄侵蚀着他，人算不如天算的宿命里，他也最终走向湮灭。儿子乞伏暮末继位，“政刑酷滥”的他，没能从父辈的叱咤风云里升腾，而是在西夏的铁蹄下饮恨亡国，46年的西秦国就此画上了句号。明月依旧在，西秦不复存。在后人还原历史的脚步里，于泱泱中华历史，西秦转瞬即逝；于金城西固，西秦却为昔日边塞画上了浓墨重彩的一笔。人们猜测着鲜卑的剽悍，想象着乞伏家族的更迭。走了一个穿红衣的，又会来一个穿绿衣的。后来人终究会踩着战争、和平的循环车辙继续书写历史，你愿与不愿，谁又能对历史的车轮掣肘呢?

秋分的夜色里，我用目光细描西秦明月的轮廓，入心入肺，酣畅淋漓，禁不住轻吟“西秦明月乞伏行，炳灵断代慰英灵。兵燹铁蹄烟尘远，金城秋分颂康宁”。释然之际，缅怀那段历史，珍惜眼前美好。我走着，月亮也走着，同行文友说：“乾归故里不识君，君为金城唱秦风。”我随声附和道：“缘起明月还西秦，不辨前后南北凉。”一抬头，明月悬挂柳梢，也许马上要开启的是另一段心境，可我清清楚楚地知道，西秦明月将随我一生的记忆，时光会流失，可那轮廓会越来越清晰，我与之恋恋不舍之处，也许就是这段肤浅的解读吧。

兰州水烟，一道永不褪色的历史风景

目前，随着社会的发展，有些古老的民间工艺已成为史料中的文字或难得一见的图片，失去了存在的基础。而兰州水烟却以顽强的生命力，走过了一季又一季，安然无恙地演绎着属于她的前世今生，成为中国历史上一道永不褪色的亮丽风景。

只因存在，所以渴望遇见；只因悠久，所以渴望了解。初冬的早晨，太阳刚刚露头，我便和伙伴们踏上了去“兰州泰和水烟厂”的路，思考便从此刻开始。当我们到达榆中县金崖镇尚古城的水烟厂时，刘厂长已经去农民家里收购成熟的烟叶了。因为他要亲自把关，将最好的烟叶收进厂子，我为水烟厂有这么好的厂长而感动。他通过电话安排负责生产的陆厂长带我们参观古老的水烟加工工艺，陆厂长以他的风趣幽默很快消除了我们初来乍到的陌生。听到他对兰州水烟言简意赅的介绍，对加工工艺的烂熟于心，我知道他已经接待了全国各地来这里参观的很多客人。兰州水烟在以品牌赢得商家的同时，也从这些客人的嘴里走向全国。

原来，兰州水烟兴盛于明清、民国，至今已有300多年的历史。其制作过程属于纯手工作坊里的传统工艺，主要分为撕筋、晾晒、配料、焖烟、压把、推丝、压方、出风等八个环节，完成全部流程需三个多月时间。以前根据水烟质量分为“甘”“肃”“合”“作”四个等级，后来又增加了“兰”字牌，现在生产的是“甘”、“太”“榆”“金”四种牌子。百闻不如一见，我的视线早游移在厂院空地上晾晒的烟叶中，注目于大院里忙碌的工人身上，还有那些古老的加工作坊。

陆厂长指着院子里堆积的烟叶，还有一长排席地而坐的妇女说，这是第一道工序“撕筋”。因为天冷，这些工人全都穿得厚厚的，裹得严严实实。她们左手拽着烟叶中间的筋，右手撸着烟叶，然后把烟筋放进旁边的塑料袋内，整个动作连贯协调，手里的活儿做得麻利干净。经过撕筋以后的烟叶被运送到院内空地上，进入第二道工序“晾晒”。工人过一会儿就要用木掀翻动摊开的烟叶，晒完的泛着金黄，没晒到的依旧黄绿色。等晒到符合要求以后，这些烟叶就被运进作坊里进行第三道工序“配料”。当我们跟着陆厂长一起进入作坊时，门口生着个大炉子，可作坊里面依然很冷。只听陆厂长一声招呼：“大家精神着点儿，今天又要给你们录像了。”作坊内的工人们一起哈哈大笑着，显然他们被陆厂长欢愉的吆喝声感染了。作坊内的空地上烟叶堆的有一尺厚，一个围着围裙的师傅换上雨鞋，提着一个有长壶嘴的茶壶，里面装着上好的菜籽油。他边在烟叶上走动边倾倒着茶壶里的清油，瞬间我就闻到了油香味。接着他摇动筛子里的香料，均匀地撒在烟叶上，并不停地搅拌着。等这道工序完了，就是机器或手工进入下一道工序的分水岭。假如用机器，就少了三道工序，可以直接将配料完毕的烟叶送进入口，经过机器加工，出口处全是细细的烟丝。然后依然由工人操作机器压方，压好的水烟块上面有很清晰的“甘”字，然后直接进入“出风”阶段。“出风”就是把水烟块放在固定的架子上通风阴干。假如第三道工序“配料”后，要用手工进入下一道工序，那就需要第四道工序“焖烟”。这道工序比较简单，就是为了下一道工序的方便，适当地给配好料的烟叶潮些水。当我们进入“压把”作坊，就像穿越了到了以前。坊内全是木质结构，间架很高。据陆厂长说有100多年的历史了，已被当作文物列入国家保护范围。“压把”的是一个在厂里干了30多年的老工人，得知我们的来意后，他和另外两名工人绑好架子，将焖好的烟叶一层一层地装入架子，细细踩踏，不留一点缝隙。他的一丝不苟，让我看到了一个老工人身上的“压把“精神，不一会儿架子被塞满，再用大钳子慢慢上螺丝，这样一大块长方体的烟墩就在架子里结结实实地诞生了。我看着想着，这一道道工序既是不怕脏不怕累的体力活儿，又是需要掌握要领的技术活儿，不适合的人根本做不好。

就在我一愣神的工夫，陆厂长微笑着说，下面要参观的是加工水烟最古老、最精彩的工艺——“推丝”和“压方”。他带我们进入一个古朴的大院，大院里有两排房子，我们从左边一排的小门进入作坊。不进不知道，进来吓一跳，我以为进入了哪部电影的拍摄场地。长长的作坊里，每两人一组，在靠墙的地方从烟墩上进行“推丝”和“压方”，推完一个烟墩要十天左右。两个师傅配合得那么默契，一起操纵着水烟推刨。推出一些烟丝后，将烟丝装入木质模具进行“压方”，压好的水烟块和机器上压出来的几乎一样，整齐地码在师傅旁边的桌子上。师傅们穿着大围裙，一声不吭地忙碌着手里的活儿，活脱脱和电影里的一模一样。陆厂长告诉我们，这些师傅都是从天水过来的，因为他们的手艺好，所以很受欢迎。本地的师傅也有，但很少。看着这些年龄较大的师傅们，我肃然起敬，真是“三百六十行，行行出状元”。

陆厂长接着说，这些师傅们加工出来的水烟块与机器加工的相比较，质量上乘，属于水烟里的精品。接下来的是最后一道工序“出风”，有专门的作坊和摆放的架子，也有专门的师傅负责摆放。当我看完老师傅小心翼翼地摆放水烟块的样子，就像对待刚出生的婴儿，细腻而富有耐心，每个空隙几乎都是标准的小正方形，易于通风。等三个月后阴干就可以包装出售了。

参观完水烟作坊，我彻底明白了兰州水烟为什么300年兴盛不衰的秘密。不仅仅是因为它有耐寒、提神、顺气、防蚊等功效，更是因为从烟叶的收购到所有工序的完成，一步步都是由人工实施，每个环节做工精细，尤其是配料里的中草药和清油都是最好的，这也造就了兰州水烟色泽清亮，丝细整洁清晰，气味芬芳的特点。兰州民间有诗云："黄铜船儿弯管杆，水藏肚里锅有眼；点火一吸咕噜响，韭叶芸香孔明传。"形象生动地描写了兰州水烟的吸食过程和用具。此时，也让我想起了小时候看孙家太爷用水烟瓶吸烟的场景。他捏一些烟丝放在水烟瓶口上，划一根火柴边点燃烟丝边吸。这时咕噜噜的声音从水烟瓶里传出来，水烟瓶口的火焰一明一暗间，孙家太爷长长地舒一口气，然后边收拾水烟瓶边告诉我，只要他一吸，水烟瓶里就有个小人儿在敲鼓……长大了，我知道那是孙家太爷逗我玩的。也就是在今天，我才彻底弄明白了其中的原理。原来在水烟瓶里装一多半水，边点火边吸，瓶中上部空间形成负压，致使烟丝燃烧时烟气从烟锅细孔下行，穿水而过，经烟嘴杆吸入口中的烟气得到水的充分过滤净化，防止了吸烟对人身体的损害。看来兰州水烟好，但也要注意吸食方法，才能达到真正的功效。

目前，兰州水烟属于国家级非物质文化遗产。面对这样的殊荣，无论传承抑或是保护，都是牵动我们思维的永久话题。但愿兰州水烟在大家的共同助推下，承载着"甘""太""榆""金"的牌子越走越远。

西固木雕

有一种民间工艺，在形式上不言不语，但在骨子里却流淌着曼妙的诉说，这种诉说总能弹奏出人们内心深处的素静流年，时而激越，时而婉转，任凭你将无数遐想反反复复地加载其中，或褒或贬，但它丰富的内涵却不因外界因素受到丝毫干扰，这种民间工艺就是西固木雕。

西固木雕由来已久，传人一代又一代。初冬，当我看到木雕作品“文房四宝”和“梅兰”之后，被其巧夺天工的精致深深震撼了。这两幅作品分别都雕刻在一块板子上。“文房四宝”各居其位，而又浑然天成，用心照不宣的内敛彰显着读书人的儒雅细碎。“梅兰”则用清雅幽静突出了“人在无求品自高”的内涵。这两幅作品都出自西固区柳泉乡东坪村老艺人杨吉福之手。初次接触年逾古稀的杨师傅，他的漫谈不急不缓，他的经历充满了色彩，他的为人颇受四邻盛赞。在短短一个多小时的交流中，他浑身的正能量辐射于在场的每个人。我由衷地慨叹，人能在这个世界上真正做一回自己，那才是最大的幸福。杨师傅的老伴儿笑眯眯地说：“老杨这人好得很，我这辈子嫁给他享福地很呢。”是的，杨师傅的谦虚和质朴比木雕的精致更令我折服。他不断雕刻着木头，也将自己对木雕的钟爱一刀一刀刻进人生，不愧是西固木雕第一人。

杨师傅告诉我，木雕是雕塑的一种，是从木工中分离出来的一个工种，称为“精细木工”。木雕从应用及装饰的范围来讲，可分为建筑雕刻、家具雕刻、陈设工艺品雕刻三大类。要想雕出一幅好作品也不是一件很容易的事。它不但要求匠人绘画技术传神，还要考验雕刻的刀功，要是稍有疏忽，便前功尽弃了。年轻的时候，他经常做一些寺庙上的雕刻，平常主要以家具雕刻和工艺品雕刻为主。雕刻的整个过程可以分为“一想，二画，三描，四看，五雕，六修，七磨，八上色”。一想就是在雕之前，在脑子里想象出雕刻作品的样子，反复想，反复推敲可行性等。二画就是在纸上画出图案。这画也不是一蹴而就，依然要不断修改，直到自己满意为止。三描是用铅笔在提前选好的木料上，根据纸上的图案仔细描摹出来。四看是根据已描摹的图案和木料的软硬以及成形度，做好图案和木料的整体规划，做到心中有数。五雕是所有步骤中最关键的一步。先要雕出粗坯，它是整个木雕作品的基础，它以简练的几何形体概括全部构思的造型，做到有层次、有动势，比例协调、重心稳定、整体感强，初步形成作品的外轮廓与内轮廓。接着雕粗坯，可从上到下，从前到后，由表及里，由浅入深，一层层地推进。雕粗坯时要注意留有余地，如同裁剪衣服，要适当地放宽。民间行话说得好：“留得肥大能改小，惟愁瘠薄难复肥，内距宜小不宜大，切记雕刻是减法。”紧接着是雕细坯，先从整体着眼，调整比列和各种布局，然后将具体形态逐步落实并成形，为修光打好基础。这个阶段，也是考验匠人雕功的关键时候，因作品的体积和线条已趋明朗，因此要求刀法圆熟流畅，要有充分的表现力和想象力。六修是精雕细刻，修去细坯中的刀痕和毛糙的地方，使作品表面细致完美。要求刀迹清楚细密，或圆滑、或板直、或粗犷，力求把作品意图准确地表现出来。七磨是根据作品需要，将木雕用粗细不同的木工砂纸搓磨。要求先用粗砂纸，后用细砂纸，顺着木料的纤维方向打磨，直到符合上色为止。八上色是用毛刷、毛笔、调色缸等为打磨后的木雕着色上光。要顺着木纹进行，这样木质不会被覆盖住，纹理清晰。着色是为了弥补木质的不足或缺陷，起到丰富作品质感美和形式美的作用。

杨师傅说，每雕完一件作品，总能找到不足，心里默默记下来，等到下次再雕时就要吸取经验教训。不过更多的是对新作品的欣赏，如亲手缔造的新生命，有一种成功和收获的快感，这便是木雕的魅力。但是真正感受到它的这种无穷魅力，还要多雕多练，多琢磨，熟能生巧，逐步形成自己木雕的作品风格。同时，在保存时，木雕不宜长时间放在烈日下暴晒；不宜放置在极潮湿或者极干燥的室内；不宜放置于明火、火墙、火炕、火炉的附近；不宜用带水的毛巾擦拭。平常根据室内干净与否，经常用干棉布或鸡毛掸子将木雕上的灰尘掸去，以显示其自然之美。

西固木雕，不但是一种雕塑作品的呈现，而且蕴含着做人的理念。在杨师傅的木雕生涯中，他走过了无数庙宇，看过了很多雕刻作品，请教了很多师傅，琢磨画技和雕技几乎到了痴迷的地步。临别之际，他表示将继续他的雕刻生涯，让西固木雕真正成为民间工艺精品。

西固“天把式”

十月的西固，天不再燥热。地里的庄稼经过一夏的雨露阳光，攒足了劲儿茂长着。油绿的菠菜、大头菜和白菜此起彼伏，热热闹闹地昭示着生命的活力。在西固区梁家湾村的果园里，嫩黄的冬果梨挂满枝头，一簇簇惹人喜爱，风一吹，煞是好看。这个时候，正是摘冬果梨的好时节，也是果农“天把式”最忙的时候。我非常幸运地拍到了西固“天把式”的工作场景，领略了他们安然的生活态度。

其实“天把式”主要依靠云梯和戗杆完成自己的工作，这不仅仅是体力活儿，更是一项技术性很强的活儿。一大早，西固区梁家湾村冬果梨科技示范户孙建军就来到了佑佛台自家的果园里。他首先仔细检查云梯的脚蹬，一个一个地推摇，确定是否结实。然后再看两根戗杆最上面的绳套是否完好。等做完这些事儿，他才敢放心地进行下面的工作。这正应了《论语》中的一句话：“工欲善其事，必先利其器。”然后他围着马上就要进行采摘的梨树转着看，确定第一次要架云梯的位置，第一次的位置要找准了，后面的采摘相对容易一些，采摘的速度快一些。当他确定了好了梨树上冬果梨密集的地方后，只见他来到云梯旁边，在家人的协助下先将云梯竖起来，用左手抓云梯上面的一只脚蹬，用右手抓云梯稍下一些的脚蹬，深吸一口气，接着云梯就被他稳稳地提起来了。云梯随着他的脚步移动，不偏不斜，等到预定的位置后轻轻放下。然后他双手抓起云梯平行的脚蹬，提得高高的，使劲插向地面。因为云梯的最下面是楔子状，当云梯的重量加上人施加的力量，云梯最下面将近四寸的长度就被插入地面了。接着他扳着云梯的两个平行脚蹬，让云梯朝着梨树倾斜，他自己则朝梨树外倾斜，使他和云梯之间有一定的角度，便于下一步工作。这时候，家人就开始拿着戗杆套在云梯中部的脚蹬上反向支撑，一边一个，戗好后戗杆的最下面要用脚踩踏几下，戗杆底部就会陷进泥土，十分给力。两根戗杆和云梯形成一个面，云梯不用人扶着就可以稳稳地架在梨树旁边了。说起来容易，但做起来需要一定的连贯性。当“天把式”提起云梯的时候，那是用一口气走完脚下的路，把云梯放在目测的位置上。在他扳着云梯的平行脚蹬时，家里人戗戗杆的速度要快要准。要是戗不好，还得重新取下戗杆的绳套再来一次，这样既费时又费力。最好的就是争取一次成功，看来戗戗杆的人也要技术很娴熟。

等做完了上述工作，“天把式”不急着上云梯，而是放松下来，继续看着云梯，目测他即将要上的高度，确定好这一步，他才提着绑着木钩子的绳子一步一步登上云梯，仿佛即将取得胜利的将军奔赴战场一样，因为他马上完成的是摘冬果梨的任务。上到预定的位置，他把有木钩子的绳子一头缓缓放到地面，家人将空筐子挂在钩子上，他再缓缓拉上去。筐子挂在离他最近的脚蹬上，同时用一只手扶着这只脚蹬的外侧，以免筐子滑动，另一只手采摘冬果梨，边摘边放进框子里。这时候从地面看上面的“天把式”，真的非常壮观。他站在高高的云梯上，和云梯融为一体。天空蓝蓝的，“天人合一”莫过如此吧！等他摘满一筐冬果梨，缓缓地放着手里的绳子，这样一筐冬果梨就被送到地上。有时，为了摘到较远一些的冬果梨，“天把式”在云梯上侧着身子采摘。有时，他又上到比戗杆还要高的位置采摘，让人看着胆战心惊。可他却在云梯上笑呵呵地说，没事没事。真是艺高人胆大呀。送到地面的这些梨经过太阳的曝晒后黄黄的，咬一口，嫩嫩的，酸甜酸甜。冬果梨也许正好迎合了主人的心情，先酸后甜。就这样一筐接一筐的冬果梨被采摘下来。等梨树上预定位置周围的冬果梨都被采摘完了以后，“天把式”就从云梯上下来，和刚开始一样，在“提、挪、蹴，戗”中架好云梯，接着采摘。大一些的梨树要八九次才能摘完，小一些梨树只需要四五次就完了。一次又一次挪动梯子，一次又一次上下云梯，一次又一次的采摘，这不仅考验的是一个人的体力，更考验的是一个人的技术。要是技术娴熟的“天把式”做起来就轻松一些，要是初学者，光搬几次梯子就大汗淋漓了。

一个多小时以后，他就把一棵梨树采摘完毕。看着一桶一桶的冬果梨，“天把式”孙建军脸上挂着劳累后的喜悦。他端起茶杯喝茶时，我和他聊起这门手艺活儿。他说在果树结果到采摘的过程中，至少有两次像这样用到云梯。第一次是吊冬果梨的时候，就是冬果梨稍大一些，用麻绳吊起来，以免枝干被压折造成损失。还有一次是冬果梨成熟需要采摘的时候。他还告诉我，有时因为冰雹等自然灾害没保障，但是他依然喜欢操心梨树，从心里喜欢。春天，看梨花开满枝丫，花朵随风摇摆，好看得很；夏天，看一树的梨儿慢慢长大，走在果园里，心里舒坦得很；秋天，看金黄的梨儿挂满枝头，全部摘完了，心里踏实得很；冬天，围着火炉和亲朋好友们边吃边聊，感觉幸福得很。他讲述的似乎不是干的农活儿，而是自己生活中的娱乐。忽然，我想起自己看过的一本书《我为谁工作》，从他的谈话里又一次印证了“我为自己工作”的理念。以前只是从文字里看过的“天把式“活脱脱地站在我眼前，现在才明白，他们有的不只是技术和体力，还有像哲人一样的处世思想，像诗人一样的浪漫情怀。在他们站上云梯的一刹那，我透过现象看到了他们对生活的热情，那些热腾腾的地气从汗水里蒸发出来，晕染着属于他们的世界。我知道“天把式”一年四季奔波于果园而乐此不疲的真正原因了，因为他们心里时刻装满了希望。真正“天人合一”的本质应该如此吧。

时间过得很快，当西固“天把式”就要结束一天的工作时，枝头的喜鹊喳喳叫着。我说，喜鹊叫，喜事到。而他却说，因为冬果梨成熟了，喜鹊也想尝尝枝头最甜的冬果梨，那就让它们一起来吃吧。它们吃过的，掉在地上的冬果梨一定是最甜的。我想：因为“天把式”上到云梯上看到喜鹊吃的全是太阳晒到的最好的梨儿，“天把式”在云梯上晒到了别人晒不到的阳光，也看到了别人看不到的风景。这些阳光全都渗进了筋骨，这些风景全都封存在了灵魂深处。虽然目前城市化进程速度很快，但只要不被水泥覆盖泥土，果农“天把式”技艺依然会一年一度地在西固大地上演，诉说着西固区梁家湾村三百多年历史的老梨树家族的秘密。

兰州瓜牌子

有些事我经历了，当时却没引发思维的波澜，那是因为内心还没有共鸣的积淀，不足以让思维走得更远。于是，这些事便成了我随手一扔的老物件，静候在记忆的后花园。我知道，只要有缘，无论时间流散，也无论世事变迁，我们一定会再相见。偶然的机会，兰州瓜牌子，缓缓走进我的视线，让我感受到了一位老专家对民俗的深情相牵，让我再次反观自己的童年少年，让我无怨无悔地匍匐在老兰州的记忆里翻捡。此刻，兰州瓜牌子，它依然是它，可我已不再是我。

2015年春暖花开的时候，我向兰州市民俗专家邓明老师请教民俗问题时，电话中他滔滔不绝地谈起了兰州瓜牌子。从瓜牌子的造型到承载的内涵，从瓜牌子制作艺人的寻找到如何使之成为非物质文化遗产的途径，他都一一给我讲解。那一刻，我深深感受到了这种即将消失的民俗物件，生生世世烙上"兰州"二字的寓意。瓜牌子逐渐淡出人们的视线，成为老兰州人心里的记忆时，一位民俗专家的发声是多么迫切。挂断电话的一瞬间，我决定试一试，不管结果怎样，那都是时光里对自己心情的一个交代。从那时起，我就开始留心身边与瓜牌子有关的事和相关的人，真心期待从一件小事上有奇迹发生。

休息时，沉浸在邓明老师的描述里，我一下子回到了年少的时光。每当西瓜丰收的季节，村里的孩子们就开始串瓜牌子玩。我家里姊妹多，姐姐们串了不同的瓜牌子进行评比，如果得到大人的表扬，大家就更起劲地接着串。那时，我们有时吃西瓜就是为了得到更多的瓜籽。现在人到中年，我从《民俗学概论》里得知，瓜牌子其实是特定年代里产生的民俗工艺，承载了人们的审美情趣。后来，我给老爸说了这件事，他刚好在去年夏季收集了三四斤西瓜籽。因为家里每次吃西瓜，他看着黑黝黝的瓜籽当垃圾扔了可惜，于是每当家人吃完西瓜时他就收起来，打算来年给地里当肥料。此刻，看着纸袋里的黑色小瓜子，我如获至宝。老爸告诉我，瓜牌子是人们闲暇时将大小不同、颜色不同的瓜籽用针线串出来的一种简单饰品。大的可以挂在墙上当装饰，小的孩子们可以挂在胸前玩。形状主要有菱形、方形、圆形。接着老爸教我串瓜牌子，这对针线活儿一塌糊涂的我来说，是一种挑战，可是我就是喜欢这种挑战。在老爸的指点下，经过四小时的细心制作，一个很不成形的瓜牌子诞生了。当我拿给老爸看时，他笑着告诉我，有的地方线拉送了，有的地方线拉紧了，看起来不是很美观。也许老爸不好意思打击我的积极性，他只是淡淡地说："其实你二姐串这个串的最好。"就这句话真正拯救了我的心情。

二姐是个长相朴实但内心很细致的女人，当她看完我串的瓜牌子，当时就笑疯了。笑归笑，闹归闹，年逾花甲的二姐依然对我耐心地讲述着瓜牌子的过往，我看到了希望，心情一下子舒畅了。原来，串瓜牌子也不是我想象得那么容易，和简单的针线活儿有很大的区别。主要分为以下几个步骤：一是确定瓜牌子式样。这要根据个人的喜好，大多数人喜欢菱形的，也有的人喜欢方形的和圆形的；有的人喜欢一色的，有的人喜欢穿插了花色的。二是挑选瓜籽。在确定了瓜牌子式样后，假如是一色的，准备瓜籽相对容易一些，只要洗干净晒好就行了；假如是有花色的瓜牌子，就需要大小相同而颜色不同的瓜籽，在平常吃西瓜时要多留心多收集；假如要串圆形的瓜牌子，就要收集南瓜或番瓜籽，串起来相对容易一些。三是串瓜牌子。串时要从中间开始，假如要串菱形的，就要根据瓜牌子的大小在最中间串出最长的一排，每颗瓜籽头尾相连，颠倒排放。接着朝一个方向串，每串一排减少一颗瓜籽，一直串到只有一颗瓜籽为止，然后再朝另一个方向串；假如是有花色的，就要在合适的地方串上颜色不同的瓜籽；假如串方形的，就要直接从中间开始，不用增减瓜籽的数目，直到串出自己喜欢的长度就好；假如要串圆形的，那还要注意尾部接着尾部串，中间留出一定的空隙，以便折叠时更好地形成圆球形。四是装饰瓜牌子，串出的瓜牌子要挂起来做饰品，那就要简单装饰一下。有的在下面缀一个红穗子，有的缀一个与之相适合的红色珠子，这样看起来活泼一些，更加有韵味。二姐说，在那个物质极为贫乏的年代，能做瓜牌子玩，那已经是很有趣的事了。我听出了那个年代“简单的快乐”莫过于此吧。二姐告诉我，为了瓜牌子能多保存些日子，串时最好用结实一些的线。串好后不能放在太潮湿的环境里，否则就会生虫腐烂。说这话的时候，二姐好像回到了以前的岁月，一种少有的纯真流露在她的言语间，感染着身边的家人。

接下来的日子里，我们全家总动员收集瓜籽，二姐开始动手串瓜牌子。功夫不负有心人，五六个像模像样的瓜牌子做成了。当家人一起欣赏时，时光一下子盛满了温情。大家七嘴八舌地评说着，那些困顿岁月的点点滴滴逐渐清晰了。老爸说，现在日子好过了，娃娃们手里的玩具多了，瓜牌子也慢慢没人串了。此刻，我知道兰州瓜牌子不仅是一种简单的饰品，它还承载着一代老兰州人内心的记忆，在岁月里发酵，愈久愈浓。在这样温馨的日子里，我又一次游走在过去的岁月里，俯身叩问，兰州瓜牌子，还有多少人记得你?

小眉户里的大情怀

有时候，人需要沉下心来感受一些现象背后的真相，当你真正看清这些真相后，收获就不会停留在原有的表象上，它会为你的心灵洞开另一扇窗。这个冬天，当我看到西固区金沟乡小金沟村的老艺人们自弹自唱的地方小眉户戏后，这种感受愈发清晰。我看到的不仅是他们朴素的吹拉弹唱，更多的是小眉户里的大情怀。

冬日的下午，太阳暖暖地照着小金沟村。大路边的高台上，有个收拾得很亮堂的大房子，这就是村上的眉户戏活动园地。大房子里正对门的地方有个简易的小场地，悬挂着这样一副对联：“弘扬传统文化，促进和谐社会”，横批“演古启今”，从这副对联里我对小眉户戏有了一些感性认识。房间右边生着一个大烤箱，有七八位老人正围坐在那里边喝茶边聊天，这正是我一直渴望的“围炉话桑麻”的场景。就在这种氛围里，我没一点隔阂地就走进了他们的座谈。原来小金沟村的小眉户戏由来已久。80年代，每年春节在社火陪同下，小眉户戏曾走上乡村舞台。90年代，随着眉户艺人的离世，爱好者的减少，村上小眉户戏也慢慢淡出了人们的视线。但是每年冬季农闲时节，有些爱好者的心里总是一次又一次唱响小眉户戏。他们的言谈举止里，情不自禁地透露着一种不为人知的牵挂。什么事一旦久衰不绝，总有其存在的理由。2014年，通过小金沟村村委会认真思考后，决定成立“眉户剧爱好者戏剧园地”。年逾古稀的王延良、王延文等老人在老村长刘宗江的组织带领下，积极投身小金沟村眉户戏的整理和挖掘工作。头发花白的王延良老人动情地说：“只要有人组织，那我们就有了施展技能的地方。小眉户戏里的人物故事我唱一遍，心里就被打动一次。要是看的人真正看懂了，听懂了，一定会从中受到教育。”看到他那么忘情地诉说，我知道小眉户戏已经渗进了他的骨子里，成了生命历程中不可分割的一部分。

就在我们交谈的时候，小场地里的凳子都摆好了，王延良老人要为大家唱一首《张连卖布》。当其他人的三弦、干鼓、笛子、二胡、梆子、快板和摇铃合奏出委婉、细碎、节奏感清晰的曲调时，他便不紧不慢地开始了自己的唱腔：“清早间奔大街卖布换花，布卖了六百钱正要回家。谁料想半路上出了拐叉，偏不偏遇见了朋友老八……不觉得来到了我家门下，叩门环叫四姐张连回家。”他时而躬身前倾加重唱腔，时而张开双臂表达自己的心情。整段唱词接近生活实际，合情合理，从这出戏里我了解了赌博对家庭的影响，要想致富就要踏踏实实地靠自己的劳动，任何投机取巧的心理都要不得。王延文老人演唱的《审蒋里》，情节曲折，令人欲罢不能。原来，小金沟村的眉户仍以小戏为主，一直保持着既无装扮，又无表演，一唱到底，全无说白的清唱形式。唱腔较为委婉细腻，优美动听，富于表现深沉、凄楚和悲痛，非常生活化，深受周围群众的喜爱。

老村长刘宗江不但是组织者，也担任着演奏时梆子的敲打者，我看到他时，他总是跑前跑后地忙碌着大大小小的事情。他告诉我，目前小金沟村的眉户戏参与者达30多人，年龄最大的78岁，年龄最小的40多岁，大家心往一处想，劲往一处使，从演唱到乐器的综合使用越来越好了。也许，对小金沟村眉户戏的渊源我无法考证，但村里老艺人们唱的眉户小曲子，能生生不息地存留，本身就是一个奇迹，这个奇迹的创造者恰恰是满身泥土气息的当地农民。对于他们而言，生活就是舞台，舞台就是生活，老戏说古，新戏演今，古今一台戏，演尽了世事沧桑。对生活他们赋予了艺术的因子，对艺术他们倾注了浓烈的生活气息，其思想观点具有较强的群众性和普遍性。近一年来，从眉户戏《赵匡胤送妹》《放饭》《杀狗劝妻》《探窑》等曲目的确定到人员的组织，小金沟村的老艺人们引领爱好者和广大村民弘扬正气，把和谐文明、尊老爱幼、互敬互爱贯穿于每个人心中。马世龙老人66岁了，他是眉户戏曲园地里拉三弦的，说话时非常激动。他说这些乐器都是爱好者自己的，曲子以前是手抄的，“文革”时遗失了，以后的唱词都是靠记忆慢慢想起来的。现在村上比较重视，所以他们也有信心将村上小眉户戏好好传承下去，真希望有一天能走上大舞台，那是他们最大的心愿。目前，接近年关，他们需要继续排练，争取在春节期间给乡亲们拿出一台像样的小眉户戏演出。

随着录制工作的结束，我走出了村眉户戏活动园地。室外山坡上的阳光正好，暖暖地伴着老艺人们的演唱和乐器的声音，把西固这个偏远的小山村搅得热热闹闹的，来来往往的人们脸上都挂着无法掩饰的惬意。人们循声陆陆续续走进了眉户戏活动园地，有带娃娃的妇女，有精神矍铄的老头老太太，还有一些中年人。忽然，我听到大房子里的唱腔更加响亮了。

站在冬日的暖阳里，“生态”这个词蓦然蹦上心头。是啊，人们在物质生活满足的前提下，有一个好的文化生态环境是多么重要。只有抓好了文化生态，人们的精神才会发芽，才会成长。小金沟村的这些老艺人们做的事情，在娱乐自己的同时，正肥沃着我脚下这片人们精神发芽的土地。这也只是中国千千万万个文化生态环境里的一个小细胞，恰恰是这些小细胞的健康发展，才能为一个良好的文化生态环境的营造打下坚实的基础。

兰州臊子面

春节，家家户户乐团圆。别样的年景，澎湃了蛰伏已久的心，让新年的脚步愈加轻盈；朴素的年话，抖落了思维上的尘埃，播下了来年的希望。亲朋相聚，荤素俱全。酒足饭饱，依旧慨叹，年味还是不足啊。今昔比对，舌尖上的年味——兰州臊子面，陪你过新年。

兰州，由于受自然和社会因素影响，食俗上有着浓郁的黄土高原气息和传统的地方特色。兰州人食用臊子面由来已久，那是刻在人们心里的符号。生活困难时期，平常的日子里主食以糜、谷、荞、豆等粗粮为主，只有过年过节才能吃到颇具特色的面食——兰州臊子面。大年三十，庭院洒扫停当，对联贴上大门，孩子们新衣上身，一串鞭炮响起。这时，家里准备三两个凉菜，多用家里的咸菜和红绿萝卜丝拌成。接着开始下臊子面，煮熟后的第一份捞出来放到小碗里，浇上臊子汤做“泼汤”，放在八仙桌的中间，那是晚上给已逝亲人烧纸时用来泼散的，是一种纪念的象征。接着家里老少围坐在一起，每人都端上满满一大碗臊子面，看着碗里的五颜六色，迫不及待就着小咸菜稀里哗啦地吃面，刺溜刺溜地喝汤，头上冒着热汗，心里装满舒坦。此刻，不知谁冒出一句“过年真好”！兰州臊子面就这么拉开了春节的序幕，年味浓浓地随着汗珠子滚落一地。

兰州臊子面包括长面和臊子汤两部分，做的时候主要分为以下几个步骤。首先擀长面，将面粉和好揉光后擀成厚薄适宜的一张，然后切成长面分把而置。长面可切成细的，也可切成韭叶子，根据自家人的口味而定。一般情况下，兰州的臊子面都是细的。目前，人们为了方便，用机器细面代替了手工面，口味上相对弱一些。其次勾臊子汤，原料主要有大肉臊子、洋芋丁、红萝卜丁、豆腐丁、菠菜、黄花、木耳、鸡蛋、大葱等。将水烧时先放入肉臊子，这样可以将肉香味早早融入汤中，紧接着放豆腐丁、黄花、木耳、红萝卜和洋芋丁。然后将适量粉面子用凉水溶解均匀，缓缓倒入锅内，直到臊子汤滚开，这时可将提前打好的鸡蛋一点一点“泼”入汤中，容易形成鸡蛋花。再根据口味不同，放入花椒粉、胡椒粉、食盐和少量味精或鸡精。关火后将准备好的菠菜和葱花倒入汤中搅匀，这样菠菜的绿色就会更加鲜绿。最后下面开吃，将长面在沸水中煮熟（软硬根据口味而定），捞到碗里，每个碗里的面不宜太多，浇上臊子汤，用筷子把面往上挑一下，再浇一些臊子汤，这样面就不会粘在一起了，根据口味调上食醋或辣椒，口感好，营养全面。

那时候，过年家里来了客人，做臊子面招待，那是再好不过的了。当大家一起吃臊子面时，不知道的人光看看这刺溜爽滑的场面，就幻想着臊子面一定香得很，忍不住吃上一碗，又吃上一碗。瞬间，生活的花儿就盛开在每个人的脸上，原来幸福就这么简单吗？有的客人还会对着主妇夸一句“你这臊子面做的亮豁”！满屋子的气氛一下子活跃起来。主客间喧着一年的光景，脑子里的算盘打得噼里啪啦作响。根据关系学原理，只要人和周围亲朋好友的关系融洽了，就会很幸福。想想和大家在一起其乐融融的场面，你不幸福都不成。现在生活条件好了，什么时候想吃臊子面都可以做了。虽然做臊子面的食材全了，可是人的心却懒了。前不久，朋友告诉我，他们那里一点年味也没有。我说，日子是自己过活的，年味是自己酿造的，与他人何干呢？来，一起给家人做顿臊子面。你在面里揉进去的是亲情，家人吃出来的一定是温馨。看得见的是臊子面，感受到的是良苦用心。凡事，只要用心了，那一定会品出味道，更何况我们要过的年呢？

另外，根据兰州民俗习惯，吃臊子面也是有讲究的。你到别人家做客，主人很欢迎你，那她一定欢天喜地给你做臊子面，意味着要和你常来常往；要是做了面片，意味着和你断绝来往；要是煮了一锅洋芋，意味着要你赶紧离开。所以，知趣的人在别人家吃到臊子面时，会和主人高兴地说说笑笑。要是看到后面两种，悄悄吃完走人，不会自讨没趣。目前，随着社会的发展，生活条件的改善，不同民俗习惯的融合，兰州的这些风俗也慢慢被人们淡化了，甚至遗忘了。碍于面子，也很少有人做这样令人尴尬的事情了。但是，在老兰州人的记忆里，兰州臊子面却是他们年俗里的常青树，不吃不爽。

过年了，舌尖上也有年味，试着给家人做顿臊子面吧。毕竟“酣眠固不可少，小睡也别有风味的”。

把文脉，观陇东民俗文化

一个地区的历史，就是这个地区的文脉，它的表现形式是承载着精神和灵魂的文化，是促进地方持续发展的强大动力。庆阳是中华民族和华夏文明的发祥地之一，是中华民族重要的文化资源宝库，悠久的历史和独特的人文环境孕育了绚丽多彩的农耕文化、民俗文化、红色文化、岐黄文化。假期我有幸接触到当地农耕文化和民俗文化。沿着文脉看陇东民俗，进一步拓宽了我对人类生存、繁衍、生息和发展的视野，心底的膜拜在中国这块最为厚重的黄土高原虔诚地飘散。

陇东民俗展览馆位于庆阳市西峰区小崆峒山。小崆峒山因与平凉崆峒山有关，并称“姊妹山”而得名，它三面环沟，南北狭长，山势巍峨险峻，沟底有清泉流水，山腰树木茂盛，气候宜人，环境优雅，是佛教、道教合一的圣地之一。而陇东民俗展览馆就在小崆峒山的入口处，它的建设突出了当地传统的地坑院式民居风格，由十八孔窑洞组成，以弘扬和发展陇东民俗文化与古农耕文化为主线，设有刺绣、剪纸、皮影、木偶、泥塑、手工艺品、农耕用具等七个展室，陈列着许多民俗文物。这些质朴、古拙的民间艺术品，具有浓郁的生活气息，保留着古代原始的文化形态，反映出陇东地区深厚的历史民俗文化底蕴，以活化石的方式使陇东民俗的文脉生生不息地跳动，孕育了富有灵气的一方山水一方人。

进入展馆，院中央矗立着一尊公刘巨像，怀抱谷穗，盘髻飘髯，目视远方，面带微笑，睿智而安详，似劳作归来，又似伫立筹谋。公刘是奠定周王朝基础的部落首领，是中华农耕文明的开山之祖。公刘塑像的四周是“庆阳民居”——窑洞，是农耕文化的重要创造，围绕着窑洞与田野，陇东黄土高原上的先民创造了丰富的民间文化和婚丧嫁娶等深厚的民俗传统。这里展出的民居造型体系，再现了黄土地上陇东窑洞民居的演变历史。庆阳窑洞既有前原平地山畔的土窑洞，又有陕北特色的石窑洞，还有在窑洞基础上发展的箍窑。2002年6月，首届中国香包民俗文化节期间，中国民俗学会将庆阳市命名为“窑洞民居之乡”，从这里不难看出冬暖夏凉的窑洞及其村落里深藏着陇东文化的根。站在陈列着坛坛罐罐的窑洞中，禁不住让人遐想无数。我好奇地坐在窑洞中盘出的大炕上，瓷实而凉爽，玩弄着那些针头线脑和灵活的剪刀，想着心灵手巧的庆阳人怎样用这些不起眼的工具把香包、剪纸和皮影等民俗文化送出国门，走向世界。带着这样的疑问，我来到了香包展览窑，大大小小的香包高高悬挂在窑顶，幽幽的香气，精美的造型，夺目的色彩无不向人们展示内敛厚重的气息。刺绣窑中，栩栩如生的五毒肚兜和小猪头鞋寄托了庆阳人对孩子们最诚挚的祝福；绣花鞋垫针脚细密，承载着“花好月圆”“永结同心”“喜结良缘”的美好祝愿，将人们的期盼用别样的方式诠释给世人；金莲绣花鞋惹人注目，小巧精致，但又让人内心隐隐生疼。众所周知，我国古代妇女有裹足的陋习，当时的人们普遍将小脚当成是美的标准，而妇女们则将裹足当成一种美德，不惜忍受剧痛裹起小脚。人们把裹过的脚称为“莲”，而不同大小的脚是不同等级的“莲”，大于四寸的为铁莲，四寸的为银莲，而三寸则为金莲。三寸金莲是当时人们认为妇女最美的小脚，金莲绣花鞋就是专门为三寸金莲定做而成。可见，历史的遗留在陇东刺绣中也有着明显的痕迹。剪纸窑中的陇东剪纸，有的古朴雅拙，有的秀丽工整，有的简洁明快。分为飞禽走兽、戏曲人物、四季花卉等。其中“老鼠嫁女”用剪纸艺术形象生动地展示了当地民间故事。承载着陇东人民的生活观念、思想感情、审美理念、理想愿望。盘腿而坐的泥塑老人正在专注地剪纸，这又一次让我体味剪纸里面蕴含的深意。出了窑洞，游走于农耕器具展示区，一副石碾、石磨、连枷，在古今风雨中愈加笃实；一架牛车，在老牛的忍辱负重中载着历史向前；一把木锨、木叉、木耙掀起的是沧桑，留下的是积淀；一口老井，摇把井绳上隐含着无数人的喜怒哀乐……我忽然感到很庆幸，与公刘直面，与远古农耕文明零距离，人类就是在这样的历程中一步步从泥泞走向钢筋水泥。

为什么陇东民俗和农耕文化能这样完整地呈现给世人。因为在历史上陇东是多民族杂居之地或王朝边塞，近代行政区划导致它属于甘肃、陕西、宁夏三者交界的边缘地区。山大沟深，穷乡僻壤，交通不畅，信息封闭，使当地人民群众贫穷闭塞的同时，也保留了原始的文化形态并世代延续下来，其丰富的多民族原始图腾文化和古老民俗得以完整流传。利弊共存中，它所提供的那种不假雕饰的原汁原味的民间艺术和质朴的黄土风情，给现代人一股少有的清新，在返璞归真中重新认识自我。

在北京，踩龙脉走红运是必做之事。在庆阳，把文脉看陇东民俗文化，其实也是一件很有意义的事情。

悠悠河口摆渡来

淡淡细雨，难掩季节热情；滚滚红尘，缔造古镇风韵。路过河口，曾经翻阅过的文字撩拨着我一探究竟。“纸上得来终觉浅，绝知此事要躬行”的诗句也怂恿着思维。于是我就从河口西门进入，便和这座东西南北泾渭分明的古镇倾心对话了，那年那事那人慢慢活泛起来了。

一路全是新的砖瓦房，生活变迁的优越挂在村民的大门口和修葺一新的民家院落，城市化进程的脚步已经踏遍了这座古镇。中午的村民也许在休息，无鸡犬相闻，街上安静极了。我碰到了一位留着长胡子的老河口人，八十岁的他在这里休息纳凉。与他闲聊中我知道了老人不仅是纳凉，更是在守望，用心温习曾经的商贾繁忙，倾听远去的古城风韵。他用手摩挲着花白的胡子告诉我，每年到这里浪门（游玩）的人多得很，一帮一帮地来，他要是遇见了，就一遍一遍地讲老河口的故事。我隐隐觉得老人已经把讲过去的事当成一种乐趣了，每讲一遍，他就会在流逝的岁月里转一圈，喜怒哀乐伴着他，是怀念也是留恋。他矍铄的目光一下子穿透岁月，我被他描述的情景征服了。

河口古时又叫“庄河堡”，始建于同治元年。从东街到西街，依次排列着东城门、东城门楼“文昌阁”。街中央是“钟鼓楼”，鼓楼前面是“握桥”，两边是狮子楼。过了钟鼓楼向西是功德牌坊、西城门、西城门楼、魁星阁，出了西门是大佛寺和土地庙。南街有南城门楼、南城门楼“三官阁”，出了南门就是“龙王庙”。北街有牌坊，但没有城门和城楼。南街还建有“大房二房三房家谱”，规模都很大。有些牌坊被埋到地下找不到了。

我想为什么古时老河口有这样的规模呢？他说，明清时期，这里是个古渡口。陕西、青海、新疆等地的客商用木筏、羊皮筏、牛皮筏运送货物到这里歇脚或者交换，于是在陆续的商贾繁忙中，形成了大小不同的杂货店、车马店、旅店、当铺等，为过往的客商提供便利，尤其是陕西商人来的比较多。我窃想：是不是那时候受到了陕西人的影响呢，从而建成了具有典雅古朴风格的古建筑呢，因为四大文化名城之一的西安，就是我国古建筑的典范。我又一次感悟到，人越多的地方越有人气，也是文明和落后博弈相生的地方。这样的矛盾前行中，铸成了具有地方特色的文化内涵，古河口的繁荣正是沿着这样的潜规则一路生成、湮灭、复原。

老人补充道：古时，老河口的灯也美得很，各个巷道都有自己独特风格的灯展，竞相比赛。每到灯会时节，永登、红古等地的人们都会来观看，街上人山人海。一种荧屏上的印象在我脑际盘旋，吃着街边的小吃，看着人们的笑脸，你敬我让中穿梭于灯会花海中。其实在云南丽江的四方街就是这种感觉。但是那里的大部分纳西族古文化已经被一种经济利益驱使下的伪文化所代替，经营店铺的大多是穿着纳西族服饰的外地客商。但是，在我们的河口古镇复现古文化的路上，却只有民风淳朴的原始，没有投机取巧的迎合。

最后，老人不无遗憾地说道，随着世道的变化，老河口也在变呢。明清末年的“废寺兴学”到“民国”二十七年的“拆庙修学校”，许多古迹就这样被拆掉了。到了50年代，“大跃进”“破四旧”等运动中，老河口的这些古建筑就彻底被破坏完了，现在只留下了河口街的原址，可惜得很。这几年，政府开始挖掘地方文化内涵，有许多古民居被挂牌保护了，各个巷道都有。我循着老人指的南街走过去，找到几处大门口挂着“古民宅”牌子的旧居。征得主人同意后，我踏进了一家旧宅子，也就跨过了世纪的大门。低矮的木质结构的雕花屋檐依稀可见，两扇木门透着“柴门”本色。正中的堂屋里有八仙桌和太师椅，供家里的长辈居住。侧面是偏房，镶有一扇木格窗户，相对小一些，供孩子们居住。无论是堂屋还是偏方，都略显黑暗，营造了古朴典雅和空气中飘散的神秘。告别古居，来到“张公祠”，遥望河口张家的辉煌，那又是一段铺开的家族史。

走在这座看得见摸得着的河口古镇，我为人们欣欣向荣的生活环境高兴。但一个地方的文化氛围的营造和经济建设应该是相提并论的。在经济建设如火如荼的情况下，加大文化建设的投资力度也是当务之急。保护和发展地方的文化渊源，其实就是将浓缩的历史放大，给人们以借鉴和汲取，给经济建设注入新活力。经济做基础，文化上台阶，发展前景不可估量。失去那一头，我们迈开的发展步伐多少都会有些失衡。

出了河口东门，兰青高速公路横跨古镇，雄壮有力。黄河水依旧滔滔不绝的呜咽，我仿佛看见了衣衫褴褛的纤夫在喊着号子；穿着对襟褂子的筏子客在太阳底下摆渡，黑白分明的大眼睛里充满了由来已久的向往，脱口而出的“花儿”在黄河上漂远；贯通河口老街的大路旁，卖艺的、唱戏的、钉锅的、补碗的、吆喝娃娃回家的，浓郁的古文化气息随着摆渡的河水越来越明显。

坚守，成就别样风景

春风，吹醒了蛰伏的春困，春意便从田埂上冒出，在柳枝上私语，在泥土里撒欢。我禁不住诱惑，循着喧嚣而来，于是发现了他和他的梨园。

带着和泥土零距离接触的心境，我行走在西固区梁家湾村的那片梨园里，这里的梨树有300多年的历史。近年，由于修高速公路和柴家峡水电站占去了一部分，使本来就狭长的梨园更显萎缩。再加上疏于管理，去年衰败的蒿草大片大片地倒伏在田地里，梨树的枝丫凌乱，没人修剪……清明前后，种瓜种豆，可眼前的情景怎么也不容我乐观。心情随着眼前的萧条一路低迷。

既来之，则安之，我依然前行。忽然，透过枯枝败叶，我依稀看到了一树洁白，于是加快脚步追逐这点喜悦。原来是一家农民地头的银杏在怒放，满树满眼的张扬，阳光洒在花瓣间很耀眼。这时，一位低头干活的青年农民向我憨憨地笑着。原来，这是他的承包地，地里的果树修剪得错落有致，绿油油的大葱长势喜人。他说："现在很多人把自家的承包地荒了去打工，作为农民不种地，就没了底气和根基。尤其是我们梁家湾的冬果梨，丢弃了实在太可惜。你看看有些梨树没人管，由着性儿疯长，那样根本结不出好果子。"我顺着他手指的方向看去，一片衰败和他的这片小天地形成了鲜明的对比。他接着说道："听我爸说，早在八九十年代，就有'马泉的枣儿大又圆，梁家湾的冬果细又甜'。每到秋天，就有很多地方的人慕名而来买冬果梨，梨园里到处是来来往往的人们，可是现在……"我看出他有点失落和无奈。我说道："现在市场上各样水果应有尽有，大家好像不太吃冬果梨了。"他说："是啊，可是冬果梨的功效也是有些水果不能替代的。比如：加冰糖熬制后可以治咳嗽。其实，有些老兰州人还是喜欢吃真正的冬果梨。每年快到过年，就有人来联系我的冬果梨，一个不剩全部拉走了。"一脸的幸福和自豪在他的脸上绽放，我似乎明白了他这样勤勤恳恳的道理，似乎又不全是这样。他接着说道："把庄稼伺候好了，就是把自己的心情伺候好了。每到梨花满树的时候，眼前美极了。爱好摄影的人们总喜欢来我的梨园拍照，看着他们高兴，我也高兴。"他憨厚地笑着，我这下真正明白了他为什么一如既往的坚守在这片梨园的动力。虽然，还没到梨花开放的季节，可透过那些经过仔细修剪的枝丫和鼓胀的花芽，我决定还来这里看梨花。

我拍下了梨园的大梨树，就在按下镜头的那一瞬间，梨花烂漫似乎已经上路。年轻的农民小心翻开新鲜的泥土，和着馨香，播下了菠菜、油菜、萝卜的种子，也播下了心里的那份希望。我坚信：坚守，一定会成就别样风景！

静美三江口

远观，宽阔的河面上芦苇摇曳着季节，苍凉的远山与倒影相惜相携；近瞧，鲜艳的野花簇拥着装满岁月的旧船，几尊泥塑安然穿梭于时空；细听，鸥鹭野鸭在芦苇荡深处私语，满载而归的打鱼者给人一种误入江南水乡的错觉。这就是位于西固区达川乡的原生态景区“三江口”。置身其中，心里只有两个字——静美！

三江口，因黄河、湟水河、大通河在这里交汇而得名。其实这个名字有争议，但丝毫没有改变当地村民约定俗成的叫法，看来自有它成名的理由。据西固文料载：发源于青海省巴颜喀拉山脉的黄河，流经永靖县的刘家峡、盐锅峡进入达川乡。发源于青海省湟源县境内噶尔臧岭的湟水河，经海石湾到达川乡。发源于青海省祁连山境内的大通河，流经窑街在海石湾注入湟水河后到达川乡。这三支河流以黄河为主干在达川乡岔路村交汇形成宽阔的河面，一眼望不到边，自然长成的芦苇随着河床淤泥的增多，在沼泽地段的面积逐年扩大，大处可行船，小处可作窝。在给人们展示一份自然神秘杰作的同时，也为一些稀有飞禽提供了繁衍栖息的好场所。

三江口也是“鸡鸣闻三县”的中心。一声雄鸡啼，位于西固、永登、永靖交界处的人们都能听到嘹亮的报晓声，一天的光阴就这样被催开。随着雾霭慢慢散去，一个清晰亮丽的三江口不折不扣地展示给了游人。向西，远眺焦家桥横跨湟水河，轮廓分明。近年经过修缮后，依然负担着使命，为南来北往的人们提供便利。上游淤泥的沉淀在交汇处形成特有的湿地，大片大片的芦苇逐年浩荡；向东，三江之水顺流而下注入八盘峡水库。向北，远山突兀，山前是达川乡，山后是永靖县。只是山上没有绿树成荫，但它仍以自己的厚重依河矗立，恰似九寨沟长海之状，又有沙湖辽阔之形。向南，便是村民们的田园蔬果，那些盘根错节的老枣树与远山对望，春吐绿，秋泛红，不言不语中用默契养一方人。滨河而立，河面波光万顷，恬静地拍打着岸堤，芦苇荡深处总让人遐想无数，此时要有一艘快艇那将是十分惬意的事情。可我只能用目光丈量缥缈的河面，所及之处如诗如画。心潮幽静处顿时大悟，正是这一尘不染的思绪，才涌动着锲而不舍的精神追求。假如三江口是一副水墨丹青，那么不知不觉融入其中的游人便是它永恒的主题。看山是山，看水是水，三江口的魅力，莫过于此吧。

我从景区开发管理处了解到：三江口十年规划的远景令人振奋。即用四年开发旅游服务设施，用五年开拓旅游范围和挖掘深度，用一年系统完善建设成果，形成文化、商品、工业、体育等产业群。从而形成管理服务区、湿地景观展示与生态体验水区、农业观光体验区、森林生态休闲区、黄河文化主题区、西固民俗文化展示区和水上运动休闲区等。但是，把三江口景区的发展定位在乡村休闲度假这个层面上，我觉得有点可惜。因为就它的规模和原生态的内涵就足以令人刮目相看。只要在安全措施十分完善的前提下，可以大力开发水上旅游资源，同时辅助民俗文化的挖掘，让游客来了有看头，置身其中有说头，离去之后有想头。人的嘴，飞毛腿，让三江口慢慢走出西固，走出兰州，走出甘肃，与西固工业区的招牌并驾齐驱。在“东有什川，西有达川”的提法里，万亩梨园成就了什川的美名，三江口也将以神秘莫测铸就人们对西固达川的向往。

站在三江口，悠远的水面景观，芦苇丛生处的水中绿洲，让人不忍归去。作为田园、湿地风光最美的地方，那些泥塑的大爷大妈手里端着饭碗，安逸地吃着喝着，用忍耐化解生活中的难题；头顶荷叶的顽皮小子，肆无忌惮地撒尿嬉戏……这些最原始的表现，总能触动不同年龄人群内心的柔软之处，共鸣中不知不觉卸掉了包袱，缓解了工作生活的压力。

兴起之时，我把三江口从不同的角度留在了镜头中，也留在了心里。一座座等待脱粒的麦垛招惹记忆，让童年一路翻卷；一块块瓜田里三三两两的大西瓜长势喜人，让希望一路闪烁；一树树的青枣和苹果孕育着生命勃发的力量，给人汲取战胜困难的勇气；一棵棵向阳花追随着目标永不停息，把信仰送给了南来北往的客。回望处，风景依旧，三江口的静美让坚毅与你同行。

孔庙碑林荆边花

走进西固大坪村，我读懂了乡民柴米油盐中渗出的温情，鸡零狗碎里流露的惬意。置身孔庙碑林荆边花的交织中，难以目测的厚重和内涵激荡思绪，内心断然拒绝着廉价的抒情。于是，我小心翼翼地走向这方水土的历史褶皱。

从地方志里，我了解了大坪村人文地理的独特，仰慕已久。今天终于拥着内心的真诚，穿过村子往山上走，天然的宁静、优雅与诗意一路铺开。文化墙上“低矮的草房”与“红砖绿瓦”记载着大坪村的过去未来；“孔融让梨”、“不耻下问”的国学内涵弥漫在清新的空气中；“家有一老是一宝，要知人人都要老”的警示诠释着尊老爱幼的地方习俗。忽然一群羊走过来，牧羊人穿戴整洁、面带微笑地甩着手中的鞭子，和着文化墙的背景，充满命运感和怀旧感的符号意向在我脑子里跳跃着，共生和相扶相携的和谐韵味久久不肯离去。在同行者的催促下，再次迈步于红砖铺就的山路，荆边花正成串成串的怒放，金黄的小花缀于枝条的绿叶间，散发着淡雅含蓄的幽香，愉悦着路人的感官，令人神清气爽。放眼望去，后山下通往刘家峡的公路蜿蜒于群山间一直向前，这山这路不禁让我为人类的创造折服。

山路缓缓迂回，山中的庙宇沉稳静谧，聆听着鸟鸣，我来到了宏伟的“柳泉碑林”大门前，拾级而上，心里装满了猜测和期望。迫不及待地迈过那一道门槛，心灵便被另一个世界掳走。高耸的孔庙在绿树掩映中露出了一角古朴典雅的飞檐。迎面而来的是两株丁香树前静静矗立的雕有至圣孔子像的石碑，素洁的白丁香似乎也沾染了雅致，内敛而芳香。孔庙周围，错落有致的石碑上雕刻着内容和风格迥异的书法，阳光透过初夏的槐树叶点缀在石碑上，忽明忽暗。也不知是期待得到了满足，还是心灵与这种儒雅氛围产生了共鸣，我由衷地感到了快慰和兴奋。看看同伴，大家都不敢贸然闯入这块净地，于是默默地对孔子像三鞠躬。

大殿内部，孔子雕像端坐正中，周围是他的弟子们和其他古代书圣，形态各异，慈祥和睿智隐匿于眉宇间。我不禁怀想古代先哲怎样在布衣淡饭中提炼治国方略，锲而不舍地开化躬耕于野的芸芸众生。仰视大殿顶部，全是木质结构，交错纵横，精巧绝妙处让古朴的文化在我心间又一次翩跹起舞。这与北京的孔庙相比，少了一份悠远博大和大都市的喧嚣，但毕竟在兰州西固这块比较贫瘠的土壤中播下了崇尚国学和文治武道的种子，当它破土迎风时，需要人们的呵护和感念。穿梭于碑林间，记载当地人文内容和柳泉名人的书法，遒劲潇洒，清晰易懂，没有晦涩的神秘，明朗中的大气驱逐着久居城市的灰暗。“精气神”的浑然天成深入骨髓，“一身正气，两袖清风”的古人廉政句似乎昭示着什么，“凌云”的锐利流淌着不屈的精神和向往……柳泉碑林，没有语言的缤纷，却正用一撇一捺耕耘着人们的心灵，诠释着这方水土的天荒地老。

静坐其间，于我幸福莫过于在此刻抖落心灵的尘埃，一身轻松地静闻荆边花的幽香，如痴如醉聆听至圣教诲，慢慢在内心深处镌刻这温馨而又惊讶的时光。正午的骄阳灼热，我恋恋不舍地走出“柳泉碑林”大门，把遐思一路蜿蜒。

不经意间俯瞰大坪村全貌，整齐划一。驻足处，我看到的却是一道未被宿命的沧桑驯服的风景，安然中散发着倔强的希望。一直以为，于人于国要想发展，就必须固本。可是随着开放的深入，人们在迷惘中没有了信仰，失去了方向，令人尴尬和嗤之以鼻的事屡屡发生。今天，在这方寸间我似乎找到了答案——我们的根基不能丢！只有生存在本土文化的滋润中，借鉴与思考中才会获得不俗洞见和勃勃生机。

是啊，一方水土养一方人。西固柳泉人与碑林孔庙荆边花的互动中闪耀着智慧，蔓延在周边，终将让人们对世道和人心产生宽阔和善良的理解。俗话说：星星之火可以燎原。但愿如此吧！

西固的年味

也许有人会问：过年还有味道吗？我会毫不犹豫地说：有。不信你来咱西固的灯会走一走，你一定会脱口说出一个字——爽。是的，西固的年味很浓很重，她迎合了男女老少的口味。徜徉灯海，老年人抚今思昔，感慨万千；年轻人神采飞扬，想用手中的DV留住时光；小孩儿追逐嬉戏，尽情释放……朋友，西固的年味是向人们的诉说，诉说着中国几千年传统文化的优美；是向人们的展示，展示着石化城人民的不断拼搏；是向人们的保证，保证西固将与奥运齐步；更是与人们默默地交流，交流着新西固的精神。而这巧夺天工的灯展，深深地承载着西固的年味，升华着西固的年味。

漫步灯展，“丰”字静卧，她热情地拥抱着八方来宾。此时无声胜有声，丰而不耀。天寒，掩不住人们溢于言表的喜悦；风急，挡不住人们矫健前行的步伐。

看，银色龙腾飞，五彩凤展翅。他们争相到西固这块宝地安家，无论暴雪严寒，无论酷暑盛夏，他们都坚定地与西固人民共同建设这个家，愿用祥和笼罩着西固人民，愿用不屈武装着西固人民。

听，“福娃”在吟唱着奥运精神“同一个世界，同一个梦”。是的，西固人民也在奋起直追啊！豪言壮语与他们无缘，真抓实干却与他们朝夕相伴。灿烂的“水车文化”，坚定了他们前进的步伐。声声驼铃唤起了丝绸重镇的奋发，顶风前进的驼队啊，那时祖先顽强不息的历史精华，这种顽强不息却在西固生根发芽。“天下第一雄关”高耸挺拔，朦胧中呼唤着肃穆，单调中蕴涵着厚重。朋友，谁说“西出阳关无故人”，西固人民盼着你呀！

想，“嫦娥奔月”已不再是神话，“神舟七号”整装待发，石化人民轻抚她的羽翼，用自己的方式为祖国的航天事业增砖添瓦。西固已不是往日的沟沟洼洼，火树银花装点着高楼大厦。石化城沐着改革的春风，踩着开放的步伐，异域的风情她能消化，异域的文明已被她升华。这就是陇原的骄傲——“石化明珠”西固。

仰望灯火阑珊，烟花齐放贺新春；俯看祥鼠嬉闹，抬粮送水庆丰年。连那大肚能容天下的弥勒佛也在与西固人民同乐。是的，年年岁岁花相似，岁岁年年灯不同。年味中少不了灯展，灯展又增添了年味，也许你已深深地体会到了西固的年味——传统文化的灿烂，地方历史的悠久，奥运精神的呈现，异域风情的张扬，西固人民的拼搏，石化名城的腾飞。

黄河秋声话永靖

佛说：“万发缘生，皆系缘分。偶然的相遇，注定了彼此的一生，只为眼光交汇的刹那。”我笃信。每天，我行走在与某事、某物、某人相遇的路上。漠然也罢，欣喜也罢，这种遇见是前生注定，今生要了的因缘。曾经站在鸡鸣闻三县的达川三江口，开阔的视野里，静美的河面漾起我对三县之一——永靖的探究情怀。

乙未秋日，我在漠然中踏上了永靖的土地，却在欣喜中开启了一段机遇。黄河、彩陶、青莲、傩舞、丹霞、石窟、古典建筑……裹挟着曼舞的清韵和骨子里的厚重在我眼前缓缓拉开序幕。我愿与不愿，却一直行走在与之相遇相惜的路上。眼光交汇的刹那，黄河清冽碧绿的秋声化成了颗颗从我心间跳跃的文字，描摹用神秘、热情、宽厚、真诚接纳我这个外乡人的永靖。永靖傩舞俗称跳会，一种汉族的民俗舞蹈。虽然它没有军傩舞的大气磅礴，却用一种内敛的踏实示人。一面面鲜艳的旗帜，一件件别致的衣服，一个个独特的面具充满了灵性和神奇。从永靖县出土的文物中，原始社会新石器时代就有这方面的祭坛和彩陶纹饰。这种相互印证的流传，是命中注定的留存，不容置疑地把傩舞根植在了叫永靖的土地上，成了永靖与生俱来的胎记，打上亘古不变的相伴相生。永靖傩舞终将一份神秘、一份祈福、一份安慰送进千家万户，舞成世世代代季节里的传说。永靖在，傩魂永存。

永靖傩舞在我脑海里画上休止符时，又在刘家峡邂逅了“二龙戏珠”。在这之前黄河的清澈和缓，刹那间纠正了我思维里的孤陋寡闻，还黄河一个惊世骇俗的清丽前身。黄河原来可以和南方的大海相媲美，碧绿的黄河水，九曲十八弯，此处向西流。太极岛的芦苇倒影婆娑，用恐龙的脚印镌刻着属于那个时代的历史。蓦然回首，一池青莲静卧于宁静清亮的水面，小叶小花，随波而动，安然接纳着宿命的安排，似乎又不是，要不怎么出淤泥而不染呢？一池的莲，正因为有远处苍凉青灰的群山，才衬托得如此碧绿清幽。世间事自有定数，花叶相安即可。与莲相望的是一池盛开的荷，花人叶人。绕池观望，一朵朵荷花比莲多施粉黛，探头探脑，“早有蜻蜓立上头”的生动给了太极岛的荷更多的天真天籁之音。感动之余，心灵的沙龙充满了遐想的盛宴，有莲有荷还有我，有舒展枝叶的芦苇，还有那白垩纪的庞然大物。多么喧嚣的时光，热闹而热烈。累了乏了，在广场临桥滨河之处来一杯三泡台，静观沸水中翻动的茶叶舒展身躯。茶叶安静了，茶香四溢，慢品一口，顿时我也安静了。此刻，我忍不住在空间配上太极岛的照片写下了这样的心情文字：“在路上，总有点想说的话，一点点积攒，于是变成了对你如荷的思念，瞬间泛滥成灾，淹没的不只是心情，还有思维。”转眼的工夫，点赞无数，和我心有灵犀者颇多。兰大文学院的柯杨教授评论道：莲池青青最可人！我回复：花海酽酽兀自香！莲，花叶虽小，别蕴一番禅意；荷，花叶虽大，自含几许生机。真的很惊讶，我竟然踩着永靖的地脉，与那人那物，还有那万千的美丽传说，让心素洁如莲。

在我的思维里，一旦牵挂，便是劫难，一场甜蜜期盼的劫难。一扫漠然，不再随性，而是特别想念。捡一个亮丽的日子，我专程去永靖县城的河边漫步，只为一杯三泡台的灵感带给我的愉悦。前往炳灵石窟的游轮上，我也将自己思维的触角伸展在沿途。因刘家峡水库蓄水，黄河宽阔的河面在此处竟有7.5公里宽，没有烟波缭绕，却也浩淼无边。因折达公路的开通，结束了临夏东乡县到永靖县的摆渡历史。沿途废弃的莲花码头，像一位年事已高的老者，静静地守望属于他心底的信仰，不卑不亢。码头上一簇簇灌木深处，依然飘摇着曾经柴米油盐的拉拉杂杂，只是少了一缕炊烟的渲染。那一处处火红晕染了我的视线，近了，越来越近了。炳灵峡的丹霞石林就这么猝不及防地和我相遇，那静默的红，是对红尘往事的隐喻，随着时日的逼近，越加火红。有谁知道那要经过怎样的岁月历练啊！它见证过永靖傩舞里的虚实相生，也期待过太极岛一池白莲的芳容，可它最终只能将自己的一腔火热赤裸裸地晾晒于世，莫非是生生世世的表白，我却不得而知。就在我猜测犹豫之时，炳灵石窟不容置疑地击中了我与远古对接的要害。漫步在新建的炳灵石窟展览馆，丝绸之路南道上悠远的驼铃声摇醒了我沉睡的灵感，遥望古道在这里绵延向前。我和同事们争论的著名高僧法显正在这里说法讲经，他笑对我这个外乡痴愚之人。是啊，一切自有定数，该来的总归要来。释然之际，我默默地在心里对他顶礼膜拜。虽然那只是一纸老字，却也深深触动了我虔诚的心思。

出了展览馆，探寻“水帘洞”的神秘，西游的画面被我再次翻腾在脑海里；被誉为“天下第一奇观”的炳灵石林千峰壁立，万壑纵横，奇异的石林世界深深地吸引了我的视线。遥望“万笏朝天”，错落有致中催促我探究石窟的步伐；“一帆风顺”雄壮有力，把人生的期盼仰望在天穹。感性与理性的交织中，我终于慢慢感知了每个石窟蕴含的政治、经济、文化和宗教意义，这分明是对每个时代的铭记。在这么神圣庄严之地，我认真阅读每个石窟佛龛的简介。原来炳灵寺位于甘肃省永靖县城西南35公里的黄河北岸。炳灵之名，系藏语“仙巴本朗”之音译，“仙巴”是弥勒佛，“本朗”是十万寺洲的意思，“仙巴本朗”就是十万弥勒佛洲之意。炳灵寺石窟从西秦开始造窟以后，历经北魏、北周、隋、唐、宋、元、明、清各代都有扩建，距今已有1600年的历史。1951年10月，炳灵寺石窟被发现后，经过初步考察研究，冯国瑞先生著《炳灵寺石窟勘查记》一书，遂引起了有关方面的重视。1961年3月，国务院公布炳灵寺为全国第一批文物保护单位。炳灵寺也是我国最早接受印度佛教艺术的石窟寺之一。移步前行中，我被悬崖凿窟的技艺折服，岁月可以湮灭经不起风雨的记忆，却磨灭不了每个佛龛石窟的内涵。这不仅是艺术的殿堂，更是后来者研究历史的最好佐证。有这么叹为观止的石窟艺术，那一定有为之飞翔的翅膀。一个个美丽的神话传说，为炳灵石窟披上了神秘的色彩。“姊妹峰”将人间的亲情诠释得淋漓尽致；“鸳鸯潭”呈现给世人的是愈传愈奇的爱情故事；“杨塔”的修建把一方风水的秘密悄悄传播；还有为纪念万匠祖师——鲁班而得名的“鲁班滩”，他修建的“天下第一桥”虽已淹没，但一座座石刻却生生世世矗立在这里，无言，只为曾经的存在。

暮色中，黄河依旧，谁还徘徊在石林深处，用心阅读那石窟里永久的秘密；从斑驳的顽石缝隙里，找寻曾经的驼铃声声和茶马商贾远去的背影。夕阳西下，石窟里的雕像、浮雕佛塔和密宗壁画交错着在我眼前忽隐忽现。车子行驶在山间公路上，我成了时光的主人，一直让永靖的山山水水盛满记忆。这样的秋日，我与之清澈的相逢，却又不甘心美丽的错过，这是追忆里不可言说的情怀，世间因果莫过于此。永靖粗犷的傩舞、太极岛的卧莲、炳灵寺的千年诉说已嵌入心底，成就了我一段温润时光，且行且惜。

漫行八盘峡电厂

穿过西固区河口乡依山傍水的八盘村，远远望见一座吊桥，我充满了期待，内心就像等待书写的白纸一样。站在吊桥中间，向西远眺，峡口处，一座横跨黄河两岸的巍峨建筑截断了视线，依稀中透着磅礴大气，那就是八盘峡电厂。

过了吊桥向右走，就会看到镶有“八盘峡水电厂”几个镀金大字的厂门，门前的花坛里矗立着“轴流转浆第一轮”。它的总重量56吨，高3.6米，直径5.5米，是我国70年代从瑞士ASEA公司主机引进，安装于八盘峡水电厂3号机组，也是当时黄河上第一台进口的轴流转浆式转轮，1975年8月1日投运，为西北地区工农业生产和甘肃社会经济的发展做出了贡献。该转轮历经28年水流冲蚀，因“气蚀”而成的痕迹见证着岁月的沧桑，而今又屹立在厂大门口，迎接四面八方的游客。我忍不住抚摸着它的外壳，想象着它和水流日夜纠缠的情景，一种想进一步了解的欲望催促脚步。

来到办公楼一楼大厅时，安全生产4132天的电子记录醒目而亮丽。我戴上安全帽，纵观眼前的厂房、拦河大坝和一些机器设备，开始慢慢认识这座有37年历史的发电厂。一排排建筑透着历史的沧桑，有70年代的古朴和稳健。是的，人在探索自然的同时也在利用自然，顺从规律就会得到发展。我首先进入的是电厂中控室。偌大的室内，全是电子监控，伴着嗡鸣声，三个工作人员眼睛一眨不眨地盯着电脑屏幕，那些红绿曲线和方块是检测数据图，还有机器的运转情况显示等。我走近了他们，不是陌生，而是亲切。正是他们这样单调的坚守，才给我们带来了工作和生活便利的电力资源。我说长期下去会对听力造成损害，工作人员告诉我，火力发电发出的噪音比这个还大。俨然对自己工作环境的满足，是促成职业向事业转换的前提。他们已经把自己的工作当事业来干，那还有什么做不好的呢。沿着台阶往下走，下一层是宽阔的大厂房，发电机组有序地排列着，标注着不同的号码，醒目鲜亮，用防护栏阻隔着。整个环境干净而又充满了现代气息，与我在地面看到的沧桑截然不同。这些内涵一下子否定了我“到处充斥着油腻味”的胡思乱想。高高的顶部，一尘不染的机组井然有序。我好奇的从不同角度观察着，人的伟大再一次冲击着我，感性中把自己又一次送上了想象的轨道。接着来到了下二层通体发着黄光的转动机组旁，它的下面连接的正是我在门口看见的轴流转桨轮。隆隆的转动声中，这些理性的机器恪守着原则，一点点地将水力就变成了电力输送出去。虽然在一个较小的空间，我的思维却被放得很大很大。当从下二层上来时，那些交错的管道和顶部设备的设计又一次捕捉了我的视线。站在高高的天梯台阶上俯瞰下面，深井泵、励磁整流柜和一些搁置的带叶片的旧机器，他们的灵性在河水的翻卷中爆发，承载着使命度过一天又一天，安然中完成生命的升华。

参观完内部结构，我和工作人员来到拦河大坝上面，眼前的辽远让我沉思。高大的天车，随时准备提携内部需要修缮的设备。建在峭壁上的瞭望台，每年都有工作人员精细地测量一次大坝的位置移动，虽然肉眼无法观测，但机器可以准确测量。贴着山体的喷涂墙，起着保护和固定的作用。闲置的拦污栅静静地安放在大坝上，保证流动的河水洁净。倒立的漏斗状的进水塔矗立在拦河大坝旁，庞大而厚重。分流坝长短不一地扎根于河中，将湍急的河水分散开。河中那一个个急急的漩涡，强悍地发泄着被压抑的痛苦。可是人终归是人，河水终归是河水，我只有静静地欣赏它爆发时的外在。出了大坝，迎面而来的是变压设备，输变电线路等，看着汗流浃背的工作人员，我愿将感动付诸文字。

走出厂子大门，在这条被电厂人走了40多年的路上，我感受黄河的咆哮，领略这段时光里的精彩。站在吊桥上回望，八盘峡水电厂依然静静矗立在峡口处，解读了它沧桑的外观和与时俱进的内涵，我不再陌生。因为正值中年的它用睿智和沉稳在静默中见证了我国改革开放和跨越发展的历程，用责任和承担的生命永恒诠释着无言的深沉，用守望的姿势在流年谱写电厂人永不停息的追求。

烽火扎马台

以前，经常听爸爸说起扎马台，说起杨满堂征西……在我幼小的心里早已种下了神秘的种子，懵懂中孕育了猜测和向往。今天，我终于如愿以偿，踩着一脚泥泞站在了这块古烽火曾经燃烧过的地方，用心倾听。滴答的雨，抽穗的玉米，疯长的梨儿，甚至脚下被雨水冲刷的石头，无不诉说着一段过往，或近或远，或长或短，我恰似一只跳出井口的蛙，东张西望中用心与曾经的历史对话，让思维奔跑在那条蜿蜒的黄土路上。

扎马台，因为杨满堂征西时驻扎过兵马而得名。眼前宽阔平坦的地势，方圆几百米，真是一个粮马兵力休憩的好场所。古烽火终究在它熄灭的那一瞬间，给人们留下了一段神秘的猜测和传说。

据1991年刘英麟老师主编的《西固史情》上记载：早些年间，北方游牧部落入侵中原，狼烟传警，一直传到了中原。大将杨满堂挂帅西征，将士们经过千辛万苦来到了兰州市西固区新城乡这个地方，滔滔的黄河水挡住了去路。本地人说，这里没有船，要想过河非得等到冬天结成冰桥不可。望着湍急的黄河水，杨满堂着急而又无奈。他决定先将兵马驻扎在一个坪上（现在东川镇的扎马台）再作打算。

一天，杨满堂心烦意乱，没有一点儿主意，于是就派士兵到黄河上去看冰桥冻上了没有。当时正值六月拔麦子的时节，太阳晒得狗吐舌头人脱皮哩，怎么会有冰桥？派去的士兵明知没有冰桥，不敢违抗军令，到黄河边转了一圈，回来照实禀报："报告主帅，河里没有冰桥。"

这会儿，杨满堂的心里正急得火辣辣哩，心想边关十万火急，过不去就会耽误军机大事，恨不得有谁给他变一座桥过去。这个节骨眼上，一听没桥，等于火上浇油。他下令把那个士兵斩了。一天、两天、三天……就这么过了四十二天，派去看冰桥的士兵回来都让杀了，一个个成了屈死鬼。

这一天，杨满堂又派了自己的伙夫去看。军令如山，怎么能不去呢，伙夫长叹一声："看来我这辈子阳寿已到，说实话是死，编谎也是死。不要说看上一趟，就是看上十趟，也冻不了一座冰桥，我到河边上也不去了。"于是他喝了三杯酒后来到大营禀报："叩见大帅，冰桥冻住了。"

因为这一天，玉皇大帝巡视人间来到了南天门，见西北方向血气冲天，眉头一皱，派天兵天将到人间看个究竟。不一会儿就回来禀报："杨满堂挂帅征西，苦于过不了黄河，一气之下，杀了四十二个探桥的士兵。"玉帝想，杨满堂杀人不对，不过这也是为了社稷安危，于是就免了他的罪行。还召来了东海龙王，要他帮助杨满堂过河。东海龙王接旨后，就用自己的脊背变成了一座冰桥，渡过了杨满堂的三万人马。

杨满堂驻扎过营盘的那个坪，后人们就叫它扎马台。历史变迁，在这里又筑起了明长城和扎马台烽燧，《天下郡国利兵书》称扎马台墩，今被列入省级文物保护单位。

小雨中，脚下一块明亮的水石头，似乎也很有灵性，静静地在地上沐浴，谁又保证它不是杨满堂的士兵曾经埋锅造饭用过的呢？穿越历史，无论你喜你悲，去的去了，来的依旧要来。远眺扎马台南边的花路坡，苍茫的山包绵延无数，潮湿朦胧的山脚下，雾气霭霭，营造了一份虚幻，冲击着现实。有人说，这里的风水好，山坡上眺望，能看见黄河，“进水明镜出水暗”，把自己的先人葬在这里就能给后辈带来好运气，所以有些人家争先把去世的长辈葬在了这里。

纵观历史烽火，往日的遗迹不复存在，可史册上终有它燃烧的痕迹。我抚摸着那些旧城墙，悠远博大又一次让我想象，几只乌鸦落在城墙上嬉戏，使雨中的扎马台更加空旷，更加神秘。

沧桑春台堡

春暖花开的季节，站在西固区岸门村通往柴家台的黄河吊桥桥头，就能隐约看到柴家台村后面的堡子台，春台堡遗址就位于堡子台的山巅，对于专程来探寻它的我而言欣喜而又向往。

穿过黄河吊桥，行走在整齐划一的柴家台村，路边田地里此起彼伏的塑料大棚中蔬菜油绿光亮，街道上三五成群的孩子追逐嬉闹，阴凉处喝着小茶的老人们注视着过往的行人，乡村的恬静里扑面而来的是浓浓的生活气息。我仿佛闻见了春台堡曾经的烟火孕育的精华，看见了春台堡曾经的身躯阻截的掠夺，听到了肩挑、背驼用黄土建筑堡子城墙的喧嚣，春台堡在我的视线里越来越清晰。走过一段红砖铺就的山路，我便站在了春台堡厚厚的城墙大门口。原来它是柴家台人的祖辈用黄土筑成的土城，经过数百年的风雨剥蚀，目前只剩下堡子轮廓和几段城墙，但土堡依然向世人见证着当地风土人情和历史过往。厚重的城墙在风雨的洗礼下显得苍凉而无棱角，辐射着坚固与不屈。迈步踏进春台堡之时，渺小的我便穿越了时空，与这里的柴氏先祖们对话了，因为堡里堡外两重天。

春台堡外面，林荫道旁树木丛生，花团锦簇，尤其是山上的榆钱长势很旺，一缕缕饱满诱人，成群的小鸟跳跃欢歌，时落时飞。而堡子里面，给人的感觉却是满眼沧桑，残存的城墙围出了一个城堡轮廓，依稀还能看出当初的博大宏伟。近瞧，城墙上留有观望与防御的圆形小洞，夯土层依旧清晰，它就像历史穿过的老棉袄，处处裸露着飘摇，一点点被岁月风化着，撕扯着。也就是在这种风雨飘摇的现实中，才凸显春台堡的精神张力。它用自己的脊梁担负着历史，见证了掠夺与平安的大起大落，见证了困难与幸福的交织，也见证了黄河岸边生生不息的前世今生。根据资料记载："建成的城堡城门前后双层，木质铁皮护面。门前护城壕宽4米，深3米，吊桥随时升降，预防外侵。城门内侧设有藏兵洞，城堡东北角和西南角设有上城登道。并且，城内房舍排列整齐，行道纵横畅通，城堡内外4眼水窖蓄水备百姓应急饮用。"遥想当初的战事纷乱，对于身处春台堡内安居的先民们又是怎样的安心与满足。时过境迁，历史总会把点点记忆融进在她怀抱里繁衍生息的人群。倾听山上护林站一位工作人员的描述，他的言语低沉委婉，无奈中充满渴望。以前这里还有一个"对格台城堡"，因为年久失修，疏于管理，再加上对遗址的人为破坏，已经变成了耕地，就这么在人们的视线里消失了。站在城堡东南角的城墙下远观，原来春台堡三面有山，正南方可以俯视黄河。这样的地理位置，先祖们在这里修筑防避战乱的春台堡也就可想而知了。

放眼远眺，黄河对岸，火车蜿蜒前行，高速公路上车来车往。被绿化一新的西固牟家台和东川镇的扎马台与之形成三足遥望之势，互相支撑,新旧交替中，安于宿命的无奈似乎在风中飘荡。在每日甘肃网中，我看到记者采访当地柴世昆老人的一个片段："古城堡养育了祖辈，也孕育了柴家台的风土人情，作为后人我们为祖辈而骄傲，但我们汗颜面对城堡，对不住祖辈的是让城堡败落。柴氏后人心中有个愿望，就是呼吁有关部门能出面修缮城堡，留住我们的根！"老人的这个说法与我的想法不谋而合，没有根的民族是站不住脚的民族，只有扎根于丰厚的民族文化土壤，汲取更多的营养，才会在固本求真的路上越走越远。

在杂草丛生的春台堡内漫行，昔日的旧城墙依旧矗立，无言守望，因为在它诞生之际，就注定要用全身心迎接历史赋予它的豪迈和苍凉。在这样静谧的时光中，我总想得到点儿什么，其实我得到了又能怎样。丰子恺先生曾有名句说："尝喜小中能见大，还须弦外有余音。"就在我跨出堡子旧城墙大门的一刹那，我的心里却装满了无与伦比的牵挂。忆古看往昔，放眼眺未来，历史的前行中总有一些让人唏嘘之事，让我们在渐行渐近中以史为鉴。此刻，春暖花开，那年的画面不能重现，唯有珍惜现在。

青石津边话过往

由于工作需要，我用虔诚的情怀解读了西固这片生我养我的热土，解读了“黄河古渡青石津”。在通往古渡遗址的路上，行人稀少，时光安静地在青石山与黄河之间流淌。我心里一遍遍复制粘贴着从书本上得来的抽象画面，时而惊险，时而安逸。建筑垃圾堆放在黄河岸边此起彼伏，强势地遮掩着我的视线，这倒增加了我更多的好奇。越往前行，心里的好奇与猜测越浓烈。转过青石山的突出部分，在黄河岸上的空旷之处，终于找到了骆驼形状的“汉青石津遗址”石碑，远古的呐喊顷刻涌来，随着奔流的黄河叩问过往。

驻足古渡口，放眼远眺，黄河水经八盘峡水电厂一路翻卷而来，失去了昔日的喧嚣，缓缓而来，平静中孕育着惊涛。在季节的催化下，在一方时光里，任历史与现实对接，将我记忆深处的共鸣在丝绸古道上晾晒。史料载：“西固是古丝绸之路上的重要城郭，曾是郡县驻地，西秦国都所在地，素有西北边陲重镇、丝路古道要冲之称。”且不言西固“三江口”的静美，避暑胜地关山的神秘；也不语烽火扎马台的狼烟，河口古镇的悠悠古韵。且不言马泉堡子的风雨，也不语下川黄河大水车的静默。且不言柳泉孔庙的博大厚重，也不语西固石头坪的天然氧吧。且不言西固万寿寺的规模巨大，也不语陈坪军傩舞的远古内涵……此刻，我只赴与“黄河古渡青石津”一杯清茶的约定，揽商贾忙碌的古渡口，听青山披绿时的呢喃，忆曾经波澜起伏的历史，迎一段鲜为人知的过往。翻阅地方志，兰州史学界流行两句行话：“先有西固，后有兰州”，“先有青石津，再有汉金城”。因为在清咸丰十年（公元1860年）青石津古渡口背后的青石峡口处，曾修建了一座宽约20米的青石关门，当地人叫作“关门子”。一关依崖高悬，颇有“一夫当关，万夫莫开”之势。由此，也可以体味“黄河古渡青石津”在兰州历史发展中所起的重要作用，在丝绸之路经济带上的不可替代。

曾经有诗曰：“青石壁上建庙宇，石地众姓来烧香；关内金花保平安，渡水过河保安康。”每句第一个字连起来就是“青石关渡”。这是建关之初有位晚清诗人在青石关的关壁上题的一首藏头诗，也可见当时古渡口的要塞风采。中华人民共和国成立后，在修建兰青铁路时，青石关门被拆除，但与之唇齿相依的“黄河古渡青石津”却默默镶嵌在古丝绸之路上，迎风沐雨，笑看跌宕。它与西固区八盘村、河口古镇隔河相望。由于这里面朝黄河，背依大山，成为西汉以后，横跨黄河最险要，最雄伟的古渡之一。《河口史话》有这样的记载：据《史记·骠骑列传》所载，汉武帝元狩二年（公元前124年）霍去病奉命“将万骑，出陇西”，从今天的河口一带，将兵马粮秣，西渡黄河，在河口南侧，数次北渡黄河，出征河西匈奴。至祁连山，两次打败匈奴，控制了河西走廊，并打通了通往西域的道路。汉宣帝元年（公元前61年），大将赵充国奉命攻击西羌，“至金城，领兵满万骑，恐为虏所遮……遂依次尽渡。”随着兰州经济的发展，到了民国时期，青石津就成了丝绸之路上的重要渡口，一时间客商云集，经济一片繁荣。走过史料文字，走过图片影像，脚踩古渡遗址，抚摸久远历史，我仿佛看见昔日的人群熙熙攘攘，一队队骡马蜿蜒前行，一箱箱货物在古渡口上岸……此一时，彼一时，他们和我们一样，用喜怒哀乐把生活扮靓。古渡口的小草摇曳着一点怜惜，用杂乱诉说着被忽略的悲哀，在时空的摇撼下，依然与风雨伴行至今。是啊，即使古渡一块水石头，也会贮存或阴或晴的光阴。那年的腥风血雨再次漫过历史的堤坝，演绎着与古渡青石津生命攸关的有惊无险。《西固史情》中记载了一个故事：“康熙十四年，吴三桂谋反，兰州守备叛乱响应，杀害地方官，拆去兰州城黄河上的镇远桥，妄图据险固守。一时城里士民惊恐，震动朝廷。甘州提督张勇急令西宁总兵王进宝率兵讨伐。军队到了青石关渡口对面的八盘村，河水湍急难渡，对岸又有叛军据守，形势十分紧急。当地人朱应昌叔侄闻讯后，依然拆掉自家房屋，用房梁和木椽扎成木筏，冒着生命危险，半夜将官兵摆渡过河。正义之师屡战屡胜，很快击败了兰州叛军。嗣后，朝廷嘉奖朱应昌叔侄义助官兵之功，授之官爵。可是他俩坚决不受，只接受了一些河湾田土的赏赐。据说，从此青石津渡口山亲水善，二百多米宽的急水送船送筏，如履平地。朝廷来的官员都喜欢在此过河督办公事，从未发生过伤人吞财之险。”是啊，一方水土养育了一方人，而一方人又用自己的精神缔造着一方历史。从此，青石津古渡口的人与事就这么代代相传，渗进生息在这里的人群中，璀璨着丝绸之路的星河。朴实的民风，智慧的举止，大义凛然的情怀蔚然成风。沿途，在与青石咀村一位71岁的老人寒暄时，这种感悟慢慢演绎成了现实。

此刻，情不自禁地掬一捧黄河水，清凉让我的思维更加冷静。矗立河畔的大青石，历代烽火在它身上的痕迹已被滔滔的黄河水洗尽，但历史的留存依然让它有“此时无声胜有声”的曼妙。移步上岸，轻抚古渡口的骆驼形“汉青石津遗址”石碑。它始建于1992年，石碑之所以造成骆驼之形状，是因为在西固青石咀村对面的黄河中，有一块巨大的礁石，它酷似一峰卧着的骆驼，人们把这块礁石称为“骆驼石”。当黄河水量大时，这块骆驼石就沉没在水下，成了暗礁；当黄河水量减少时，它就会露出驼峰和驼身，所以它也是测量黄河水流量的一种标记。这块骆驼形石碑以顶风迎雨的姿势屹立于青石山下20多年，用无言承载后人赋予它的内涵，在风雨的洗礼中完成守望一方的记忆。骆驼石碑后面镌刻着：“青石津，西汉名渡，山多青石而得名。古为军事要扼，丝路锁阴，渡旁战事多起。至明清仍为直达青新要津，咸丰十年，建青石关城，有一夫闭关，全渡紧锁之雄。”的确，作为古渡口，此处不仅可以通商，也是兵家亦攻亦守，占尽地利的必争之地。那时候要渡河的牛、羊、马匹、骆驼，以及柴米油盐，丝绸瓷器等物资，都由对岸八盘村乘船，摆渡到黄河南岸。到中华人民共和国成立前夕，西固八盘村就有三分之一的人家是靠搬船摆渡，维持生计。至今在八盘村还有一条叫“船巷子”的道路。直到1948年左右，八盘村船泊摆渡才逐渐停止……是啊，排列的是文字，活跃在我心里的却是古渡口的烽火狼烟，以及当时贸易需要而造就的商贾繁忙。船夫一声声的号子喊活了时光，喊活了沉默的灵魂，于是文明超越了强悍，把人们引向了历史的另一个岔口。青石津古渡口终被裸露在时光中，慢慢淡出了人们的视线，任后来人将它寥落成传说。

历史变迁，古渡青石津变成了遗址。在这里生存的人们，用他们的顽强传承着先祖的聪明才智，片片废墟上崛起的是希望，鄙弃的是愚昧和懵懂。就要离开黄河古渡青石津，我默默地在心里说：此刻，让我与你握别，想往瞬间生根，精神很快发芽；此刻，让我与你握别，在古渡口找一朵相送的花，花蕊便是我无止的祝福；此刻，让我与你握别，虽然五音不全，依然要唱出内心的赞歌，在丝绸之路上撒播；此刻让我与你握别……

军傩声声撼金城

春暖花开，我有幸观看了省级非遗“西固军傩舞”表演，远古的呐喊又一次回响在西固大地，从骨子里震撼了我，也震撼了在场的每位观众。

军傩舞主要用于将士出征、祭祀祖先、祈求苍天、酬神纳吉等非常神圣的场合。此刻，在西固体育场随着雄壮的音乐响起，领舞者高诵霍去病出征的誓词，黄河水滚滚而来，鼓声阵阵中军傩舞的宏大场面以排山倒海之势拉开序幕。那一面面鲜艳的旗帜，一副副别致的铠甲，一个个独特的面具竟然充满了灵性和神奇。挥舞着兵器的舞者，更像是一群远古时代的英雄。我游走于古代的部落和军队，倾听军傩舞者的心声，成功离他们越来越近。于他们而言，我是那个时代的游魂，他们看不见我，可我依旧在后世存在；于我而言，他们是这个时代的游魂，我看不见他们，可他们依旧从远古奔走。我们在时光隧道里相遇，没有擦肩而过，而是彼此解读。我用肤浅示人，他们以深邃彰显，历史的某一个角落里我竟然也这么放肆地用文字欢歌，虽然没有“壮士一去兮不复返”的决绝，却也洞察了那一刻的细微。

军傩舞是一种古老的傩文化形式，在中国已有4000多年的历史。而西固区有悠久的军傩文化内涵，是哺育“陇上西固军傩舞”的沃土。据史料载：西固区域曾是少数民族羌、月氏、乌孙等游牧民族部落先民聚居之地。到了公元前

221—207年时，秦始皇派大将蒙恬率领大军征服了此地，将这一区域收入秦的版图，并由蒙恬率军兵在兰州黄河南岸修筑了长城。到了公元前81年，西汉政权在这里设立了“金城郡”，古郡址在兰州西固境内。西汉重臣张骞通西域从此地数次经过。西固的军傩舞是西汉骠骑将军霍去远征匈奴，从中原地区带来的。当地人们为了纪念霍去病为民办好事的功绩，编撰故事，排练纪念歌舞。因而，现在仍有许多人认为西固古军傩舞是霍去病祭祀祈求天宫诸神仙为民解苦解难的“神舞”。

由于目前军傩舞后继乏人而面临灭绝的危险，但在陈尚德老师的组织下成立了西固区陈坪乡农民艺术团，并编排了军傩舞，复活了这种古老的文化形式。年过花甲的陈老师，一心致力于西固军傩舞的挖掘。他和他的艺术团成员在“非常6+1”留下了身影，在“星光大道”踩下了辉煌足迹。陈老师应邀去台湾演出时，竟然累坏了自己的腿……也许人痴迷于一件感兴趣的事，乐此不疲，苦和累也不算什么了吧。

陈老师说，现在军傩舞褪去了诸多的神秘色彩，更多地成为一种综合的舞台艺术。傩面生动形象，鲜明地表现出人物的性格：“正神”面带微笑，慈眉善目，观之可亲；“凶神”长角獠牙，倒眉突眼，神情凶煞；“世俗人物”贴近生活。表演者带着傩面一边跳舞，一边伴随着锣鼓声齐声吼叫，模仿着蛇、虎、鹰、龙等的动作，传达出攻无不克、战无不胜的正义之师的英雄气概。军傩舞场面宏大，气势威武，很具有感染力。陈老师表示，自己就不止一次地“被它沸腾”，感受到千年前将士们“保家卫国、驱除鞑虏”的决心和勇气。表演者和观众都在那种激越的鼓点声和昂扬的呐喊声中热血燃烧，迸发出激进豪壮的原始生命活力。现代人表演的是古代的军傩舞，表达的却是现代人的心愿，这才是忆古与复古的完美结合。是啊，当大大的“霍”字旗帜在朝阳下迎风招展时，旗开得胜的场面历历在目，万国来贺，臣服的美酒飘香，阵阵掌声和着鼓声回荡在西固体育场的上空，凝聚成浩瀚的精神，又一次深深植根西固，植根于在场的每位观众。

西固军傩是远古军傩的“活化石”，这与陈老师的努力分不开。他看着远方，有无尽的遐思，因为这种非物质文化遗产的进一步完善任重道远。但他没有气馁，依旧为这块西固工业城的“活化石”奔走着，用自己的肩膀担起西固这块土地上军傩舞的深入解读。军傩声声撼金城，撼动的不只是视听，更多的是挖掘与发扬本土文化的心灵。

永远的天鹅湖

西固的天鹅湖，像兰州人记忆里的罐罐茶，在四季的风霜雨雪里一点一点煮着熬着沸腾着，今夏终于以酽酽的姿势扑鼻而来，清心明目之际，也搅起了西固人内心的波澜，我也毫不例外地被冲击。看着天鹅湖修葺一新的假山、哗哗作响的喷泉和休闲纳凉的人们，我忍不住默诵——永远的天鹅湖！

回顾往昔，那年我毕业被分配到西固。当时我根本不知道即将工作的单位在哪里，有人告诉我就在天鹅湖附近。我一路打问着找到了天鹅湖，与我想象中湖水荡漾的情景没有丝毫联系，差距太大了，“天鹅湖”就这么灰头土脸地第一次走进了我的视野。正方形的小池干涸而脏乱，我心生一丝轻蔑，窃笑这也能叫天鹅湖？可这的确就是天鹅湖。从此我在上下班的路上每天四次与之相对，熟视无睹，但它地标性的作用在我心里却一点点清晰起来了。有同学来找我玩，我就说在天鹅湖见面，等同学看到了天鹅湖，和我初见时的感觉一样，共鸣中我一笑而过。后来连续三年举办“西固灯会”，天鹅湖总被作为一个亮点装扮起来，在灯光的映衬下，那一对引吭高歌的天鹅栩栩如生，我内心隐隐被撩拨了一下。无论它平时怎么脏乱，西固的年味里，腾飞的天鹅多少也算是亮丽的一笔。双休日有空我也带着孩子去看看，但是落满灰尘的池边让人避而远之。我想：要是有一天能将这里的卫生搞得干干净净，有一池清水荡漾，有几条小鱼嬉戏那该多好！

近年，随着兰州“创卫城市”的号角吹响，天鹅湖有了很大的改观。尤其是天鹅湖所在的街心花园，整齐的花木冬日披雪素洁典雅，春日繁花美不胜收，夏日泛绿目不暇接，秋日金黄微风吹拂。上班时我也喜欢穿行在其间，看人们晨练午休，听孩子们嬉闹，美中不足的是偶尔还有宠物粪便挡道，心里多少有点难受。记得2011年春天的一个早晨，我和往常一样穿行在天鹅湖街心花园，一股浓烈的紫丁香花味扑鼻，我站在那棵丁香树下，贪恋地闻着想着……忽然有个老人的收音机里传来了“汶川重建的步伐……”，就这几个字伴着花香一下催生了我在四川新闻网举办的“我与地震灾区”和“难忘的记忆”全国网络征文活动中的获奖散文《一树丁香开》。从此，我便真的与天鹅湖身心交融了。春天，我来看怒放的迎春花，红的、黄的、粉的，定格记忆中的奇葩；夏天，我来看浓绿的龙爪槐，枝叶缠绕划向心海；秋天，我来看金黄的胡杨叶，在风中摇曳季节的传说；冬天，我来看洋洋洒洒的飘雪，将生活的烦扰统统抛却……天鹅湖，在我心里不仅仅是地标了，还是催生我灵感的重地。每当早晨路过这里，我一定会驻足，看天鹅湖十字车水马龙的繁忙，看朝气蓬勃的行人……蓦然，我感知到：其实天鹅湖见证着西固人一路走来的步伐。2012年，在兰州移动杯“魅力金城·青春兰州”青年摄影大赛中，我毫不犹豫地拍摄了天鹅湖的一对天鹅作为参赛作品，起名《腾飞》。作品描述中我这样写道：那是西固人不畏艰辛的象征，不论历史如何变迁，终将在暗流涌动中腾飞。以后的事实表明的确如此。

时间飞逝，2013年春天，天鹅湖十字开始修建天桥，大转盘要占据天鹅湖的全部。于是，那一对天鹅被拆了，静静地放在花园里，我忽然有点不舍。我看见春雪覆盖在天鹅身上，落灰的痕迹七零八落，一种莫名的伤感无情袭来，那对天鹅却一直在我心里振翅高飞。年底，当天鹅湖的天桥建成开放之日，上天桥的同时，我也在寻觅，寻觅心里的天鹅湖，冬日的苍茫里没找到我寻觅的影子。今年夏天，一直在外面支教的我回学校办事，回归城市的节奏让我的心情格外舒畅。当我走上天桥时，眼前一亮，蓝天白云映照下，天鹅湖静静地矗立在据天桥十几米远的地方。我迫不及待地走下天桥，像是赴一场不期而遇的约会，怦然心动。当我快步走近时，一种久违的酣畅漫遍全身，它是我的老朋友，但比以前更亮丽了。假山上用篆书刻写着“天鹅湖”三个红色大字，古朴而富有底蕴；圆形的小池里，池水干净透亮，喷泉此起彼伏，时而喷射，时而汹涌，时而婉转。那对天鹅以原样被高高地置于假山顶端，腾飞的姿势，让人心生喜悦。几个老人坐在旁边纳凉，一对小情侣依偎着在那里拍照，过往的行人无不驻足。于是我转动相机，把那一瞬间留在了镜头里，把兴奋贮存在方寸之间。

回到家里，我越看越喜欢，静静地在电脑屏幕前与照片中的天鹅湖对话，情不自禁地把它作为一种心情发在了QQ空间里。有个离开兰州十年的文友留言："这是天鹅湖吗？这么漂亮啊，真的不可思议！"有个兰州市的朋友留言："这是哪里？这么漂亮。"还有个北京的文友留言："你们那里的蓝天白云真的让人向往！"……这时"新闻联播"里传来播报："截至11日，兰州今年的空气优良天数达到191天，再加上去年全年空气优良天数299天的好成绩，兰州已退出全国十大污染城市的行列……两年的努力，让兰州市成为全国重点监测城市中综合污染指数下降最快的城市。"这段播报迎合了我的心情，我又一次阅读文友留言，在回帖中郑重地写道：你们哪里知道，兰州变了，西固变了，天鹅湖也变了。大家一起看看新闻联播就知道了。

不知何时，天鹅湖已经占据了我的思维。我不得不承认：你喜你悲，它就在那里，越来越靓丽；你来你去，它就在那里，越来越富有内涵。我不知道永远有多远，但我却知道它就和新建的天桥一样，承载着西固人的步伐一直向前。

听，桃花春曲满元峁

清明小长假，天阴沉沉的，迎合着清明节的氛围。我拒绝了时急时缓的车流，拒绝了喧嚣的人群，给思维一席休憩的绿荫，给灵魂一个独舞的空间。午后，信步走出家门，做一次深呼吸，吐故纳新。不用赶时间，静静地踩着西固的地脉前行，不知不觉来到元峁山下。此时，桃花正好。唐代诗人李贺的诗句"况是青春日将暮，桃花乱落如红雨"蹦上心头。是啊，这个年龄学会了谱心曲，但置身红雨般洋洋洒洒的花瓣中，仍不能拒绝耳濡目染的真实。于是，认真聆听桃花春曲满元峁便成了我此刻的要事。

元峁山，一直是西固人晨练休闲的好去处。随着时间的推移，山上的绿化越来越好。拾级而上，沿途的杏花桃花迎春花竞相争艳，一种忙碌后浪漫的情怀悄然而至。榆钱已大大小小地露出了雏形，我知道那是承载了太多记忆的精灵，可我不会将笔墨泼洒在她嫩圆的身躯上，时间和春风总会给她一个最好的归宿；梧桐舒展着枝丫，迫不及待地在粗壮的树干里赶路，他要在蛙声一片的盛夏来临前，撑开自己的大叶子，贮存炎夏的光和热，长大一些，再大一些；修剪过的梨树苹果树各就各位，三五吐绿的嫩芽聚在枝头低语，静待桃花杏花谢幕……我陶醉地倾听大自然的心声，强烈的共鸣里加快了上山的步伐。我不知道前面机遇什么，可我隐隐觉得一定有什么风景也正在和我相向而行。放眼远眺，半山腰一片粉红，恰似一条鲜艳的围巾系在元峁山的脖颈上，耀眼，坚定，不卑不亢。呵呵，这就是我要的心境，一种怒放在骨子里的心境。

一触即发的期盼，让我以最快的速度前行。一身热汗蒸发了都市的浮躁，几份沉稳积淀了思维的火花。近了，一株台阶上的杏树伸展着枝丫，和元峁山的大门遥遥相对，恰似春天的侍女，迎接着八方来客，我迫不及待地把她留在了我的镜头里。进了元峁山的林区，我猝不及防地被一种情绪驾驭，没有了“一束桃红向天笑”的豪情，却硬生生地被清明的节气送入穿越的错觉。一睹《三国演义》中刘关张在桃花怒放的园子里义结金兰，奠定了三足鼎立的基础；聆听《西游记》中“桃李芳菲梨花笑，怎比我枝头春意闹。芍药婀娜李花俏，怎比我雨润红姿娇……”的婉转。纷纷扬扬的花瓣飞舞，《红楼梦》里冷月葬花魂的哀怨竟也这么悠长，谁知春风乃是无情物。桃花呀桃花，你怎将这元峁山的春曲演绎得如此铿锵，如此婀娜，又如此伤感。该来的终归要来，该去的终归要去，花走了，不是还有果吗？我只能为坐果的桃枝喝彩。

漫步在桃花烂漫的小路间，喜鹊喳喳叫，不知名的小鸟唱着心中的欢歌，山上沟渠里的水毫无修饰地哗哗流淌。是啊，桃花自然有她的故事，可元峁山的朴素又将这故事演绎成了不老的传说。一阵春风吹过，花瓣雨瞬间飘落，随风而去，是桃枝的不挽留还是桃花的执着追随，到底谁眷恋着谁？桃韵护佑的元峁山和着西固的地脉一起凝结成我的心跳，我只有倾听，听桃花春曲满元峁的漫漫情歌——我还未到，你真的不敢老去！

鸟鸣空谷话关山

关山，位于兰州市西固区金沟乡南部，山势平缓，各种树木郁郁葱葱，层峦叠嶂，有一部分被定为省级森林公园。关山也是一处保留着原始森林原貌的旅游避暑景点，所以每到暑期，游客络绎不绝，茶摊上传来游客的欢声笑语，融进了山谷，融进了树木。回望我走过的那条柏油马路，是2010年修建的由城区通往关山森林公园的唯一条旅游公路。

西固通往关山的公路，由北向南，途经孟家山、马家山、熊子湾村，进入永靖县关山乡境内。山谷里的鸟儿盘旋，愈显沿途空旷。农民的菜地绿油油的，一派盎然生机悄悄在心里滋生。塑料大棚好似在平地上泛起的浪花，一浪接着一浪，里面的西红柿又似红宝石点缀。随着地势的升高，平整的土地少了，陡坡处是一层层梯田，苞谷、洋芋和百合交替种植。满天星不择地点地怒放，鲜花和绿叶簇拥，彰显着大西北特有的质朴和沉稳。农民的麦子在打麦场上码成了垛，杏儿红红地挂在山洼的杏树上，一片片胡麻随风摇曳。沿途缭乱的开发景象没能阻挡我探寻的热情，我仔细地搜寻着一路向前。经过三小时的徒步跋涉，终于看见了“关山森林公园”的大门掩映在郁郁葱葱的绿树中。拾级而上，顿觉神清气爽，豁然开朗。此刻，摒弃内心的偏见，用平静来对待眼前的一草一木，它们有灵性，人也就有了灵性。

据史书记载，明代以前，这里就是风光旖旎的仙境宝地。历史不但在这里留下了许多文人墨客的名章绝句，还在此处留有清代侯爷遗鞭西海后鞭出“神泉”的美妙传说；留有镌刻陕甘总督福康安祈雨灵验，奏明圣上乾隆皇帝敕封“神泉”为“广润候”的碑志；留有“金花仙姑”植火棍于石，瞬间绿枝生叶的

“火棍松”；留有英国传教士在光绪年间修建的避暑别墅；留有外国人在此取走“金马驹”的洞穴凿印。看着这一处处触手可及的遗迹，我努力地还原着书本上的文字。

站在正在修建的关山广场远眺，葱茏的树木沟壑让人无限遐想。因为观景台还没完工，所以没能看到“虎头山”的远景。抱着这样的遗憾，我继续上山，因为上面有“金花仙姑”的庙宇。走在山林间的盘山公路上，虽然是炎炎烈日，山中却凉爽宜人。当远远望见峭壁上的“火棍松”，仰望间为它的深沉与神秘而惊讶。转弯处就可以闻见浓浓的香火味。我不禁想到了《问松》这首诗：“千秋造化一日成，神枝神叶连神根。百代信子荫下坐，成就仙佛有几人?”站在标有“神树岘”的牌子前，我想“山不在高，有仙则名”大抵如此吧。是啊，关山因“金花仙姑”而名扬天下。据西固地方志办公室杨立明老师编著的《一个美丽的传说——金花仙姑》中记载：民间盛传的金花仙姑的故事。至今五百六十年了，在很多人心目中，金花仙姑是一位仁爱慈善、万民敬仰的女菩萨。她的出世，经历了从天庭到凡界，又从凡界羽化升天的曲折而又神奇的仙化历程。为了纪念金花，人们在大松树边修庙祭祀，随着时间的推移，这里的香火日益旺盛，金花姑娘也就变成了金花娘娘。当地乡民为了记住这段神奇的传说，明末清初，随着金花仙姑的神应感化和水会神事活动，形成了一个地域广阔、疏密有致的金花仙姑庙宇群。

自此，美丽的传说为秀美的山川披上了一层神秘引人的面纱，而秀美的山川承载着传说名扬天下。沉浸于这样的意境，我带着虔诚参观了金花娘娘庙。看着慈眉善目的金花娘娘，让人顿生安闲。走在空旷的山谷，听鸟鸣，一路的松柏叠翠。远眺山坳里的人们扎根于这样的土地，一代又一代。我知道了，关山的美，美在树木，美在珍禽走兽，美在传说，更美在对过往历史的体验。

风雨马泉堡

邂逅马泉堡，就邂逅了一段往昔的凄婉。当这方用不同颜色的石块垒成的堡子大门扑面而来时，措手不及的我看到了时光缔造历史的同时，也在湮灭着历史。在它流动的嘤嘤嗡嗡中，时而翻卷大浪，令人扼腕长叹；时而静如止水，令人动生悲凉。位于兰州市西固区马泉村的马泉堡没有让我雀跃，给我的是无奈中的遥想。

正午的阳光下，马泉堡墙头的小草摇曳着一点怜惜，墙下的杂乱诉说着被忽略的悲哀。厚重的墙体在时空逼仄薄凉的摇撼下，依然与风雨伴行至今。是啊，一块方石，贮存一丝光阴和希冀；一条缝隙，隐匿一路期盼和失落。当马泉堡完成它保护一方平安的使命时，被裸露在时光中，风雨剥蚀下的“马泉堡”三个字依稀可辨，不知哪个工匠的心血就这样寥落成传说。

据史料记载：马泉堡始建于明朝万历年间，目前仅存的这个是北门。当地人讲，这个北门很久以前就不用了，后来在北门旁边修了新的城门，现在也不复存在，被村民们占去建了屋舍。而这个北门为什么能流传至今，为什么没有被摧毁呢？民间传说这里的风水硬，没人敢动，这倒给堡子北门的与时俱进提供了残存的理由。因为这里有一个凄婉的传说。

从前，堡子里一家人的儿子和堡子外一家人的女儿喜结良缘。一大早，新郎在众人的簇拥下牵着高头大马迎娶新娘，人生最美莫过于“洞房花烛夜，金榜题名时”。新郎带着一路的憧憬把心爱的姑娘扶上了马，生怕有什么闪失，一路吹吹打打地到了堡子北门下。看着羞涩的新娘，仰望彩旗飘飘的堡子北门，他心里乐开了花，因为进了堡子也就到了家。新郎整了整衣冠，牵着驮着新娘的白马走进堡子北门。簇拥着新娘的一干人吹打得更加卖力了，喜庆弥漫在堡子内外。北门内高高的拱形大通道凉爽而又神秘，当驮着新娘的大马走到中间时，意外发生了。从拱形通道上方掉下来一块青砖，不偏不斜，正好砸在新娘的头上。美丽的新娘还没来得及看看自己的新郎就命赴黄泉了。新郎悲痛不已，从此出入堡子再也不愿走北门。当时人们也认为堡子北门不吉祥，所以又另开了一个门通行。

“文革”时，这里仅留的一些古迹没能幸免一劫。堡子北门上的城楼被拆，昔日的彩旗飘飘从此消失。由于北门的风水硬，所以就这样保存下来了。随着时代的变迁，堡子周围的城墙被挖得剩下不足七八米，另开的那个堡子门也被人们拆掉盖了屋舍。可是，北门一砖一草依然没人问津，并不是人们要保护，而是畏于一种虚无缥缈的力量。

当我伫立在马泉堡北门口时，非常好客的马泉人，打开了堡子门让我参观。外面用石块垒成的朴素的马泉堡，里面却另有天地。拱形通道，一色青砖砌成，整齐划一，用白色石灰勾勒的缝隙让每块青砖的轮廓更加分明。这里冬暖夏凉，目前管理的这家人把它作为堆放杂物的仓库。虽然凌乱，却不失大气与厚重；虽然封闭，却依然散发着古朴的坚韧与倔强。一脚踩进凉凉的堡子通道，抚摸着这些久远的物件，我仿佛看见昔日的人群熙熙攘攘地从这里走过，他们和我们一样，用喜怒哀乐把生活扮靓，此一时，彼一时。

一处古迹，就是一方历史，一代代地在茶余饭后传承。也许人们津津乐道的不是这方古建筑的结构，而是它承载的内涵。“很久很久以前……”这样的话，不知被重复了多少遍，面对新人，说说旧话何妨？可它依然常说常新，当堡子大门紧闭的一刹那，我知道这方历史依旧会被紧锁在青砖白缝间。

看夕阳斜照，半边阴着半边亮的马泉堡一下子催生了我对远古的呼唤。

马泉堡

一场兵戈铁马，

你却阻隔了杀戮和掠夺。

夕阳下，

你用慈爱迎来送往，

期待一场绝世的艳遇，

却做成了抵风挡雨的蓑衣。
曾经的窃窃私语，
雕刻了你装满春秋的皱纹，
落雪，难掩过往沧桑。
时光的跑道上，
蛊惑的大手没能打碎你，
呐喊的乱潮没能淹没你，
风雨强壮了你守望的身躯。
无言痛苦，
不说无奈，
一棵小草那是你派出的信使，
努力摇曳着一段不屈的历史。
你看，你看，
燕子翩跹时，
你老泪纵横了，
一滴一滴打湿了史册。
蓦然回首，
光阴深处，
你的眼神依旧。

走进兰州非遗馆

走过横跨黄河的“天下第一桥”，就到了兰州非遗馆，兰州的往昔一点点在视线里清晰。回忆不再是回忆，而是眼前活生生的现实。内心的喧嚣戛然而止，灵魂的安静慢慢升起，思绪迫不及待地飞回那年那月。此刻，呈现给我的件件非遗，看似或简或繁的外壳，却渗透着兰州人从古到今的生活史和抗争史。

一脚踏进古镇古街，黄河边的“四合院”，孕育了憨厚踏实的兰州人。他们曾经在一个院子里谈笑风生，你家的事不是你家的事，而是大家的事，你帮一把，我推一手，难关过去了，日子又平静了。节假庆典，大家一起喝口“三泡台”，听一曲“兰州鼓子”。饿了来一碗“牛肉拉面”，馋了来一碗“酿皮子”，心里舒坦了，内心也就有灵气了。雪花飘落的季节，“太平鼓”的鞭子落下去，从冬到春，兰州人的日子不再寂寞，区县社火队把中国文化浓缩进几百人的队伍。“铁芯子”上演《西游记》，“舞狮子”彰显中国真功夫，“竹马子”流淌喜怒哀乐，“秧歌队”诉说幸福喜悦……一直到“二月二龙抬头”里“高高跷”的惊险上演，才把兰州人的春节画上圆满的休止符。卸下浓妆艳抹的心情，换上素雅的生活本色。看岳云生老师的“兰州泥塑”，辛酸和温馨和进了黄土。“民国十八年的灾民”浓缩了旧中国的无奈和艰难，“百笑图”揭示了人间百态，“背田”则真切地刻画了过去农民劳作的艰辛，“宰年猪”承载着四季期盼，“过年”则把苦日子里的天伦之乐演绎得淋漓尽致……看着灯下专注做泥塑的岳老师，我知道他的内心装满了老兰州。

来到隔壁的“兰州刻葫芦”展示馆，那些精雕细作，让人叹为观止。一个小葫芦玩转乾坤，名山大川，名人轶事，名言警句无所不包，在古典音乐的催生下，集诗书画艺为一体的“兰州刻葫芦”深深印进了游人的内心，走出国门，走向世界。有刻就有剪，在“兰州剪纸”的众多题材中，驻足龙瑞英老师的50米“清明上河图”前，我又一次惊叹人性的精妙绝伦竟能如此彰显在薄薄的纸上。人物的一颦一笑，花鸟的错落有致，繁忙的街市场景，被刻画得栩栩如生。画，只是用笔，剪，是对画的升华。一幅幅剪纸作品在这里成了人性坚韧的凸显，没有这样的兰州人，哪来这样超凡脱俗的剪纸作品呢？

沿着古街向前，背着“羊皮筏子”的老者挡住了视线，原来是一个蜡像，我抚摸着那些陈旧的羊皮袋，仿佛触摸着兰州的过往。有人调侃：“砂锅里煮的洋芋蛋，炕洞里填的驴粪蛋。炕上睡的尕老汉，羊皮筏子赛军舰。”其中除了过去兰州的贫穷，还折射了羊皮筏子的重大作用，还有什么水上运输工具能与军舰相比美呢？就在羊皮筏子退出水上运输舞台的一瞬间，它的历史却像黄河水一样源远流长，黄河三峡的羊皮筏子上，筏子客悠扬的“花儿”终究以独特的魅力吸引着八方来客。说到黄河，就不能不说“大水车”，它曾以吱呀呀的抗争养育过兰州的先民。有的虽然散架了，有的虽然风蚀了，有的虽然满面疮痍了，可它终究是兰州人不屈精神的象征，博大智慧的浓缩，时光中静默但不缺乏无言的厚重。时至今日，我说不清“大水车”是兰州人的依赖，还是兰州人是“大水车”的支撑，无论怎样，兰州和大水车已经不可分割，就让彼此在相扶相携中点亮兰州的历史。

恋恋不舍中，“天把式”让我这个在梨树底下长大的人着实新鲜了一把。一旦智慧的实体有了价值，就会被历史记住，人们用来摘梨的云梯也竟然榜上有名，欣喜之余，我不禁为自己的孤陋寡闻窃笑。“河州砖雕”赏心悦目，“保安腰刀”工艺的原生态，“红古刺绣”的细腻，“西固军傩舞”的神秘……让我无不为兰州非遗的精彩鼓掌。我带着思考走出了兰州非遗馆，却走不出对往昔的怀念。

一道夕阳照耀，雕梁画栋的兰州非遗馆恰似依山的宝藏，藏着新老兰州的秘密，也藏着一代又一代兰州人内心的秘密。站在山水间，现代气息充溢的现实和内心古朴的岁月对话，我清晰地听到了——读懂脚下的历史，才有崛起的希望。

五月，水车的静默时光

五月，立夏，我来到西固下川村的大水车旁。

这样的迫不及待，源于在读者微博中与天南地北的朋友们互动的结果。我用兰州的“一本书，一座桥，一条路，一碗面，一座山，一枝花”将他们的热情点燃，他们对兰州的向往远远超出了我的想象，我告诉他们兰州还有“水车之都”的美誉。怀揣这样的初衷，我便披着一路朝阳，走近“黄河兰州下川水车”。

远远望去，掩映在绿树中的大水车一丝不苟地与岁月对峙。轴心用直径将近一米的圆木做成，周围的木制叶片被河水冲刷得没了明显的棱角。水车的主体用轴心的圆木架在岸边石块砌成的方形大石台上。日夜奔腾的黄河水一路向前，古老的兰州水车正在演绎着自己诞生之初的生命之歌，用包容和接纳温暖着薄凉的光阴。走近大水车，河道里没有水，所以它静静伫立着，像一个历经沧桑的老人眺望着岁月。负责人说，要是河道里有水，水车就会在上面慢慢转动，河水在下面急速地奔流，一快一慢，非常壮观。可是现在，只能看它安静的样子。此时无声胜有声，大水车沉默，我的思维却喧嚣。

其实，一个地方自有其文化渊源。黄河兰州下川水车碑记中写道："粗犷的雄姿，装点黄土高坡的淳朴；铿锵的步韵，吟诵西部人民的春夏秋冬。兰州水车，历史悠久，功誉显著，堪为民间文化史上一个气势恢宏的艺术瑰宝。明朝嘉靖年间，兰州志士段续借鉴云南筒车利用水力提灌田地之原理，创制水车，造福桑梓。清乾隆五年，西固贤能刘功依法仿制，并创新推广，在黄河沿岸建造了多座水车，浇灌良田千万亩，惠及乡里数百年。下川水车，饱著风雨，历尽沧桑，越时三百载，已成黄河岸畔之奇观，跻身国家非物质文化遗产行列。现因兴建柴家峡发电站，此河段形成库区，只是水车位置水位升高，遂经有关设计部门确定水车基轴于原址抬起三米，原样安置，以作保护……"我不禁为古代劳动人民的聪明才智和创新精神折服，也为大水车成为国家非遗感到庆幸和自豪。当地还有一个民间传说：从前有个外乡人来兰州，他翘首数着大水车上盛水的水槽，总也数不清楚。于是他解开腰带，脱下黑棉衣搭在其中一个水槽上接着数，他想等看到自己的黑棉衣了，也就数清楚了。可是他数了半天，还是看不到自己的黑棉衣，于是发出了这样的感慨，"数了三百六十罐罐，却不见我的黑褂褂，兰州的水车真是太大了。"我为外乡人的幽默之举捧腹之余，也深感兰州水车的规模之大。

目前，兰州滨河路上建有水车园，那里的水车颇具观赏价值，能满足人们一时的好奇，却少了一份沧桑和厚重。全国各地的有些旅游景点也设置了水车，比如云南丽江古城北门大水车。作为兰州人，那个水车在我眼里似乎就是一个大模型，多了一份秀丽典雅，少了一份宏伟和大气，但不失纳西族人的内涵和底蕴。我由衷地说，兰州承载"水车之都"的美誉名副其实。

站在大水车旁，抚摸这里的石头、木板，好似抚摸着数百年的地方历史。原来沿黄河有好几座水车，以前人们的人文意识比较单薄，由于疏于管理，有几个已经倒掉了。而现在这座大水车有专人负责，只为那段熟悉的历史，也为即将成为历史的历史。

立夏了，季节给人们营造了绿意盎然的心情，来这里观赏水车的人络绎不绝。有的在水车旁钓鱼，有的在喝茶听涛。最醒目的要数一对85岁高龄的老人，他们在儿女的细心照料下，在大水车旁晒太阳聊天。这样温馨的画面和大水车的沧桑终于汇聚成一个平衡点，在这个点上，我放飞重彩浓墨的心情，五月，与水车一起享受静默时光。

兰州最美乡村——苦水街

她，依然在城市化进程的浓妆艳抹中显露曾经的清丽婉约；她，依然在玫海花香的喧嚣中独守历史的承诺；她，依然在现代与传统的平衡中前行开拓……她，就是位于“中国玫瑰之乡”的兰州最美乡村——苦水街村。

苦水街的美，不是肤浅的钢筋水泥勾勒的棱角分明，也不是艳俗的花枝招展凸显的大红大绿，而是现代文明与古朴典雅孕育的亭亭玉立。缓行其中，错落有致的街道，素雅的文化墙，原汁原味的历史内涵和淳朴的民风无不让我感慨万千。虽然五音不全，但我依然用心音唱响了一支悠扬的歌。

苦水街，有依托，依山傍水故事多。

她，背靠猪驮山，山上一处处自然生成的奇特地貌让人叹为观止。灰的、红的、黄的、白的，一道道顺山势纵行排列，蔚为壮观。西北最大的露天大佛——渗金佛祖（俗称李佛爷）肃立在山巅，日夜俯瞰着苦水街。史料记载：“李佛爷十八岁出家到萱帽山修行。为了修葺十王殿，他天天赶一头呼作‘自醒’的猪搬运砖瓦，自己身背六块，猪驮四块，这一行动感动了周围的人，大家都来义务投工，募化捐资，最后终于实现了夙愿，‘猪驮山’由此得名。他圆寂后，众僧在他端坐的遗容上涂金粉，一涂再涂，总是不显光亮，觉得奇怪。不久，消息传到京城，康熙皇帝说‘莫非他是渗金佛’一语道破，他的遗容顿生金光，灿灿照人。因此，后人常称他为‘渗金佛祖’。”每年阴历四月八到这里上香的人络绎不绝，热闹非凡。在猪驮山与苦水街之间流淌着庄浪河，一川风景因有水显得生动而富有灵性，地方历史在它身边演绎。它曾容忍过践踏的铁蹄，曾承受过文明的掠夺，曾遭遇过被污染的险境……一切成为镌刻的文字后，它的忍辱负重却悄然浸润了一方水土养育了一方人。

苦水街，有支柱，田园玫瑰迈大步。

苦水玫瑰，承载一份浪漫内涵的同时，也因其瑰瓣大肉厚，色艳味浓，花产量、含油量和玫瑰油质量为农民带来了实惠，经济价值和观赏价值并存。花骨朵打包的季节，农民就开始忙碌了，手快的一天可摘七八十斤，手慢的只能摘三四十斤，短短的20天，就为他们带来了可观的收入。与此同时，苦水街还在玫瑰园开发了几处大型农家乐，为各地游客提供了休闲娱乐的同时，也带来了旅游收入。苦水街见证了玫瑰栽植、砍伐和开发的波折后，终于在当地政府的扶持下，加快了玫瑰产业化发展步伐，坚持走特色化、规范化、标准化、多元化发展道路，让苦水街人率先致富。

苦水街，有内涵，阡陌小巷非遗满。

苦水镇的非物质文化遗产丰富多彩，而苦水街村是全镇非物质文化遗产的聚集地。《苦水史话》记载：“据不完全统计，现有8类20多种，被兰州市非物质文化遗产保护中心誉为‘非物质文化遗产的沃土’。其中有国家级非物质文化遗产‘苦水高高跷’、‘兰州太平鼓’；市级非物质文化遗产‘苦水下二调’、木偶戏、‘二月二’龙抬头社火、铁芯子。目前，‘二月二’龙抬头社火被兰州市列入省级非物质文化遗产省、市分别列出项目。”值得一提的是，苦水街人把非物质文化遗产从传统的节庆活动中解放出来，转化为与老百姓的日常生活密切相关的文化活动。以“猪驮山文化庙会”、“苦水玫瑰文化艺术节”为载体，突出非物质文化遗产展演的重要作用，让当地群众尝到了文化的甜头，反过来激发了大家的参与热情，良性循环就这样融进了苦水街的日出日落。

苦水街，民淳朴，左公义学是基础。

据说，左宗棠在陕甘主政期间，政绩卓著，为推进甘肃教育事业的发展建立了不朽功勋。他到苦水后，见苦水地方富庶，风景秀丽，街巷有序，商贸活跃。但他了解社学、私塾、义学的办学情况后，依然在苦水督励，扶持新增义学，带动了其他村陆续办起了周家庄龙溪义学，大路村东郊义学，为苦水教育事业的发展奠定了基础，培养了一大批文人士子为国为民效力。这与当今倡导的国学学习不谋而合，《弟子规》等儒家经典让苦水街人在礼义廉耻中自省；故事、名典掌故、谚语、格言、对子、诗歌等体裁的运用让苦水街儒雅之气蔚然成风。

纵览古今，苦水街踩在历史的肩膀上眺望未来，清醒而不迷茫，借鉴而不鲁莽，跨越而不激进。面对这样客观理性的美丽乡村，我用思维丈量脚下的厚土。假如云南丽江的四方街以彩石铺地、商贾繁忙、玉笛悠扬、一米阳光的独特闻名于世。那么，甘肃兰州的苦水街就应以李佛文化、花海玫香、非遗遍地、古镇新韵与之遥相呼应。

二月二，喜看玫乡社火舞春风

周六，喜逢中国传统节日农历“二月二”。不落俗套，“二月二，龙抬头”的日子里，除了和家人吃一把豆子，道几句吉祥外，邀三五好友到“中国玫瑰第一乡——苦水街”看社火便成了我必做之事。一下车，就能闻见春的信息在玫瑰园里撒播，看见枝头的饱胀孕育来日玫瑰的芳香，听见震天的锣鼓招呼八方来客。走在涌动的人流里，我想：二月二，喜看玫乡社火舞春风真是一件惬意之事。

随意采访一位当地老人，他告诉我：“现在苦水街的地里种的全是玫瑰，春节过完，家家都给玫瑰园施肥，一切就绪后，就准备二月二的社火，几乎是全员参加。俗话说‘龙不抬头，天不下雨’，农历二月二玩社火，就是希望龙抬头后的春雨滋润玫园，为我们带来又一个丰收年。”听完他的叙述，我觉得行走在苦乐相伴的日子里，只要期盼在心头年年生根发芽，那我们的生活就一定会生动活泼，你是我是，大家如是!

当我再次融身看社火的人群时，人流如水，摩肩接踵，伙伴们已不知去向。忽然，也不知是哪一位壮汉踩到我的脚上，没等我看清面目，社火开演的鞭炮四起，我躲闪着往后退，痛并快乐着。原来，苦水街的社火是南街和北街同时开演，南街的往北街走，北街的往南街走。开始时，北街七八位彪悍的鼓手甩开膀子擂响街头的大鼓，表演的队伍整装待发，猎猎旌旗在春风里飘舞，人们的笑脸就像是春天里的急先锋，形态各异地盛开着不知名的花儿。一声声来自肺腑的“好！好！好!”喊出了锣鼓手鬓间的汗珠子，一阵阵热烈的掌声鼓出了秧歌队里舞者脸上的红晕，一次次注目催生了腰鼓队里小朋友的自信……蔚蓝的天空中飞机在盘旋航拍，社火队里年龄最小的表演者才3岁，看得人心生怜惜。慈祥的渗金佛祖、和善播福的春官、扣人心弦的高高跷、雄风乍起的舞龙舞狮子、饱含经典的铁芯子、婀娜多姿的腰鼓秧歌、波澜层起的推旱船、蹦蹦跳跳的竹马子、令人捧腹的丑角王妈……这无不诉说着中国民俗里的历史，有渊源，更融入了现代元素，承载着人们期盼的同时，大赞党的富民政策。

走出心灵的喧嚣，还思维清静的场所。翻阅《苦水史话》，苦水高高跷历史悠久，相传始于元末明初，距今已有600多年的历史，是一门苦水人民世代相传的民间表演艺术。它的表演主要以传统秦腔本戏为内容。高高跷的特点一是“高”，加上表演者的身高，可达4.7—5米，惊险刺激，令人望而生畏；二是“活”，表演者服饰迎风舞动，威武壮观，栩栩如生。目前，“苦水高高跷”已被列入首批国家级非物质文化遗产保护名录。除获省市级的一些大奖外，2009年6月，参加“中国成都第二届国际非物质文化遗产节”，并荣获“太阳神鸟”金奖，这不仅是苦水人心血的凝结，更是他们对历史的贡献。

而苦水太平鼓的发源可追溯到4000多年前，20世纪80年代以前，鼓手全是青壮年男子，少则二十多人，多则四五十人。现在已打破男女界限，青年妇女也自愿加入到社火队伍中。鼓手的律动是人舞鼓，鼓带人，人鼓合一。它的节拍鼓点基本为：哐——才——哐，哐——才——哐，哐才——哐才——哐才哐，寓意为“今年好，今年好，明年更比今年好”。苦水太平鼓也参加过许多不同级别的大赛并获奖。文字的记载，是对辉煌历史的铭记，总会给人插上想象的翅膀，但愿苦水的各种非物质文化遗产源远流长。书中文字戛然而止处，我不得不把自己又一次置身在昂首翘望的龙身下穿梭，你挤我，我挤你，笑闹着，在时光的流淌里释放着快乐情怀。

人们还在兴奋中抢食春官撒播的二月二的豆子，远处一辆彩车缓缓驶来，高约3至5米的铁杆上站立着三个男女小童，装扮成古今戏剧人物，设计巧妙，只有胳膊和头可以活动。这些孩子楚楚动人，用稚嫩的形象诠释着中国家喻户晓的经典。是人创造了动人的历史，但历史又成就了后人前行的脚步。此刻，南北街社火相迎，两队锣鼓不分上下，尽展风姿。玩闹尽兴，鸣炮言和，分道而过。据一位知情者讲，要想出尽风头，就得出新节目、新绝活、博得观众心服口服。看来中国民俗的内涵也在这些勤劳朴实的庄稼人手里一点点得到了拓展和创新。舞狮子的小伙子们跃跃欲试，反转腾挪中乾坤斗转，热腾腾的气势将中华好儿郎的唯我独尊演绎得淋漓尽致。这时人头攒动，大家争相观看一个胖胖的高大男人装扮的王妈，他的嘴上有一颗大痣，不时挥动着手里的棒槌扭捏作态，说着民间风趣的语言，惹得路两边的观众爆笑。当人们为图吉利抢食他筐里的花生大枣之类的东西时，他却扭摆着笨重的身体跑远了，留给了人们一个茶余饭后放松心情的谈资。回首，秧歌舞的五颜六色里，中年妇女们用自己欢快的舞姿舞出了内心的热情；腰鼓队的小朋友们错落有致的鼓棒敲击着和谐的童音；黄龙方才翘首，青龙这就喷火，引得观众阵阵惊呼……一些摄影爱好者也是千姿百态，有上到树上的，有上到房顶的，有蹲着的，也有半躺着的，我真为他们在熙攘的人群中有这样的举动捏把汗。街边的小摊小贩忙得不亦乐乎，尤其是一个用气球编制帽子的小男孩，他的麻利惹得路人为之驻足，不到三分钟就能编出一个。看着他沉稳的动作，认真的表情，我猜想他的身后是不是有鲜为人知的故事呢。其实行走在这个人世上，每个人都是自己历史剧的主演，精彩抑或平淡不就在一念之间吗？

当南街和北街的社火走到对方的初始地点时，社火表演的高潮才算结束。

看着那些神采奕奕的表演者，他们静静地接收着观众的审视，满足着人们和他们照相留念的心情。动则狂舞，静则如水的大起大落用在他们身上再合适不过了。朋友说，晚上8:30还有一场表演，侧重在龙灯和街上彩灯的交相辉映。由于时间关系，我们不能逗留很久，所以无缘看到玫乡夜晚的社火了。有人说，世上的完美是留有遗憾的美，那就让我在羊年的二月二，在遗憾的完美中，洞开思维的另一扇窗，憧憬来年玫乡社火舞春风吧！

慢时光里的文化坚守

到西固区达川乡收集教育史料时，与我接触过的很多乡镇一样，时光安然，达川乡曾经的朴素荡然无存，每个村庄都已烙上了现代文明的印记。年关临近，家家户户都是忙碌的节奏。人勤天下无难事。在小帅、小马和我的坚持下，终于邂逅了一段慢时光里的文化坚守，隐忍、苍凉而不可替代地展现在我们面前。

任何地方，无论风景多么优美，抑或多么无趣，缔造这种情境的人却是亘古不变的主题。走访了达川圣庙，我见证了粗线条的文化走向；走访了达川河嘴村65岁的达清文老师，他却是细纹理的文化脉搏。他用自己的毛笔，一路描摹春秋，在当地书法家的队伍里撑起了一片天地。他的书法作品，他的笔墨纸砚，他的收藏，真的让我拔不动脚。浓浓的文化气息弥漫在他家小院——一个难得一见的古朴民居。关于他的故事，就在我与他喝八宝茶的热情里跌宕起伏。通过攀谈，我知道他的很多书法作品被不同的刊物收录。他给自己起别名“牢修”，即做人做事要牢记修养。为此，在一场自我寻觅的文化苦旅中，从十几岁他就开始倾心研究颜柳和二王书法，在养育儿女的同时，刻苦习练。有时，为了彻底读懂一个字的间架结构和运笔走势，他会凝视很长时间，时而自言自语，时而蹙眉沉思，时而开怀大笑，真正读懂了，他才会下笔书写，渐渐自成一派体系，博得了很多知名人士的赞誉。

年轻时，达清文老师在村委会当文书、村主任，不但要操心村里的事，还要照顾好儿女，买笔墨纸砚的费用全部要从嘴里抠出来。“抠”字将一个“书痴”的形象一下子树立起来。将近50年的书法生涯，悲喜交加。他自编自写，为“黄河母亲”的雕塑写过：黄河母亲万行苦，中华儿女千思乐。为天宫一号顺利发射写过：天宫一号举中华，精将探月惊天下。为成功举办奥运会写过：龙驾祥云传圣火，马踏飞燕报喜讯……其间他的作品一旦发表，捧着邮寄来的奖状或作品集，他的寂寞与清贫中积聚的感慨总会随热泪长流。我回头再看看达老师整齐的八九本书法作品集，那已不是书法，而是他一路犁铧下血汗耕耘的文化坚守。

达清文老师不但热衷书法，也热衷阅读。在我们走进他家小院的时候，他正在院里的太阳下整理报纸。一个小院，几缕阳光，几多书报，一位清瘦读书人，怡然自得可见一斑。他的阅读很宽泛，但每次都要找出文字里蕴含的价值观。他自创了座右铭：读书当将万卷过，求知不教一疑存。读书的路上，他塑造的不仅是自己的灵魂，更影响了孩子们，儿女们的成功也就不言而喻了。人们常说，父母的心在儿女上，儿女的心在石头上。可是，在达清文老师这里，我对这句俗语产生了质疑。老母亲在世时，为了让老人家高兴，他装作顽皮小儿席地玩耍，直到老人面露笑容为止。二十四孝古已有之，我们只是赋予它新的内涵而已，他说到了，也做到了。

在与达清文老师的交流中，忘年的情谊又一次叩动心扉，只要有共鸣的时光，年龄也只是数字罢了。我看到了一位在慢时光里乡村小路上跋涉的身影，也看到了一位在书法世界敢于坚守的身影。感慨之余，我做出这些小字，以纪念这个春天里倾心畅叙的淋漓。告别达老师的瞬间，我悄悄告诉他，我不是河嘴村的过客。

初访达川，在际遇隐隐前行的达川民间文化之时，我也际遇了达清文老师文化坚守的感动。没有张扬，没有自怜，有的只是默默担当。我忽然觉得，一个地域，真正养人的不是满汉全席，而是家常便饭。只要做足了文化的家常便饭，那还愁什么民众的文化素养呢。此刻，我为民间像达清文老师一样挺起的脊梁点个赞，一个大赞！

扎尕那的秋天

秋意渐浓，我从微信上看到的甘肃秋色最美的五大景点随风泛上心头，甘南迭部的扎尕那便是其中之一。双休日我和伙伴们踏上了探寻的旅途，当全身心融入蓝天白云下的扎尕那，面对浑然天成的自然风光和原始神秘的藏族村落，内心不可遏止地充满欣喜。

“扎尕那”是藏语，意为“石匣子”，是一座完整的天然石城。正北的光盖山石峰，古称“石镜山”，因为灰白色岩石易反光而得名。正是巍然耸立于群山间的这些岩石山峰，给扎尕那增添了一份光怪陆离的神秘，也许“阎王殿”的俗称由此而来吧。在通往神仙山和仙女湖的路上，有一个圆形的大草甸，各色野花散落在草甸上，勾画着人们内心的喜悦，点点摇曳在心间。随意静坐一处，放眼望去，南边山峰的森林里不时传来野鸡的叫声。苍鹰时而高飞，时而低旋，寻觅着属于自己的猎物……扎尕那随处都是一副浓墨重彩的油画。由于这里基本处于原生态，听其他朋友说，前一阵子在通往神仙山的原始森林里有豹子出来伤人，因没有什么防护措施，我们便改道而行。直行有直行的风景，改道有改道的乐趣。一路上各种灌木植被和叫不上名字的树木郁郁葱葱，一株株沙棘树上泛红的沙棘果实成串成串地低挂在枝丫间，摘一颗放嘴里，酸甜酸甜。越过沼泽，穿过草甸，我们便行走在延伸于林间的小路上。隔着树木，可以听到山间溪水的流淌，一弯清流催醒了内心的向往。美籍探险家和植物学家约瑟夫·洛克曾说：“我平生未见如此绮丽的景色。如果《创世纪》的作者曾看见迭部的美景，将会把亚当和夏娃的诞生地放在这里。迭部这块地方让我震惊，广阔的森林就是一座植物学博物馆，绝对是一块处女地。它将会成为热爱大自然的人们和所有观光者的胜地。”由此可见扎尕那景致的独一无二和植物种类的繁多。蓦然，一簇簇茂长在松树下的野蘑菇吸引了大家的视线，这些蘑菇形状各异，悄然隐于枯叶间。有的厚重硕大，有的纤细玲珑，我们惊喜地抚摸着这些小生灵，似乎走进了童话世界，内心干净而感动。

返回扎尕那村落的路上，我们碰到了一对藏族小姐妹拉木草和桑杰草，她俩一人提个篮子，都摘了半篮子蘑菇，又大又白。这对小姐妹有着藏族女孩的典型卷发，黝黑的皮肤，大大的眼睛炯炯有神。她俩首先向我们要吃的，同伴将带的水果递过去，看着她们很投入地吃起来。桑杰草说我们采的蘑菇全是不能吃的，她的篮子里的才是好的，要以四十元的价格卖给我们，看我们没有购买的意思，她一降再降，最后以二十元卖给了我们。而拉木草将她的那半篮子蘑菇放在一边不卖。她们接着索要吃的，我把包里的一本童话书送给她，她说他们最不喜欢看书，我心里有点不是滋味。到达村子后，我们找到了一家牧家乐藏吧想住宿。屋里的小主人11岁的桑闹刀杰热情地接待了我们，他们家里有藏式包房，墙上挂着画像，床铺基本干净整洁。屋里有一口别致的大水窖，镶着藏族风格的圆柱形铜质水窖口，黄灿灿的让人还以为是什么摆设呢，这里随时可以打上干净的水。还有一个炉灶在包间的中央，似乎既可以在这里做饭又可以在这里住宿。看着孩子跑上跑下地介绍他们家的房间，我真为他的懂事感到欣慰。他说住宿先要交100元定金，于是我们交了定金订好了普通房间。办完这一切，我们让他看了一下我们买的蘑菇怎么样，他说这是当地最便宜的一种蘑菇，就值几块钱。接下来桑闹刀杰也开始和我们要吃的，同行的伙伴从车后备厢里拿出水果送给他，他高兴地边吃边骑着自行车玩去了。时间尚早，我们又朝西行驶去看那里的山峰，一路收获的青稞麦子全都晾晒在木制的三脚架上，这就是最原始的青稞酒的原料。回首望望我们登过的东山，轮廓清晰，小路蜿蜒，另有一番风景在心头。拐弯处车行驶得慢一些，两个六七岁的藏族孩子伸着小手向车里讨要，他们的讨要似乎已经成了习惯，这下我心里真的很不是滋味了。

扎尕那的自然风景迷人，但藏族孩子的行为又形成了另一种别致，我怎么能很快适应他们的习惯呢。当我们回到桑闹刀杰家的藏吧里，他告诉我们没有什么吃的，只有西红柿鸡蛋面片，要吃就自己做，他们家人可以帮忙，每人15元，管饱。这时，桑闹刀杰的妈妈拉着一匹马回来了，我们跟着她进去看了一下厨房。眼前的乱象让人一点胃口也没有了，厨房里的婴儿车里一个小婴儿在哭泣，他妈妈一边哄孩子一边和桑闹刀杰用藏语说话。虽然我们听不懂，但是从桑闹刀杰严厉的表情里，我看出了这孩子对母亲的傲慢和无礼。大家都不打算住这里了，问问定金可不可以退一半。桑闹刀杰的天真可爱荡然无存，大声对我们说："你们这些人真啰嗦，怎么欺负我们藏族人，谁让你们爱出门的，出门就是这样的……"这哪里是初见时的他啊，他的老到和决绝让我们彻底失望了，大家默默地走下了他家的楼梯。忽然，地域特色映衬下的扎尕那离我的心灵很遥远。驱车路过古老的水磨转经筒时，看着一圈圈转动的经筒，我想他们信仰里蕴含的笃行和思维到底是什么呢。

扎尕那的秋天，散落着人们不同的思维。欣赏石灰岩山，被四周的险峻与神秘折服；欣赏原始村落，被那一份悠长与慢节奏吸引；欣赏野花野果，为那一簇簇鲜艳和奇异驻足；欣赏藏族人的粗犷，会有意无意地与之攀谈……我却因藏族孩子桑闹刀杰、拉木草，桑杰草的老到和诡秘惊讶，为他们伸手讨要的姿势深感无言。现代文明在扎尕那原始村落的枝丫上嫁接出了奇异果，一半香甜，一半酸涩。

炕　桌

我告诉儿子，他现在的学习条件真好。学英语有复读机，写字做作业有写字台……而我小时候，最奢侈的就是趴在炕桌上写字。儿子瞪大了眼问我："妈妈，什么炕桌?"对啊，我想什么炕桌啊?说话间，一个有鲜红桌面，蓝色桌身桌腿，整体棱角分明的家什从我的记忆里被翻拣出来。也不知从什么时候起，它已经被遗忘在角落里，浑身落满了灰尘，偶尔用一下，还得拿抹布擦了又擦。

老爸说，这个炕桌比我大六岁。1964年，人们刚刚从饥饿中缓过劲来，亲戚们开始陆陆续续走动了，家里来客人就在炕边上坐着，遇到冬天还要上炕。男人们盘着腿抽着旱烟，享受一时清闲；女人们则把脚捂在热炕上的被窝里，积聚在心里的家长里短被慢慢暖热，眉头的愁绪也随着舒展开来。当人们暄关时，要是谁家炕上摆个炕桌，再辅以简单的茶水，那就显得大气而有档次。虽然我家条件差，爸爸还是请尕木匠做了一个炕桌。尕木匠来自一个叫摸地湾的山村，个子矮小，待人实诚，做出的木匠活儿就和他人一样让人们放心踏实，因此我们村里的木匠活儿几乎都是请尕木匠做的，时间长了，村里不管男女老少都管这个手艺人叫尕木匠，尕木匠似乎不是一个人，而是一个符号，很多人不知道他叫什么名字了。现在尕木匠虽然走了，他的这件“作品”却永远留在了我家里。

炕桌子做好后，爸爸请人漆上了油漆，大红的桌面，蓝色的桌身桌腿，在低矮的土坯房里，着实是一道亮丽的风景。从此，它在给主人好心情的同时，也担负起了生活赋予它的责任。家里人都小心翼翼地搬动炕桌，生怕碰掉一点油漆或者烫坏等。小时候，我一进屋，要是看见炕上摆着炕桌，家里一定是来客人了，再闻闻满屋子的烟草味道，心里一下子充满了喜悦，炕桌见证了这种喜悦，也承载了淅淅沥沥的时光积淀。那样的年月，人醒着，它就不会酣眠；人醉了，它依然棱角分明。

过年了，客人们围坐在炕桌旁吃饭，而我们兄弟姐妹连门也不敢进去。因为母亲一贯要求我们等客人吃完后才可以吃，她是怕客人吃得不够了。等到我们吃饭，只能就着客人吃剩的一点菜碟子。闻着这些平常难见到的混着油水的小菜，我不是嫌弃，而是希望多吃点儿，再多吃点儿。可我家姊妹六七个，轮到每个人的碗里也就少得可怜了，至于上炕桌吃饭那更是奢望。越是办不到的事，越让我心里充满了渴望。我想要是有朝一日能在炕桌旁吃一次饭，那又是什么滋味啊。老天眷顾我，有一次过年爸爸带我和弟弟去看老舅爷，赶上饭点。他们家炕上摆了炕桌，炕桌上有四碟精致的小凉菜——扁豆芽、胡萝卜丝、白萝卜丝和腌白菜。看着这些平常很少吃到的小菜，尤其是那碟扁豆芽，我馋得迫不及待，心想吃饭时，我一定要吃一大口，看看到底有多香。老舅爷家的生活条件相对我家要好一些，因为他们的面不是酸汤面，而是臊子面。老舅爷让我和弟弟都坐到了炕桌边，看着臊子面上漂着的白花花的肥油块，我怎么也没胃口，耳边全是大家吃面喝汤的哗啦声。我只是夹了一筷子扁豆芽，伴着眼前的肥油块，我觉得扁豆芽的味道也没我想象的那么香。最终还是爸爸看出了我的心思，让我吃点苞谷面馍馍了事。可是，坐在炕桌旁的滋味最终被那些肥油块淹没得连点影子也没有了。

每年八月十五晚上，爸爸把炕桌摆在院子里，放上自家做的千层饼、梨和苹果，然后对月做一些祭祀，然后把千层饼分给我们兄弟姐妹们吃，那个情景就像是一幅值钱的油画，永远画在了我的心上。随着时间的推移，大姐、二姐、哥哥的嫁娶都是在这个炕桌上定下的，在媒人的撮合下，一桩桩婚事都很圆满。那时我也要上中学了，功课没有小学时那么轻松。晚上，我总是搬出炕桌，趴在上面做作业。时而坐在炕沿上，时而站在地上，时而盘腿坐在炕上，无论什么姿势都不会持续很久，因为每个姿势都不是很舒服。在炕桌旁，我听完了爸爸讲的《水浒传》《三国志》《说岳全传》……书中的人物离我遥远而又神秘。日复一日，我长大了，炕桌除了零星有点油漆掉了外，其他完好无损。

以后每当看到炕桌，我总会想起那些在炕桌旁吃过饭的亲戚，虽然都很贫穷，但都互相接济着度过了困难的日子；我也会想起文学名著中的主要人物，我喜欢文学的种子就在那时候已经悄然埋下；我也会想起尕木匠，虽然我没有见过他。

哈达铺——红军长征路上的“加油站”

清明将至，细雨纷纷，缅怀革命先烈的日子里，南方已是花红柳绿，春意盎然，而陇南宕昌县的哈达铺镇却依然在群山环绕间一片苍茫。慢时光中人们继续着按部就班的生活，平静自然。正是这样一个正在发展中的小镇，在硝烟弥漫的年代，曾经以她憨厚朴实的胸怀接纳过在长征路上精疲力竭的红军战士。

因此，哈达铺被誉为红军长征路上的“加油站”。

漫步在哈达铺镇的长征路上，长征餐馆、红军凉粉、红军锅盔……件件物品镌刻时代烙印，红色历史随思翻卷，异样的感觉冲击视线时，一座时代的风向标——“红军长征哈达铺纪念馆”截断了去路。你的疑问，你的猜测，你的想往都会在这里不折不扣地获得诠释。

纪念馆分为上下两层，布局合理，格调高雅，造型蕴含着深远的革命历史意义。纪念馆前是一个视野开阔的大广场，适合进行各种各样的大型活动。与纪念馆遥遥相对的是两尊高大的雕塑，一尊是红军战士冒着枪林弹雨勇往直前的瞬间，另一尊是中共中央领导人挥手北上的场景。纪念馆右边是红一、二、四方面军的三面军旗紧紧结合在一起的“哈达铺红军长征纪念碑——到陕北去”。此刻，革命的火种似乎就在内心燃烧，几度饥寒几度生死，几度坚持几度向往，终于凝结成了洋洋数万言的《哈达铺抒怀》：红军不怕远征难，万水千山只等闲，八千儿女钢铁汉……遒劲有力的镌刻，黑底配以金黄颜料涂色，别有一番景致在眼前。

当文字里的澎湃还在撞击着心扉时，移步纪念馆内，老一辈无产阶级革命家的雕像亲切地迎门而立，雕像前摆放着花篮，高洁素雅但又不失革命豪情。前台接待处，悬挂着“全国爱国主义教育示范基地”“甘肃廉政教育基地”“全国青少年教育基地”等八块铜牌，唯愿革命的火种不仅燃烧在陇南大地，也燃遍神州大地。

两层楼的展厅共分为三个单元。红军从瑞塔铺踏上长征路，爬雪山，过草地，突破敌人道道封锁，历经重重磨难，最后终于攻克天险腊子口到达哈达铺。红军用自己的实际行动赢得了哈达铺人民的拥戴，群众纷纷送来捐助的物资粮食，用自己的热忱表达对红军的欢迎。至此，红军战士们终于可以吃一顿饱饭，睡一个好觉，体力得到全面恢复。宕昌当地的有志之士纷纷加入红军的队伍，打土豪，分田地，组建苏维埃政权和农会组织，这使红军的士气高涨。清末秀才，今南河乡哈达铺镇人张炯奎有诗曰：“仓皇无计欲何之，正是闻风落胆时，只道伤残同列寇，那知仁义胜王师，人言掳掠皆虚语，自悔潜逃反失资，瞥眼雷霆惊震后，听来一路赞扬辞。”这首诗一针见血地对当地反动势力的言论给予有力的批驳。

就在红军战士休养调整之际，党中央从国民党报纸上获悉了陕北有红军和根据地存在的消息，于是整编中央红军为陕甘支队，做出向陕甘宁根据地进军的重要决定。也正是这个重要的决定，奠定了哈达铺也是中共中央政治生命历程中的“加油站”。哈达铺，给红军的不仅仅是物质资助，精神的温暖，还有生命的补给。当红军北上以后，当地反动势力对支持帮助过红军的宕昌革命人士进行疯狂迫害，年龄最大的40多岁，年龄最小的年仅21岁。这些烈士的事迹清晰地镌刻在史册，禁不住让人肃然起敬。烈士的血让哈达铺的名字更加熠熠生辉，更加鲜亮地镶嵌在陇南这片热土。

在纪念馆的“百将墨迹”中，共和国开国元勋们用自己饱蘸深情的笔墨写下了对哈达铺的讴歌。何天一少将这样写道：“哈哈大笑出草地，达到目的去抗日，铺平道路建中华，赞歌一曲献给你。”哈达铺赞让人一览无余。展厅中央陈列着红军用过的背包、担架、织布机……这些承载历史风云的物件，似乎用无言诉说着那些年代的故事。担架虽然粗糙，但运输过无数生命垂危的伤员，让他们与死神擦肩而过；织布机虽然笨重，但却为无数战士织过春夏秋冬的衣裳……置身这样的情景，念，前辈赴汤蹈火的代价；惜，来之不易的幸福；做，意志坚定的中华儿女。

正如结束语所言，长征精神永放光芒！哈达铺用有力的臂膀为长征精神画上了浓墨重彩的一笔。走出纪念馆，夕阳下的哈达铺镇轮廓分明，依旧静静地在群山间矗立。虽然没有花红柳绿的衬托，但她却有着无与伦比的内涵，在我眼里，她已不再是一个普通小镇。

守望香包

小时候，我家住在甘肃庆阳，我是家里唯一的女孩，出生后身体不好。为了能让我健健康康的成长，擅长针线活的母亲就从乡亲那里收集了很多布片，然后把每个布片做成八角花，缝成一件百家衣给我穿。母亲说，小孩子生下来八字里缺什么，穿上百家衣就补上了。也不知道是不是穿百家衣的缘故，后来我的身体一直很好，母亲的笑容却刻成了额头的皱纹。柳条浓绿的季节，我知道马上就要过端阳节了。蛰伏的心事膨胀着我童年的渴望，守望香包便成了我这一季的大事，因为我最盼望戴上耍活子（香包）的那一刻。

端阳节这天，庆阳大小孩子都要戴香包。尤其是小孩子，前胸、后背、肩上缀满了各种各样表示吉祥祝福、驱邪镇恶的香包。节前的晚上母亲总在煤油灯下飞针走线，个个鲜活的动植物香包从她手里诞生了。看着绣了蛇、蜈蚣、蜘蛛等的五毒兜兜我非常高兴，缠着母亲问这问那，母亲告诉我“以毒攻毒，百病全无”。

端阳节早上，一睁眼就看见母亲放好的带香包的衣服，喜悦瞬间轻快了手脚。我先穿上肩膀上缝了一对黄色老虎，后背上有绿色青蛙和菜绿色蛇的衣服，那些小动物都有夸张的大头，栩栩如生。我胸前的纽扣上挂着小白兔、小猴子、小猪和小鸟。母亲不断提醒我穿上绣了蝴蝶的新鞋，她说这叫“好事成双”。她还给爷爷做了一个烟袋，烟袋香包摇曳在旱烟杆上，喜悦随着爷爷的烟圈在空气里扩散。我跑出房门，看见爷爷正在给每个屋门口、窗户角落放白艾，这样一年就不会有蚊虫叮咬。洗漱完毕后，母亲还给我们每个人手腕、脚腕、脖子上都戴上七色花花绳，意思是防蛇咬。接着一家人开始吃粽子、油糕，母亲就用早早采来的露水给我们洗眼睛，这样眼睛就会很亮，我懵懂地感知着母亲的举动，我的兴奋无以言表。那样的岁月里，日子一下活泼起来了。

忙完这些，母亲就带我出门玩，和隔壁的婶子大妈谈论小朋友身上的耍活子，互相赞美，大家都说母亲的手艺最好。在一年年盼望的眼神里，在一年年的祈福声中，我渐渐明白了母亲的心愿，因为庆阳女孩儿有“七岁八岁学针线”的风俗。10岁那年我真的做了一个鸡心的香包，从此一发不可收拾。随着自己手艺的逐年进步，有空时我就会翻出一些丝线和花布来做。有一次，无意间发现了母亲箱底的一个香包。母亲告诉我这叫“细水长流”，里面是竹子，外面用丝线缠着。她说那是奶奶送给她的，意思是过日子要节俭，原来香包能有这么多的含义，我的好奇和守望随着年龄的增长走得越来越远。

去年，带着对原始生态文化的探究，我参加了第九届“中国·庆阳端午香包民俗文化节”的展示活动。在开幕式《七彩五月》文艺节目中，我感受了“陇上荷风”的悠远，“西北风情”的豪放，“流光溢彩”的前景。香包精品展和普品展受到了中外来宾的一致称赞。我也理解了很多香包蕴藏着人类早期的多神崇拜和以“龙蛇虎鹿”等为图腾的原始文化痕迹，渗透着巫神文化和古代阴阳平衡的哲学观念。

假如有一天你来庆阳，看着那些不穿衣裳，但胸前都挂着一个绣着各种花鸟虫鱼裹肚的孩子在太阳底下玩耍，红似火，艳似锦，那就是庆阳农耕文化化身周祖的子孙对你最热情的欢迎。随着节日信息的冲击，我的心又一次飞回了往昔。无论年龄多大，守望香包却成了我每年端阳节不变的姿势，童年是，少年是，青年是……这样我心里总有一朵待开的花。

西固枣事

随着气温的骤降，兰州的秋天有点微寒。成熟的果蔬不愿立在枝头田间，渴望颗粒归仓。摇曳在枝丫上的大枣等不及来迎接它的主人，一粒两粒地从枝头掉落，转眼间，地上便星罗棋布了，走过的路人一脸惋惜，枣树的主人们开始抽时间收获一树的红枣。阳光明媚的双休日，西固枣事就这样在万亩枣园里似一幅油画一样铺开了。

西固马泉村静谧的枣园里，高大的枣树虬枝伸展，盘根突兀，静静地矗立着，枝丫交错间点缀着红红的枣子，有的一簇簇，有的三三两两。树下的地里杂草丛生，在晨阳的照耀下，油绿油绿的。但收获的时刻带给我的不是喜悦，而是莫名的无奈。有几户人家铺开了大大的塑料单，准备打枣了。一个女人细心地拉合着塑料单的间隙，唯恐掉下来的枣子钻进草丛。两个中年男人和一个小伙子瞅准树上枣子密集的部分使劲敲打，那些迫不及待的枣子和树叶一起掉落在铺好的塑料单上，啪啪啪的响声凝结着人们的心情。敲完一处又去敲另一处，塑料单上落满了大大小小的红枣，似乎在兴高采烈地讨论着何去何从。女人用笤帚把红枣扫在一起，拿簸箕揽上，熟练地簸掉树叶等杂质，在小伙子的帮助下装进了编织袋，安心地又去揽下一簸箕……我走近了中年男人，他告诉我，这些成熟的枣，不收吧看着是庄稼，收吧又没有什么意思。我很惊讶，怎么会这样呢？原来操心枣树的花费根本收不回来。近几年物价飞涨，化肥、农药、浇水等费用也一起涨起来，当地农民放弃了打理枣树，去外面打工，收入远远超过了侍弄庄稼。这些枣树靠天成活，雨水多点儿，就长得好点儿。再说了，好多枣树也老了，不好好结枣了。

可是来到西固青石台的枣园，带给我的却是别样的心情。低矮的枣树上挂满了成熟的枣子，光亮亮地在太阳下疯长。这里有很多从山东等地引进的新品种，子弹头不屈不挠，橄榄绿一身青翠，龙枣硕大浑圆，七月仙如醉如痴，茶壶枣和葫芦枣以其独特的形状引来了游客的围观。操心园子的老人说，这几年枣园已经带来了可观的经济收入。每年春天，各乡镇来枣园学习种植和嫁接技术的人很多。今年，西固区举办了首届红枣节，来这里的游客更是络绎不绝。我忽然想起在红枣节上那些被围观的大枣，原来都是从这里采摘来的，大家争相一睹茶壶枣和葫芦枣的模样，展览桌前水泄不通。而那些一般品种的大枣，虽然红彤彤的，展览桌前也只有很少的人。

当踏进西固达川乡的枣园，情况和马泉枣园有点相似。但地处远郊，从事农活的人相对多一些，他们又有另一种忧虑。这几年在那边建的一些厂子污染严重，大枣的味道远不如以前，所以卖不了好价钱，农民也把重心慢慢移向了城市，加入打工的行列，打枣却成了他们不得已的例行公事。

纵观西固枣事，几家欢喜几家愁。要想在物质较为丰富今天取悦市场，赢得一席之地，就必须有自己的特色。西固马泉和达川乡的枣子品种老，保守传统，投入和产出严重失调，挫伤了枣农的积极性。枣园疏于管理，有些枣树已经枯荣满面，有些枣树靠顽强成活，加之污染导致这种苟延残喘注定是走向衰败的前奏。与之形成鲜明对比的西固青石台枣园，却以强劲的势头占领了市场。清脆香甜俘获了今天讲求品味的人群，奇异独特的外形满足了今天颇具猎奇心理的大众，经济价值不言而喻。

一老一新，给我更多的启示，我窃想：假如能把老枣林统一管理，建成西固枣林长廊，在兼顾经济效益的前提下，让其承载的历史在人们心中开花，那将是一幅怎样的油彩。把以青石台为代表的枣园充当西固枣事的先锋，将其规模进一步扩大，满足人们需要的同时，可以像崔家崖的蛇果一样远销国外，那将是一幅怎样的远景呢？是啊，一棵枣树上一种语言，一处枣林中一种人生，一个枣园里一个世界。西固在工业城的盛名覆盖下，但愿因枣事越来越有轮廓。游走于家乡的枣园，我想得多，做得少，只能以文字聊以自慰吧。

故乡，在桃花盛开的地方

十里桃林沐浴了一场春雨后，用素雅迎来了龙年花事的宿醉。微寒中步入“第29届中国·兰州桃花节”的会场，与亢奋的人们一起涌进春潮烂漫的四月。朝阳穿透薄雾，铺洒在主会场的角角落落。散发着淡淡馨香的桃花，携走郁积一冬的乏味，让我轻松领略了“处处桃树红霞飞，片片桃花吐芳菲”的独一无二。群情沸腾中，随着蒋大为老师高亢的歌喉，我也理解了桃花是老百姓的花，是兰州人春天浓浓的期盼。此刻，28年的风风雨雨在人们心里慢慢复苏。

光阴冲淡了情愫，却抹不掉记忆。1984年的春天，朴素的兰州人在桃林深处聆听了《在那桃花盛开的地方》。从此，无论身在何处，只要听到这样的歌声，就会有如归的心境，他乡便不再陌生。随着改革的不断深入，兰州桃乡也和着春的脚步前行。第三届桃花会，仁寿山上修建了祖师庙、凌云阁、喷水巨龙等景点，丰富了当地旅游资源的内涵。第五届桃花会，古朴典雅，宏伟大气的仁寿山大门建成，给四面八方的游人留下了深刻的印象。在此基础上，桃乡人民以花为媒，逐步融游园踏青和经济建设为一体，充分体现桃乡的思想性、艺术性和群众性的特点，展示了稳步推进的建设成果，突出了“安宁在奋进”的主题。借着文化区的书香气息，近几届桃花会还举办了禁毒宣传展览、民间艺术展览等系列活动，使人们物质精神双丰收。这带动了地方经济的发展，为毗邻各城区的思想文化建设和经济建设提供了思路和借鉴。

岁岁年年花相似，年年岁岁人不同。如今的桃乡人已率先步入小康。随着城市化进程的加速，街道整齐干净，居住环境优越。广场健身器上锻炼的老人，有说有笑，皱纹里盛满了惬意和幸福。我一搭话，就被他们的热情感染，原来生活也可以这样简单快乐。一位老人告诉我，桃花会以安宁堡为中心，游人多，热闹得很……忽然，一只飞鸟旁若无人地跳跃在一树怒放的桃花间，我的思绪一下子活跃起来，真是“春风有意艳桃花，桃花无意惹诗情”。于是我不可遏制地滋生了桃红向天笑的忘我，依花鸟飞歌的春情，禁不住写下了《桃花》：“我恪守春的承诺/用素洁装点季节/以蓬勃的姿势/催生四月的明媚/淡定中/吐露酝酿了一冬的心事/一枝，一簇，一片/笑靥铺满心间/转身踯躅/把传说伸向光阴深处。”

一浪高过一浪的欢呼声中，此次桃花节的主会场依然欢歌曼舞，无法进入会场的群众站在仁寿山顶俯瞰全景。他们带着好奇，释放着热情，以敬仰的态度静观细想。看，山坡上绿草如茵，野花上盈盈地闪着柔静温润的小水珠；看，春风吹绿了树木，嫩叶迎风招展；看，我把生命融进花蕊，所有的浮华与烦忧都远遁而去，剩下的只是一份心如止水的静。喧嚣与静默携手处，“第29届中国·兰州桃花节”正式落下帷幕，留给人们的却是和桃花一起绽放的长久记忆。

会后，正午的阳光下，我不经意间看到了2009年雕刻在仁寿山脚下的“华夏寻根墙”，一笔一画倔强而深邃。虽然我记不住那一墙的古代地名，可是，无论身在何处，我永远都会记得——故乡，在桃花盛开的地方。

素心六一听鼓声

五月的尾声孕育着六月的蓬勃，在孩子们期盼的眼神中，又迎来了一年一度的“六·一”国际儿童节。由于手拉手活动的需要，我们西固福利一校的教师怀揣一路的猜测来到了皋兰县黑石川小学。踏进他们校门的那一刻，乡村孩子喜悦的眼神传递着内心的渴望，新建的校舍散发着“梅、兰、竹、菊”的雅韵。但最让我心动的还是一个个穿着黄色缎面表演服的太平鼓小鼓手，幼小的身姿在骄阳下让人心生怜惜。他们的鼓声还没敲响，我的心音已经澎湃，素心六一听鼓声便成了我此刻最美的享受。

小小的会场内，我跟着心情游弋。“同读一本书，爱心手拉手”的捐赠仪式上，大眼睛的小女孩用童稚的语言表达着全校孩子们的心声，“……小草因阳光而茁壮，小树因雨露而参天，我们因社会的甘露而成长……”感恩的种子在他们幼小的心田发芽，“予人玫瑰，手留余香”的滋味却在我心中泛滥。原来我们一点点的付出，换来的却是孩子们对人生莫大的希望和持久的激情，互动中的我们走向双赢。

不经意间，一个画面闯入视线。憨厚的大孩子每人怀里抱着一个可爱的小朋友。原来，这些小朋友都是学前小小班的，他们只有三四岁，没办法搬着凳子来会场，但又不能错过这样现场体验的机会，于是六年级的大孩子们便主动承担了这份本不该属于他们的责任。当这种场景摆在眼前时，我看到的是大孩子们稚嫩眼神里的无微不至，这种成长的催化悄然无声，却又真实地存在。鲁洁在《通识教育与人格陶冶教育研究》中指出：“教育使人有追求，有理想，有创造，有超越，有意义世界的建构，有终极性的关怀。”我窃想：教育的实质不是好高骛远，而是用看得见摸得着的实体进行的一代又一代的接力，正是在这场接力中，印证那些优秀教育理论的精华。

随着指挥手中大旗的摇摆，太平鼓小鼓手们有模有样地来到了表演场地，黄色的缎面在阳光下熠熠生辉，中小型太平鼓依附在他们身上，飒爽不言而喻。随着锣声击节，小鼓手们的鼓身飞舞、前纵后跃、左旋右转、忽上忽下、时而跳打、时而举打，全都起落有序，配合默契，气势磅礴，将会场气氛推向了高潮。看着孩子们的表演，除了鼓掌我还由衷地感到欣慰。可爱的他们满脸汗水，我随便问了一个小男孩，他说只要掌握要领，打太平鼓也不是很累。他爸爸喜欢太平鼓，他也喜欢太平鼓。我找到了乐此不疲的根源，就是对本土文化的热爱。是啊，太平鼓承载着是黄河文化的精髓，是甘肃的艺术品牌，以“天下第一鼓”名扬海内外，可是它的发扬光大正是靠这些慢慢崛起的小鼓手。

随着整个活动的尾声，大眼睛女孩的发言结束了，太平鼓声停下了，大手牵着小手陆陆续续回到了教室……安静的操场上，我内心的鼓声却越来越大。“携手为桑梓，并肩谋育人”的路上，黑石川小学的老师和孩子们为我们上了生动的一课——教育就在身边！教育理念扎根于本土，弘扬地方的文化特色，找准定位，看清目标，那终将让传统文化在现代理念的解读中越走越远。

玫瑰啊玫瑰

随着“2011中国玫瑰之乡·永登苦水旅游节”的开幕，拥着内心的猜测我来到了位于永登县苦水镇的万亩玫瑰园。忽然忆起乾隆年间兰州翰林秦维岳的诗句：“霞光锦缎覆苍苔，点缀芳园朵朵开。西陇花迟兼遇闰，端阳才拥艳香来。”置身苦水玫瑰园，寻觅作者诗中的意境，不禁泛起这样的感悟：有山、有水、有花、有人，有内涵。

在苦水玫瑰的花骨朵还在枝头眺望的时候，热情的永登人就在为八方来客的“浪漫之旅”设计着一项项活动，万人相亲、摘玫瑰比赛、非物质文化展示……看似朴实的玫瑰，却蕴含着深厚的民族文化内涵，承载着当地人民生生不息的多彩史诗。我窃想：玫瑰不愧是兰州的名片之一。

玫瑰园

站在“永登苦水玫瑰节”主会场的大门口，涌入眼帘的是一望无际的翠绿，株株玫瑰挨挨挤挤，以一种蓬勃的姿势彰显生命的活力。沿着水泥道路前行，不知是玫瑰的香味四溢，还是内心的感觉作祟，一股股玫香包围了我。翩跹的蝴蝶，飞舞的燕子，攒动的人群，我尽情地吮吸着股股清香，人一下子清爽起来。

放眼望去，玫瑰园里有一些忙碌的身影，那是摘玫瑰的乡民。为了能采摘到合适的花骨朵，自从玫瑰打包的那天起，他们就开始盘算着何时动手了。玫瑰节开幕的时候，就更加忙碌了，每天来这里的游客都要买一些新鲜的花骨朵，自己泡茶喝或馈赠亲友。当一种温馨的记忆随茶水弥漫开来的时候，满足也许不过如此吧！

据记载，在清朝道光年间，永登苦水李窑沟(现下新沟村)有个王姓秀才赴京赶考返回时从西安带回几株玫瑰，栽植在自家花园中观赏。由于极适宜当地的土壤和气候等环境，生长旺盛，枝多花繁、浓香袭人，深受人们的喜爱，想栽植的人越来越多。于是一传十，十传百，家家户户采用分株法竞相栽植，不过数年，各家房前屋后、庭堂院落，都栽满了玫瑰。后发展到地埂、渠畔，主要以观赏为主，进而又陆续扩展到周边地区。由于玫瑰最早是在永登县苦水引种，又在以苦水为代表的地区内长期栽植，经过人们的不断选育，最终形成了地方品种，因而习惯上称其为“苦水玫瑰”。但就目前的发展趋势而言，玫瑰瓣大肉厚，色艳味浓，花产量、含油量和玫瑰油质量都很高，所以经济价值和观赏价值已经并驾齐驱了。

走着，看着，想着。田间地头，已经吐穗的冬麦随风摇曳，沉静的玫瑰树默默地托起四季沉淀的希望，点点粉嫩点缀在枝头。它们渴望骄阳和细雨，更渴望那一季无悔的灿烂。“风推麦浪时翻绿，霞映玫瑰常溢红”也许就是这样吧。看到那些默默忙碌的乡民，我禁不住与他们攀谈起来。由于今年气候比较凉爽，玫瑰花开的比往年迟一些，真正盛开要等到端午节的时候。那些花骨朵主要用拇指和食指采摘，有些农民的手指过敏红肿结痂，虽然脸部可以用口罩护上，但手指头是必须裸露的，玫瑰枝上又有许多小刺，受伤是不可避免的。手快的一天可摘七八十斤，手慢的只能摘三四十斤。看着他们一声不响的劳作，我心里不知道是什么滋味。在他们辛辛苦苦营造的浪漫里，只是给游人一份“花海玫香”的向往，与他们只是一种劳作后的收获。我默默预祝今年是一个丰收年，将游客的心情化作他们用汗水浇灌出来的价值。

实际玫瑰没开时摘花骨朵，开了就摘那些花瓣做成玫瑰酱，也很畅销。此情此景让我想起了仓央嘉措的“见与不见我都在那里”。我也翻做一句“开与不开我都在那里”送给那些勤劳的人们，因为他们世世代代的守望，玫瑰的经济价值享誉海内外。兰州人的生活里才多了一朵花，多了一份自信与力量，更多出了一份对生活的热情和浪漫。前面听人说，等新城镇那边的物流园建成后有可能会把这些地方全占了做仓库，我不禁心生伤感。一个地方培育和挖掘自己的本土文化是多么的不易，尤其是苦水镇国家级非物质文化遗产“高高跷”、太平鼓、军傩舞等民间文化艺术由来已久。怎么能使我们的经济建设和文化建设并驾齐驱，和谐发展，才是我们大家值得关注的问题。若干年后，但愿“花海玫香”的兰州在经济迅速发展的前提下，承载更多的应是一份浪漫的文化内涵。兰州因玫瑰而知名，玫瑰因兰州而茂盛。

猪驮山

沿着玫瑰园主干道一直向前走，庄浪河便阻断了你前行的路。不过不要紧，跨上那座不知名的石刻小桥，就可以顺利到达目的地——猪驮山。顾名思义，我仔细寻找猪的样子，可是那几个山包，那个也不像猪啊。一种探究的欲望让我加快了登山的步伐，同时露天大佛——渗金佛祖高高耸立在山巅，一睹为快的心境越发让人不知疲倦。

由于接近中午，烧香礼佛的人已经不多，整个砖块铺就的山路上，来来去去的多是游客的车辆。忽然看见几个善奶奶模样的妇女有说有笑的下山来，其中一个还在下坡时唱着当地的小曲。她夸张的动作，婉转的嗓音，引得其他人前仰后合……她们的幸福回荡在整个山坡，也让我这个陌生人感受着一种心灵的撼动。看着他们渐行渐远的背影，我内心多了几分平和，少了几分浮躁。这样的风景不可多得，这样的感悟下我为拥有自己的小幸福自鸣得意，我也懂得了安静踏实才是做人的最高境界。

一路的丹霞地貌，一处处自然生成的朴素让我叹为观止。灰的、红的、黄的、白的，一道道顺山势纵行排列，蔚为壮观。只可惜没有人给起一个响亮的名字作为旅游的景点。忽然突发奇想，“雪盖火焰山”在我脑子里盘旋。因为黄土在骄阳下发白，像被人撒在了每个山包上，薄薄的覆盖着下面的红色山石。我不禁为自己的行为哑然失笑，但我想假如一路设置一些景点不也可以解除一下登山人的疲劳，活跃一下心情吗？本来就应是“一路人生一路景”啊！

到了猪驮山顶，看着简介：这个山原来叫萱帽山，相传，清世祖顺治八年（1651年）农历四月初八，今永登县苦水镇苦水街东巷李氏家出生一儿，俗名李福，“及长不愿娶妻，父母强为之授室，而与床笫无沾染，邑有王吒什者，高僧也，遂受戒而师事之，断指出家，以示决心。后飞锡四方，恒以济孤恤贫救灾难为事，尤其治垂危之病，施回生之术无不效，所得谢仪作修桥施粥之用。”风颠自命僧名无情，后改僧名超度，号风颠，俗称李佛爷，后人亦称为风颠济公。李佛自小念过两三年私塾，十一二岁开始务农，十八岁出家到萱帽山修行，他见山寺寥落，许愿补葺。为了修葺十王殿，风颠天天赶一头呼作“自醒”的猪，搬运砖瓦，自己身背六块，猪驮四块，这一行动感动了周围的人，大家都来义务投工，募化捐资，最后终于实现了夙愿。自此，萱帽山便叫成了“猪驮山”。李福于清圣祖康熙四十九年（1710年）农历腊月初八圆寂于西安市。传说，他圆寂后，众僧在他端坐的遗容上涂金粉，一涂再涂，总是不显光亮，觉得奇怪。不久，消息传到京城，康熙皇帝说：“莫非他是渗金佛?”一语道破，风颠遗容顿生金光，灿灿照人。因此，后人也常称他为“渗金佛祖”。其中一尊高达21.95米的铜质大佛，寓意为21世纪的九五之尊，是西北铜佛之首，也是古丝绸之路上一颗璀璨的明珠。看完这些文字，我不禁为自己的孤陋寡闻窃笑。猪驮山因“渗金佛祖”而闻名四方，每年阴历四月八到这里上香的人络绎不绝，热闹非凡。

当地人民传承了李佛爷的优良传统，吃苦耐劳，造福一方，潜移默化中使人的心胸开阔，视野拓宽，所以才有了今天“中国第一玫乡”的美称，也许这有点牵强，但一定与之有着千丝万缕的联系。同时我也觉得，有了文化底蕴的地方，以富有内涵和厚重示人，会引来人们无限的遐想和对历史的拷问，引以为自豪或奋起直追，人人心知肚明了。

烧过三炷香，登上露天大佛的坐台，六十四个莲花瓣静静地承载着佛祖的金身巍然耸立，无名断指昭示着决心和力量。“摸摸佛手保平安，抱抱佛脚解烦恼”，我下意识地摸了一下佛祖的那个发亮的大拇指，心里顿生安慰。那些花瓣上铭刻着建造者和捐助者的名字，以示永久纪念。沿着扶梯参观，纪念馆里珍藏着渗金佛祖的传说和小型塑像，形态各异，但总体让人感觉慈祥和安静。出了纪念馆，我和主持攀谈着莲花瓣上镌刻的人名，其中详细记录了“渗金大佛”历史的那个姓缪的作者和他的儿子，在这部书的首页，一看就是一袭书香。只可惜他的儿子因病早逝，但他们父子的著作却被人们传阅和诵读，也算是为当地的历史文化的传承做了一个范本。为这样有才华的人我不禁扼腕叹息。

寺院后面还是一方玫瑰园，有一些游人在那里悠闲逗乐。音乐的律动中宣泄着尘世的疲惫，肆无忌惮的调侃中释放着久居的压力。但这丝毫没有动摇猪驮山一草一木的茂盛，包容中彰显着智者的胸怀。在理解与尊重的平衡点上，让人们和谐的相处，让人们幸福的生活。我买了一个断指的工艺品佛手作为纪念，有了这样的决心，还有什么事干不成呢。

庄浪河

伫立在庄浪河畔的“观景石”上，看泛黄的河水潺潺向前。没有长江的壮阔，没有黄河的咆哮，多的却是一份山野的宁静和朴素。人工的斧凿还没有劈开她的原始，粉饰她的本来面貌之前，她总以内敛和沉稳示人，“不以物喜，不以己悲”地完成自我升华。苦水以庄浪河为天然屏障，一川风景因有水显得生动而富有灵性。一种对远古的呼唤在我内心泛滥，知识的贫乏让我徘徊在历史的门槛外无所适从，但我还是一路蹒跚而来。

翻阅史册，庄浪河的历史静静地流进我的心田。“庄浪”一名，出自藏语，意为“野牛沟”。元代永登多藏民，遍地野牛，所以元将苏布特占领永登之后，在元世祖至元元年（1264年）就以藏语“野牛沟”的译音，改县名为“庄浪”。

而庄浪河以“庄浪秋水”著称。“庄浪秋水”为古代“永登八景”之一。后来文人雅士在“永登八景”的基础上增加了“绿杨夹道”、“萱帽猪驮”、“崇山石佛”、“昌灵古松”衍生而变成“永登十二景”。庄浪河纵贯永登南北，河水滋润着两岸的良田沃土，使之绿意成荫。秋天时节，河如玉带，蜿蜒而来，水清如镜，身影可鉴，堤岸长虹卧波，巨岩碎石间，游鱼可数，丽水渺茫，荡漾无波，一路向南，入汇黄河，“庄浪秋水”由此可见，这在苦水一带尤为壮观。

此刻，看着浅浅的河水流淌，目光与之交汇处不骄不艳，内敛而无奈，见证地方历史在她身边演变。曾容忍过践踏的铁蹄，曾承受过文明的掠夺，曾遭遇过被污染的险境。一切成为镌刻的文字之后，她的忍辱负重就这样浸润了一方水土养育了一方人，日夜的呢喃里与猪驮山相映成趣，直到河口汇入黄河奔腾不息。

非物质文化

早就听说苦水阴历二月二的社火，可是始终未能大饱眼福，未免遗憾。但通过他们院墙上的宣传画，我多少有了一些了解。人头攒动的街巷，配以高高跷的壮美画面，蓬勃向上的旋律始终涌动在人们心里。太平鼓的雷动声中，压抑的激情飞溅成幸福的旋律，荡漾在男女老少的脸上，憨憨地绽放成粉色的玫瑰。谁又能想到“白脸的曹操，黑脸的包公”就是那些耕作在田间地头的农民老大哥，原来被农活疲惫的身心也是如此活跃和有灵性啊!

随游人一起来到苦水镇的广场，刚好赶上全民健身活动中的“武术表演”。看着神龙活虎的半大小子跳、闪、腾、挪，一招一式有模有样；女孩子巾帼不让须眉，招招点到；最令人惊讶的是那些七八岁的小小男子汉，摸爬滚打样样在行，我被他们深深地感染。“台上五分钟，台下十年功”，他们怎样用小小身躯与三伏三九抗衡？我情不自禁地喊着“好、好、好”，但到底好在哪里呢，对我这个门外汉却不能尽数。

广场周围，一些书法爱好者竞相泼墨。静流小溪者有之，龙飞凤舞者有之，人中有字，字中有人，浑然天成。当一方印章按上宣纸的那一刻，一番成败任来人评述。欣赏着他们执着的笔法和踏实的笔触，大抵字如其人，人亦如此吧。

出口处，“丁娃烧饼”的牌子随风招摇。以前听同事说过，她老公喜欢吃丁娃烧饼，特别想的时候就从兰州市驱车专门到苦水来买，这曾经给我增添了几分神秘。今天亲眼看见，果然名不虚传。用冬麦面做的大饼，用胡麻油做的千层饼和酥饼，加了玫瑰馅的酥皮点心……但这些全都以玫瑰为添加的原料，所以在松软可口的同时，散发着淡淡的玫瑰香味，让人垂涎三尺。值得一提的是它的价钱十分便宜，每个三元左右，我满载而归，才花了二三十块钱。看着朴实的苦水人，看着货真价实的丁娃烧饼，我内心对人性充满了赞扬，假如所有的商家都能如此，我们的国家还会每天有那么多令人瞠目的尴尬吗？

踏上回家的路，我很可惜不能看看第二天摘玫瑰比赛和当地农民自创的歌舞。无憾是完美，留点遗憾也是一种动力。但游人满脸的惬意，像迎宾一样一字排开的玫瑰树，俯瞰人间的渗金大佛，日夜流淌的庄浪河，尤其是那些朴实的当地人民却给我留下了深刻的印象。五月，唯有祝福长留！

中秋，与秦王川湿地且行且相知

中秋，秦王川湿地静卧在属于她的时光深处，不言不语；中秋，我漫步在属于自己的思维圣地，不悲不喜；中秋，我与爱人坐在湿地观鸟塔的最高层，不急不躁……他说，你听，这是什么声音？我不假思索地说，是水鸟的翅膀拍打水面的声音。他问，你怎么知道？我做了一个止语的动作，他懂得。此刻，湿地不再是湿地，我也不再是我。谛听属于秦王川湿地特有的脉搏，一下、两下、三下……我终于和她清晰地共鸣了,秦王川博大的胸怀苍凉豪放，百感交集的刹那，催生了我无以名状的情愫。中秋，与秦王川湿地且行且相知的是我，真的是我，那就让彼此的解读从此刻开始吧。

其实，我这人很不识趣，有爱人陪在身边，看山是山，看水是水，脚下走着，思绪却迟迟不能举步。我告诉他，我想看山不是山，看水不是水。他只是摇摇头，回走，远远跟着，我觉得这样挺好。回眸，我把自己完完整整地交给了秦王川湿地。虽然她已走过了最初的蹒跚，但时光雕琢的烙印依旧，满眼的葱翠里，她勇敢地前行，不问前程，不想归期，我被她的执着深深感染。有些人明明是过客，却住进了心里；有些事明明可以忘记，却总萦绕在脑际；有些景明明是过眼烟云，却荡漾成情怀，永不释然。秦王川湿地如是。置身湿地一号园、二号园、三号园，与之对望，伫立成诗，行走成歌，遥想曾经的盐碱沼泽，还有几株耐旱耐盐碱的骆驼草，怎样疲惫地从远古西秦霸王征战的硝烟里穿行至今，它们的守望点缀着前世广袤的秦王川，它们的守望终于迎来了秦王川可圈可点的今生今世。

水上木栈道古香古色，就像穿行在湿地的大动脉，一直延伸到芦苇荡深处。一脚踩上蜿蜒的栈道，生动迎面而来，我努力地把想象和现实对接。大片的芦苇随风摇曳，一簇簇，一片片，借着秋阳疯长，有的还从栈道的木板间钻出来，娇小、顽皮、不屈不挠。俯瞰湿地水域暗流涌动，深浅不一，谁又能看清它低吟浅唱的柔软里，蕴含着怎样倔强的一如既往呢？这是大通河的河水辗转迁移的杰作；这是无数不眠之夜里，多少智者呕心沥血的结晶；这更是一种决策化茧成蝶精神的蜕变与升华。葛水平老师曾在她的文章《那杯千年的酒》中写道："自然就是如此，不是人类征服了自然，是人类走进了自然，走进有多么的不简单。"兰州新区农林水务局的资料记载："追溯秦王川湿地的形成历史，这块盆地经过几千年的沉积，成了一条漏斗形状的山谷，盆地自北向南倾斜，地下潜流在秦王川南部东至方家坡、西南至刘家湾北侧一带汇聚渗出地表，形成了秦王川湿地的雏形。引大工程建成以后，随着农田灌溉回归水的大量增加，地下水位不断升高，湿地面积也不断扩大。"是啊，仅用两年多的时间，东西最长直线距离1800米，南北最长直线距离7600米，总面积5000亩的秦王川湿地公园，和着兰州新区建设的步伐就有了这样的规模。置身湿地，葛水平老师的话再次回响在耳边——走进是多么不简单。回想：这里的每寸土地，每片水域，每簇绿色，都蕴含着不平凡，一双双结满老茧的手，一双双跋涉在沼泽地里的脚，还有那些渴盼的眼神一下包围了我稚嫩的思维。我没有经济学家的真知灼见，可秦王川湿地让我看到了一切曾在路上的艰辛和未来的任重道远。时空错位中，我为自己洞开了另一扇窗，且行且悟中用大俗诠释一种不屈的精神。举目四望，别具一格的湿地风格，渐行渐远中用大雅传送着时代不可逆转的讯息。这正是兰州生态新区建设的大手笔，也是生态文化孕育的大摇篮。我很庆幸自己能漫步在即将建成的秦王川湿地公园，做一位最幸运的见证者。

正午的阳光还好，在迂回的视线里，几只水鸟飞过，探寻这里是否可以成为它们的栖息场所，忽而一下隐匿于高大茂密的芨芨草间，再也不见踪影，我想鸟儿也会乐不思蜀吧。工人师傅们修筑着边边角角，湿地的清秀忽隐忽现。我听到了昼夜繁华的喧闹，一路上拓建的车辆卷起的尘土，飞扬着希望。此刻的湿地，以睿智、坦诚、速度、大气和秀丽完完全全地占据了我的思维，我的心事里从此会多一份属于秦王川的浪漫，属于湿地的暧昧，这样且行且相知挺好。三号园内不同的石雕诠释着别样的内涵，一抬眼，黄色的土地，灰色的芨芨草花，绿色的芦苇，蓝色的天空和一道飞机飞过后滑下的白烟，在层次感极强的画面中把我又一次引向湿地深处的拷问。

曾经，杭州的西溪湿地，洪氏宗祠的粉墙黛瓦、整洁明快的徽派建筑，祠堂大门上的对联“宋朝父子公侯三宰相，明纪祖孙太保五尚书”，历数了洪氏家族在宋、明两代政治上取得的显赫地位。这无疑给西溪湿地增添了历史的厚重感，在水域婀娜和名花异草铺陈的绿地间凸显了“一样的西溪，不一样的洪园”之内涵。目前，秦王川湿地公园在后期的建设中，正在打造文化湿地的内容，建设体现汉唐丝路文化的不同载体。窃想：只有在本土历史的土壤里长出来的东西，才能在保持原汁原味的基础上，突出地方特色。据史料记载，隋朝末年隋大业十三年、公元617年，金城今兰州校尉、山西万荣县人薛举，在兰州起事，号称“西秦霸王”，建立地方政权，秦王川成为西秦霸王薛举屯牧之地，将原来的“晴望川”改名为“秦王川”，并一直沿袭至今。在这样的历史背景下，秦王川国家湿地公园作为兰州新区城市核心区的“生态绿岛”，定会在“国字号”的桂冠下，随着历史的节点一段段清晰起来。她也会有“一样的秦王川，不一样的汉唐丝路文化”之厚重。同时，随着湿地生态的改善，动植物种类不断增加，在良性循环的生态系统中把秦王川湿地打造成一本“绝品书籍”，她也终将迎来最忠实的“读者”，他们的解读一定会更加细致入微，更加饱含激情。

我把思绪拉近，将目光收回。静观湿地此起彼伏的红柳，争相开着粉色的小花儿，恰似迎接客人的村姑，多了几份北方的质朴，少了几许江南的优柔。随心随性的游人，一瞥红柳的单纯后，总会把目光投向叮当作响的小桥流水。拱形的木桥在一簇簇芨芨草的衬托下，流溢着无限诗意，谱写着诞生之初的精彩。小桥、流水、芦苇、芨芨草，还有上下翻飞的水鸟就这么相伴相生，在不断地融合中走向和谐，向人们展示着秦王川湿地无与伦比的魅力。绿意盎然中，我继续前行，秦王川的秘密都隐藏在那些生动的细节里，它们就这么强烈地诱惑着我。头顶一方晴空，放眼无边绿地，让我看见了自己的渺小；水鸟嬉戏，水波荡漾时，让我看见了自己的庸人自扰；走一段土路，拾几级台阶，让我看到了自己最需要的东西。就在这天人合一的朴素和空旷中，我与秦王川相遇，我也与最真实的自己相遇。虽然寻找自我的过程是艰难的，可是我终于找到了，那就让我与秦王川在且行且相知中倾听天籁之音，做世间最美的自己。

只要沉湎，时间过得极快。黄昏，观鸟塔上的风有了几分凉意。爱人说，你还看呀。我说，是的。他说，你看到了什么？我依旧做了一个止语的动作，他懂得。忽然，我想起一句广告词，东西南北中，好酒在张弓。从观鸟塔的四面极目远眺，我禁不住做了嫁接，东西南北中，好景在胸中。我不禁莞尔。他蹙眉疑惑之际，我轻声说，认真走过秦王川湿地后，我终于看山是山，看水是水了。其实，心灵回归的路不长。假如你有点疲惫，那就来秦王川湿地走走，她一定会让你走进一方宁静和安详，还你一个原原本本的自己。

小城景泰

冬日的夜晚，安坐桌前与书为伴，一段时光就会在书香的晕染中愈加芬芳。此刻，过去的某件事、某个人、某段时光、某个地方不经意间跳跃着、撞击着心胸与文字共舞。缘来有份，我便安静地和他交流了。假如我忙了，我停下了，他会等我，一直等到我不好意思再偷懒再拒绝为止。小城景泰如是。

静谧的清晨，当我在键盘上敲下“小城景泰”时，它便安然地合着我敲击键盘的悦耳声翩跹起舞。百度显示：“景泰在甘肃省中部，东临黄河，西接武威，南邻白银、兰州，北依宁夏、内蒙古，地处黄土高原与腾格里沙漠过渡地带，为河西走廊东端门户……”这些理性的文字让小城景泰有了清晰的地域定位，而黄河、黄土高原、腾格里沙漠、河西走廊这些词语又给了它无以名状的厚重、沧桑和神秘。

我最初认识景泰，是从同学那里听来的。他说，他家在景泰县的农场里有一些土地，转租给别人，每年可以收取一些租费。于是，我的脑海里便出现了一望无际的苞谷地、小麦地和收割机隆隆的收割声。人们自己磨出的白面，轧出的胡麻油，种出的洋芋，吃着白面和洋芋的汉子在黄河上摆渡羊皮筏子，悠长的花儿曲调被他们在黄河水里洗涤得干干净净。你听，“千万年的黄河水不干，万万年不塌的青天，千刀万剐我情愿不唱我花儿是万难……”

只要有缘总会相遇。那年，我和同事们去了地处景泰县的黄河石林，一路我憧憬着即将机遇的万千景象。当我们坐上羊皮筏子荡漾在黄河上时，摆筏大哥在我们的恳求下，终于唱起了悠扬的花儿。“花椒树开花叶叶儿麻，刺玫花把我的手扎，凉圈箍带上样样儿俊，三寸金莲者脚尕……”只可惜我们根本接不上口，只有硬生生地唱道“……小妹妹我坐船头，哥哥你在岸上走，只盼那……”顿时，筏子上的同事们齐声吆喝着“接着，接着”这是哪跟哪儿呀，也太直奔主题了吧，于是大家笑笑了事。我迎着波光欣赏摆筏大哥优美的摆渡姿势和他一如既往的心曲。蓦然，沈从文《边城》里的翠翠也来到了眼前，她只不过和爷爷摇的是小船，而摆渡大哥摇的是羊皮筏子，假如他们俩穿越相遇，一定会有很多的共同语言。关于黄河，关于石林，关于小狗，抑或是隔壁的王奶奶，还有东坡山下的李爷爷。我终于把自己想的笑出了声，这声音被黄河两岸的苍山碰撞得踉踉跄跄，几个回合后掉进了黄河，变成了摆渡大哥桨板下的一朵浪花儿，不知去向。

进了黄河石林，一辆驴车又一次铺陈着我们心灵的盛宴。吱嘎吱嘎的车轮声中，我体验着原始的交通工具是如何从远古来到现在。也许，每辆驴车的宿命中有它独一无二的故事，虽然故事的细节有别，但它们的版本应该都留存着时代的烙印。不然，每辆驴车里为什么还要铺上花褥子，为什么每辆驴车的外围还要挂上花穗子，为什么石林里还有那些从早讲到晚的阿哥阿妹的传说。一个打响鼻的声音阻断了我的胡思乱想，原来拉驴车的毛驴也不甘寂寞了。忽然，我同情起这头毛驴，它从早到晚不知疲倦地拉车，一天天，一年年，拉来了朝阳，拉走了晚霞，还有很多很多游客的心情。可这又与它何干，但似乎又与它息息相关，毕竟它也是垒砌一座城堡的一颗石子，那就让它继续拉瘦身躯，拉肥年华，拉着岁月前行吧。

今年国庆前夕，因参加同事婚礼，我又一次来到了小城景泰。一条蜿蜒的公路一直伸向远方，虽然我不是诗人，可苍凉的山，湛蓝的天，还有一地的秋阳却让我诗意顿生。一路童话般的风车缠绵光阴，编织烂漫，将源源不断的风力转变成电力输送到千家万户；一棵棵苹果树枝繁叶茂，红彤彤的苹果挂满枝头，亦真亦幻，点缀着小城的大街小巷；一山谷的石头跳起劲舞，鼓突突的肌肉里蕴藏着无穷的力量，真实、强劲而浪漫。虽然我人在酒席桌上，可心早已彷徨在小城的十字路口，几只麻雀飞过，头顶留下喧嚣；一只小狗跑过，身边留下喧嚣；几个小朋友笑闹着，耳边留下喧嚣；一阵秋风吹过，树梢上挂满喧嚣，可我却如此宁静。同事的妈妈不时地热情招呼我们这些远道而来的客人，又圆又红的大枣，当地特有的千层饼、色香味俱全的臊子面……最主要的是那洋溢喜悦的笑脸深深感染了我，真诚和质朴悄然留在心上。我咀嚼着属于小城特有的味道，一列火车驶过县城小站，心里顿时心里长满了喜悦。忽而一个念头冒出，原来这里适合终老。面对穿着婚装的同事妹子，面对在祖先牌位前燃烧的烛焰，我禁不住写下了此刻的心情《秋浓》。

一米阳光
抚摸在小城心上
刹那，温柔生动了时光
红彤彤的苹果
挂满白雪公主的脸庞
其实，我懂

秋浓
你在为谁缝制嫁裳

一地喧嚣
缀成眼眸辉煌
那一刻
一缕秋风
熨展你火红的嫁妆
心情合着花语回荡
日子里的喜悦在老人皱纹里飞扬
红蜡烛的火焰里
祖祖辈辈的笑颜安放
匆忙的脚步近了
其实，我懂
秋浓
你的心情已刻在三生石上

一腔爱恋
在红地毯上流淌
谁说
谁是谁的谁
柴米油盐即将孕育滚烫
誓言还在路上
其实，我懂
秋浓
回眸笑靥依旧荡漾

是啊，从来没有一座小城让我如此牵挂，可是小城景泰却朝夕不舍地追逐着我，时时萦绕脑际，它的执着终于打动了我，窗外冬阳正好，我说，缘来惜缘吧。

什川黄河峡韵

发源于青海巴颜喀拉山脉的黄河一路奔流，波谷险滩，历经无数，却在皋兰县什川段造就了别样的一段生命流年。大小峡水电站的截流，使她原有的激情锐减，更加深沉和缓一路向前。雅致亮丽的画舫游船、千峰呈奇的峡谷、婉转顿挫的兰州鼓子在这里凝结成悠扬的黄河峡韵袅袅升腾，追随着刚刚远去的梨花古韵，传唱着属于什川的亘古之歌。

在小峡入口处的黄河边，骄阳正浓，做工雅致的游船随锚荡漾，江南的柔美瞬间涤荡开来，全然没有“画舫烟中浅，青阳日际微”的感觉。苍凉的远山静观这位千娇百媚的“客人”，用专注欢迎她来这里安家落户。我把自己的粗狂和质朴毫不遮掩地展现在她的面前，她也用婉约前身激发了我诉说的愿望，随着她的缓缓启动，我与什川黄河峡谷的一段美好邂逅就这么如痴如醉地拉开了序幕。

什川黄河峡谷因峡长、峡奇、峡险而著称。漫游于黄河峡道，我便被它奇特的自然造型，悠久的历史人文深深吸引。它有黄河石林的妙趣横生，也有江南水韵的隽秀柔美，隐隐中透着一股悲壮的灵气，其中的十二大景点二十四景观令人神往。指点江山的“伟人头像”静卧山巅，让人肃然起敬；形态逼真的“神驼踏浪”，在驼铃声声中厚重久远；豪气冲天的“将军镇关”，使一代名将的伟岸一览无余。当游船行至“情侣吻别”时，同行文友和我有一样的心理需求，为什么要吻别，为什么不是相聚呢？我们大团圆的想象里，多想他们成为神仙眷侣。蓦然，半山腰的“如意天桥”吸引了我的视线，也许它正是为船上慕名而来的诗人们准备的，如意啊如意，你又能激发他们多少玄妙的灵感。

就在这时，顺流而下的一块巨石依崖而立，似一只猛虎仰望长啸，形态逼真。传说这只下山虎，虎视眈眈，想越河占据什川这块宝地，途经峡口被黄河巨龙所阻，黄龙告诫它不要越河扰民，猛虎不依不饶，与黄龙终年相争，最终没有得逞，便一直盘踞崖边不愿离去，常常仰天长啸，欲问天庭："既生虎，何生龙!"不料此举激怒玉帝，一旨下来，令它永久固守大峡，天长日久，这只猛虎就变成了一只石虎，"猛虎啸天"由此而来。无论"神蛙登天"的曼妙、"黄河宝塔"的高耸、"望夫石"的凄婉……都在"仰卧弥勒"的开心一笑中渐隐红尘，虽然它们是杜撰的，可留给后人的思考却是长久的。此刻，站立在游船前面，吹着河风，伴着一个接一个的景观，思绪飞得很远很远。

"改革开放大变样，各行各业都辉煌，我来把家乡的发展唱一唱……"一段兰州鼓子的唱腔从游船舫内传出，听着陆孝兰老师的唱腔，我禁不住移步船舱内。原来，有一位什川的兰州鼓子爱好者，他不但全面组织，也担任着演奏乐器的任务。正因如此，在这个兰州鼓子的团队里，年龄较大的爱好者们心往一处想，劲往一处使，从而使他们在游船上的演唱越来越受到人们的欢迎。陆孝兰老人73岁了，他是什川兰州鼓子团队的老师，也是游船上的主唱。他说话时有点激动，十分真诚。他说"以前很多唱词都丢掉了，筹办近一年来，鼓子唱词就慢慢想起来的。因为在过去日子里的不断历练中，那些唱词已经深深烙进了心里。这下好了，每天能在画舫内给客人们唱唱，家里人也很支持，娱乐了身心，给自己的爱好也找到了最好的归宿。"这下该我激动了，画舫游船外阳光依旧暖暖地，它伴着老艺人们的演唱和乐器的合奏，把黄河峡谷唱得热热闹闹。人们脸上挂着无法掩饰的惬意，热烈的掌声中，老艺人们的唱得更加响亮了，唱腔更加生动了。

夕阳下，万象丛生的两岸峭壁为远古的这条峡谷水道平添了几分神秘，画舫游船的缓行让江南的婀娜在这里做了最完美的嫁接，老艺人们的兰州鼓子把地方文化根植进每位游客心里。峡谷、画舫、兰州鼓子浑然一体，没有兰州鼓子的奇峰是静止的，缺少生动；没有峡谷的兰州鼓子是苍白的，缺少厚重；没有画舫游船的黄河是朴素的，缺少雅致，他们的三位一体，才能将黄河峡韵演绎得淋漓尽致。

黄河岸边正在筹建的黄河楼终会将黄河峡韵贮存在一砖一瓦间，让游人来了有看头，置身其间有说头，离开峡谷有想头，聊起什川都点头。一树梨白的什川，一定会在黄河峡韵的悠远中，在人们年年期许的祝福中越来越美。

一袖梨白向天涯

阳光明媚的初夏，行走在相遇的路上，我终于牵手皋兰什川“世界第一古梨园”。一瓣梨花，绽放在岁月的枝头，用花蕊吟唱灵魂的歌。对望时，有似曾相识的熟悉；倾诉时，有两处闲愁的共鸣；携手时，有共赴此生的决绝。什川的山山水水铸就了它强劲的地脉，梨树茂长的枝枝蔓蔓伸向光阴深处，来年抑或来世，风雨无阻，依旧一袖梨白向天涯。

来到什川梨花广场时，“世界第一古梨园”的烫金大字高高悬挂在石崖上，古梨园的百年厚重敲击我的心坎，是接纳，更像叹息。

在最佳观景点小坪山巅，心被一点点洇湿。远观什川古梨园，蓝天下错落有致的民居，远处的山峦，蜿蜒的黄河，郁郁葱葱的古梨园，它们多像一幅着墨雅致的山水画。走进什川古梨园，一片碧绿，挂果的枝丫在微风中摇曳，虽然我听不懂它们的言语，却有似曾相识的感觉，因为我曾是梨园里疯跑过的孩子。童年跳跃在每片叶子上，太爷在梨树下笑逐颜开，三五成群的老农民抽着旱烟，在梨树下边乘凉边谈论一年来收成的多寡，一缕青烟从他们嘴里吐出时，时光也很快安闲下来。收回思绪，什川古梨园里的农家乐一家挨着一家。很多老梨树被围在仿古的院墙内，将自己的枝丫伸向墙外，其实它们也渴望无拘无束地生长。我想到了北宋晏殊的《春思》中“那堪更被明月，隔墙送过秋千影”。农家乐的每棵梨树，多像居住在深宅大院里的女子，它们只能越过院墙看看外面的风景，曾经成片生长，其乐融融的场景也只是记忆里的事了。2005年，皋兰县的有关专家、企业和社会各界人士根据魏氏家谱的记载，在万亩梨园中仔细寻找对比，评选出了两棵树龄达438岁的冬果梨树和软儿梨树，分别将其命名为“树王”“树后”。树王、树后树冠高大开阔，栽植于明嘉靖年间（1577年），树径达4.2米，冠幅约15米，树高有11米，每年的产果量仍维持在2000公斤以上。看着这段史料，我由衷地感到欣慰，这不愧是什川古梨园的活化石，只要它们安然无恙，什川古梨园的传说就会绵延不断；只要它们年年开花结果，老梨农的心就有归宿；只要他们依旧枝繁叶茂，兰州“天把式”就会在梨园里奔走忙碌。

目前，因什川古梨园宜居宜游的特点，有些梨树已经被砍伐。梨园的东面建起的别墅区，密密匝匝地顽居在梨园旁边。别墅，把那些被砍伐的老树的灵魂封存在水泥里，用自己华丽的独舞掩盖远古的呻吟。人类文明的进程里，蕴含着聪明才智，也隐含着被驱逐和湮灭的悲哀。随着时间的推移，古梨园的历史有可能做成为一纸老字，有可能成为口口相传的故事，有可能是老人口中无奈的呓语。看着眼前逐渐缩小的，或者被分割成的一片片梨园，萎缩的不仅仅是梨农的精神，更是中国古梨园非遗文化的风化。

其实，我们低头看到的是自己的脚尖，有尘土，有泥泞；抬头看到的却是自己的心境，有蔚蓝，有洁白。我禁不住仰望梨叶遮天蔽日，多想做一位侍弄梨花的园丁，用自己的精心呵护，让这一园精灵盛开得更加淋漓尽致，直到坐果的一刹那，让无边的思念一点点长大，最终相逢在硕果累累的金秋；我多想做一位行走在梨园的诗意女子，用纤纤玉指捡起掉落的所有花瓣，将她们化成颗颗富有灵性的文字，作诗，作词，作歌，一吟便成千古，一唱便能入心，织成岁月里的五彩斑斓；我多想做一位与万亩梨园血脉相系的老农，行走在阡陌小巷，让花瓣亲吻手心的老茧，谱写属于彼此的婉约与豪放，在刀刻般的皱纹里埋下秘密，发酵成酽酽的传说，一代代绵延下去……别样的情愫喷涌，思维里梨花上路，我禁不住轻吟：旷野斜风景愈幽，梨花落雨旅人愁。一树梨白弄风雅，亦娇柔。霜雪满枝摇岁月，风云一季又从头。欲寄语江河淼淼，上红楼。无论我的思想多么喧嚣，现实总会让女人的小情小调不折不扣地着陆，看山是山，看水是水。

不知不觉，眼前夜色朦胧，可我心里却亮堂堂的。我的品味、感动、思考串成对什川古梨园的深深情结系在了心上，在初夏的淡然中，追随着刚刚远去的梨花古韵，传唱着属于什川的亘古之歌。

漫步金城公园

乙未春日，心里总有一颗种子迫不及待地发芽疯长，不可遏制地随西固金城公园上空的风筝飞呀飞。无论飞多远，我都知道我的心之所属，因为我把精神的根扎在了本土西固。我的西固我的城，我们无怨无悔地相拥相守，我小心翼翼品着她从古到今沸腾的烟火熬制的酽酽过往。金城公园正是西固历史的浓缩，是八方来客了解兰州了解西固的窗口，更是西固人撒欢儿的好去处。

金城公园的前身是西固公园。较之以前，金城公园人文气息浓重，是真正从西固的土壤里长出来的本土文化象征，也是兰州市第一个历史人文主题公园。西固有句民谚："先有西古城，后有兰州城；先有小古城，后有西固城。"这句民谚为寻找汉金城县址提供了线索。在民间谚语和其他历史资料的相互印证下，大部分学者认为汉金城县在今西固城一带，所以把西固公园更名为金城公园是有历史渊源的。

去年国庆节金城公园向游客开放时，我第一次漫游其中，她的厚重深深地折服了我。以后的日子里，累了乏了，我就邀约三五亲朋好友来这块心灵的栖息地徜徉。一次次的倾心解读，强烈的骨脉相合里，西固作为古时边塞要道和烽火燃遍的痕迹在我眼里越来越清晰。走过金城公园的大门，六个图案各异的纱灯浓墨重彩地彰显着西固的地方特色。迎面的一块暗色巨石上刻着鲜红的四个繁体大字"金城汤池"，背面是《金城赋》，一行行荡气回肠的文字便拉开了游园的序幕。转身左瞧，丝路古道大型浮雕，铭记文成公主进藏的宏大场面和路线图。右观，却是南来北往的驼队，在汉唐盛世的唐蕃古道上的商贾繁忙和路线图。放眼仰望，迎面是李息将军出征前倚马而立的雕像，石雕后面记载曰：

“李息，北地郁郅（今庆城县）人，西汉名将。少年从军，侍奉景帝；武帝时，三任将军，镇守边邑，征讨匈奴，战功卓著，封关内侯。后任大行令。元狩二年（前121年），在今西固区黄河边筑金城，置金城县。”这尊雕像将两千多年前汉将军李息在西固地界修筑金城汤池的历史再次展现在人们面前。且行且思中，“柳荫轩”“忠义轩”“金屏廊”等饱含诗情画意和历史内涵的仿古建筑一一扑面，我只是机械的融入，却无力解读她背后的渊源。书到用时方恨少，仔细研读脚下的历史将成为我今后必做的功课。

就在我猜想纠结时，清澈的人工湖荡漾在眼前，她亲切无声地接纳了我的幼稚，上善若水莫过于此。人们不紧不慢地沿着栈道游廊慢行观赏，他们是否也和我一样心里装满了水中倒映的亭台楼阁。忽然，水中觅食嬉戏的一群金色鲤鱼荡起了波纹，和岸上的游人相映成趣。人工湖西面有“梁公阁”，南北各有一小亭，南亭匾额上书“听鱼”，北亭匾额上书“戏波”；在“乐善亭”的拐角处有长廊，经常有游人在这里娱乐，长廊尽头上书“未央廊”。人工湖中央是音乐喷泉，夏日炎炎之际，喷射不同的水柱形状交错流彩，引得游人欢呼雀跃。绕湖的还有以假山为主的云雾景点，穿行其间，一点猜测，一点神秘悄然诞生，亦梦亦幻宛如红楼太虚幻境，我想这里也应有它的典故吧。

赏完湖色，步入环绕公园的健身大道，老远就能听到孩子们的笑闹，那里建有园内游乐场。一个个小家伙或专注于描摹石膏玩具，或放情于娱乐设施，围绕着他们的爸爸妈妈、爷爷奶奶脸上笑出了花。一瞥间我看到西固人心里的秘密——做西固人真好，能在闲暇畅游金城公园更好！继续前行，西秦宫磅礴大气，白色的台阶，大红色的外墙，飞檐翘椽，将一种亘古不变的蓬勃之气纳入其中。步入金成楼高大的朱漆大门，仿佛跨越了历史的门槛，倾听曾经的金戈铁马在汉金城铿锵咆哮。是啊，无论如何一个民族崛起时向上的张力，在几千年后仍然让人热血沸腾。二者将是西固文化精髓的聚集地，内部筹建工作正在进行中，期待精彩在不久的将来与你我相遇。

在园内一路走来，一树树怒放的迎春花，一瓣瓣飘落的桃花，无不诉说着内心的喜悦。花园里的各色花卉攒足了劲儿生长，一簇簇嫩绿、一个个花苞已挂枝，就像西固人心里装满的希望，终将走过一段风霜雨雪后成为游人眼里最美的风景。汉金城虽已成为文字中的历史，但从这些文字中长出来的厚重大气却在不知不觉中根植在每个西固人心里。

走出金城公园，心中始终有一副历史画卷占据心头。我想说：旅人的风景在天涯，我的风景却在咫尺。因为金城公园二期工程将在石头坪以另一种风格展示西固一步一个脚印的前生今世。让我们拭目以待，时间终将给步入金城公园的游人一个惊叹的未来。

走进皋兰

丁酉秋，雨多，想做的事盘旋在心上。于是，我走进了小城皋兰，有体悟葡萄园枯禅意境的悠远，有携手皋兰文友的绵绵情意，有解读皋兰人文的满心欢喜。

走进葡萄园

葡萄园在皋兰葡萄苑里，有七百多亩。一架又一架的葡萄披上了薄薄的秋色，叶已泛黄，似锈迹，有点枯。

摘一颗心仪的葡萄，擦一擦丢进嘴里，细品，犹如我看过的文字。那是张幼仪的忍耐大气始终没能赢得风流才子的幡然心动，是林徽因最终选定稳重踏实的梁思成所经历的浓云迷雾，是曾国藩在层层嘲讽中不忘细思量的缜密思维……只有一个字，酸。

酸，在岁月的发酵下，有的会变甜，有的会酿祸。曾公总有“行到水穷处，坐看云起时”的酸酸甜甜；吕后的酸却变成了虐人为彘的骇人之行。

放眼远眺，我顿悟。绿有绿的生机，黄有黄的道理，只要对生命的认知不片面就是最美的体验。枯，自有它的禅意，是一种生命走向蛰伏的安然。

与皋兰文友同行

一个地方，总有一些充满灵气的人，让大山河海多一份文字里的浪漫，用简洁树立人文地理的口碑，皋兰文友如是。

雪人，一个大气庄重的女子，骨子里有对文字的挚爱。她的《蓝月亮》将皋兰老一辈人的质朴反映得淋漓尽致；玫红，诗意温婉的女子，她诗行里的言语灵动。她用俗世的烟火焙烤文字里的水分，精准的思维拔高了灵魂的尺度；霞，是一个聪明极致的女子，语言的犀利和思维的快捷让我望尘莫及。她给我们介绍着皋兰的人文景观，语速极快，恐害怕在东道主的地盘上，错过任何一点精彩；青青子衿，皋兰纯文学杂志《兰花》的编辑。虽说她有事不能同行，但触摸到《兰花》，我就认识了她。《兰花》里的人文精神像炊烟一样，弥漫在空气里，接地气的力量会随着时间的流逝占领一片高地，那片高地上有一群人正在砥砺前行。

此刻，我人在小城皋兰，心忽然朴素起来，只有且行且惜且学习，才不枉与她们的相遇相知。

走进东山森林公园

还在建设中的皋兰东山森林公园，质朴、厚重、悠远、安静的就像浅睡的村姑，倏忽间被我们的笑声搅扰地起身忙碌。

迎面一尊高大的石像雕塑，下刻“孔子先师”。我默默地在石像前三鞠躬，感恩能在此处聆听孔子先师的教诲，感恩骨血里传统文化的奔流。雕像左侧的园子里，有一些粉色的花儿在灼热的秋阳下摇摆，不为争艳，只为一季的精彩和对生命完美的诠释。发亮的果子是冰糖雪梨，管理园子的大哥笑着示意我们尝尝，味道脆甜。尝的是果子，品的却是一腔不加粉饰的热情。从他的言语里，我了解了与日子温和相处是一种怎样的超然。他就像一株低到尘埃里的秋叶，知冷暖。花朵鲜艳，总有凋谢的时候；梨儿香甜，总有吃腻的时候；秋阳普照，总有西落的时候……唯有人性的美好，才会不计代价地点亮人性的美好，这种美好又会照亮多少心胸。

天蓝的通透，远处造型奇特的山峦重重叠叠，不巍峨，不低矮，不张扬，有一种俊秀，还有一种地域的风骨，那是属于皋兰的。公园的碑林里，我们欣赏了“皋兰三绝”之一的魏振皆的书法。与我们同行的另一位文友对书法颇有研究，他说，魏老先生的书法简洁大气又不失一气呵成的完整性，值得好好研究。从这些书法碑刻中，我又一次领略了中华汉字的魅力。

看了小字看大字，“慎言行节饮食”这六个红色的大字深深地印到了我的脑海里。我痴迷地抚摸着，魏老先生的这六个字将人的精神与身体的健康之道诠释得完美至极。慎言行，一定会让内心踏实安闲；节饮食，一定会让身体舒服康健。这和美国作家吉宁·罗斯的《女人的觉醒》里的观点不谋而合。一位书法鸿儒就这么和我们不期而遇，作为晚辈，除了学习，我还深深地记住了魏振皆这个名字，无论他的书法作品在哪里，他的根永远在皋兰。

皋兰书院坐落东山森林公园。一片清净的院落，一畦畦花园菜地，一院错落有致的建筑，一位博学多才的书院管理者，还有很多典藏于内的皋兰本土的民间艺术和与之相关的艺术家。

民俗展室里，独一无二的根雕茶具，满溢娴静优雅；釉面发亮的小瓷器满含精巧绝妙；不同风格的小鼓，在皋兰这块太平鼓诞生的故乡，散发着包容与创新……整个民俗展览的主色调沉着大气，格调雅致。我只有叹服，叹服皋兰东山腹地里的这份勃勃生机。

书画室里的书法作品全是皋兰本土书法家的，全心全意为本土发声，让更多的皋兰书法家，走出皋兰，走出兰州，走得更远。这多像一位母亲扶着自己蹒跚学步的孩子，直到他羽翼丰满，直到他走向更广阔的田地。但是在母亲的心里，永远为她的孩子们留着一方栖息的净土。

院子里，喇叭花开得正艳。书院的二层建筑飞檐雕绘，与院子中央的石韵遥相呼应，相得益彰。此刻，我就这么固执地喜欢这里的氛围，每沐浴一分钟，就似乎给心灵洗澡一样，尘埃退去，神清气爽。

走进皋兰，且不言一袖梨白向天涯的什川古梨园，也不语千峰呈奇的峡谷凝结成的黄河峡韵，只是那一望无际的葡萄园，博学多才的皋兰文友，底蕴厚重的皋兰东山森林公园就足以让我倾尽雅思，婉转一腔柔情，不管不顾地寻觅只属于皋兰的前世今生。

西固大滩

2012年，我就听说了西固的大滩村。那时候，同事告诉我，她在大滩小学任教，因交通不便，只能住校。每到五六月份，大滩村塑料大棚里的西瓜就成熟了。有的学生家长邀请她去吃西瓜，参观瓜田。她说，大片大片的瓜田美极了。当她描述的时候，在我心里就埋下了要去看看瓜田的种子。西固大滩，从此也藏进了我的思维。

机缘没有凑巧的时候，我不做强求。我有时间的时候，季节不对；季节对的时候，我又没时间，抑或没有去大滩的顺车，就这么反反复复地我与西固大滩擦肩而过。今年七月，终于如愿以偿，我和朋友开车来到了向往已久的大滩村。驶过一段国道，去大滩村的路正在整修，泥泞不堪。朋友说，要知道是这样的路，我就不让你来了。可我心里只有一个信念，看看那里大片的瓜田。虽然车身甩上了泥土，虽然我们有点忐忑，可最终还是安然来到了目的地——西固大滩村。

当我们询问村里的农民大哥哪里有瓜田时，他笑着说，现在早都收拾完了，大棚里的瓜为了抢价钱，上市早。陆地里的瓜，才几毛钱，所以都不种。我有点失望，抬头看看远处的山，一座大庙扑入眼里。那位农民大哥说，那是大滩的老爷庙，想看的话可以上去看看。他还告诉我们，别看大滩村很偏僻，这里就是以前的沙柳城，有大沟湾驿道、明长城遗址、老爷山烽火台和白土坡烽火台等。听到这里，一阵兴奋涌上心头。人们常说："上帝为你关上一扇门的同时，也会为你打开一扇窗。"这对偏爱人文历史的我来说，没有瓜田不要紧，有这些历史的馈赠也是莫大的收获。

移步老爷庙，云梦心中起。看着两只部分被风化的石狮屹立在紧闭的庙门口，探寻的好奇让我忍不住浮想联翩。策马扬鞭的将士从荒芜的大漠奔来，亦步亦趋的客商从大沟湾驿道走来，烽火台上瞭望的士兵脸上挂满了乡愁……这样的纵横交错里，我的思维洞开一扇窗，那是有关大滩历史的窗。

西固大滩村，又名张家大滩。它位于河口乡最东段，北部与皋兰县中心乡九合村魏家湾相接；南与西固区西柳沟张家大坪为邻；西端与河口乡咸水村相连。正因为这样特殊的地理位置，才缔造了它与众不同的历史。

翻阅《河口史话》，有这样的记述：“大滩最早称沙柳成，始建于五代时期(907—960年)。丝绸之路河口段因战乱不畅，来往客商便打通了经兰州金城关至沙井驿、又经大滩村至永登苦水的道路，史称大沟湾驿道。必经的大滩村又成为苦水驿与沙井驿驼队、客商歇脚补给的理想之地。后因此地较为重要，引起朝廷的重视，开始逐年筑城、加固、整修。至清代中期，城池已具规模，并派兵驻守，取名‘沙柳成’。一时间，沙柳成为当时打通‘姑臧南道’和‘唐蕃古道’的重要驿站，也是东西交流的重要驿站。清宣宗道光二十二年（1842年）农历八月初八，两广总督林则徐因‘办理不善’之罪被撤职查办。他被流放新疆时，沿此道而上，并在沙柳成打尖歇晌。期间兴笔给友人姚春木回信一封，信中提出了‘器良、技熟、胆壮、心齐’的八字抗敌方针。”由此可见，西固大滩曾有过自己辉煌的一段历史，可历史总归是历史，它的客观性不以任何人的意志转移，既不是前人的既定，更不是后人的臆想，它有着自身的必然。

另据史料载：“清穆宗同治十二年（1873年），陕甘总督左宗棠西征时修建了陕甘新大驿道，时称‘左公大道’。经过河口时，修通了沙井驿至河口段，大沟湾驿道从此废弃。当年居住在沙柳成的商人、字号便逐渐迁徙，只留下空荡的沙柳成和依山而建的老爷庙。”看着眼前重新修建的老爷庙，背靠巍峨的老爷山，在蓝天白云下自有一番清韵和风骨，一块纯手工的砂石柱顶石搁置在庙旁边，和一对石狮一起见证着老爷庙的过往。幸好，史料中也有记载：“沙柳成的老爷庙又称关公庙，据考证，此庙初建于明神宗万历二年（1574年），由山西副使胡维新主持修建，后经清代康熙至道光年间（1662—1850年）多次修缮。先后建成大殿、二殿、三殿并建有南北厢房10余间，供奉着关公等神像20多尊，香火一度旺盛。当年大多数上京赶考的学子和商贾都要在此庙拜祭许愿，留有许多传说故事。1958年，因修建学校等因被拆除。”辗转在新修的老爷庙前，红砖铺地，台阶下是一个乒乓球台，供人们休闲娱乐。一种和谐的声音弥漫在正午清新的空气里，山依旧是那座山，庙还是那座庙，人却换了一茬又一茬，谁又能说这不是历史的必然呢。

下了老爷庙，我们来到全国重点文物保护单位“明长城——西固段”的石碑前，又一次聆听历史的足音。轻抚古代长城的巅峰之作明长城遗址，一层又一层的夯土抵御了强悍的外敌，也记载了历史的雄浑。还有不远处红色的丹霞地貌，为大滩披上了神秘的色彩。遥望老爷山的古烽火台，弥漫的硝烟里，不只是战争的味道，更多的是那样的历史条件下，我们祖先的智慧和力量。近瞧正在修建的农场和生态园，为大滩的历史再添一抹现代的元素，它们必将相拥而行，让西固的人文更加厚重。非常幸运，我机遇了这份不期而遇的礼物。蜿蜒的山路铺满了我的心情，随着远去的驼铃，伸向大漠深处，虽为孤烟一缕，亦有阳关的故人笑意相迎。

临别之际，没有看到瓜田的遗憾已不知去向，收获大滩人文历史的惊讶让我心满意足。忽然我觉得，凡事不必强求，只要机缘巧合，一定会在岁月的长河里相逢，西固大滩如是。

梁家湾的冬果梨

家人聚会，我问弟弟今年他的冬果卖的咋样。他说，连村子都没出，就让人们买光了。我由衷地感到高兴，弟弟弟媳不用在冬天挨冻受冷了。侄儿说，最近小侄孙再没像往年咳嗽了，因为每天晚上给他喝一小碗熬好的冬果水。我也由衷地感到高兴，小侄孙不用打针吃药受罪了。大家你一言我一语聊着有关冬果梨的话题，于是，有关冬果梨的记忆慢慢在我心里被激活了。

冬果梨的生长期比较长，从春天坐果一直要长到中秋节后才采摘。春天，果农要除去冬果树上的老树皮，一是为了除虫，二是这样处理过的树上结出的果子非常鲜嫩。夏天，果实挂满枝头时，要定期喷洒农药，不然冬果成熟时就会有很多虫眼，不易贮存，放不了多长时间就烂掉了。同时，随着果实的长大，要及时吊枝，这样刮风时，树枝就不会折断，减少损失。秋天，随着果实的成熟，当你走上田间地头，就会有一股浓烈的果香味扑鼻，让人顿时神清气爽。有时候刮风，有些冬果梨就被刮得掉地了，俗称“跌果”。在我记事的时候，老爸每天早早到梨园里转一圈，有时挑回来一担跌果，有时用塑料袋背回来一些。大多时候是用筐挑回来的，因为有些摔破的跌果汁水多，会弄湿后背。那时候，拾跌果也是一道风景。当大风刮过，村里的大人小孩都会去梨园，拾完一棵树下的再去拾另一棵树下的……直到盆满钵满才回家。

跌果其实是冬果梨里面的精品，因为已经接近成熟，所以刮风时就爱掉。每次，看到老爸拾回来的跌果，有的表皮蹭破一点儿，老妈就洗好放到锅里加水煮，等煮熟后，兄弟姐妹们碗里舀上两三个软乎乎的变成暗黄色的冬果，再舀些熬浓的冬果汁水，在小院的台子上一坐，又是吃又是喝，说说笑笑，日子不再那么困顿。有的跌果摔破的比较多，老妈就洗干净后切成薄片，放在秋阳下晒果皮子。有时我们随手抓着吃，柔韧中多了一些香甜的味道。以后的日子里，干了的果皮子老妈就用专门缝制的布袋子装起来。等到冬天雪花飞舞时，家人围坐在炉火边时，老妈总不忘抓出来几把果皮子，我们一家人就边嚼果皮子边调侃笑闹，岁月也随着我们咀嚼的果皮子嚼出了另一种味道。有的跌果坏得多，老妈就把坏的地方削掉，好的就用来喂猪。因为冬果性凉，生的直接给猪吃，猪就会拉肚子，不好好吃食了，身上的膘也会慢慢减少。老妈看着心疼，每次都是把这些削好的冬果梨和小洋芋一起煮了，等熟了以后再拌些干菜叶等猪饲料才给猪吃。有时我也捡拾一些煮熟的小洋芋吃，老妈看着我笑着不说话，她一定在想，她的女儿比小猪都好养吧。

其实，冬果梨最好吃的是“出汗”以后。就是把冬果梨在冬天放置一段时间，表面渗出一层腻腻的油样东西，果皮表面真正泛着亮黄色的时候。这时候进到放果子的房间，那个清香味道，忍不住我总会多吸两口。拿来一个，不用洗，轻轻用毛巾或干净棉布一擦，冬果表面更加鲜亮。咬一口嫩皮，里面白白的果肉就露了出来，汁水多得让我不时吸一吸。这时候切记一点，就是再爱吃也不能多吃，不然肚子会凉得不舒服。

冬果梨与早酥梨不同，没有那么夸张的汁水，比较收敛一些；冬果梨与软儿也不同，没有那么柔软如泥，你必须经过一定的咀嚼后才能品出味道；冬果与苹果也不同，不会随着冬的深入逐渐发绵，多寒冷的天气，它依然还是那么脆脆的。也许正是它这些特点，才是牙口好的人们热爱它的原因吧。

近年来，梁家湾村的冬果树因为疏于管理，老的老，死的死，也没多少了，可是弟弟喜欢操持果树，所以我家还有几棵大冬果树。弟弟乐得操持他的果园，我乐得在他的果园里激发灵感。春天，兄弟姐妹在果园看梨花飘散，如诗如画；夏天我们在果园里喝茶，倾听梨儿拔节的生长；秋天我们漫步在果园，看圆圆的梨儿摇曳枝头；冬天我们围炉而坐，吃着冬果梨，谈论着有关冬果的话题，冬夜漫长而温暖。

现在，老爸年纪大了，冬天我们每次回家，他就把家里有伤的冬果梨削好，煮好了放在堂屋的走廊里。当我们一进家门，他就从烤箱里端出一盆热好的熟冬果。每每此刻，兄弟姐妹们马上拿来勺子，你一勺子我一勺子挖着吃，然后你一口我一口地喝熬好的冬果汁，果肉就着果汁软香滑腻，把大家吃得热乎乎的。这时候，我偷偷看一下老爸，他已经笑得眯上了眼睛。

此刻，家人聚在一起谈论着冬果，重温走过的日子，那种味道有时淡淡的，有时浓浓的，就如冬果梨一样，只有细嚼慢咽才能品出蕴含的味道。

绿麦子

这个时节，绿麦子在路边摊出现了，冲击着视觉，唤醒了记忆。

驻足和摊贩漫聊几句，买一把干干净净的绿麦子尝尝，淡淡的麦香味，似乎又不是童年吃过的那种匆匆忙忙的麦香，还有锅里焐出来的味道。

抬头看看，天还是那个蓝天，太阳还是那个太阳，只是人已不再是那个小人儿。那个小人儿已随时光远走，留下的是眼前长长的山路，山路上崎岖的小道和镶进黄土里的记忆。

那时候，吃了绿麦子，风吹几下，太阳晒几天，转眼就到麦收的季节，真正的炎热也就来临了。天气的事我无法阻挡，可是吃绿麦子那是必须的。

绿麦子的做法有两种，一种是烧烤出来的，一种是焪出来的。

上小学时，每到绿色麦粒饱满的时候，每周二中午放学，我就跟着小伙伴们去二台子的半山腰。伙伴们在那里找一些干草，堆得高高的，然后趁中午没人的时候，弓着身子，偷偷跑到麦地旁边，对着麦穗饱满的绿色麦子就下手了。有的把麦子连根拔来了，有的只掐来了麦穗，等来到堆满干草的地方，每个人都手里怀里抱得满满的。

然后，大家七手八脚地用从家里偷来的火柴把干草点燃，随着火苗的跳跃，把绿麦子拿起来开始翻来覆去地烧烤，火苗烤得我们的手疼，只好两只手轮换着拿着一股麦子烧，听着干草噼里啪啦地燃烧，我们手里的动作也在加快，不然有的麦子能烧熟，有的麦子烧不熟。等到麦草烧完了，每个麦穗也都烧得黑乎乎的。

绿麦子被烧烤一阵子后，麦草用完了，麦子也烧熟了。有的麦穗连在麦草杆上直接折下来就可以了，有的麦穗因为把麦杆烧断了掉进了火堆里，还要拿棍子一个一个从火灰里拨出来，不一会儿烧好的麦穗就堆成了一堆。伙伴们平均分，一人一小堆，围成一圈儿开吃。

有的伙伴直接把烧好的麦穗放在手里边搓边吹走麦壳，剩在手里的都是亮晶晶的绿色麦粒，然后一仰脖子把这些麦粒送进嘴里大吃大嚼。就在那一刻，一种有别于日积月累的白水面的味道弥漫在味蕾上，香啊！有的伙伴喜欢从麦穗上一颗一颗地把烧熟的绿麦子剥出来吃，不一会儿每个人的嘴上都黑乎乎的一圈儿，手也黑乎乎的，可心里都舒坦极了，清澈得可以照见人影儿。

吃好了，在山坡上你追我赶的玩一会儿是必做之事。有时候玩打仗，分成两组用土块互相远远地扔着打对方，如果那一方被打跑了，另一方就算赢了。有时候捉迷藏，沟沟洼洼的一个找不到一个，好玩极了。不知不觉，天色不早，于是恋恋不舍地回家去了，路上就约定了下次偷烧绿麦子的时间和地点。

其实，熗出来的绿麦子也挺好吃的，吃起来比烧出来的口感好。

那时候，家里的自留地里也种麦子。等绿麦子饱满时，爸爸总是在回家时拔上一捆回来，吃完饭后，妈妈把麦穗子摘下来放到加有盐水的铁锅里熗。等麦香味四溢时，麦穗就被捞出来放到外面晾干，然后在簸箕里搓来搓去，等所有的麦壳都退下后，将其簸出去，剩下的就是绿麦子。这时候，妈妈尝尝味道，如果盐味合适就让我们吃，如果盐味淡，她再少放一点，然后拨拉均匀给我们姐妹们一人分一点儿。

我总是把绿麦子装到兜里，一溜烟地跑出去给小伙伴们边炫耀边吃，有时也给小伙伴们分一些。衣服破了，扔了。可是那些记忆却留下来了，每年生根发芽长出回忆里的果实，几多欢笑几多忧伤，只有真正经历过的人才能长叹一声。

现在想想，那样困顿的岁月里，有绿麦子吃，真是一种不可多得的享受。现在街上卖的绿麦子，就是熗出来的，既保存了营养又看起来完美。可是再怎么吃也吃不出来当年的那个味道。忽然觉得，有些味道只是用来回味的，比如说绿麦子的味道。

一晃三四十年，每年街上都有卖绿麦子的，每年我都会把过去的岁月温习一遍，朴素、温暖、酸涩。

也许绿麦子里蕴藏的不只是麦香味，每一粒绿麦子都是一个时代的承载，翻滚着小小的身躯一路走来，真的有点不容易。那就让我再吃几粒新鲜的绿麦子，虽然我的嘴巴没有黑，我的手也没有黑，可心里总觉得少了点儿什么，可到底少了点儿什么呢，我也不得而知。

烟火俱乐部

一个人牵挂一个地方，不是无缘无故，而是因为在那个地方一定有记忆中抹不去的情结，当时光将这份记忆唤醒时，思维的脚步便已匆匆上路了。对于西固工人俱乐部，我便是这样的感觉。每当笔下晦涩，我就信步来到这里，不是为了吃，而是为了看。在烟火的缭绕中，眼睁睁地看着一份一份喜怒哀乐的诞生，我的心也被此起彼伏的烟火烘烤着，一点一点地走向安然。

年龄大了，我越来越不喜欢吃街边摊贩的东西，可到了西固工人俱乐部，要一碗小妮家的炒粉或灰豆子，静坐一隅，听她招揽顾客的吆喝声“炒粉酿皮子，灰豆热冬果……来，师傅，你要啥？嗯，好嘞，三个酿皮子，一碗热冬果，您到里边坐……”她的吆喝喊出了西固人的记忆，也喊活了时光。

母亲在世时，刚上班的我总喜欢带她来这里。因为是周末，这里人山人海。在众多的吃食中，我问她喜欢吃什么，母亲和我东看看西瞧瞧，最后总会把目光停留在老砂锅上。那时候，不是做好了直接连砂锅一起端来的，而是倒在一个吃牛肉面的大碗里再端来。每次端过来时，母亲总会说，“看着砂锅里不多，怎么端上来就这么大的一碗呢?”我看着她笑笑，然后让她趁热吃，她总让我和她一起吃。我告诉她，我老吃呢，根本不想吃。看着母亲调上辣椒，吃得鼻尖冒汗，我的心里舒服极了。吃完后，母亲擦擦嘴说：“这个汤汤水水，菜菜拉拉的，不贵还吃得人舒坦。”是啊，那时候真的不贵，可我并没有老吃。现在十几块钱，有的几十块钱，挺贵的，我却老吃呢，可再也吃不出和母亲在一起吃的那个味道了。

儿子上初高中的时候，每到周末，他总会牵挂着俱乐部的烧烤。我带他到烧烤店去吃。他笑着说，妈，烧烤店里吃不出这里的味道。我说烧烤店里的味道比这里的要好吧。他看着我说：“此味非彼味！”是啊，半大小子就知道吃的味道了，我真的替他高兴。有一次，他烤了一把鱿鱼，站在摊前吃得津津有味。我出神地看他一串一串地大吃大嚼，嘴角挂着辣子油，还要躲闪不时走过来的行人……他吃进胃里的仿佛不是鱿鱼，而是时光里的味道。他给我递来一串让我尝尝，我不要不要，他却硬塞进了我手里，我想吃一小块就还给他。就在我刚咬下第一块想和他一样大吃大嚼时，有个稚嫩的声音在我耳边响起，“孙老师好！”当我慢慢回头看时，我的学生和他的爸爸妈妈正微笑着看我呢。我嘴里有鱿鱼，嘴角一定和儿子一样挂着辣子油，心里禁不住尴尬。

每次来到卖黏团子的摊前，我就会想起闺蜜王，她最爱吃黏团子。我们上高中那会儿，一个黏团子才两毛钱，她在周末从俱乐部买回去，周一就和我们分享。一个黏团子四个人分，每人只能分到其中的一小块，那一小块上的芝麻都粒粒可数。当我们四人开吃时，香味刚刚在嘴里弥漫开来，马上就变成余味了。然后，我们就开始讨论黏团子的组成，糯米面、白芝麻、豆沙……越说越馋，最后我们纷纷表示，以后自己有钱了，一点要把黏团子吃个够。可现在我们谁都不想吃了，因为黏团子不好消化。可每次看到黏团子，记挂在黏团子上的那份友情在岁月的催化下，却愈发浓烈了。

那个啤酒摊上，我和朋友曾边喝着扎啤边吹着小牛；那个面馆里，有我和同事们爱吃的肥肠炒面；那个京味包子馆，我回家常给老爸买包子……每当漫步西固工人俱乐部，这一切好像过去了，又好像没过去。时光总会储存一些抹不去的镜头，一家家烟火缭绕的店铺便将这些镜头安放在油盐酱醋茶里，只要你触碰了，就一定能闻到曾经的味道。可镜头里的人，有些已远走天涯，有些却近在咫尺。远走天涯的我会静静安放在记忆的角落，近在咫尺的我会加倍珍惜。

现在，俱乐部里除了西固的风味小吃外，又多了一些新疆的馕、韩国风味的寿司、陕西的肉夹馍……这些或甜或咸或平淡的吃食，强烈地冲击着顾客的心理。其实，这些也只是尝尝鲜，每次来必须要吃的还是老西固的风味小吃了。

春节过后，日子恢复了平常，上了大学的儿子再也不提俱乐部的烧烤了。当我再次来到俱乐部，烟火依旧，人声鼎沸，也许那个笑容满面的老人也正把自己的慈祥种进儿女的心里，也许那个半大小子也和我儿子一样找出种种理由吃自己想吃的东西，也许那群女孩子也和我们四个当年一样正在分食某样美食，只是她们吃得再也不想吃了。

西固工人俱乐部，用烟火味来形容再好不过了。高了过于雅，失去了骨子里的人间俗世；低了过于俗，淹没了本来就有的内涵。那就让我闻着她的一路烟火，静品内心芬芳，继续走来走去吧。

达伯的胡子

达伯，是我同事的大伯，因为工作关系我认识了91岁高龄的他。他姓达，所以我一直叫他达伯。一年了，我见过达伯三次。

去年冬天见到达伯时，我就迷上了他的胡子。那一把胡子泛着透亮的银白色，浓密顽强，根根可数。当达伯说话时，他的胡子一下一上抖动着，着实给这位耄耋老人增添了无穷的魅力。我由衷地想：他真的太帅了！

回忆和达伯围炉聊天的时光，温暖而绵长，尤其是他那一大把挂满过往的胡子，正好戳中了我喜爱地方人文历史的软肋。从此，倾听达伯胡梢抽过时光的声音，成了我一直的向往。闲暇时，我总会想起他。

第一次见面时，达伯滔滔不绝地讲，我跟着他的话语气喘吁吁地跑。达伯习惯性地用手轻轻捋捋胡须，似乎在梳理他悲喜交加的过去。时间过得飞快，多讲我怕他受累，不讲我怕我遗憾，矛盾纠结中，我还是给自己留下了遗憾。有人说，遗憾也是一种美，于是，在美丽绽放的一刹那，把达伯连同他的胡子一起装进我的心里。

达伯说，达川家族的演变在他心里是一本账。从搜集整理达氏家谱到筹建达氏史馆，前前后后近十年，凡事不做到最好他绝不停手。西固达川的达氏史馆，就是在众族人的协助下，达伯一手策划建起来的。达家台由达氏先祖得名。达氏是黄帝后裔，黄帝玄孙叔达、伯达之达为姓。达川乡达姓，始祖纳忽里自元太祖四年归顺元室后，被封为“武威王”，其三世达里麻答思在凉州宣布以“达”为姓。明成祖永乐元年先祖哈那牙受封兰州卫，来兰定居西关（现城关区解放路一带）。明嘉靖十六年，明肃靖王在小西湖一带修建园林，迫使达氏重迁别居。明隆庆年间哈那牙六世孙达敬复插旗于金城西八十里古台，改名为达家台。东为张家台,西为张家河湾台,中间夹着达家台，因此被人称为“达楔子”。

明天启年间，达尚举率众户新辟哒旦、盐池二沟，其他达姓逐步迁至台下的川区定居。达伯还给我讲了达家名人达云的故事，令人唏嘘。

我隐隐觉得，一本家谱就是一部浓缩的地方历史。只要留心，其实厚重与博大就在我们身边。弘扬家谱里深埋的姓氏文化，就是给子孙们一个汲取营养和扎根的过程，信仰和传承不言而喻。当轻轻浅浅的感悟滋生时，在达伯这里我得到了最好的印证。

第二次见面时，我看到了茶几上一个类似领带的东西，达伯让我猜猜这是什么，我绞尽脑汁也没猜对，最终在达伯爽朗的笑声里，他告诉我，那是他装胡子用的胡袋子。当他吃饭或者睡觉时，就把胡子装到胡袋里，外面轻轻用带子系上，这样不会把胡子弄脏弄乱。忽然，我觉得，人活着，还需要一种做人的心境，当这种心境成为常态时，人就可以活出自己的境界了。

这次达伯给我讲了修建流经兰州市红古、西固两区的湟惠渠的前前后后。他的讲述结束了，他的胡须沉默了。我想他在为家族、为乡亲、为地方办事的时候，他一定忘记了年龄，他不觉得自己是老人，而是一个还能做许多事的强人。当他讲到工作中遭受的苦难和误解时，让我懂得了人的心胸是被命运里的坎坷撑大的。他在越挫越勇中把一件又一件别人认为不可能的事变成了可能。单靠我的想象去琢磨达伯，一定会因尘世的耳濡目染让思维定式。当达伯的一缕银须根根可以历数的时候，承载的不是年龄的多寡，而是一路走来的自豪；当滔滔不绝的记忆在他的胡子上打秋千的时候，我觉得思维的敏捷与年龄没多大关系。看着他的眼，握着他的手，迎着他的目光，我忽然觉得人生有机会搏一搏那该是多么幸运的一件事啊！历史总归是历史，现实还是需要人们继续书写的。

第三次见面是夏天，是我专程去看达伯，他正在院子里的躺椅上晒太阳。他的重孙子乐乐满院子闹着跑着，他笑眯眯地看着，他的胡子在太阳下更加鲜亮洁白，只是胡子上多了几份安详。他急忙忙地说，你这娃，来就来了，拿东西干什么。不过你这娃，我一直记着哩。说完他的胡子立刻垂下去了。

我说，达伯，我不是来看你，我想看看你的胡子，还有那个美丽的胡袋子。达伯看着我满意地笑着，他的胡子一颤一颤地，又抖落下来一些我想要的东西，那里分明写着：胡子里的守望。

向日葵盛开的夏天

静静坐在小院的走廊，看雨幕遮掩下的花园。木头架上一串串青葡萄已挨挨挤挤地蹿着个儿，胡子个个像打秋千的孩子和雨滴嬉戏，六月红高高挂在枝头沾沾自喜，青翠的大枣压弯了枝丫……唯独那些低矮的向日葵，用身躯支撑着大大的花盘，鲜艳的黄色花瓣用厚重渲染着小院的气氛。雨天看不到阳光，它们低头沉思，也许生命的蜕变不只是一路的阳光，也需要一路的风雨。

随着向日葵撑开的大叶子、舒展的花瓣和初露的花蕊，一种酽酽的温暖在我心里弥漫开来。听老人们说，以前村里也种过大片大片的向日葵。干活时，只闻其声不见其人，嬉笑怒骂绽放着向阳的心情，和向日葵一起疯长，期盼的目光随一季的灿烂绵绵长长。收获的季节，那些大大小小的花盘便成了人们沉淀的希望。瓜子被收购后，喜悦写满深深浅浅的皱纹。飘雪的冬天人们可以安心的蜗居，聊着来年的心事，一如向日葵绽放前的孕育，朴素而坚定。日子就这样被慢慢化解成一袋烟，一炉旺火，几许爽朗的笑声和雪地里麻雀觅食的叽叽喳喳。

近年，村里多以种植蔬菜为主，鲜见向日葵的身影，偶尔在田间地头看见几株，也是用来观赏之用。它们点缀于那些油绿的蔬菜间，淡定超然，但总能唤起过往的人们或多或少的记忆。小时候，伙伴们总喜欢把成熟的一盘瓜子掰成一块块坐在一起磕，比赛速度，谁第一谁就可以搞一次恶作剧。大家把嗑完的瓜子皮原封不动地合好插在花盘上，跟着得第一的小伙伴去戏弄他人，当看见被戏弄的人掉入我们的陷阱，一份恶搞后的喜悦涌上心头，手舞足蹈地追逐嬉闹。日子被我们这些不知天高地厚的娃娃搅得热热闹闹，大人们指指点点地评判着每个娃娃的聪明与愚笨，预测着我们的未来……一幅恬淡的乡村夏夜图却在多年后随盛开的向日葵绘制在我心里，驱赶着城市的喧嚣。

当高速公路从门前路过，填平那条小水沟的时候；当水电站从田间河边拔地而起，覆盖曾经欢笑的原野；当那些锄头铁锹锈迹斑斑的时候；当城市的规划一次次缩小着乡村的版图……我终于从内心纠结着。没有了土地的人们，失去了往日的温润。游走于城市的大街小巷，脚下的柏油路有点硬。一脸茫然间，日复一日地编织着海市蜃楼的未来。老人们说，没有了土地的人们没了生机。是啊，接不了地气的孩子长不结实，接不了地气的大人同样虚弱。阳光被花园里的向日葵贮存着，我想还能温暖几人，一息尚存莫过于此吧！

开春后，村前村后都已被冻结，等待着搬迁的命运。像火柴盒一样的混凝土建筑怎能盛下粗犷的心灵。因为每次接爸爸来城里住几日，他总是焦躁不安。他觉得头晕眼花，心里惦记着那帮在村头老槐树下打牌的老哥们，惦记着家里的小狗是不是渴了在叫唤，惦记着地里的西红柿是不是搭了架……我知道爸爸的心在那片向日葵盛开的田里。弟弟一声问候的电话，让爸爸迫不及待，他的心随着电话线飞回了家，依然固守着鸡犬相闻的欢乐。这样的时日也许就要失去，一株向日葵也许只能弱弱地生长在花盆，那又是一幅怎样的不合时宜呢。

一个个大大的“拆”字涂满墙壁时，我不知道是喜还是忧。城市化的文明扩大着外延，搅拌的水泥把一个个朴素的乡村融进了它的身体。向日葵盛开的夏天只能成为地方志上微不足道的几颗文字，一方生生不息的恬淡终于画上了休止符。那年那月那个乡村的记忆就这样魂飞魄散了。从此城市的“向日葵族”里多了一些怀旧的身影，用回忆温暖疲惫的身心，用知足常乐的心态面对每一天，用微小的幸福感染身边的冷漠，我也毫不例外。

雨停了，夏日的午后清新亮丽。我走向花园，点点水珠悬挂在向日葵的叶子上，我努力洞察它的内涵，一不留神滑落下来钻进泥土。随着万道光芒突破云层，那一株株向日葵依然昂首向阳，以更加茁壮的姿态接纳属于自己的阳光。风雨过后的生命彰显着激情，日子也就有了活力。向日葵盛开的夏日，“拆”字依然醒目，燕子翩跹而过时，我心里却踏实了许多。

铁姑娘突击队的往事

铁姑娘突击队，有人不经意间提起这个词，我并没在意，我觉得这只是一个称号而已。第二次提起时，有人说，“这些姑娘当年把苦吃完了！”就这一句，让我充满猜测和好奇。“当年”是什么时候，她们到底吃了“什么样的苦”，发生了“什么事”，让她们在人们的记忆里挥之不去呢？于是，我带着这些疑问走访了当时铁姑娘突击队的队长王光玉和孙连芳。

风和日丽的日子，我专程来到西固区梁家湾村，见到了当年铁姑娘突击队的队长王光玉，他已是花甲之年。说明来意后，他拿出一张已经泛黄的老照片给我看，问我认不认识照片上的这些姑娘，因为都是梁家湾村的，或多或少我有一些印象，我一一给他说出了这些姑娘们的名字。随着这些名字在他脑海里再次闪现，他封存的记忆也慢慢鲜活了。

他说的第一句话就是：“提起这些姑娘，真的让人淌眼泪呢！”有些往事，你说与不说，就在那里，不声不响。当铁姑娘突击队的往事清晰地从他嘴里流淌之时，我没有不假思索的溢美之词，有的只是对当时历史条件下人们生活与劳动现状的反思。

1971年，梁家湾大队有四个生产队，分别由队长带领大家每天下地干农活。春暖花开的时节，二队里多了几个参加劳动的小姑娘。她们刚从校园里走出来，一脸的稚嫩，但她们干活却争先恐后，不惜力气，晚上相约凑在二队会计那里看自已挣的工分，热热闹闹地打发着自己的青春岁月。看着她们各个心灵手巧，早出晚归，踏踏实实干活儿，学什么都学得很快。她们被社员们争相称颂，各生产队的队长号召自己队上的姑娘们向她们几个学习。其实，四个生产队的队长都在憋着一股子劲儿比赛，看清这样的形势后，二队的姑娘们哪里敢松懈啊。二队的队长决定把这些姑娘组织起来，成立“铁姑娘突击队”，突击队的队长由当时头脑比较灵活的小伙子王光玉担任，副队长由积极肯干的孙连芳担任。于是西固区梁家湾大队的“铁姑娘突击队”就这么诞生了。从此，岁月里有了她们的传说，人们的嘴里流淌着她们的故事。

春天，怀揣一年的憧憬，她们在王队长带领下，每天天麻麻亮就开始挑沙压瓜田。春寒料峭，眉毛上结了白霜，她们擦一擦接着干；手冻红了，她们搓一搓继续行。任何困难都没能让她们退缩哪怕一点点。等她们往山上挑完三四趟沙才开始回家吃早饭。每天的早饭就是糁饭酸菜，假如把酸菜放点油炒一下，那就是最好的美味了。吃完饭又要和队里的其他社员一起往山地里送粪，虽然都是女孩子，可她们依然事事走在社员们前面。她们十七八岁的字典里，似乎从来找不到“累”字。她们的信念里，铁姑娘突击队的队员们永远都是最有力量的。

夏天，除干完例行的农活外，还有集中学大寨、挖土方平整土地的劳动。她们每天装车的装车，拉车的拉车。酷暑之际，除了中午吃午饭休息一会儿，其他时间一直都在干活儿。有时候，上面的领导来视察，她们就赤脚来干，正午的那些白土晒得发烫，她们咬牙忍着，这样才能体现当时大干苦干的精神。我想：她们一锹一锹铲起来的是坚韧，一车一车拉走的是无悔的青春。

秋天是收获的季节，也是铁姑娘突击队的姑娘们最忙最累的季节。看看窗外，王队长动情地给我讲了曾经发生的一段感人的事迹。秋冬之际，广播上说晚上有霜冻，让还没有收完蔬菜的各生产队抓紧时间，免得受灾。二队的蔬菜都收完了，但是四队的十亩萝卜还没有拔掉。十亩地的萝卜，这可不是一个小数目。大队里马上召开紧急会议，在村广播上播出了这一事情，动员全村的党员、共青团员和其他社员一起参加抢收四队萝卜的行动。虽然不是一个生产队，但王队长马上组织铁姑娘突击队的队员们积极参加抢收队伍。刚刚回到家端起饭碗的队员们听到这一消息后，马上拿上麻袋在大队集合，没有一个人抱怨，没有一个人喊累。从山上到山下一个来回也要将近四十分钟，可这些姑娘们尽自己所能，把萝卜从山上背到山下，来来回回，汗水湿透了衣衫……天快亮的时候，十亩地的萝卜终于在党员、共青团员和其他社员的一起努力下，运送到了安全的地方。铁姑娘突击队的队员们终于在这次任务中充分体现了他们“铁”

的一面，获得了全体抢收群众的一致好评。

曾经的副队长孙连芳告诉我，冬季农闲时，为了防止夏天黄河边的水浇地被黄河水冲掉，她们就在队长的带领下，和小伙子们一起挑沙石，修筑堤坝。天虽然冷，可她们却干得热火朝天，有说有笑。铁姑娘突击队的姑娘们为了当好表率，大冷的天，不围围巾，不戴口罩，脸冻红了，手冻裂了，她们简单处理一下就继续参加劳动。也许，她们的精神就是在不断的风雨中历练出来的吧。

1973年国庆节前夕，西固区东川公社终于知道了梁家湾大队铁姑娘突击队的感人事迹。国庆节那天，公社专门给她们开了一个表彰大会，表彰了他们不怕苦不怕累，敢于和困难做斗争的精神。这次表彰会上姑娘们都觉得无上光荣，十分珍惜来之不易的荣誉。会后，王队长和姑娘们集体合影一张。他说，我一共洗了十一张。他自己留了一张，十个姑娘一人一张。他告诉姑娘们，等以后嫁人了，也一定带着这张照片，留作永久的纪念。姑娘们流泪了，那是欣喜的泪，是不舍的泪，更是在一段拼搏岁月里感慨的泪。该走的总归要走，该来的一刻不差地就来了。接下来的日子里，铁姑娘们有的留在了农村，有的被招进了工厂，有的被送进大学深造，有的到医院做了护士……从此开始了她们人生中的另一种生活。可无论走到哪里，她们身上的那种精神在人群中永远是最亮的。以后的日子里，一旦提到铁姑娘突击队，梁家湾村的老人们都会竖起大拇指，那种朴素的赞美里，有心疼，更有一种深深的感叹。

在后续的走访中，我努力想把她们再次集合起来照一张照片，只可惜种种原因，始终未能如愿。但我知道了目前她们中年龄最小的62岁了，年龄最大的65岁，有的退休了，有的在家里看孙子，有的还在田里劳作，但是无论生活怎么变迁，铁姑娘突击队里历练的精神一直在她们骨子里留存。在工作生活中，没有什么困难能让她们退却。乐观、积极、进取永远是她们从朝霞满天到夕阳晚照中不变的旋律。在王队长的叙述里，我走过了一段令人奋发的旧时光，也终于明白了当年是什么时候，看到了发生在那年的事，听懂了姑娘们吃的苦等等。一段中国历史的浓缩就这么凝聚在一个小细胞里发酵至今，令人唏嘘，更令人感慨，我忍不住写下了：

天仙子·铁姑娘突击队

数载燕归流年去，花甲满腔皆乱绪。岁寒逐影弄情怀，回首路，妆台顾，一纸少年今何处？

酷夏赤膊尘土沐，腊月栉风堤坝住。一山青菜避寒冬，星无数，迎晨雾，今日卷帘谁共度？

第二部分　亲情岁月

有亲情
骨血里永恒的话题
你有我有
浸润在这样的岁月里
我就像找到母乳的婴儿
恬淡安静

眷恋这样的时光

国庆长假第一天，心便长了翅膀，我和儿子一起来到老爸身边，小院里秋阳还有后劲。老爸边吃籽瓜边听收音机，太阳灶上的茶壶里，水冒着热气儿，家里的小狗跑来跑去。当我拿个小板凳坐下时，我觉得有点安静。忽然想起来门口的燕子没了踪影，老爸说那几只燕子在白露时就已经飞到南方去了，到明年开春时才飞回来。一年一年过得真快，转眼一年就要结束了。

小院里收拾得很干净，秋阳下黑得发亮的籽瓜籽儿晒在筛子里，旁边的蛇皮袋子上还晒着一些玉米，粒粒饱满。于是我泡杯茶，给老爸的杯子里添满开水，便安心地开始和他聊天了。老爸说，你三姐一人干两份工作，有点忙吧，不知道身体咋样了。我笑着说，那么大的人了，自己能把握的，你不用太担心。四姐和哥哥一个卖水果，一个卖肉，过节是他们最忙的时候，他们的生意一定很好。大姐二姐升级为奶奶级别，就是假日也忙得不亦乐乎。我开玩笑道，老人的心在儿女上，儿女的心在石头上。老爸笑笑说，中秋节你哥还拿来了几斤大肉，都是切好的肉片。你四姐每次来，把家里从头到尾打扫得干干净净，然后把脏衣服洗完了才回去。我知道在爸爸眼里，手心手背都是肉。虽然人在躺椅上躺着，耳边收音机响着，但是他并没有睡着，也没在意收音机讲的是什么，但每个子女的安康他总是念念不忘。

说着话，老爸在太阳灶上煮的鸡蛋和洋芋好了。他颤巍巍地端过来，小心翼翼地揭开锅盖，洋芋沙沙得裂开了口子。我从厨房拿来一些胡麻和食盐混合在一起的调料，我和老爸蘸着吃洋芋，时光安然地在我和老爸的谈笑间流淌。小狗汪汪叫着，我掰了一块洋芋要给小狗吃，老爸说蘸点调料，小狗也喜欢那样吃。我笑笑，原来对生命的尊重就这么简单。

晚上给大家做火锅，我要到地里拔些小油菜，我让老爸在家等我。带上照相机，一路和乡亲们打着招呼。大伙儿有的在盖房子，有的在地里干活，有的买路口的粉条……当我看见地里的大白菜，小油菜，树上的果子，勃勃生机在我心里涌动。家乡的黄土地上，我真切地感受到了有点阳光就灿烂的事实。我行走在秋天的菜地里，一树红果实的树底下，万道秋阳的时光里，心暖暖地滋生着满足与超脱。静听青草私语，发出淡淡清香，我真的不忍心拔掉正在疯长的小油菜。我拿出相机，把一颗颗油绿的大白菜，一个个大头菜，一畦畦上海青油菜，一簇簇青草……全都留在了镜头里。田野无声，却传递着豁然开朗的心境。

回到家，我把菜倒在爸爸脚底下，然后给他一把剪刀让他剪菜根，爸爸干活细致而富有耐心，我俩又这样开始边择菜边说话。我说看见邻居家的小伙子了，两颗门牙也不见了，说是被石头碰掉的。我看得可怜的，现在找不上活儿，他在家里着急，没事干就在街上闲转。老爸说这小伙子人很实在，就知道下苦力，不过老实人总有老实人的福气……我笑笑，因为我深有体会。小狗也睡醒了，摇着尾巴，爸爸说给它倒点水吧，果然当我把水倒到它的小盆里时，它用舌头一会儿就舔干净了。夕阳下，觅食的麻雀喳喳地群飞群落。我开始在厨房里忙碌，老爸说才四点多，弟媳妇下班要到六点呢，弟弟也忙着，不知道晚上能不能回来，侄儿和同学们去骑行，晚上不回来吃饭。我给弟弟打了电话，明确地告诉老爸他晚上不回来了，老爸点点头，收音机上的戏剧《花为媒》的声音变大了，我知道老爸放心了。

农村的厨房里宽大明亮，我细细地把带来的蘑菇、脆豆皮、魔芋……放在水盆里洗得干干净净，然后在开水锅里烫这些菜，过一会儿用嘴皮咬咬这些菜，如果我能咬动，老爸就估计没问题了。当我把盛满菜的锅放在他的面前，把碗送到他的手里，老爸边吃边说好着呢，但是油汤却不时被他撒出来。我笑着说，爸爸你真的老了，和我小时候差不多了。你还记得给我每次擦嘴系裤带的情景吗？老爸爸呵呵笑着，怎么不会记得啊，你最淘气，每天晚上从别人家的麦草堆里玩回来，满头的草棍子……呵呵，儿子看着我笑着说，妈妈，你还有这样美好的历史，我也笑着点点头。虽然这时家里人少，但是只要老爸健康开心，我觉得什么都不缺了。

夕阳西下，老爸把晒好的玉米装在袋子里，把籽瓜瓜籽儿搬到太阳还能晒到的地方。他的白发、他的背影似乎是会跳动的音符，一下子在我内心谱成了温情的曲子。无巧不成书，收音机里传来了刘和刚的《父亲》。虽然，83岁的老爸没有歌中那样细致，却用自己不温不火、不急不躁的一生把七个儿女养大成人。夕阳下，老爸笑着告诉我，年轻时有福不算福，老了有福才是真的福。我点点头，因为老爸是个有福气的老头儿。

我和儿子要回去了，老爸依然在他的小院里做做这个，弄弄那个，只要他忙碌着，我的心也就跟着忙碌着、牵挂着。车上儿子问我是不是晕车。我说不是，因为我只是眷恋这样的时光，也眷恋时光里和我有关的人。

读爸，读妈，读真爱

爸爸妈妈这对平凡的农村夫妇在走过了57载岁月的时候，妈妈去世了。每次想起，就想到和妈妈有关的一切，她的一缕头发，一个眼神，一个动作，一句话……但更多的是爸爸佝偻的身影和无言的包容，这种包容是他和妈妈走过的57载岁月的释放，足以让我这个后辈记住一生。

——写在前面的话

一

2008年的正月十五，妈妈一度昏迷，经过几天输液治疗，她奇迹般地恢复了健康。2009年的正月十五，妈妈又一次昏迷了，这次她永远地睡了，将我们做子女的侥幸心理击得粉碎。

望着妈妈的遗像，一切就像在昨天。从我记事起，和妈妈有关的点点滴滴不可遏止地浮出脑海。

听奶奶说，从前的爸爸是一个胆小的小伙子，看见女孩子手都不知道放到哪里。从前的妈妈是一个没父亲的女孩子，脸色蜡黄，衣衫褴褛，和爸爸见过一面后就嫁过来了。

年轻时的妈妈很要强，凡事能不求人就不求人，这让爸爸心里很是踏实。可是一大家子人要想轻轻松松过日子也很不容易。当妈妈受到委屈时，爸爸就让妈妈给他说，或者拿他出出气，这样妈妈心里会好受一些。可是每次妈妈总是默默地自己承受了，从来不让爸爸也跟着她受罪。爸爸看见妈妈面色难看，总会开玩笑逗乐，直到妈妈露出笑颜为止。

三年自然灾害之前，我家只有大姐二姐和哥哥，每天吃食堂，可是谁都吃不饱啊。于是妈妈就把食堂剩下的锅巴要回来，给哥哥姐姐吃。后来食堂解散了，日子都得重来。偏巧三年自然灾害降临，有一次，别人送给爸爸一点兔肉，爸无论如何也要让妈吃，她硬是不吃，还是分给了哥哥姐姐和爸爸。妈的心里只有哥哥姐姐和爸，妈总害怕自己“贪嘴”会亏欠孩子和爸。

妈脾气耿直，从不愿意别人说三道四。那时爸的胃要是一凉就会吐酸水。每天爸去生产队上班，妈妈总是早早地起来做好早饭。在爸爸的一个大洋瓷碗里盛好饭，放在锅台最热的地方，每年每月每天都这样，没有忘记过一次，现在想想那是多么不容易啊！

日子就这样平平常常在中国千万个家庭中艰难地流逝着，人们迷茫着，追寻着。有一天，妈妈终于因为不能控制“贪嘴”付出了代价，也让爸爸终生为妈妈付出的代价内疚着，弥补着。

二

三年自然灾害结束了，经过家人的努力，日子慢慢好起来了。那年妈妈怀上了四姐，偏偏特别想吃一些白面，家里仅剩的一点白面是给爷爷奶奶吃的。于是妈在给爷爷奶奶做饭的时候，偷偷地在案板下藏了一小团白面。后来不知怎么让爷爷知道了，他气急败坏地骂着妈妈，还拿扫帚追打，妈妈跑到了我们二队的碾麦场上，只顾身后，没看眼前，一下子撞到了粉碎机上，等爸爸和其他家人赶过去时，她满脸血污地昏死过去，爸花了好长时间才把她叫醒。爷爷看见妈妈醒了，骂骂咧咧地走开了。爸当时吓蒙了，可他从此决心不让妈妈再受委屈。妈妈的身上留了一条伤疤，爸爸的心里也留下了一条伤疤，随着岁月的久远，妈妈身上的伤疤不明显了，可爸爸心里的伤疤却越来越清晰了。仅仅就是为了在怀孕时害口吃点白面，妈妈留下了一些脑震荡的后遗症。随着年岁的增长，她的症状越来越明显了。我告诉爸爸，那不是你的错，是那个时代的错。

我在记忆里搜寻着往事，妈妈曾经告诉过我，有一次她要到西固城买一个大面盆，四姐刚刚四个月，离不开人。于是妈妈抱着四姐到西固城去了。爸爸知道后，就马上到车站上去接，那时候的公交车，那是盼星星盼月亮才来一辆。可是爸爸等了整整五辆车也没见到妈妈和四姐，天慢慢地暗了下来，爸爸的心也慢慢地收紧了。就在第六辆车到来时，爸爸终于看见了妈妈和四姐。妈妈把四姐放到大面盆里端着，爸爸一下子奔了过去。他对妈妈说："急死我了，你们俩没事吧!"一手接过面盆里的四姐抱到怀里，一手提着面盆，妈妈拿面盆爸爸死活不让。这时妈妈隐约看见爸爸好像有点难过的样子。她不好意思地说道："上车的人多，我抱孩子挤不上来，看把你急的，我这不好好地回来了吗?"爸爸破涕为笑，实际这对胆小安分的爸爸来说是一种难言的折磨呀。妈妈从此走哪里都要告诉爸爸不要太担心，可是爸爸每次再忙再累都去接妈妈。这在哪个男尊女卑的时代，着实让妈妈十分满足，女人最幸福的是什么？那就是丈夫的疼爱和孩子们的健康平安。

三

随着日子的推移，我和弟弟相继出世了。妈妈从来不睡懒觉。就是大冬天，也早早起来生炉子做饭。那时候我们家的早饭吃得最早，一天三顿，顿顿不缺，所以我们兄弟姐妹一个个都胖墩墩的。当别人问妈妈为什么养的孩子都那么胖时，妈妈总是乐呵呵地说，冬天也要让娃们吃三顿饭，不能改做两顿。看着咱们个个是胖姑娘、胖小子，爸爸打心眼里高兴，唯独妈妈瘦得皮包骨，我们心里有说不出的滋味，最愁的要数爸爸了。可他不说，只是不让妈妈下地干活，吃饭时盯着妈妈也要多吃点。

包产到户后，家里人能下地的都下地了。为了让日子好起来，妈妈在家喂了两头猪和许多鸡，爸爸每天从地里回来总会拔些猪草。有一次不小心让刺给扎了，妈妈专注地为爸爸挑肉里的小刺。那一刻妈妈的眼睛是那么亮，我一直记忆犹新。爸爸在地里拼命干，妈妈在家里拼命干，可对于育有七个子女的家庭，似乎还是入不敷出。

爸爸的背慢慢地佝偻了，妈妈的记忆慢慢地差了。有时候妈妈想喊其中一个孩子的名字，但她就是想不起来，硬是从大姐一直喊到她要叫的那个孩子为止。不懂事的我还在那里笑个不停，爸爸似乎有了心事，这在以后的岁月里慢慢印证了我的猜测。一次，爸爸收工回家，看见妈妈昏倒在院子里。自那以后，妈妈的身体变得越来越差，干活也丢三落四。她自己也觉得不好，可就是控制不了自己。爸爸比以前更加沉默了。

在爸妈的共同努力下，我们一个个长大成人，走出了曾经养育我们的土窝窝。爸妈就像照亮我们前程的煤油灯，日复一日，年复一年地摇曳在岁月的风雨中。他们终于老了，老得需要我们搀扶，老得需要我们呵护，老得需要我们包容。

随着年龄的增大，妈妈比以前易怒，情绪急躁，有时候还胡言乱语。这样就招致弟弟的埋怨，可爸爸总是耐心地告诉弟弟“老人小孩”的道理。人老了就得像对待小孩一样来对待她。道理都懂，可是妈妈一闹腾弟弟就会急躁。这时都是爸爸将弟弟支开，耐心地安慰妈妈，让她需要什么只管说，太闹了大家都休息不好。有时妈妈狠狠地和爸爸说话，说完就好一些；有时她也哭哭啼啼，说什么我们大家都不管她了，她好难受好难受。我们姐妹几个只有带她到医院进行检查，可医生查来查去，也找不到病因，说只是老年人的情绪问题。我们就这样无功而返，而妈妈又好像什么事都没发生一样该干什么干什么。

人们常说“久病床前无孝子”，我不完全赞同这种观点。不是说孩子们不孝顺，只是对生病的长辈他们经过长时间的伺候和接触，对眼前的一切习以为常罢了，谁还会对自己的母亲有什么怨言呢？可是妈妈总要人陪着她，看见没人她就开始闹腾，毕竟我们都有自己的工作。爸爸说你们忙吧，有什么事我就给你们打电话。这样我们才安心地离开去干自己的事，每每看见爸爸佝偻的身躯张望着我们离去的身影，我有一种说不出的感觉，总会堵得我胸口发闷。

四

终于爸爸告诉了我们以前发生的一切。

爸爸眼角有点湿润了。我知道爸爸说话的意思，他是要我们千万不可以对妈妈有怨言。不是单纯的说教，而是用那个年月的事实感化着我们，说服着我们。我使劲压抑着自己的情绪，下决心一定要对苦难中走过来的父母无论从感情上还是物质上尽自己最大的努力去给予，这样当有一天父母离我而去的时候，我就不会有太多的遗憾。

一天，爸爸给我打电话，说妈妈想我们又开始闹腾了。于是我们急忙赶回家，大家围坐在母亲的床旁边。弟媳妇给她端来的饭，她不吃，要吃方便面，我们就给她买了一箱。她就像小孩子一样高兴，但不太说话。我们帮她煮面，她不让，就要爸爸帮她煮，爸爸默默地走向厨房。站在门外，我对于妈妈的要求真的很生气，可我不能说呀，便很不高兴地拿了一个小凳子要爸爸坐着，等我把面煮好端到堂屋门口才让爸爸端进去，她这才高兴地吃起来。我分明看见爸爸的眼角藏满了微笑和满足。但想着爸爸也有高血压，我心里真的有点难过。

爸爸似乎看出了我的心事。他语重心长地对我说，人老了就是伴儿了，没有伴儿的老人那才孤单呢。我一天这样和你妈妈吵吵闹闹，围着她转转，我倒忘记自己生病的事了。爸爸不说还好，他这一说，我那不争气的眼泪就唰唰地流了出来，为爸爸的那份辛苦，为妈妈的疾病，我真的对她们二老都很心疼。

爸爸平静地对我们说没什么，以前那么难的日子都过来了，这算什么呀，你们都别往心里去。我不禁为自己的态度产生了愧疚，转身走向妈妈的床。还没等我坐稳，妈妈开始唠叨，“你们一来全都围着你爸爸，你们都是你爸的亲闺女，都没人理我这个可恶的老婆子了。”我半开玩笑地说：“妈，谁说的，爸的亲闺女可只有我一个，可别冤枉其他姐姐，这不她们全都在你床旁边呢。”说完抓住她的手使劲握一握，妈妈这才满足地驱赶着我，使劲说去去去。

和爸爸攀谈，让我感知岁月。爸爸说；“你妈年轻时太苦了，现在日子好过了，吃什么有什么，可她又患上了病，有时候真的替她惋惜。我们大家累点不要紧，只要她能舒心就好了。”是啊，我们经常不在身边，只有爸爸陪伴，妈妈的舒心不就是爸爸的劳累和容忍换取来的吗？可爸爸依旧乐呵呵地做着自己该做的一切。

五

那天我一下车，就听见有邻居给我说，你爸爸血压升高，在卫生所量血压呢，我急忙赶到卫生所，只见爸爸静静地躺在病床上输液，我心里那个酸，我也不知道自己哪来那么多眼泪，就那么爱哭呢。

爸爸说：“你妈妈昨晚一直说胡话，一会儿说有人抓她，拿拐棍上下地打；一会儿又说家里来了好多人，要我赶紧招呼。一会儿哭一会儿笑。你弟弟说她不听，又不让我离开她，一会儿不见就喊我的名字，半村子的人都能听见，到早上5点多才慢慢睡去。这一折腾我的血压就起来了，我吃药降不下来，只有输点液体，快点好起来，免得她又找我，一急再闹腾。”我明显地感觉到爸爸的面容是那么憔悴，鬓间又多出了一些白发。我知道爸爸有心事了，他多么希望妈妈能清醒过来，和他一起唠唠叨叨啊，可是妈妈真的像不懂事的孩子了。

回到家，妈妈还在迷迷糊糊地睡着。我要爸爸赶紧休息一下，可这时妈妈好像听见了别人的声音，她说要去上厕所，我便和弟媳两个人扶她，她的目光软弱无力。她推开我们，直接喊着爸爸的名字。爸爸赶紧过来，用佝偻的身体扶她下床，我们看着爸爸吃力的样子，就过去搭把手，可妈妈谁也不让帮，就那么任性地要爸爸一个人伺候她，我把尿盆放到床旁边，可是妈妈一脚踢开，他要爸爸给她放。爸爸用老人轻柔的语言安慰着妈妈，“你别急，我来，看这些娃们都不懂事，惹你生气了。”爸爸从大约五米远的地方蹒跚着捡回盆子，然后放到妈妈的身子下面，妈妈这才满意了。可我看见爸爸的额头渗出了密密的汗珠，他一边用手擦拭，一边看着情绪好起来的妈妈。我从爸爸的脸上读出来了一种情绪——只要妈妈高兴，他就高兴。但这种情绪的获得是多么艰难啊，对一个76岁的老人来说又何尝不是一种身体上的煎熬。可是爸爸没有一句埋怨，每完成一件妈妈要他做的事，就好像很有成就感，一种成功的喜悦就挂在他的脸上。

我知道这是他们老两口在岁月的积淀中形成的默契发酵了。那种朴素不是惊天动地，不是花前月下，更没有玫瑰的气息，它却像春雨一样滋润着对方，像家常便饭一样支撑着对方，我不禁为爸爸的苦心和坚持汗颜，从此我也学会了不再哭泣，学会了坚强面对。

岁月就这么绵绵长长地延伸着，刻画着爸爸一路的疲惫身影和挪动的脚步。他没有倚老卖老，而是守候着妈妈，让大脑有点糊涂的妈妈能感受到季节的变化。我这时候才理解了妈妈为什么不让爸爸离开她。她的依赖在岁月的剥离下，愈来愈明朗，愈来愈天真，爸爸就是她的天，爸爸就是她的地，她可以对爸爸发脾气，她可以向爸爸撒娇，她可以对爸爸胡说，可以向爸爸提出任何要求，得到的都是无微不至的关怀和安慰。可她的子女们能做到吗？

六

那天我们没打电话就回家了，看见爸爸正在吃力地帮妈妈洗内衣。我们都责备爸爸为什么要自己洗，放着等我们回来洗啊。可是爸爸严肃地说，“你妈妈帮我们洗了一辈子衣服，我也来给她洗洗。让她也穿穿我洗的衣服。”我分明从爸爸的话里听出了一些什么。我问妈妈最近怎么样，爸爸无言但很沉重。

来到妈妈床旁边，爸爸说：“你妈妈最近嗜睡，闹得少了，可我心里就是有点不踏实啊！“听完爸爸的话，我怎么老觉得好像哪里不对劲，可我又不知道哪里不对劲。我打趣地告诉爸爸，你已经是现代社会的模范丈夫了，还愧疚什么呢？

爸爸说：“那是虚名，要是给我评个奖，能让你妈妈恢复健康，那我宁愿付出更多的努力。”我心里忽然掠过一种不祥的兆头，爸爸分明是话里有话，他没有直接挑明，是怕我们恐慌，是怕我们着急啊。

当妈妈再次昏迷时，医生给妈妈做完全面检查后，无奈地说，这位老人的所有器官都衰竭了，你们准备后事吧！在最后昏迷时，妈妈还在那里说要我们带好孩子，照顾好爸爸。虽说她已经无意识，可是那已是她生命里的一种习惯，刻骨铭心的习惯，就是张口就来的习惯啊！

正月十五妈妈永远地离开了我们。我看见爸爸的背更加佝偻了，头发在一夜间全白了，他要我们料理好妈妈的后事，他把自己关到了大哥家里不出来，当小侄女给他送饭时，发现他在那里哭得像个泪人。

我知道爸爸有多痛苦，可是他宁愿把坚强的一面永远留给自己的孩子们，就像当年妈妈疼爱自己的孩子们一样。老人啊，相携风雨几十年，一旦一方离开，就像掏走了另一方的心。那不是可以用语言抚慰，只能等待时间来疗伤。很长一段时间，爱干净的爸爸不太喜欢换衣服，爱热闹的爸爸不太喜欢和别人去打牌，一有空就擦拭着妈妈的遗像。这让我们做子女的还能说什么呢，语言是那么多余。

那天整理妈妈的遗物，我们无意间看见了家里那些岁月的黑白照片，清贫让爸爸妈妈那么朴素。但他们二老的脸上总挂着会心的微笑，那笑是对艰苦岁月的挑战。人生在最困难的时候都能微笑面对生活，当日历翻到今天的时候，那还有什么困难不能克服呢?

最逗人的一张照片是爸爸的嘴有意闭得紧紧的。我们虽然心情不好，但大家还是忍俊不禁。

爸爸慢慢说："那时村里来了个照相的，村里人好奇，都在那里照。我准备和你妈妈照一张，大家在那里开玩笑。我和你妈都笑得不行，最后我决定把嘴闭上，看还笑不笑了，这时照相的师傅按下了快门，就这样我就变成了照片上的模样。你妈有空时，她就拿出这些老照片看，尤其这张不知让她开怀大笑过多少次了。可是现在……唉，你们收拾，我出去转转。"我知道，我们触动了爸爸储存的心事。

人有时候就那么脆弱，一句话，一个物件，就会打开尘封的记忆，然后在这段记忆里或喜或悲，或停或走，或甜或苦，或爱或恨。而这张老照片就像导火索一样，引燃了爸爸57年来和妈妈走过的岁月，噼里啪啦地爆响在爸爸耳畔。一世的情就这样戛然而止在此刻，他的无奈，他的不舍，也只有他自己慢慢消化。

有时我静思，觉得爸妈走过的岁月就像那时候的黑白电影，没有粉饰，没有色彩，但让人觉得那么真实而又温暖。相濡以沫，相扶相携度春秋，这是爸爸妈妈用行动告诉我的事实。

读爸，读妈，读他们一世朴素的感情，让我懂得了——人间真爱莫过于对彼此的依恋；人间真爱莫过于承担彼此的责任；人间真爱莫过于对彼此的理解和牵挂；人间真爱莫过于对彼此的终生守候。

看着爸爸慢慢出门的身影，我知道他虽说一个人，可他不孤单，他的脑海里留着和妈妈一起的那些日子。

陪爸爸走了100米

秋天，秋雨，总会给人衍生一份心事，这份心事就像待收的庄稼，沉甸甸地随秋风摇曳，时时提醒着心情的圆缺。我是个比较懒惰的人，储存了一份长长的心事，终于在这个立秋三日雨的日子里发酵了。

我不等了，也不能等了，看到一网友的日志里说得好啊，你可以等，可你的亲人不能等；你可以等，可你的朋友不能等。是的，为了给爸爸包一副假牙，我已经等了好多年了，因为他仅剩的四颗老牙一直不掉。他有高血压，又不能拔。餐桌上看着他吃西瓜，深一道，浅一道；看他吃面条，用嘴皮吃力地切断；看他吃馒头，用舌头搅拌碾碎；看他吃苹果，用小刀削成薄片往嘴里送……我终于克服了懒惰，带他去了中医院的牙科。

西固城的终点站离中医院大约有100米。爸爸因过去常年的劳累，目前身体已经完全佝偻，他走路很吃力，腰老犯困。我要给他打车，他执意不肯，于是我陪他走上了这段100米的路。这100米却收割了我春播秋收的心事，走着，数着，想着。

拽着爸爸的手过马路，我明显地感觉到他的手心有汗。就是爸爸的汗滋润了我那些麻木的神经末梢，一点点复苏。每次出门，爸爸总叮嘱我过马路要小心，一年又一年，从我记事的时候起就没有间断过。今天，过马路对我来说是三步并作两步的事，可是有了爸爸，我把它分成了两段，先过右行道，再过左行道。可是好心的司机慢行示意我过，我要他先走，我指指爸爸，他摆摆手。我扶着爸爸慢慢地走过马路，看着左行道上压了七八辆车，可没有一个打喇叭催促的，我真的很感激很感激，回头对每一辆车的司机微笑着。我打趣地对爸爸说，爸呀，今天我沾你的光了，享受了一回绿色通道啊！他不紧不慢地说道，现在的年轻人还是素质好啊。是啊，现在的年轻人还是素质好啊，我随声附和道。

过了马路，爸爸不让我搀扶，自己慢慢走着。我才放松心情在人行道上看着爸爸。我真想把他背起来走，可是我没力气，我要是爸爸的儿子我一定会那样做的。我不由自主地抓着他的一只胳膊，像是搀扶又像是依赖。我幻想小时候蹒跚学步时，爸爸是否也像这样不放心的搀扶着我。随着他挪动的步伐，我想我该把爸爸的搀扶还给他。过往的行人好奇地看着佝偻的爸爸，我也在慢慢地移动中接受着人们审视的目光。10米，20米，我要爸爸休息一下，我悄悄地告诉他，爸呀，和你走路回头率可真高啊。哪里呀，那是我的娃长得好啊。听到爸爸这样开玩笑，我说道，那还不是你给的呀。就这样，我和爸爸在人行道上开心地笑啊笑。

我指着前面告诉他，过了大十字就快到了。爸爸的额头渗出了密密的汗珠，他随手摘下头上的草帽，我接过来当扇子。他一边走，我一边帮他扇。随着凉风，我的思维也冷静了下来，记得小时候睡觉，农村飞舞的蚊蝇总是令人防不胜防。可是我们姐弟不怕，每次我们睡觉，爸爸总拿着拍子在我们身边驱赶着那些恼人的东西。当我们要他睡一会儿时，他总说大人不要紧，小孩子睡好睡得踏实才能长出好身体啊。就这样，我们长高了，他却佝偻了。我想着，嘴里就说道，爸呀，小时候你帮我驱赶蚊蝇，现在我帮你驱赶炎热。爸爸看着我，会心地笑了。我知道，爸爸永远和女儿是一条心呢。不知何时我们身后有几个妇女指指点点，可是我分明从她们的脸上看出的是善意和羡慕。

这次走得多呀，竟然走出了30多米。看着爸爸，我问他累不累，他只说慢慢走吧，不怕慢就怕站，走路做事是一个道理啊。他总是在我不经意间给我一个意外，那我只有随他了。我问他，在我小时候他抱我去医院的路上是什么心情。虽说这件事我听了无数次，可我还是想听爸爸再一次说起。

39年前，那是个大枣压弯枝头的季节，爸爸把奄奄一息的刚刚出生40天的我从家抱到了医院，徒步奔走了1小时40分钟。没有公交车，也没有自行车。他就用自己的双腿和时间赛跑，当第一滴液体输入我幼小的身体时，当我的面色渐渐由青紫变成红润时，爸爸才意识到他的后背已经湿透，他的两腿似乎还在奔跑。当听到我发出微弱的哭声，爸爸说他的心才掉到了胸膛里，他又累又饿，可是看看睁开眼睛的我，他把什么都忘了。兜里只有五块钱，花去了四块钱，还剩一块钱，家里大小八口人还要靠这一块钱过日子呢。好长一段时间爸爸还说我是四块钱换来的呢。那年爸爸也是39岁。

每每听到这段往事，有点心酸，又有点庆幸。今天39岁的我也带爸爸去医院，也是在一个大枣压弯枝头的季节，真是有点说不清楚。当年39岁的爸爸让我重生，今天39岁的女儿只能还爸爸一口新牙。想着，我就对他说道，爸呀，您女儿大难不死，必有后福，您就等着享福吧。爸爸笑了。

哎呀，不知不觉都快到了，还有十几米了，我要爸爸休息一下，可他不肯，说到了中医院再休息吧。看着阳光下穿着白汗衫的爸爸，一种幸福感油然而生。这时我也理解了著名摄影家焦波为什么要背着自已的小脚妈妈去看他在北京的摄影展，为什么当爸爸妈妈相继离世后他那么难过地说，他清早出门再也没人给他打手电筒了。我也理解了为什么著名节目主持人朱军要托朋友偷偷买好贝壳撒在海滩上让妈妈去捡。是啊，“香九龄，能温席”原来报答父母，感恩父母也是一种无与伦比的幸福。

坐在中医院的大厅里，我帮爸爸擦着汗，开着合适的玩笑。爸呀，你掏挂号费，我掏包牙费好不好，这样才公平啊。爸爸说着好，好，好，就要给我掏钱。我说你猜猜挂号费是多少？看他一块、两块地猜，我伸出了五个手指，他说五块，我神秘地告诉他——五毛！爸爸笑得更开心了。

我知道，这段100米的路不长，可我却将自已39年的人生翻了一遍。点点滴滴的，与爸爸有关的，与爸爸无关的，酸甜苦辣尽在其中，可我感触最深的还是——甜！回家有爸爸的笑颜相迎；累了饿了，有爸爸的嘘寒问暖；烦了苦了，有爸爸的语重心长；每次离家，有爸爸的叮嘱唠叨。面对这一切，我真的很满足很满足。最主要的是，无论我走多远，身后总有一双关爱的眼神；无论我在何地，兜里总揣着一颗牵挂的心。

一束满天星

人的感动有时来自一句话，有时来自一个眼神，有时来自一个微笑……今天，我的感动来自一束满天星，一束儿子送我的满天星。

一个个小黄花像来自心底的呼唤，静静地开放。没有菊的张扬，没有荷的婀娜，一缕山花的馨香和质朴扑鼻，就像儿子守望着我。“谁言寸草心，报得三春晖”，这是儿子给我最好的慰藉，在湿润的亲情里陶醉，真的很满足很满足。

晨起，儿子去爬山，我因身体不适没能陪他。他问我要什么，回来帮我带，我告诉他就要一份心情。看他扑闪的大眼睛若有所思，我想就和他闹着玩玩，由他去吧。平常，心情总在和儿子的嬉闹中被童化，喜欢看他玩赛尔号时的专注，喜欢看他拿到一本儿童杂志时的痴迷，喜欢等待他每天做完作业后要我亲亲抱抱的顽皮，喜欢看他和小伙伴吹牛时的小大人样，喜欢他将自己最爱吃的食物硬往我嘴里塞的感觉，喜欢他找出一万条理由要往我被窝里钻的可爱……我知道有时在娇惯他，可我却找不到一条理由来拒绝他。我只是不要他活得太累，活得太循规蹈矩，真正做一回自己，把美好和不足完完整整地展现给世界。

星星点点的黄弥漫着我的心思，想象他漫山遍野地寻觅，我禁不住哑然失笑。儿子跑过来，一脸严肃地摸摸我的额头说道，妈妈，你没发烧啊。我赶紧拿开他胖乎乎的小手，重重地亲了一口。我告诉他，我在猜测他采摘满天星时的模样。儿子认真地说，妈妈，看把你想得累的。这整把的满天星是你，一个小花一点爱，我数也数不清。包在里面的一枝紫色小野菊是我，我在你的怀里你推也推不掉，就这么赖上了。我忙问他，还有这一株狗尾巴草呢？他笑得合不拢嘴，悄悄地趴在我耳边说，那是我爸爸，有他在那里衬托，我俩才会更好看。我不禁捧腹，这个小家伙，满脑子的坏点子。他这些突发奇想，正好迎合了我的心情，母子连心莫过于此。

看着眼前的一束满天星，那枝小野菊和那株狗尾巴草在阳光下摇曳，是那么和谐，多一点多余，少一点不足。窗外阳光明媚，心在万道光芒中飘逸。静握那束满天星，闻淡淡香，品浓浓情。孩子用他的稚嫩，给了我一份好心情，我只有努力地去呵护，呵护每朵小花，让它们开得更加旺盛，无论那朵小野菊，还是那株狗尾巴草。

十六双鞋

十六双鞋，有单鞋有棉鞋；十六双鞋，有皮鞋有布鞋；十六双鞋，有新的有旧的；十六双鞋，全是爸爸的鞋。

蝉声渐起的季节，随着十六双鞋的一字儿排开，拨动了我心底最柔弱的琴弦。在记忆的五线谱上，身不由己地用亲情谱写意识勃发的旋律，让灵魂独舞在光阴的怀抱里一路向前。

周末，我们姐妹总是抛开家事，雷打不动地去看爸爸，只为陪他说说话，吃吃饭，洗洗脏了的衣服，这个周末也毫不例外。骄阳似火，我们在小院的葡萄架下开始铺陈日子里的琐碎。大姐拿出新买的衬衣，四姐拿出新买的裤子，我拿出新买的收音机，二姐拿出新买的布鞋，大家一起张罗着给老爸试这试那。看着换下来的旧鞋，大姐坚持要洗洗。四姐提议干脆找出爸爸所有的鞋，趁着好天气洗洗晒晒。不翻动不要紧，一翻鞋柜，抱出来一大堆爸爸的鞋。等一一分好类，我们发现，爸爸的棉鞋六双，其中三双棉皮鞋，三双棉布鞋；单鞋十双，其中单皮鞋四双，单布鞋六双。三姐调侃地说，爸爸目前八十岁，这么多鞋，穿到九十岁也不成问题。看着苍老的爸爸，我一下子跌进了自己的情绪里，悠远的呼唤袅袅娜娜如烟起。

爸爸满意地呷一口茶说道：“你们小的时候，家里条件差，冬天我就穿一双老棉布鞋，没有袜子穿，冻得满脚脖子裂口子。因为要按时给生产队的老沙地里拉沙子，一个冬天下来，脚后跟上的口子越裂越大，像一个小嘴巴一样张着，走起路来钻心地疼……”听着爸爸这样的叙述，我心里麻酥酥的，仿佛那些疼痛会传染似的。看着姐姐们的表情，我知道他们和我的感觉一样，因为我们都是爸爸的女儿。他接着说：“夏天地里的活多，穿着手工布鞋，禁不起折腾，干几次重活，鞋帮子就破了，脚趾头经常在外面露着。有一次背麦子，被锋利的彬草割破了脚趾头，血一下子就流出来了……”我真地不愿意爸爸再说下去，割破的是他的脚趾头，疼似乎一直延续在我身上。我马上阻止了他，要他说说每双鞋是谁买的。他笑着说只管穿，从来没记过。可我知道爸爸记得，因为他就像在以前苦日子里疼我们一样心疼着自己的每个孩子。

他经常说起的一句话就是——手心手背都是肉。生活条件好一些的，他会记挂；生活条件差一点的，他更会记挂。爸爸还告诉我们“对生活要有个盼头，有盼头也就有了活头”。我就在他给的“盼头”和“活头”里寻找着工作生活的支点，在二者的交织中走过每一天。当爸爸起身时，我仔细地端详他，一头无声的白发，一副佝偻的身躯，一路蹒跚的脚步……岁月似乎剥蚀掉的只是他的外表，他的头脑依旧灵活。是啊，自从妈妈走后，养育了七个子女的爸爸真的老了。

看着这么多的鞋，爸爸也有点不可思议。他告诫我们以后不要再给他买了，否则就浪费了。我这才发现，手脚利落的大姐和四姐已经将爸爸的皮鞋擦得铮亮，并塞上了纸团，以防鞋面变形。她们把布鞋洗干净曝晒在太阳底下，似乎在向岁月炫耀着什么。看着爸爸笑容满面，我知道他的心情也随着干净的十六双鞋亮丽起来了。被我们无意间翻出来的十六双鞋是我家小院里一道温情风景，更是岁月里我们做儿女的内心踏实的风景。

有人说：“不怕路长，只怕心老。”我愿意用不老的心走很长的路，去拥有感受的快意。在与爸爸一起度过的周末，十六双鞋承载着儿女的祝福，温暖了爸爸，也温暖了我。和爸爸在一起的日子留下的是自信、坚强、乐观、质朴，昨天是，今天是，明天也是。

虽然爸爸已经有十六双鞋，我坚信他还会拥有第十七双鞋……因为我们依然想把平安健康写满牵挂他的岁月。

那年的千层饼

有一种记忆，随风；有一种心情，随心；有一种伤感，随景；有一种思念，随情……在这样的反反复复里，随着中秋节的临近，那年的千层饼随风闯入记忆，随心编制心情，随景演绎伤感，随情流淌思念。

今年的中秋节，在各大商家营造的氛围里，各式月饼不知不觉中弥漫在房前屋后，弥漫在大街小巷，弥漫在眼前的日子里，当然，也毫无例外地弥漫在我心里。看着各式月饼，品尝着不同的口味，浮华的奢靡过后，我总觉得自己的节日里缺点什么。夜的静谧在眉间静静流淌，游走于自己的文字之中，一种朴素油然而生。看着盘子里的月饼，呼吸着内心的焦灼，任秋风吹开了记忆，想起了那年的千层饼，想起了我最亲爱的妈妈。

星光如同荷珠一样清凉，月华如同离歌一样忧伤。我赤裸着自己的思维奔跑……那年我还小，过中秋节了，对我而言懵懂得不值得一提。但我知道这一天可以吃到很香很香的卷了各式调味品的“大馒头”。妈妈，你牵着我的手告诉我，这叫千层饼。那时只记得你在厨房里一边擀薄薄的圆面片，一边一层一层往上摞，随着烟火的缭绕，你的鬓间渗出密密的汗珠。你让我帮你擦汗，我的小手每擦一次，就在你鬓间留下一道印子，我咯咯地笑个不停，你却一无所知。等陆陆续续放学回家的哥哥姐姐看到你的花脸，你才意识到你的脸脏了，可你没有责怪我，还夸我很懂事，知道给妈妈帮忙了。等千层饼出锅后，你不许我们兄弟姐妹乱动，因为那是要等到十五晚上祭月后才可以吃的。

于是我就盼着十五的晚上快点来，眼巴巴地等着吃点那些神秘的千层饼。在那缺吃少穿的年月，能吃到各种口味的千层饼，那是多么幸福的事啊！当一家人围坐在小供桌旁边，看着月亮，听着爸爸说着一些我听不懂的话，实际在祈福一家人安康之类的。看着你拿刀细心地切着千层饼，嘴里说着这是给你奶奶留的，这是给隔壁你那个太爷爷留的。就一个千层饼，等轮到我们姐妹七人，已经所剩无几。等你把我的那份给我，我还没怎么吃就完了，嘴里依然顽固地留着那些香香的味道。当我咂嘴时，不免引起你和爸爸，还有哥哥姐姐的心疼，他们纷纷把自己的分给我吃。可是你把大家都劝回去，硬是把你那份的一大半分给我，你只说自己不爱吃苦豆味，玫瑰味。听着你这么说，我心安理得地吃着你给的千层饼，心里却稚嫩地想着，做家里的老小真好，做妈妈的小女儿真好！在被你疼爱的时光里，我就这样无忧无虑的感知了中秋节的千层饼。到现在我才明白，你也很喜欢苦豆味，玫瑰味。

上小学了，每逢中秋节，小伙伴们总爱在第二天把自家的千层饼带到学校来比较。看谁家的千层饼最好吃，谁家的千层饼层数最多，然后换着吃，被评为最好的那个小伙伴总是在人前非常自豪。可是这样的比较对我来说太奢侈了，因为我家的孩子多，我家的条件差，我没有多余的千层饼带到学校来。每次我只是旁观者，看着他们手舞足蹈……我只有回家告诉你谁家的千层饼最好吃，你从我的眼神里看出了羡慕和失望。在我四年级的时候，你说要多做一个千层饼，让我也可以参加小伙伴的千层饼评比。听到这样的消息，我的心里美极了，仿佛我的千层饼已经荣登榜首，一种内心的满足在想象里滋生，你说我好几次在梦里笑呢。

那年的秋天，三姐给生产队摘豆角，由于吃了嫩豆角中毒，她整整住了一星期的医院。虽说那时候的医药费很便宜，但是对于我们这样的九口之家，连多余的一分钱也没有啊！爸爸为筹集医药费，向大队提出申请，要求提前支取一年的决算收入。从此，妈妈每天做的面条里多了一些水，少了几分油，但我们别无选择。俗话说“祸不单行，福无双至”，那年村里流行伤寒病，我的哥哥，一个结实的小伙子被病魔打倒了，病来如山倒，病去如抽丝。哥哥住进了医院，一住就是半个月。爸爸又一次向生产队提出了申请……从此我家就走上了长支户的行列。吃饭缺醋少盐也是常事，每次到了月底你就有点发愁，因为我家的面柜空了，难挨的时光总是那么漫长。中秋临近，妈妈你终于病倒了，也得了轻微伤寒。由于过度操劳，竟是一病不起，一家老小一下子陷入不知所措。你在屋里忙碌的身影我习以为常，当看见你在床上无力的眼神，我的心里说不出是什么滋味，我偷偷地流下眼泪。我在心里默默地告诉自己，再不吃千层饼了，只要妈妈的病快点好起来。因为我喜欢每天早起，伴你左右；我喜欢一放学回家就看到你的身影；我更喜欢你唠唠叨叨地和我说话……可现在你却做不到了。

就在爸爸愁眉不展的时候，二姨和二姨夫在中秋节的时候来到了我家，看着生病的妈妈和贫困的生活状况，二姨夫第二天就拿着一袋黑面和一袋玉米面来到我家，顺手把二姨给她的孩子们做的黑面千层饼也给我们带来了一个。二姨夫只是说他家孩子少，孩子都还小，吃不了那么多的面，可我们一个个都在长身体啊，耽误不得。那年，我真的很喜欢很喜欢很少见面的二姨和二姨夫。你吃力地说今年不能给我们做千层饼了，眼神无力地看着我，我再也忍不住自己的泪水。你以为我委屈，实际我是多么感激你，虽然没能给我们做千层饼，却在那艰难的岁月里教会了我体谅和坚持。那年我的黑面千层饼一举夺魁，大家纷纷抢着吃，也许他们吃腻了白面，也许是二姨的黑面千层饼真的好吃，我不得而知。当我把消息告诉你时，你只说了一句话“我的娃真乖”！随后就开始下地尝试着干家务活，爸爸劝也劝不住。看到你的身影又在院子里来来往往，我比千层饼夺冠时心里还要高兴。

日子漫漫长长地在岁月里延伸，每年中秋，你总是给我们做千层饼，让我的记忆温暖在月圆的时刻。那年高三，最关键的一年，我住校过中秋节没回家。当我再次踏进家门时，你拉着我的手说，你学习忙没回家，所以我把千层饼晒干了给你留着。我的心里一热，好像浑身的毛孔都要诉说什么，可我终究没能说出来。模糊中我打开你给我的布袋子，取出散落的千层饼，每片都晒得干干的，脆脆的。我知道，我吃的是千层饼，咀嚼的却是妈妈的牵挂，体会的是人间最朴素的母爱。来年的高考作文，满分40分，我得了38分，成了同龄人里的佼佼者。当我把这消息和录取通知书一起交到你手里时，你又说了一句“我的娃真乖”！但我分明看到你的手在颤抖，就在你转过身的一刹那，泪水掉在了录取通知书上，瞬间扩散开来，似乎要将喜悦溢满整张纸。

1995年秋天，我拿到了自己的第一份工资，那天刚好是中秋节。我给你和爸爸买了几个城里的月饼，当我回家把这些吃的送到你手里时，你问我怎么月饼上还能写上字啊，我告诉你那是用模具做的。你小心地包起来，又要等到月圆的夜晚和大家一起分享。我知道你珍惜月饼，更珍惜女儿那份浓浓的孝心。那年，我们土洋结合地过了一个别开生面的中秋节，我看到了你和爸爸溢出心底的快乐，但我也看到了你皱纹里的春秋。我还能说什么呢，默默地吃着你递来的千层饼，想着自己的心事，这样的时刻我也不知道自己哪来的心事。

亲爱的妈妈，春去秋来，当你身体慢慢佝偻的时候，你的子女们却挺直腰板走向世界。从此你们的中秋节多了电话问候，却少了欢声笑语。为人母的日子里我变成了你，慢慢学会理解从一路苦难中走来的你。在您老74岁时，我没能在中秋节回家，当我带着孩子在双休日回去时，你颤颤巍巍地拿出了给我存着的千层饼。儿子大声说着，姥姥，那些千层饼坏了，都有绿毛毛了，还怎么吃啊！妈妈，你使劲掐掉那些斑斑点点的地方，然后把一块面目全非的千层饼送到我手里。母爱的诠释不是人们说的那样惊天动地，就是这点牵挂变质时，你的焦急和无奈。我和着就要涌出的泪水一起将那块千层饼吃得连一个渣渣也没留下，边吃边说真香，真香……我只是要你看到你的小女儿一如既往地乖，她永远都会用行动抚摸你的心情，永远都会让你为拥有我而幸福！

妈妈，即将月圆的时刻，我再也看不到你藏满过往岁月的面容，我只能用文字诉说着我的思念。2009年你走后，每次过节，尤其是家家团聚的中秋节，我总觉得自己就是你春天放飞的风筝，你的爱就是那缠缠绵绵的风筝线，当许多人关心我飞得高不高时，只有你关心我飞得累不累。可是现在我成了断线的风筝，没有了你，没有了线，明天我将飞向何方？过了中秋，就是深秋了，你在那边冷吗？一定要记着加衣。

临近中秋，点点滴滴记忆挨挨挤挤地从心里奔出，那年的千层饼承载着我浓烈感情的积淀；承载着我遗憾灵魂的漂泊；承载着我生生世世的期盼；承载着我狂奔不羁的思绪……假如有来世，我一定要和你再相见，还要依偎在你的怀里，慢慢长大，还要在那年的千层饼里再续母女情深。

小草心声

我曾经问过爸爸，为什么给我起这样的名字。爸爸说，花花草草就是女孩子的名字。同事调侃说，一听你这名字就是当丫鬟的命，我一笑了之。

随着岁月的流逝，我越来越喜欢自己的名字。那是一个不断努力前行中闪光的符号，那是一张张获奖证书上岁月的见证。习惯了被别人叫全名的感觉，怎样的满足我也说不清楚。但在这个日子里，我还是要感谢老爸给我这样一个风雨不屈的名字。每次用笔名在网络发文时，我总觉得陌生而做作，只有这个俗气的名字才是我的最爱，因为这三个字承载着一世朴素的父爱，无言中希望他的孩子可以顽强地生活。

记得那时候，晚上在月光下乘凉，他曾告诉过我，别急，1982年就会实现现代化了。于是我就看着墙上的单张挂历，一天天趴着数，看着可爱的1982年，我知道只有到那时，我可以吃到好吃的，有不打补丁的衣服穿，有新鞋穿……这种单纯的愿望让我渴望着四个现代化，渴望着1982年。从1980年到1982年在我的童年里是那么漫长，终于到了1982年，我问爸爸，是现代化了吗？我怎么没感觉到呢？可他笑笑说，听说推迟了，要到明年了。我又和往常一样在那些简陋的单张挂历上数着日子，膨胀着童年的愿望。一年过得仿佛快一些。1983年了，我问爸爸，现代化到了吗？你怎么没有用到收割机，还在用手拔麦子呢？他笑笑，帮我系好了露出的裤带，擦干净了永远流不完的鼻涕，说着和去年一样的话。就这样，我的童年在慢慢模糊的现代化中溜走了，带着没吃上的白面馒头，带着没穿上的新衣服，还有许许多多的遗憾跨入了少年。

也就在那时，爸爸不经意间铺开了我这只井底之蛙的天地。喜欢绘画的我用好不容易得来的白纸画画，一张张《水浒传》人物，《说岳全传》的人物，被我天天描画，我悄悄地把我的“作品”放在我的箱子里，每天放学回家自我欣赏。有一天，那些画全都没有了。后来爸爸告诉我，他拿去用掉了。因为那些纸张比较厚实，可以御寒，爸爸把它们全都卷成小筒状遮盖刚刚出土的西瓜苗。我又气又急，可爸爸和蔼地说，我的娃聪明得很，以后再多画一些。画你可以再画，可是瓜苗冻掉了一年就没收入了。我似懂非懂，但令我怒气全无的还是爸爸夸奖我的话。从那时起，我不但画画，还悄悄地写起了一行行莫名其妙的文字。爸爸从我写作业的桌下捡到了一张写满字的纸，问是不是我写的。当我点头时，他一脸的惊：呵呵，我的娃还会写文章了。“文章”这一词那时候对我这颗小草而言是陌生而遥远的字眼，但我从爸爸那里得到了鼓励，从此一发而不可收。

高二那年，我像一只跳出井口的娃。特别喜欢写议论文，用稚嫩的观点诠释我生存的空间。五四青年节，终于站上了演讲台，用一腔豪迈夺得了第三名。当我拿着奖品回到家时，爸爸的笑容憨实可爱，就像骄阳下的黄土大山一样富有轮廓，他说有第一次就会有第二次。就为他说的第二次，我一直不知疲倦地努力着，一种被认可的满足感如影随形。每次放学回家，看着爸爸戴着老花镜，忙中偷闲地看一些历史小说。有时看我闲了，还慢条斯理地给我用兰州方言念上一段，像模像样的。看着鼻梁上架着老花镜的爸爸，透着一脸的儒雅气息，此时我总觉得老爸不是种地的农民，而是一个渊博的学者。每每提及此话题，爸爸总是笑而不答。但他脑子里储存的知识，可以从田间讲到地头，从黄昏讲到夜晚。我知道，无论岁月如何艰难，从没有磨灭他求知的进程。

现在，学理科的我偏爱着文学这一亩心田。认识历史上的杨家将、朱元璋、刘伯温等就是从爸爸那里开始的。当我得心应手时，我为自已有那么点基础而庆幸。每次回家告诉爸爸好消息时，他又说我是大器晚成。就为他这句话，我又开始跋涉于泥泞岁月!

今天，爸爸告诉我，其实你们兄弟姐妹都是有心劲的娃。那些困顿的日子里，我把希望给了你们，让你们对生活也有个盼头，人有盼头也就有了活头。老爸，你今天终于给了我答案。是啊，我的童年的确因为盼望四个现代化的到来而生动过；我的少年也因你的鼓励闪光过；我的青年时期因你的奉献充实过；我的中年因你的肯定一次次精彩……

老爸，我是你手心里的小草，您是我撒欢的山野，有您相伴的日子，我会用文字纵情欢歌！

淡淡榆木香

卧室里的那张床是住过渡房时别人给的。后来搬新家了，我还是把它搬进了新居，一是这张床还能用，二是刚搬新房手头比较紧张。儿子六岁以前经常把他当蹦蹦床玩，直到心满意足了才停下来。然后我收拾一下，依然承载着我的梦想入睡，这一睡就是十三年。

有一天匆匆起床，小腿被什么东西刺了一下。我俯身查看究竟，原来是床下的一根弹簧尖尖露出来了。我告诉他，等白天收拾一下，免得扎到儿子。没多久，我建议买个新床，他说好好的床买什么呢，能用就行了，于是我换了一个床垫了事，但心里还是不爽。去年以来，他腰椎间盘突出，需要睡硬板床配合治疗。一张床，我的这边铺着棉絮，他那边没有，一下子成了高低床。他嘟囔着说："当初要是听你的话，买新床就好了。"听他这么说，我不知道说什么好了。

有一天我起床穿拖鞋，脚又被床下面的一节突出的铁丝扎了一下，也不知道哪来的铁丝。他看见了，看看我，我也看看他，可我没说什么。过了几天，他说到家具市场看了一款榆木的床，过两天就送过来了。接着又说，没听你的话，要早点买新床就好了。现在家里的床垫是新买的，可是那款床的床垫硬硬的，挺好，假如要了又得丢掉这个新床垫，所以我只定了床头柜和床，没要床垫。我说随你吧。

新床送过来了，当打开包装的时候，一股实木的淡香满屋子飘着，我贪婪地吸着。晚上我把喜欢的书装在床头柜里，随时取用。一觉醒来，下床也不用小心翼翼，心里敞亮了许多，一张新床却让我有了不一样的心情。

时值冬日，匆匆归家，一股淡淡的榆木香时有时无地冲击着我。当我驻足时，它便不知去向；当我心仪其他事时，它又忽而扑鼻。这些榆木香怎么就像和我捉迷藏似的，但它时刻提醒着我，做什么事有时候只需要时间来回答，你只静静地体验个中滋味就好。此刻，淡淡的榆木香又一次扑鼻，在我心里荡成了涟漪。

妈妈，寄一滴眼泪给您

天冷了，总有一种渴望在心底泛起。一轮红日耀眼地从楼群向中天缓移，倚窗而望，那抹朦胧被四射的光芒慢慢驱散，直到眼前模糊成忽隐忽现的一片，我知道又开始想你了。妈妈，就寄一滴眼泪给您，那里有思念，有牵挂，有无奈，更多的是我的欣喜和痴狂。

曾几何时，我对什么都不在乎，而现在有一缕愁总会在不经意间跃上心头，疼得难过，堵截着自己就要爆发的情绪，让思念在内心发酵。走在清冷的街上，虽穿着温暖的羽绒服，外界的寒冷不能左右我，但内心的凄清却是我无法抵御的。一直不相信有灵魂的存在，可是现在我一万次地相信了，我要把我的哀思和持久的牵盼向你慢慢地诉说，也许您会不耐烦，也许您会似懂非懂，也许，也许我那絮絮叨叨会温暖你寂寞的灵魂，许多事就在时间的游移中有规律地反复着，发生着。

还像往常一样回家，拿着您喜欢的食品奔到房子里，您的遗像不在桌子上。我像被遗弃的孩子站在那里，任情绪吞噬着心灵。妈妈，我知道爸爸的用意，让我们安心，让您安心，可是我怎么也管不住自己的心。您的大床，那是大姐专门替你买的，可是你才睡了两年多。那次我和您睡在一起，你总用手摸摸索索地帮我盖被子，我的心里一直被您的那个举动温暖着，我默默地想啊，母亲的护犊之心多老都不会泯灭的。看着那个喝茶的小壶，我老觉得还有温热，您的儿女们，您的孙子孙女们谁拿起来谁都会喝个精光，因为小茶壶里面一年四季都有茶水可饮，尤其到周末，总是热乎乎地放在大家都能看到的地方，每次进家门，不知道渴不渴，我都会拿起来喝两口，我知道我饮进的不是茶，而是您的期待和关爱。看着那个有点掉漆的红色小箱子，那里面装满了我童年的点点滴滴。小时候总觉得很神秘，因为里面锁着过年要用的糖果，趴在箱边闻闻味道也觉得好温馨。在我高三复习最紧张的时候，每次回家，你总会把我叫进房间，慢慢地打开小箱子，从里面拿出你珍藏了许久的红苹果，那个甜甜的味道溢满了箱子的角角落落，我贪婪地闻着味道，您总催促我快吃快吃。也就是在接过你给我苹果的一刹那，我读懂了你。是啊，无论何时，您的心总在儿女身上。也就是在那一刻，我义无反顾地决定学医，将来不让您再头晕，不让您再腰酸背疼，可是我却没能如愿，这种遗憾伴随着我成长的年龄推移，妈妈，我知道，那是我那个年龄的无奈。

如今，看着偌大的床，摸着冰冷的茶壶，翻着红色的小箱子，我不得不承认，您真的离我们而去了。只有那根从峨眉山带来的拐杖还依然静卧在床边，仿佛诉说着您的苍老和时代的变迁。抚弄着你房间的一切，我似乎用心在和你对话。每次回家，我总会打扫您的房间，可您总说休息休息。可你哪里知道，只有帮您洗衣搞卫生，然后离开家，我的心里才会踏实一些，否则我会自责，心里总也不安呢。拉开抽屉，还放着那把您用过的梳子，我拿在手里，梳着自己的头发，一股热血直冲脑门。一种亲情透过这把梳子传递，妈妈您两鬓的斑白在风中化作飞扬的五月梨花雨，撒落在女儿的心里，铭刻在女儿的眸子里。母亲，白发，白发，母亲……就这样纠结在每个清晨，每个黄昏，每个月明星稀的夜晚，瑟缩地抖落我满腹的心事。

我和儿子回家了，你总把自己的好吃的全都摆出来，任由我们饕餮，可是儿子的憨直每每让我失望啊——姥姥，这个我吃腻了；姥姥那个太酸了；姥姥，我才不吃放久了的东西……你总说，想吃什么就吃吧，反正姥姥这里也没什么好东西。可是，妈妈，你摆在我满面前的不只是食品，那是您的心情，那是您的幸福，那是您的绵绵爱意啊！女儿没出息就在这里，总会让湿润模糊视线。我不好说儿子什么，他还小，说的是实话；我也不好违背您的心意，和你说着话，慢慢地咀嚼着食物，也咀嚼着人世间的母爱，我吞咽着将您的爱运送到了身体的每个细胞，温暖了我在尘世里被麻木的神经。母爱是镇静剂，它会让你浮躁的心趋于安静，它会让你烦乱的思绪归整。

家里青翠欲滴的葡萄熟了，家里的苹果发红了，家里的蔬菜收获了，家里的玉米个大粒饱……站在丰收的果实里，我却总也高兴不起来，妈妈，那是因为你不在了。眼神里的失落定格在了照片里，每每看着就会把思念延绵地很远很远。兄弟姐妹的欢声笑语里透着些许微妙，可谁也不说，但谁的心里都明镜似的。可是偏偏就会有人将这层窗户纸无情地捅破。小侄子吃着籽瓜，嘴里念叨着，要是我奶奶在的话多好啊，她最爱吃的就是籽瓜了，我会把瓜子全都掏掉……大家不约而同地沉默了！

临近寒冬，踏着飘落的雪，迎着凛冽的风，我想，妈妈，你冷不冷啊？曾几何时，你总是在寒冬腊月早早起床，将炉火弄得旺旺的，你把我们的棉衣服放在炉火上烤得发烫，然后让我们赶紧穿，这样我们才有勇气克服寒冷的侵袭。那样的日子，那样的情景只能在记忆里再现，化成文字萦绕在季节的轮回里温暖女儿的心。喜欢看你忙里忙外的身影，喜欢你把手伸进被窝里故意冰我们，在嬉笑中把每个清晨划破，迎来一天的日子。在这样的日子里重复着你的唠叨，伴随着我们逐渐长硬的翅膀，直到我们高飞了，你还在原地等啊等啊，等着你的孩子们回家，等着你的孩子们享受你温暖的炉火。

马上冬至了，那是一年中即将进入最寒冷的时候。我也来给您点燃一张纸，就像您温暖我们长大一样来温暖你的灵魂。随着燃起的火焰，默默地告诉你一个好消息，您的重孙出生了，那天站在医院的大门口，我已经无数次地想到了您，那是欣喜和激动。

人世的生死不可逆转，但您的爱却亘古不变。“似此星辰非昨夜，为谁风露立中宵”，您也是我生生世世的相思，愿意傻傻地在夜深人静时念你。

儿子，妈妈爱你

台灯下，书房里，整理着儿子乱放的书本。手里忙着，心里怨着：真不知他什么时候才能乖巧，才能懂事，才能……我不知不觉中把无数好孩子的形象都毫无理由地、粗暴地强加到他幼小的身躯上。无意间，我看见他安睡的小脸，蜷缩的身体，半握的小拳，听到了他轻轻的鼾声。此时此刻，我的心里盛满了爱，始终想不起来他有什么不好，只觉得他是世界上最最可爱的孩子。我轻掖被角，亲吻他发亮的额头、小鼻尖和胖乎乎的小手，情不自禁地轻唤："儿子，妈妈爱你！"

就这样看着，想着，思绪也随之慢慢舒展。他带给了我无数的情感体验——可爱、顽皮、刁钻、感动、无奈、愤怒……可他却天真地像初生的小羊羔一样东奔西窜。只要他不睡觉，就没有安稳的时候。但我仍然和天下所有的母亲一样爱他。疲劳在他的童言中荡然无存，母爱在他反反复复地知错不改中循环，幸福在他不断地进步中扩大。十年光阴，一点点交错，一点点清晰。

儿子快两岁时，有一次给我说："妈妈，我要吃肉肉。"我问："宝宝想吃啥肉肉。"他认真地说："就是那种分叉的肉肉。"就在我捉摸不透一脸困扰时，他急切地伸出五个胖乎乎的小指头说："妈妈快看，就像这种带指头的肉肉。"噢，我懂了。迎着他炯炯有神的大眼睛说道："宝宝说得是不是鸡爪肉肉？"他夸张地点着自己的大头。从此，每每家中吃鸡爪就被戏称为"带指头的肉肉了"。

儿子两岁半时，有次在去动物园的路上，他拿出随身携带的水果。一手拿桃子，一手拿梨，扑闪着大眼睛说："妈妈，一个喂我，一个喂猴子，好吗？"当时我哑然失笑。也许这就是孩子童稚的心对大千世界的理解，"喂"用得那么自然，小猴子和他是同等的重要啊！

儿子四岁时，国庆节带他去玩。看到比他小的弟弟妹妹时非常喜欢。于是抱着我说："妈妈，明天你给我再生个小弟弟吧！"我笑着摇摇头，又点点头。我该如何向他解释呢？当天晚上看电视，他无意中看到电视剧《还珠格格》中知画生孩子的场景。一声声凄惨，痛苦的叫声让他受惊似的赶紧扑到了我怀里。我搂抱着他，轻轻告诉他："小傻瓜，阿姨在生小宝宝呢，别怕！"剧情似乎不能再吸引他，他盯着我问道："妈妈，你生我时也这样难受吗？"我随口说："是呀！"此时他像一个懂事的大孩子一样凑到我耳边，神秘兮兮的。我想他是不是又要搞什么恶作剧了。我躲着，闪着，还是听到了他说的话："妈妈，我不要小弟弟了，我喜欢你，我不要你难受……"我端详着他，震撼着，幸福着，感动得一塌糊涂。眼泪此时却成了我喜悦与惊讶的标志。我感受着他小手的温暖，他的话语就像世上最美妙的音乐，让我的生命完整，让我的思维活跃。是啊，可爱的儿子已懂得了舍弃。这种舍弃源于他对妈妈的爱，我还有什么理由不去用生命接受和诠释这种爱呢？

也许是我把他的小手握得太紧了，或许是我的不经意扰了他的美梦，他轻轻地翻动着。看看眼前的他，这个小小的精灵给我的意外太多太多。今年都是五年级的大孩子了，可他有时也撒个小娇。没外人时，我也把他抱抱，亲亲。他却让我毫无准备时说出一个意外："妈妈，我不会让你失望，我已是小小男子汉了。"是的，他的确长大了，按时读英语，按时做奥数。就在不经意间，一张张荣誉证书陆陆续续地装进了他的小抽屉。我知道，这些荣誉都是他小脑瓜的结晶。

今夜无眠。妈妈不再埋怨，不再对你粗暴，你的精神应该是自由的。我冲动地想：儿子，我是你永远的大后方，家的大门永远向你敞开。当你长大后，别忘了家的方向；当你受伤时，别忘了回家疗伤；当你有喜悦时，别忘了让妈妈分享……千言万语汇成一句话：儿子，妈妈爱你，永远爱你！

冬　至

冬至，白天最短，黑夜最长。这天注定是被人关注的节气，因为是传说中的世界末日。听闻街头巷尾的妄言，一笑而过。真的假不了，假的真不了，事实如此。

坐在办公室，想看一轮红日从楼群间慢慢升起。天下雪了，只有阴冷裹挟的寒气游荡，心事却热腾腾的在心里翻滚……朋友来短信说，记得吃饺子；儿子说，妈妈记得包饺子；同事们说，冬至早点回家吧……这样的讯息中，我深切地体会到了“冬至大如年”的说法。于是写下了“冬至的火光，浸透着思念”!

我不可免俗地在这天寻求着内心的支点。由于城管的驱赶，好不容易找到一个卖烧纸的小贩，蓦然我似乎了结了一桩委婉的心事。提着买好的烧纸，心里却莫名地难过，好像马上要见到久别的母亲，无数的往事随着脚步挑起记忆。记得母亲在时，总在冬至这天做臊子面。我梳理着自己纷乱的思绪，人总得学着自己长大，自从母亲走后，我真的长大了许多。

我学会了理解，不再武断地把自己的理论强加给他人。

我学会了承担，不再给自己找出无数的理由逃避现实。

我学会了宽容，不在逼仄的思维里错失许多美好体验。

我学会了刻苦，不在碌碌无为中打发大把大把的时间。

我学会了沉稳，不在焦躁中为一己之长沾沾自喜。

……

就在今天，我忽然发现自己虽然眼里有泪，但可以含泪而笑。冬至过了，日子一天天变长，阳气上升，我渴望自己的文学锐气也能随着白昼久久长长，让自己与文字为伍的日子平添一些生机。

做一碗饺子，寄托一份哀思。无声的思念揉捏在心里，不知故去的母亲能否感知，可我觉得今天和她离得很近很近。燃起准备好的烧纸，看窜起的火焰在眼前跳跃，我告诉儿子，我们以后的学习工作一定是最棒的。那是因为故去的老人依然从内心温暖着你，就像这火苗一样鲜亮而火热。冬至缘起一份思念，却给了后辈继续努力的动力。

冬至了，纠结的思绪给了我别样的感悟，也许这就是化悲痛为力量，这种力量重塑着一个人的人格。宽泛地看待我们生存的世间，人人都是一首诗，诗眼需要一点点来雕琢；人人都是一支歌，高音低调要学会把握；人人都是一本书，内容的精致需要用心血来提炼……所期待的人生路充满颠簸，我们只管风雨兼程，别错过沿途的风景，因为我们时刻在活着一份心情。

冬至后，就该数九了。九九八十一天的隐忍，蛰伏着、孕育着春天的绚烂。一场冬雪，洁白心灵的角落。蜗居在内心的日子里，翻开灵魂的褶皱抖落一地尘埃。世俗终归是世俗，我终归是我，雅俗共赏中将日子扮靓。薄凉的光阴里，看山是山，看水是水吧！

童年，那摇曳一地的韭菜花

人生的许多无常，就在思维濒临麻痹的时候突然来临，要我学会适应；学会放弃一些，珍惜一些，学会怎么面对慵懒的脚步……这个电话，突然撩拨起日子里深深浅浅的记忆。

童年，那一地摇曳的韭菜花里，依稀看见了捉蝴蝶的你。今天，来来往往的人流里，再也没有你为生活奔波的身影。洁白的韭菜花，却仍然绽放在我的记忆里，永远永远！

童年的脚步，因我性格的顽劣在逝去的岁月里定格成了奔跑的姿势。上学路上我在跑，上山时我在跑，玩耍时我在跑，和你一起抓蝴蝶时我还在跑……

这样的日子今天忽然清晰起来。一丝淡淡的伤感顺着我羸弱的喘息涌起，慢慢铺天盖地。夺命重症带走了你，留给家人的是无尽的遗憾和悲伤。为什么这样，心绪不宁的我眼前浮满了你的笑脸，大大的眼睛，带点婴儿肥的脸庞，微微颤抖的双手和你兴奋的呼喊“我抓到了，我抓到了，我抓到了……”这对于农村孩子来说，抓蝴蝶不过是信手的一件事，而对城市里的你，那一份兴奋冲破了嘹亮的童年，飞得很远很远，让我在这喊声中一路寻你。

那时候，每到节假日你就会和妈妈来到我的村庄。看着你干净整洁的衣服，我总在自己的脑海里幻想着你生活的环境。一点自卑涌上心头时，我总不能大大方方地找你玩，可是那些小昆虫却架起了你和我们这些农村孩子沟通的桥梁。石头缝里的蚂蚁，滚粪球的屎壳郎，树杈上的马蜂窝，莲花菜上的小青虫……最淋漓尽致的幸福要算是在开满韭菜花的地里抓蝴蝶了。

我们一帮小伙伴们玩着玩着，就会为追赶一只飞舞的蝴蝶被牵引到村里那片韭菜地里。有时候村里看护的爷爷不让我们进去，我们只有远远地站在韭菜地外面看那些蝴蝶时而翻飞，时而追逐，时而落在韭菜花上扑闪翅膀。当下午两三点的时候，太阳正热，时光里我们的焦急也在沸腾。小伙伴们你看看我，我看看你，就等着那个看护韭菜的爷爷离开。可他看着我们这些顽皮的家伙，却蹲在高高的院墙上抽起了旱烟，当一圈圈青烟从他的嘴巴里吐出时，有得意，有狡诈，有说不出的倔强。

于是，我略施小计——欲擒故纵！佯装无计可施，给小伙伴们布置一番，让他们“无奈”地各回各家。看着我们离开，那爷爷从院墙上轻轻跳下来，他并没有急着离开，而是东张张西望望，直到确定没什么动静了，才背着双手慢慢走开。可他老人家哪里知道，我们的心情随着他的脚步慢慢盛开成一朵喜悦的韭菜花。

一声“鸟鸣”，许多个小脑袋就从不同的地方探出来，看到你一脸茫然的样子，我心里一直嘲笑你傻。等我们确定爷爷确实走了以后，拉着你就像翩跹的小鸟呼啦一下飞进韭菜地里。哪管什么韭菜被踩坏了，什么韭菜花被撞掉了，一个个飞舞的蝴蝶成了我们的目标。那时候的你不懂技巧，追着一个蝴蝶不放手，可总也抓不到，还把自己累得大汗淋漓，一道道污痕在你白皙的脸上横七竖八。于是我告诉你，要抓那些抱成团儿的蝴蝶，一次能抓好几只，终于你也抓到了，开心地喊着“抓到了，抓到了……”

这喊声依稀，可你的人却永远走了。

后来我长大了，你也长大了，时光里我们有了各自的生活轨道。虽然你身体不好，却依然努力地争取着属于你的那抹风景。其实，长大后我知道了一切，还是让你静静地安息吧！

昨天我知道了你的两个女儿都很棒啊，小女儿代表兰州棒球队到无锡参赛取得了好成绩，多好啊！日子一样会过，太阳照常会升起，记忆里那片韭菜花也一直在！

把幸福给你

夏日的午后，总有一些想法衍生，无关政局，无关贫富，无关学识，无关美丑，无关背景……只关心情。

躺在床上，儿子看自己的《小读者》，我看自己的《读者》，一段时光开始在我俩眼前流逝。在催促儿子快睡的焦急声中，实际我也渴望多看一两行。威尼斯的本土人群为什么要举家搬迁，800年前的拆迁补偿带给我的那份神秘，有钱人的“节俭秀”……就像缓缓流淌的小溪，驱赶着我一上午的工作带来的心理疲劳。

在与儿子的“推杯换盏”中，他知道了多少伏的电压是安全电压。他让我选择先听好消息还是坏消息的忐忑中，我知道他喜欢学理科……我也知道了他们班哪些孩子又被老师训斥了，但那些孩子里八九不离十有他。他缠着我说说单位一上午发生的有趣事件，可我一句话没完，他就鼾声渐起，宣布着他这个年龄的成长奥秘。于是我也赶紧闭起眼睛，一丝睡意掠过，霎时急促的铃声响起，“起床了，小懒蛋！起床了，小懒蛋！”看着酣睡的儿子，真的不忍心将他叫起。再给他一分钟，两分钟，三分钟……不行了，必须得叫他起床了。看着一睁眼就马上穿衣服的儿子，我也说不清自己是什么感觉，只是觉得早出晚归的他有点累，有点可怜。但他这种生活学习的方式我似乎无能为力，只能在心里无奈。

“妈妈，我走了!”这是儿子每天给我的告别方式。

“路上注意安全!”这是我给儿子每天必说的话，假如哪一天没说这句话，我就觉得心里不踏实。于是从他出门的那一刻，牵挂就一路随他而去。

卧室里静静的，我贪恋暖暖的被窝，惦记着还没看完的“过年到底回谁家”……可想想儿子那需要营养的小样，我于是以最快的速度起床，《读者》暂放一边，心里想着儿子爱吃的饭菜，凉拌木耳洋葱、青椒土豆丝、红烧猪手……忙里忙外地准备晚上的菜，看着这些半成品，一份踏实在我心里激荡。出门一定惦记着给他泡一壶菊花茶，无论他喝与不喝，这成了我不变的习惯。

离上班还有点时间，赶紧冲杯苦咖啡提提神。在勺子慢慢搅动的棕色液体里，有我的渴望和寄托。在我摸着石头过河的教育方式下，没有跟风的迫切，没有心理失衡的抓狂，我只是以儿子愉快的方式和他交流和玩耍。看着他渐渐长大的身体和日益成熟的思维，伴生着一些粗枝大叶的坏毛病。我客观地分析着，爱迷失了我的眼，儿子似乎没有缺点。

猛一抬眼，上班快迟到了。坏儿子，是你的帅气让我痴迷，我别无他求，只想把幸福给你!

每个今天都是好日子

儿子上初三，看着他脆弱焦虑的样子，我知道讲什么大道理都无济于事，只有让他自己慢慢体验，慢慢醒悟那才是正道。可我还是忍不住给他说了法国哲学家布鲁耶尔的一句话：“用感情生活的人，生命是悲剧；用思想生活的人，生命是喜剧。”既然你想要喜剧的生活，那就要学会思考，找到心里的支点，回归学习的原点，发现生活的亮点，用这三点构成一个游刃有余的界面，这就是你的精神世界，在这个世界里看每天的风景，好吗？

人之初，好逸恶劳难免。尤其是现在的独生子女，由于教育方法的单一和枯燥，导致孩子们思想糊涂、意识单纯。外加家长的百般呵护，他们在学校和家里形成的心理落差日益加重，稍有压力，便难以承受。儿子也不例外，生性散漫，喜欢无拘无束，一提到上学就一下子情绪低落。对于正值青春期的他，我不好“驴不喝水强按头”，只能压抑着自己，慢条斯理地和他谈心。

其实人生几十年，任何时候都不要把过程当结果。无论你上学还是工作，那只是你生命的一次次履历，证明你生存的痕迹。只要生命不息，那你的责任就只有一个——尽情体验！你喜欢了，体验到的是幸福快乐，反之，你会生气沮丧。前者会让你心如春，明媚闲适，甚至营造一种与周围环境的和谐，这样再好不过了。后者会让你失去平和的心态，乌云遮月难见天，失去欣赏一路风景的雅致，有时还会迁怒于无辜的人或事，生活的质量大打折扣。宝贝，你知道吗，我们来到这个世界，其实有两条路要走：一条是你必须走的，一条是你想走的。我们要把必须走的路走漂亮，才有资格眺望那条想走的路。所以，生存在这样的环境中，就必须遵守一定的游戏规则，否则不是满盘皆输，就是很不爽地做人做事。你喜欢做实验、搞稀奇古怪的研究，想让青蛙长翅膀，你可以把你的QQ好友分成氧气、氮气和氢气等不同的组别，而你却以合格的空气自居，这没错，但你想走得更远更高吗？你必须学习，学到更多的知识，迈进更高的学府接触日新月异的新知，这是你必须要走的路，否则就如“临渊羡鱼”，离你想走的路越来越远。

说完这些话后，看着儿子若有所思。我给他讲了一个星云大师讲过的故事：有个人让禅师给他看命运，禅师让他伸出左手说道：“你看清楚了吗？这条横线叫爱情线，这条斜线叫事业线，这条竖线叫生命线。”那个人问：“这几条线在哪儿？”禅师答道：“不都在你的手上吗？”听完故事后，儿子看着我笑了，指着自己的胳膊说：“妈妈我有肌肉了，我的手一定也会很有力的。”我告诉他，我坚信你会用自己的手撑起一片天，说不定我也有机会在下面看风景呢。

我以弱者的身份让儿子充满了自信。儿子的班主任曾说过："中学生就是大人的身体，孩子的思维。"看来果真是这样。

虽然儿子暂时接受了我的说教，但一定会有反复。因为生命从感性过渡到理性，从悲剧过渡到喜剧本来就是一个漫长的过程。在这个过程中，早悟的人早体验，早快乐。儿子因生性单纯，一定是一个迟悟的人。可是我还是想告诉他：宝贝，走在岁月的泥泞中，我们一起体验，一起快乐。每天走过的路上都有风景，这风景会使我们的生命增加长度，加大宽度，挖掘深度。英国诗人华兹华斯说："一个诗人不仅要创造作品，还要创造能欣赏那种作品的趣味。"那我们的生活又何尝不是这样呢？我们不仅要学会创造生活，还要创造欣赏这种生活的趣味。因此，每一个今天都应该是生命里的好日子！

念你，在雪花飘落的日子

今夜，下雪了。我推开窗，赤裸着思维与雪花曼舞，把那些被工作生活的忙碌冲淡的思念一点点收集起来。我猛喝一口冬风，来一场宿醉，朦胧中还原着母亲的模样。

这样的日子，母亲在时，家里总有一炉旺火。瞎忙乎的我一回家，第一声总爱喊："妈——我来了！"听到母亲的应答："嗯，我的娃来了！"我便脚步轻盈地跟前跟后了。小时候这样，长大了我还这样，母亲也在我的纠缠中习以为常了。

寒冷的冬晨，母亲不睡懒觉，我也不睡懒觉。她扫院子，我就跟在她身后看那扫帚划过的地方一片片干净起来，我猜想还要扫多少下才能扫完。就在我颠三倒四地数数时，天也慢慢被我数大亮了。一回头，我看见扫过的地方覆盖了一层薄薄的雪。便急哇哇地喊道："妈，下雪了，你扫过的地方又脏了！"母亲头也不抬，笑呵呵地说道："瓜娃子，那不会脏的，雪化了正好可以压压灰尘。”等扫完了，我家的小院也由远及近、由厚到薄地被雪花覆盖了。此时，母亲站在屋檐下，有节奏地拍打自己落灰的身子，然后象征性地给我也拍两下。边拍边唠叨：“你这娃怎么不听话，老跟着我，我要是你就在热被窝里待着。”唠叨声中赶紧拉我进屋，把我冻得通红的小手放到炉火旁烤着。她把自己青筋分明的一双手也放到炉火旁烤，手心手背地烤，然后用烤热的双手贴着我的小脸问道：“热不热，还冷不冷？”就在那一瞬间，我觉得脸上扎扎的、暖暖的。

其实，我是一个依赖性极强的人。上学了，和母亲分开一会儿，心里就着急。上到第四节课就想到回家的事了，母亲这会儿在干什么呢，是不是给我做最好吃的苞谷面馍馍……当一只脚踏进大门，我就开始喊：“妈——我来了！”母亲总回应道：“嗯，我的娃来了挂个匾！”我问她：“什么是挂个匾？”后来，爸爸告诉我，匾就是上面写着表示赞扬文字的长方形的牌子，挂在门或墙的上部，一般人得不到匾啊。我不是很懂，可我知道得到匾的人就是了不起的人。那个冬天，天气格外冷，雪下个不停。我每天回家总看到母亲做棉裤棉衣。我问她，我们不是都穿着棉衣棉裤吗？她告诉我那是去年的，今年的天变得这么冷，受不了啊！因为我们兄弟姐妹七个人，等每个人过冬的棉衣做好了，也就到最冷的时候了。当母亲下去给炉子添煤球时，我看见她的裤管随风飘着。我问她怎么没穿棉裤，她说绒裤也暖和着呢。那件绒裤还是作为救济衣服派发到我家的，爸爸穿完了她改一改又穿。屋外的雪花依然不停地飘着，也说不清我想什么，只是心里的那块匾死死地拽着我，我也要得一块匾。期末考试结束了，除卫生良好外，其余科目全优，我获得了一张学习成绩优秀的奖状。我一蹦三跳地回到了家，挥舞着那张小奖状喊道：“妈，我来了！”“嗯，我娃来了炕洞门上挂个匾！”“妈，你快来，炕洞门上的匾挂好了！”母亲随着我的声音跑出来。她看着、笑着，那笑仿佛在什么地方藏着，我觉得很陌生又很熟悉。她小心翼翼地从炕洞门上取下那块“匾”，用铁勺熬了一点点面糊糊，小心翼翼地贴到我家小房子的墙上，那里有大姐上学上班时得过的很多镶有镜框的奖状。我的那张小奖状显得可怜，但小房子里有了我的一席之地。我告诉母亲，以后空白的地方全是我的了。母亲笑了，皱纹就像木刻一样清晰。说着话跟着母亲走出小房子，外面又开始下雪了，但我觉得不冷，因为我的一只小手还在母亲暖和的大手里攥着。

上中学住校了。第一个星期就像过了几个世纪那么漫长。盼啊盼，我终于回家了。我心里在喊："妈，我回来了！"可是声音却出不来。当母亲走出厨房看见我的时候，也没有说"嗯，我的娃回来了"！可我知道，她心里和我一样在回答。我们就这样彼此凝望着站了好一会儿。忽然她着急地说："我的娃饿不饿，快吃点东西吧！这是你爱吃的苞谷面馍馍，我昨天就做好了；这是你红嫂子给的一个大苹果，味道好闻着呢，快吃；这是你四妈给的一些炒黄豆……"我只说了一句："妈，我不饿。"眼泪却不听话地流了下来。母亲笑着说："我的娃虽然是女娃，可是吃得多，我知道。学校里能吃饱吧……"一周不见母亲，我忽然觉得她的头发有点乱了，她的话有点多了。这样的场景一遍遍地重复在我上中学的日子里，我家小房子里的空白地方越来越少了。直到有一天，我的英语老师把我的录取通知书送到家，母亲给他做了高高的一大盘烫面饼子，炒了高高的一盘黄灿灿的鸡蛋。当她擦鬓角的汗水时，我发现她有白头发了。

上大学了，我每周还是急匆匆地回家。把学校的新鲜事讲给她，学各地的方言给她听。窗外依然飘着雪花，我拿出学校灶上买来的麻花，我给她讲"袖珍麻花"的故事。有一个四川的小伙子，嫌灶上的麻花越来越小，就给大师傅说，把这些麻花叫"袖珍麻花"好了。母亲笑得前仰后合，直夸那小伙子古怪（方言：幽默）。雷打不动地，母亲依然拿出一周积攒的大枣、苹果、玉米……要我吃，因为她知道她的女儿吃得多。终于到了毕业的时候，我用第一个月的工资买了好几斤酥皮点心和柿饼，因为这是母亲的最爱。我要她吃得见着这些东西直摇头，我真的做到了，直到母亲央求我再不要买为止。

当我住在城市的水泥结构里，满天飘起雪花的时候，我的耳边依然会有沙沙的扫帚声，会有拍打灰尘的声音。这时候我就急急地赶回家，只为喊一声"妈，我来了"！她却客气地把我当亲戚一样对待。报喜不报忧的我乱说一通，母亲却听得津津有味。当她笑起来时，我发现她嘴里的牙越来越少了。我要给她包假牙，她坚决不要，嫌太花钱了。最终在和母亲的拉锯战中没能完成这个心愿。

2009年的春节，母亲终于扫不动院子了，也做不了苞谷面馍馍了。医生说：

“这位老人全身器官衰竭，还是准备后事吧!”大年十五，天空飘着雪花，我带着迫切，从西安赶回了兰州。一进门，我的心里说着“妈，我来了”，可我一个字也没说出来，只是抓着母亲干瘪的双手，眼泪打湿了她手上的青筋……她含混地说着，把娃带好，把娃带好……哥哥姐姐告诉我，这句话母亲重复了一天一夜，因为我是带着儿子出门的。突然，母亲睁开眼睛看了我一眼，眼里分明有一句“你来了……”，还没等我迎合她的目光，她就闭上了双眼。哥哥随后取下了输液的瓶子，拔掉了插在母亲手上的针头，家里人开始忙碌了……

又到一年雪花飘零时，我人还未动身，脑子里已经蹦出来了一句“妈，我来了”，我多想听到一句“嗯，我的娃来了”，可是谁还能回答我呢。

六一六一

今天下午接儿子一起回家，看见客厅茶几上和往年一样堆满了节日礼物，那是老公单位每年六一为孩子们准备的，今年和往年不一样的是，礼物的最上面多出了一张纸条，儿子拿在手里，嘴里念道：“儿子，爸爸祝你节日快乐!身体健康，学习进步!”然后他就随手丢弃了，好像在他心里并没引起一点波澜，我惊讶孩子的麻木。我不禁窃想：孩子你到底最需要什么?

社会发展到今天，我们的孩子已被色彩鲜艳的物质迷惑了双眼。他们的眼里只有五彩的世界，游戏，美味的食物，高档的玩具，精美的文具，舒适的环境等等。看着他们漂亮、帅气的面孔，一阵阵悲哀油然而生。我为他们随手丢弃的爱而难过。看着考卷上优秀的成绩，我知道他们的智商不差，但看着孩子的轻举妄动，我知道他们的情商不容乐观。

一个人成功与否，不只是取决于智商，还有情商。一个真正成功的人，他的情商一定高于常人。懂得珍惜人与人之间的情感，懂得珍惜亲人给他的无私的爱。只有懂得爱，理解了爱，那么这种爱就会成为他行动的催化剂。否则，孩子的成长就像没有驿站的旅行，虽有沿途的风景，但失去了心灵栖息的地方，那么他的成长是疲惫、漫长而又孤单的。《傅雷家书》无疑是这方面最好的典范，父爱像和风，又像细雨，悄无声息，震撼着孩子的心灵，正是这样的父爱为自己的孩子铺就了一条成功的人生路。

也许对于一个只有10岁的孩子来说还只停留在机械思考阶段，思维还没上升到精神层面，但他应该感到满足，因为有一个那么爱他的爸爸，那么爱他的妈妈，可是从他寻觅的眼神中，我知道他失望了，那里没有他喜爱的玩具，那里没有他爱吃的食品。我轻轻将他拉到跟前，我问他，为什么不在纸条上写上“爸爸，我爱你”？孩子理直气壮地说，那个又不能当钱花，我又一次被震动了，小小的孩子，竟然这么现实。物质已经彻底充斥了孩子的心灵，让他在不断提升的欲望中挣扎。是啊，孩子不懂得爱，就不会感恩，不感激家人，不感激父母，不感激社会，就这样在唯我独尊的道路上越走越远，他终究会在追逐物质利益的马拉松比赛中累死，那时候悔之晚矣！

我告诉他，你今年的礼物是最丰盛的，因为礼物里多出了一张纸条，这张纸条比一茶几的礼物都贵重，你懂吗？孩子，当你拥有爱你就是世界上最幸福的孩子。幸福是要用心体会，不是用物质来衡量的。爱你，不是要给你世界，而是要给你创造世界的双手和一颗学会感恩的心。你的节日，我们要为你祝福，但你说声谢谢也是应该的呀！只有学会感恩的孩子才是最受欢迎的孩子。今年，爸爸能给你写纸条，说明你已经是男子汉了，你一定不会让你爸爸失望的。看着孩子迷茫的眼神，我知道我还有一段很长的路要走。

这个六一，孩子过，我也过。他们走进节日，我走进他们的心灵。和我们那个时代相比，孩子们匮乏的不是物质，而是精神。在钢筋水泥铸就的温室里，他们享受着父母提供的丰富的食物，谈不上锦衣玉食，也可以说是遍尝美味了，就在这种饱食终日的时光隧道里，身体一天天长大，可思维却在父母的不断付出中慢慢定势，把父母的爱当成理所当然，把自己的麻木认为是理所当然。就在这种理所当然中孩子慢慢迷失了自己，这时多么需要有人来帮助他，来呵护他，原来，造成这种局面也不全是孩子的错啊！

我在检讨中反省着。是啊，我们要学会倾听孩子的声音，慢慢地蹲下来和他平等地交流。他们的内心也有鲜花盛开的时候。作为父母，大胆地告诉孩子，你是多么爱他，是多么需要他的爱，要将这种无形的精神化作语言，在滋润孩子的同时，也滋润自己。予人玫瑰，手留余香。

是我们的忙碌将孩子推向了孤单，是我们的言行熏陶了孩子的思维，是我们的羞涩鼓励了孩子的麻木，也是我们的武断遏制了孩子想“摘星星”的想象，更是我们的强大造就了孩子的弱小……是啊，人之初，性本善，性相近，习相远。古人早为我们下了定论，我们要研读，读出我们需要的道理，读出一个个“让梨的孔融”，读出一个个“温席的黄香”，那么孩子的情商就会在我们的行为中慢慢被开发，被利用。

明天是六一，孩子，我还是要说，祝你节日快乐！爸爸妈妈爱你！虽然你没有在承载父爱的纸条上写下“爸爸，我爱你”，但是在下一个六一来临时，我想你会写的，我有信心。让你学会感恩，会成为我今后生活一部分。

家有考生的日子

“亲，最近辛苦点，多陪陪儿子，多在家里做些好吃的，祝他考一个好成绩，加油!”这是最近闺蜜从新疆伊犁发来的微信。高考渐进，家人叮嘱你，朋友关注你，熟人询问你，忐忑随之而来。从日常生活的料理到高考信息的收集，我必须样样清，比自己高考那会儿还要紧张一些。忽然觉得家有考生的日子，不仅是忙碌的日子，更是提升自我的日子。

家有考生的日子，是督促我养成好习惯的日子。每天早晨，我必须按时起床准备早点，中午、晚上按时在家做饭，从来不敢胡将就，因为儿子正是饭量好的时候。每次我在厨房里一边做饭，一边想着他吃饭时狼吞虎咽的样子，边吃边喊“妈，不够，不够”，这时候我就多做点儿，再多做点儿。晚上八点，无论他在干什么，我书桌上的台灯准时亮起，多数情况下，儿子也很自觉地开始学习。一开始我是为了陪儿子，为他营造一种学习的氛围，可慢慢到这个点上我也不由自主地进入学习状态了。儿子给我推荐了学堂在线，教会了我怎么申报，怎么得到学堂认证。一段时间下来，我有事耽误一下课程，他倒督促我按时学习，不要拖拖拉拉，有时候我想到底谁陪谁学习呢？渐渐我的生活更有规律了，学习更有效率了。

家有考生的日子，我不仅是厨娘，也是营养师。我有意识地参看青少年食谱，在遵循营养全面的前提下，根据家里的实际情况，给儿子做出可口的饭菜。每个周末，肉类全都做好冷藏，有时候也包一些包子饺子，这样周内就不会太匆忙。周内做两三次鱼虾，补充蛋白质。每天晚上除了晚餐，10点钟，还要给他吃一些水果，补充维生素。看着儿子长得高高大大，我知道我是一位合格的营养师妈妈。但是跟着他一起吃饭，我也长胖了。

家有考生的日子，我不仅是妈妈，也是一位心理疏导老师。每天儿子一进门就喊“妈——”，我答应了，然后他把书包一放，站在厨房门口和我开始交谈；有时候，我故意不答应，他就会问他爸爸：“爸，我妈呢？”这两种情况下，说明他一天的学习基本是开心顺利的。如果他悄悄地进了他的房间，那今天的学习或考试多少有些问题了。我也不问，等他主动说。有时候因为考试没考好心里不舒服，有时候因为自己的观点得不到认可而郁闷。虽然这些对我而言是小事，但在孩子眼里却是大事，我一定要找出缜密的方法来解决，既不伤害儿子，也要让他认识到社会的多样性，提高他的心理承受力。慢慢地儿子越来越有自信，善于内省，遇事多了一些思考和方法。有时，对一些社会热点，我不评价，只征求他的看法。比如：我问他国内对杨振宁教授的评价褒贬不一，他怎么看？他说物理不是美国的，也不是中国的，而是世界的，他的回答让我无懈可击。我知道儿子的格局正在变大，我似乎从这些语言里看到了他的未来。

家有考生的日子，我不仅要了解儿子的学习情况，还要及时收集高考信息。我心里拿不准的时候，及时和儿子的各科老师沟通。有时吃饭时也和他进行交流，有没有学不懂的地方，需不需要找老师给他补补课等。儿子总是边摇头边说，都能听懂，不用补课。听他这样说，我心里就踏实了。在网上看到有关高考的信息，我及时用微信发给他。有时候，我觉得这样做是给自己心理安慰罢了，可很多时候还是忍不住要这么去做。

家有考生的日子，是我做最忠实粉丝的日子。在儿子学习的过程中，他身上的任何一个闪光点，我都不失时机地给予肯定。在不断的正强化中，他的自信满满。每次开完家长会，有时班主任老师偶尔提到他，有时根本就没有提到他，可我回来总会告诉他，老师又在全班家长会上表扬他了，最后不忘加一句："儿子，你怎么走到哪里都那么优秀呢？"刚开始他有点怀疑，到后来他都可以告诉我为什么老师要在家长会上表扬他了，看来他真的做了值得表扬的事了。有时候，他给我讲中国科幻文艺发展之路，给我讲量子力学，给我讲理论物理……越来越深奥的东西从他小小的嘴里流淌出来，我彻底被他折服了，由假粉丝变成真粉丝了。他放松的方式就是玩手工拼图，一玩就是两三个小时，神情非常专注。有时，我看着有点心疼，会由衷地对他说：，"儿子，妈太佩服你了！"他看着我笑笑，又接着忙手里的事儿了。无论大人还是小孩，都需要人欣赏，儿子永远是我欣赏不完的风景。

在陪伴儿子迎接高考的日子里，我也在不知不觉中成长，学会了忍耐和理智地看待他成长路上的每件事情。前几天，他的校服开线了，我拿起来要缝的时候，儿子告诉我再不缝了，过几天就不穿了。以前，我不知道给他缝过多少回了，可唯独这次让我有了别样的感受。人有很多责任，当一种甜蜜的责任渐行渐远的时候，未免有点惆怅，我唯有珍惜当下的每一天。

家有考生的日子，就是母子并肩作战的日子，人生有这段经历是绝版。每朵花都有它的花期，我能做的就是支持和陪伴，然后静待花开。

流年，守望依旧

六岁以前，我和生父生母住在一起。六岁以后，我和养父养母住在一起。穿梭于养母与生母之间，享受朴素阳光，体验感情纠结，感恩的心疯长在春天。

40年前，我出生在芦草山村，村子里洋芋很多，我吃着烧的、煮的、蒸的、炒的洋芋一天天长大。每年春天，父亲就用灰驴驮了一口袋一口袋的洋芋到山下一个叫老道口的村庄去卖。洋芋让父亲认识了一个叫高胜的男人。他是屠夫，娶的媳妇是个麻女人，满脸坑坑窝窝，这些他都能接受。只是结婚好几年了，她也没能生个一男半女，这成了高胜的心病。不生就不生吧，于是他动了抱养的念头。高胜夫妇先抱养了一个女孩，取名“来弟”，但最终也没带来一个弟弟。我六岁那年春天，父亲又去老道口卖洋芋，遇见了高胜，和他谈起抱养儿子的事。父亲听说高胜只有一个女孩，条件又比自家好，于是动心了。那时候我上面有三个哥哥，在我还没长心眼之际，他决定让我去高胜家过好日子。路边小草发芽的时候，高胜提着一块离娘肉、一袋白面和一套新衣服来到芦草山村。他给我把那套新衣服穿好后，就背我去“玩”，这一“玩”就把我玩到了他家里。他给我取名“来娃”，从此高胜成了我的养父，麻女人成了我的养母，来弟成了我的姐姐。那年，我的母亲哭瞎了眼。

刚到养父母家里，一到晚上我就哭喊着找妈妈。养母搂着我，边给我剥糖边说很快就会看到妈妈。在她善意的谎言里，我习惯了在她怀里沉沉睡去，梦里依然哭醒。每到年头节下，养父帮别人家杀猪，每次带回来的猪尾巴（当地风俗，猪尾巴归屠夫），养母总是煮了让我吃。她在旁边看着笑着，眼睛眯成了一条缝，脸上的坑坑窝窝盛满了幸福。春天，父亲依然来老道口卖洋芋，当他给养父家来送洋芋时，我总躲着他。现在想来，我躲得了困苦的日子，却躲不开血肉相连的亲情。12岁那年，养父因病去世，拉扯我和来弟姐姐的重担全都落到了养母身上。父亲听说后，和养母商量要把我领回去，养母说什么也不让我走。想着养母家有白面馍馍吃，而父亲家只有一年四季的洋芋，我也不想回去。父亲唉声叹气地走了，他这一走竟和我成了永别。临出殡那天，大哥来接我，养母偷偷塞给我十块钱，说是搭礼用的，再三叮咛大哥一定照顾好我。这是我被抱养后第一次离开养母，也是第一次回芦草山村。当大哥带我一脚踏进回家的那个小土巷口，一个老婶子被人搀扶着来到我面前，花白的头发迎风颤动。大哥说：“来娃，这是妈。”我从记忆里寻找着六年前母亲的影子，还原出来的却是养母坑坑窝窝的面容。只见母亲摸摸索索的抓住我的手，一边颤抖着摸我的头和脸，一边说道："我的狗娃回来了，我的狗娃回来了，我的狗娃……"突然她放声痛哭，"我的狗娃可怜的，我的狗娃……"这种撕心裂肺在空旷的山野回荡，也深深烙进了我12岁的记忆。我搀扶着母亲来到父亲的灵前，默默烧纸流泪。因为以后的春天里，我再也看不到村子里用灰驴驮着卖洋芋的那个人了。我在芦草山村的三天，母亲总是拉着我的手。大哥要送我回养母家，好言好语地宽慰着母亲。母亲的眼泪无声地流着，就像小溪流淌着岁月的爱恋。母亲说："我的狗娃回去了一定要好好学习，不要惹你妈生气。生活上有什么难事就来找你大哥他们……"边说边从怀里掏出一个手绢包裹的东西，她摸索着打开，从里面拿出积攒的零钱，硬是塞到我的手里。拿着还有母亲体温的角票，我又塞给了母亲。母亲难过地说："狗娃，这几年你在别人家里，妈就是想操心也尽不上力啊。这点钱你别嫌少，是妈的一点心意。"大哥也劝我拿着，于是这钱又从母亲手里塞到了我手里。天近中午，大哥和我回到了老道口，我一眼就看到养母坐在山坡下的石头上观望。当养母看到我后赶紧跑过来，她拉住我的手上上下下地看。我看着她，脑子里却是花白头发的母亲。我轻轻说了声："妈，我们回家吧。"路上碰见地里干活的杨婶，她笑着给养母说道，"嫂子，你在那块石头上天天坐着等，来娃回来就好了。"我的心被隐隐触动。其实我多想和小伙伴信儿、六子、成成一样皮实，现在，我却做不到了。

来弟姐姐上高中住校，养母每星期都做好吃的等她回家。有一次，来弟姐姐周末没回来，养母便把烙好的锅盔和一饭盒咸菜送到来弟姐姐上的张集镇中学。同学们知道养母是来弟姐姐的妈妈后，有的在背地里笑话她。说她妈是麻婆娘，来弟以后也是麻婆娘，这样的话传到来弟姐姐的耳朵里，她很生气，我也很生气。那天，我无意间听到来弟姐姐给养母说："妈，以后你不要再去……再去我的学校。"养母只怪自己太唐突，她偷偷摸一把眼泪，转身依然笑着给我们姐弟做吃的。直到现在，我最忌讳别人说"麻"字，那是源于一种骨子里的情愫，我觉得疼爱我的养母也很美。来弟姐姐考上大学的那天，我也初三毕业了。我给大家的印象是不爱上学，其实只有养母最清楚。她抚着我的肩膀告诉我："来娃，让你受委屈了。"我说："妈，不委屈，因为我吃过无数条猪尾巴，我吃过无数颗糖……爸不在了，我也该长大了。"从此，我承包了三亩地，做了三个塑料大棚种蔬菜，两年后被推荐到乡上学习。冬天农闲时，雪花飘落，我也十八岁了。我的思绪飘到了芦草山村，我想去看看我的母亲，想来她也是花甲之年了。养母看出了我的心思，她说："人家的娃就是人家的娃。"不过她还是为我准备了礼物。

春节，大哥来家里拜年，养母一脸的不高兴。她给大哥说："来娃小的时候没见你们登过门，长大了你们倒来看他了，你们的心思我很清楚。"大哥很委屈地说："婶子，正因为他长大了，我们才来看看。你家的房子需要翻修，因为来娃也不小了……""好了好了。"养母打断了大哥的话，我忽然觉得养母很陌生。等养母情绪稍微平静一些后，大哥接着说："这是我妈的意思，她说她老了，唯一放不下的就是来娃，让我们做兄弟的多难都要帮衬一把，不要委屈了他。"一提到母亲，我的心里就好像被谁戳了一指头。我赶忙出屋吸一口新鲜空气，不知谁家的鞭炮还噼里啪啦地响着。

我二十一岁那年，来弟姐姐大学毕业到外地上班。春天来了，大哥、二哥和三哥都来我家了，他们给我家把新房盖起来了。等新房收拾好了，我多想让母亲来看看，可我害怕养母伤心。为此，我有时就找借口偷偷去看母亲，她越来越苍老。可是养育之恩大于生，我还是按时回到养母家。夏天，燥热让人心神不宁。我又偷偷地去看母亲，回来的路上下起了暴雨。当我跑到山坡下的时候，看见一个人静静地立在雨幕里。我心想这是谁呀，这么大的雨也不知道躲一躲。等我离的近一点的时候，我才看清楚，原来是养母。我赶紧脱下衣服遮在她的头上，她拨开我的手，雨水顺着她的脸颊流淌。我大声说："妈，快回家，快回家，你这是干什么呢?"养母看着我说道："来娃，你大了，有你的想法了。现在你姐姐在外地工作了，我还能指望谁呀？你亲妈他有三个儿子，而我只有你一个。我知道我没本事，不能给你好日子。可是，我不能没有你，不能没有你啊!"面对伤心欲绝的养母，我默默跪在了她的面前。

我结婚时，大哥来了。我看大哥的脸色不好，他告诉我母亲一直想要抱抱她的小孙子呢。等客人散尽，我和新媳妇去和养母说话，养母的态度不冷不热，我不知道自己又做错了什么。新媳妇急忙说道："妈，我们哪里做得不好你尽管说，不要自己生闷气，对身体不好。"养母只是淡淡地说道："不是你们做得不好，是我做得不好。”我越听越觉得奇怪。日子过得很快，可是养母和新媳妇始终有隔阂。当媳妇在我面前抱怨时，我总劝她慢慢就好了。可是我错了，养母有时候暗自垂泪，有时候破口大骂，媳妇老是躲着她，这样的日子让人提心吊胆。第二年小孙子的降临倒是让养母着实欣喜了一阵子。我想这下可好了，养母带了孩子就不会发脾气了。孩子四个月的时候，我和养母商量带孩子媳妇去看看我的母亲，她勉强答应了。我高兴地和媳妇猜测着见到母亲时的场景，因为这是母亲的心愿，我一定要让她看看最小的孙子。当我和媳妇抱着孩子来到小土巷，拐进家门时，院子里的鸡生了蛋“咯咯咯”地叫着。我大声喊着：“妈，我们来了，我们来看你了。”可是，一脚踏进堂屋的门，我愣住了，桌上摆放着母亲的遗像……怎么会这样，怎么会这样？大哥说：“在你准备结婚时，妈正病重呢。因为你们新婚我怕……再说你妈也疑心重。”我默默地拉着媳妇，抱着孩子和大哥大嫂来到母亲的坟前。“妈，我们来看你了，还有你的小孙子。妈，你听到了没有，你听到了没有……”不知何时我的手指已经戳进母亲坟头的土里，阴阳两隔来得这么突然，孩子在哇哇哭着。恍恍惚惚中我看见了母亲扫院子的情景，看见了母亲在小土巷花白头发颤动的情景，看见了母亲每次送我出门时拉着我的手一再叮嘱的情景……我笑笑，眼泪流了出来，因为母亲内心永远为我留着一角温暖。

养母知道这一切后，也觉得很突然。那一夜我彻底失眠了，假如我不是别人的养子，假如我一直在母亲身边，假如养母可以大度一些……可是这一切不是事实。忽然传来养母的咳嗽声，看着熟睡的妻儿，我披衣下床来到养母房间。是的，她也老了，她也需要人照顾。以后的日子里，养母对媳妇依然挑三拣四的。我只有偷偷地安慰媳妇，人老了就是老小孩，让她忍着点。可养母的脾气越来越大，无缘无故地发火生闷气，弄得媳妇老往娘家跑。于是我决定带养母去看医生，经医生诊断她患的是恋子情节引发的慢性精神疾病，我吓了一跳。养父去世早，养母一直以我为生活中心，无论何时，生怕会失去我。这种精神疾病得慢慢来，否则病情会加重。在农村，要是人们知道这样的事实，还不把大牙笑掉了，我一直给养母保守着这个秘密。

走到今天，我的儿子都十六岁了，心病越来越重的养母患上了老年痴呆。

春风拂过时，她的皱纹更深了。她的情绪时好时坏，我也给她剥糖吃，我也拉着她的手一起吃猪尾巴……我多想让她清醒过来，然后告诉她：“妈，你的来娃一直和你在一起!”

手机·家风·红包

大年初五，既是传统年俗“破五”的日子，又是马年第一个节气“立春”。“破五”遭遇“立春”，有破有立才是推陈出新最有效的途径。对每个人而言，都是比较特殊的日子。这天，虽然兰州的天冷了，可我的心却热了，这与一个手机，一门家风和一个红包有关。

晚上七点，当我看新闻联播时，忽然侄儿打来电话。他告诉我，他捡到了一个苹果手机，征求我的意见，他该怎么办？我没有马上回答他，我把问题原抛了回去。我问他，你觉得应该怎么办？侄儿马上告诉我，应该把手机还给失主，可是他又有顾虑。原来他怕失主拿到手机后会有别的看法，对他做出一些不应该有的反应，他要我陪他一起去。听着稚气未脱的侄儿给我讲他的想法，和我不谋而合，我由衷地感到欣慰。但他的顾虑我却没想到，毕竟现实社会是把双刃剑，让他快乐成长，也让他遭受着负面影响。我告诉他，做人就图个心安，别人的东西在我们手里，会让我们的日子不踏实，我心安处便是家，我陪你一起去。也不知道侄儿理解不理解，但是我却安心地接着看新闻联播了。

新闻联播里刚好是关于著名作家陈忠实有关家风的报道，他谈到了从童年到成人，父亲对他一生的影响，奠定了他用文学诠释人生的基础。看到这里，我心想，家风本不是家规，是看不见摸不到的一种家庭观念，在家人思维里的传承与影响，是每个人在很小的时候被爷爷奶奶或父母根植于幼小心灵的种子。随着年龄的增大和外界条件的成熟，这颗种子就会生根发芽，开花结果。十八岁的侄儿其实就是我家家风的缩影，孝顺善良、勤奋踏实、勤俭节约的他已经博得了老师、邻居和亲朋好友的盛赞。侄儿出生时，我家四世同堂。幼小的他目睹了我的父母怎么对待我年事已高的奶奶，直到她老人家寿终正寝；目睹了我们兄弟姐妹怎么在大家庭里和睦相处；亲身体验了他的爸爸妈妈怎样风里来雨里去的顽强奔波……是啊，我家的家风虽然没有形成文字，但在岁月的磨砺下却在代代人身上变成了现实。作为过来人，我在心里默默祈祷，愿手机的主人是一个善良的人，能给我的侄儿一个增添正能量的机会。虽然我不知道天上的那片云彩孕育风雨，但我明白只要迎着太阳走，眼前就不会有阴影。

第二天，侄儿、他的同学小刘和我一起来到了西固公园大门口，这是和失主事先联系好的见面地点。当我们一行三人在冷风中过来时，侄儿拨通了失主的电话。一个微胖的三十多岁的男士来到我们面前，他笑着和我握握手。然后说道："丢失的手机是我媳妇的，她的运气太好了，遇到好人了，太谢谢你们了。"看着他感激的面容，我一下打消了戒备心理。我告诉他："无论手机值不值钱，重要的是手机里的信息，其实我们也怕你们着急……"于是侄儿拿出手机交给了他。当他接过手机的一刹那，从口袋里掏出一个红包，硬要塞给侄儿："天冷的，大过年的，让你们跑这么远。我媳妇说了，这个红包一定要交给捡到手机的娃娃。"我们三人再三推辞。这时，小刘对失主说："你不用太客气，拾金不昧是我们中华民族的美德，大家都会这么做的……"红包在拉锯战中终究落到了侄儿手里，看着失主远去的背影，我想这也许是最好的结局。

且走且悟的路上，像侄儿和小刘这些平凡的人们感动着我，平凡的事感染着我。行走在这样的风景里，我满心欢喜，从平凡的点滴中看到了不平凡。手机也许会随时间的推移破旧淘汰，但在失主与奉还者之间却架起了一座心灵复苏的桥梁，意义远非我看见的表象；奉还的过程承载着一个孩子思想上的彷徨与挣扎，事实胜于雄辩，他终究会对人性和社会有个善良的理解，在铸就价值观的路上越走越稳；红包是对一个孩子正确行为的推动，它已远远超出了本身的价值。"爱出者爱返，福往者福来"的现实摆在我的面前，我知道侄儿还给他人的是手机，可他得到的却是成长的机会。

此刻，我也想起著名节目主持人柴静所著的《看见》里面，已故的陈虻老师曾说过的那句话："不要因为走得太远，而忘了我们为什么出发！"一个漂亮的苹果手机养眼，一门积淀已久的家风养心，一个鲜亮的红包养正，三者齐心合力买断了我早春里的思维，催促着马年的花儿盛开在心里。我衷心祝福和侄儿有同样心态的孩子们在“破五”的年俗中，真正迎来心灵“立春”的日子。

十八岁，我给你说点什么吧

儿子，今天的这个日子，是个特殊的日子，是你长大成人的日子。无论过去怎么样，现在我还是想说点什么。有些事，转瞬即逝；有些事却烙进了心里，永生不忘。

十八年前的这时，你已经来到我的身边3小时了。生你的前一天，我还在上班，虽然离预产期还有15天，可是羊水破了，医生建议住院。我是个愉快的人，走到哪里我都会让日子活泼生动起来。可是，这次我没有做到。

晚上八点，生产的阵痛就陆陆续续来临了。一开始，我还能忍受，可是慢慢地我被这种疼痛打败了。但我不能大喊大叫，因为我的妈妈曾告诉过我，生孩子时，越喊叫越疼痛。最主要的还是因为，我觉得那样小题大做，哪个女人不生孩子呢？可是我的默默承受让我第一次昏过去了，真的太疼了。医生在我脸上轻轻地扇了两下，我醒了。

医生说快生出来了，让我使劲，可是我怎么就没劲了呢，那时，我真的太累了。夜里2点多了，我进产房六个多小时了，我真想好好地睡觉，可是一阵紧似一阵的疼痛丝毫不给我一点机会，汗水已经让我的头发湿透了。

宫口在慢慢打开，我也在用分钟度日。医生让我吃了一个鸡蛋和一块蛋糕，我觉得还没嚼碎就全都咽下去了，我真的想让这些食物赶紧转化成让我摆脱疼痛的能量。儿子，那种一个生命从另一个生命体中剥离的疼，真的渗进了我的骨子里。护士们的脚步不乱，思维不乱，可我的心里却乱透了，什么时候快快把孩子生出来呢。

这个夜，是用我的疼痛串起来的夜。儿子，终于能看到你的头了，医生和护士们围着我开始忙乱起来。产前做B超时，医生曾说过，这孩子的头真大，当时我想你一定是个聪明宝宝。可是，此刻，为了让你的头顺利出来，医生说让我忍着点儿，随着她的话，一阵撕裂的疼痛让我失控地叫出了声。因为一剪刀剪出了一个要缝四针的口子，眼泪顺着我的脸庞滑到了我的耳朵里，凉凉的，冰冰的。一声响亮的啼哭打破了我内心的沉寂。我的肚子一下子空了，我甚至可以看见我的腿了，我长长地舒了一口气。医生问我，“你喜欢男孩儿还是女孩儿？”.我已经没有什么心情探讨这个问题。我只是轻轻告诉医生：“都喜欢。”医生让我看看你，红扑扑的你就在护士的手里。你出生时是5点55分。

我不想多说一句话，因为我特别想安安静静地休息，没有人问我问题，没有人吵我，可是这不可能。接下来，医生开始给我缝针，她告诉我，可能会疼一些，让我忍着点儿。当医生的针穿透我的皮肤时，我觉得这点疼简直不算什么了。我告诉医生，“不疼，你放心缝吧!”。

一阵忙乱过后，你和我都回到了病房。此刻，你竟然睁开了眼睛，而且你竟然是双眼皮。人们常说，刚生出来的小孩很丑，可是除了你的头被夹成长棒棒以外，你的五官是那么漂亮。又有人说，刚出生的小孩如果漂亮，以后会越长越丑，但我坚定地想，只要我们母子平安健康，无论美丑，你都是妈妈手心里永远的宝贝。

陪伴你长大的日子，你让我读懂了我的妈妈，读懂了生命。我们一家人在一起的时候，吵吵闹闹，看着你长大。只是你没有越来越丑，而是越来越帅气。这不只是你的五官，还有你稚嫩的思想。

这个秋天，你终于又和我做了一次生命的剥离。假如说，你出生时，带给我的是身体的疼痛。而这次你去上大学，带给我的是思维上的不安和焦虑。因为，什么事都要你自己处理和承担。我只是要你一如既往的快乐，生发于心灵深处的快乐。

我每天看着你发的空间动态。有的是你玩的游戏，我根本看不懂；有的是你偶尔的一点感想；有的是你对学习的看法等等。

有一天，你配着蓝天白云发了一句话：“漫漫白云，从今天开始我要坚持晨跑！”

有一天，你告诉我，你不用二次面试，直接进了学校团委的新传媒媒体部，学习和负责视频制作。因为面试的老师看了你曾经做的一个游戏视频……

有一天，你告诉我，你报了四个社团，科幻、推理……

有一天，你告诉我，你学的是化学，和我曾经的专业一样。你以后还要负责拍照，有可能要配备一个单反，和我的业余爱好一样，你说你怎么无意间和我的学习爱好一样了呢。你还发了一张你做实验时戴眼罩的照片给我看……

有一天，你告诉我，老师让你进班委，你不想去，可是最后还是做了班上的副书记。你们班委要去看一个话剧，你说你看后很感动……

有一天，你说高中的同学国庆和你一起玩，专程坐飞机坐车去了上海。看着你们稚嫩快乐的身影，其实我有很多话想说，可我沉默了……

有一天，你告诉我配合学校的活动，你在班上组织了一次募捐，为山区的孩子买了一辆自行车……

有一天，你欲言又止，在我的不断追问下，你告诉我，明年我和你爸爸可以早点过去，你要陪我们转转……

有一天，你说你马上过生日了，你定了一个十二寸的生日蛋糕，和同学们一起热闹一下……

有一天……你的有一天，让我看到了我的期待来得有点早，真的有点早，猝不及防地催促我的思维和你的脚步赛跑，为什么呢，仅仅是地域吗？

此刻，我想告诉你，有一天，天下着小雨，我去小区粮行买鸡蛋。那个阿姨忽然问我，儿子离开了，一定很想吧。我说不想不想，可是提着鸡蛋从粮行走出的一刹那，我的眼泪却止不住地流了下来。其实，是天气，真的是天气不好的缘故。

本来，我要告诉你一堆的大道理，可是你的生活积淀和思维还不足以理解和消化那些充满教化的文字，我觉得还是这么嘻嘻哈哈吧。和你说点什么吧，时间过得很快，文字来得也很快，可我又觉得该说的还没说完，但我又要说什么呢。那就让我继续关注着上海的天气预报吧。

不知不觉我开始牵挂一座城，这可是真的。儿子，妈妈愿你少点因外界的刺激造成的短暂快乐。妈妈愿你多点因心灵得到滋养而生发的快乐。

祝你生日快乐!

立　春

今天，六点的手机铃声照常响起。我还和往常一样，开机看看地方新闻，扑面而来的是立春的讯息。是的，今天立春了。俗话说，一年之计在于春。我赶紧起床收拾停当，开始当天的计划。

昨晚的面虚虚地发了一大盆，我打算炸麻花。因为是大清早，我怕吵醒还熟睡的儿子，他高三的学习生活很紧张。我安静地忙着手里的活儿，感受着只有家里才能散发的安逸和超然，静让我有了另一种心境。忽然想起了2014年在宕昌县八力九年制学校支教期间的一些事，觉得有这样一个温馨的家是多么满足与幸福。时间过得真快，转眼又是一年。就在我接触发面的一瞬间，记忆在这一年的心事激荡里发酵完毕，不容置疑地一点一点溢出心底。我想起了二姐，想起了三姐，想起了二姐烙的五仁馅的饼子，想起了三姐做的排骨和冒着热气的烩菜。过年了，我知道做肉不难，但是要把肉做得很香还是需要费一些心思的。我也知道做馍馍不难，可是要做出越嚼越香的五仁馅的饼子那还是需要一些耐心和技巧的。

2014年，我去宕昌县八力九年制学校支教，我的想象仅停留在电视上或报纸上的一些报道。当真正面对现实的时候，我有点不知所措。第一个星期的前三天，街上没有卖菜的，因为我错过了赶集的时间，当地在农历一四七的日子赶集。三天来，我就吃西红柿鸡蛋面或洋芋面。这对偏爱吃蔬菜的我来说，是一种心理上的难过，一到吃饭时间，我想着家里自己炒的一盆盆炒菜，越想越馋。就在这时候，三姐打来电话，她问我这边的情况。我告诉她，就是冷一些，其他都好着呢。作为姐姐她除了叮嘱还是叮嘱，这种叮嘱击碎了我脆弱的坚持。

三天后，我背着大大的旅行包，买了一大包的各种蔬菜，当地人用异样的眼光看着我，因为我对没菜吃的现状很害怕。从此，我的日历里，除了记阳历日期，我还很在意地关注阴历的日期，尤其是初一初四初七。

日子在我的忙碌与探寻中流淌着，渐渐地我对当地环境有些适应了，可是饮食上我总觉得缺点什么，缺点什么我自己也说不清楚。每当到月末的时候，姐姐们总会打来电话，问我什么时候回来。尤其是三姐，问我回来时想吃点什么，她提前给我做好。当我月末回家，她让我先别回西固，先坐车去她那里。她按我的要求做的饭菜静静地摆在桌子上。有时是拌好的凉面，还有我喜欢吃的茄子炒辣子、西红柿炒鸡蛋、凉拌豆角等；有时候是浆水面，清凉凉的浆水，满盘的卤肉，烧的熟烂的猪手；有时候是她包的饺子。她知道我只喜欢吃瘦肉，吃饺子时总会告诉我："饺子馅要是太瘦了就不香了，我拌得匀匀的，根本吃不出来有什么肥肉。"我笑笑，我不知道说什么好。

记得国庆节前回家的时候，三姐前一天晚上就打电话问我回来吃什么，我告诉她要吃排骨。第二天，从我出了八力学校的门开始，三姐就开始打电话，她说我快到的时候给她说一声，她提前给我热排骨，炖烩菜。车走到陇西的时候，她又打来电话。车到南站的时候，她又问我快到了没。下午的兰州城里，什么都是那么新鲜高雅，这与八力的柏油小路形成了鲜明的对比。当我一进三姐的房门，她让我赶紧洗洗手。我从卫生间出来的时候，热气腾腾的烩菜早已端上了桌子。她催促我快吃，不然凉了就不好吃了。看着三姐蒸的精致的小花卷，散发着姜黄和面粉混合在一起的香味。我不管不顾地大口大口吃着烩菜，在我面前，这些已经不是填充饥饱的吃食，而是渗透着牵挂与亲情的凝聚。虽然吃得也不多，但是我觉得心里已经满满的了。

过完节，我要和我的朋友一起去支教学校的时候。三姐给我装了海带、鸡精、肉肠，还有一些从超市买来的零食。二姐早早赶过来，给我送来了他自已做的辣子酱和20个五仁馅的小饼子，她说这样吃起来方便。一个个圆圆的小饼变成了我内心的感叹号。后来朋友吃饼子时，一直说这小饼好吃。她说家里姊妹多了真好。我趁机说，反正我家已经有五个姊妹了，多你一个又何妨，彼此看着，时光就这么停在了彼此眼里。

暑假里，每当天气很热的时候，三姐就把我们姊妹叫到她那里聚一聚。她依然做些很普通的家常饭菜，煮点洋芋苞谷，再买一些瓜果，满满的一大桌子，五颜六色的，我们姊妹们就是在这样的闲淡里漫谈生活的琐碎。她总是说，“不要到外面吃饭了，贵不说，还没有现在这么舒坦。”时间总是过得很快，我们说说笑笑，生活里的不快没有了，肚子吃得饱饱的，心里也装得满满的。我窃想：我需要什么，就是这种悠然自得里的朴素滋养。一个眼神，一句调侃，都深深地刻在了我心里。

忽然一阵手机铃声响起，思绪一下子被打断了，我手上还糊着一手的面。看手机短信，是一条来自工作上的短信。是的，我的工作在继续，我的生活在继续，我的故事和内心深处的发酵就会一直继续。立春了，内心勃发的亲情让我反观生活的本真，原来我的幸福观竟然是这么小众与低调。我快快地揉着手里的面，因为只要真正把心用到了，那做出来的画卷、小饼，抑或是麻花，一定是世上最养生的食物。

此刻，暖暖的阳光照进厨房，确切地说是春光吧，因为今天立春了。

陪你看星空的日子

今晚的月亮是最大最圆的，可我却懒得出门，只因为你不在我的身边。我在QQ上告诉你，今晚有最大最圆的月亮，让你注意观测。你却告诉我你那里天阴，什么也看不到。忽然，我心里有点失落。看着被你收起来的天文望远镜静静地搁置在书架旁边，再不是往日的庞然大物。我知道它也不想出去，因为他的主人不在身边。就在那一刻，我人没有出门，心却又一次回到了陪你看星空的那些日子。

宝娃，日子过得很快，转眼间你不在我身边已经整整两个半月了。因为你喜欢物理学和天文学，高三了，你一直缠着我给你买天文望远镜。没买的时候，我不忍心看你失望的表情；买了以后，你就在夜深人静的时候观测月亮和星星，在正午的大太阳下观测太阳。晚上小区里的蚊子咬你，白天炎炎烈日晒着你，看着你一丝不苟的样子，我真的很心疼。每次你出门观测，无论白天还是夜晚，我都是你最好的助手，一会儿搬凳子，一会儿取目镜，一会儿取滤光镜，一会儿帮你拿手机照明……你静静地观测月亮的变化，我静静地观察着你，我知道你的风景在心里。其实，人只要心里有风景，世界也就在眼里了！利用课余时间，你用天文望远镜观测月亮和太阳在不同时间的运行，较完整地记录了月亮在十五晚上的运行轨迹。现在想想，我真的很激动。我觉得人懒惰，最主要的还是做事没动力。你喜欢天文学，所以你乐此不疲；我喜欢你，所以陪着你我也乐此不疲。

你告诉我，你的人格类型是ENTP智多星型，喜欢充满增量和不断创新的世界。你每天发现新事物、新理论的喜悦无以言表。学习之余，你喜欢阅读中外科幻作品，也喜欢跑酷、跳伞、登峰等种种极限运动；从网络上学习了“分形学”和“全息宇宙论”，激发了你对科学的热爱；当看到“Deep Mind”公司创造的Alpha Go对战李世石的比赛视频，这让不懂围棋的你也觉得非常精彩；听到Taijin Kyofusho中哥伦比亚号与地球的最后通讯资料，你感到人类探索太空不顾一切的热血和勇气，这正是人类文明存在的根基；当看完了霍金的《时间简史》，看完了《果壳里的宇宙》，你被自己身边神秘的物理世界深深地吸引了。你说视频中从宏观到最微观的尺度让你产生了一种想法，如果想观察最宏观的东西，可以从最微观看起，于是你迷上了微观世界。那些自旋、跃迁、不确定性……彻底俘获了你，你要找到其中的规律。我也看出来了，真的，你就想找到。你喜欢资源利用的最大化，拿着手机编程、P图、做实验，做输出端进行VR体验，云课堂。老天很眷顾你这个傻孩子，让你在网络上看到了兰大老教授钱伯初有关量子力学的授课视频，虽然很多内容目前还听不懂，但你这只井底之蛙的眼前却洞开了另一片天。于是你写下了自己的第一篇感悟《维度之外的褐蚁》，你终于把对推理科幻的认识上升到了文字，这是令我最欣喜的事情，相信你通过在大学里的研究，一定会有更深的感悟和更大的收获。

然而，理想的起飞是需要用勤奋和实践做翅膀的，只拘泥于物理学理论是不够的。于是，你在用天文望远镜观测太阳和月亮时，通过手机目镜拍到了月亮的运行轨迹；你兴致勃勃地试图用高中所学的知识探究“三体”问题，写了几大页稿纸，但是最终依然带着疑问停手；通过看“谢耳朵”的纪录片，你思考地球的渺小，你试图用“量纲分析”推导基本力学的绝大部分公式；从网上看到“LIGO”探测器探测到了引力波，这一切让你深陷物理学的世界而不能自拔。从此，你的观测里夹杂着遐想。有天晚上，你告诉我马上要观测的是木星临月，星月神话就是这么来的。顿时，对我而言枯燥的天文知识一下感性了许多。你让我坐到凳子上，边微调边对着目镜仔细看。一开始，我什么也看不到，在你的指导下，我终于看到了月亮上环形山的轮廓，你还让我看月亮上面那个最亮的点，那就是木星，星月神话就这么慢慢在我脑子里铺开来，仿佛在天边，又仿佛在眼前。那一刻，你知道我心里有多么兴高采烈吗。也就在那一刻，你告诉我，有时候人要抬头看看天空，因为蓝天那么干净，白云那么柔软，星空是那么美丽。蓦然，我觉得这是一种生活理念。其实，我们低头看到的是自己的脚尖，有尘土，有泥泞；抬头看到的是自己的心境，有蔚蓝，有洁白。

时间过得很快，第二天，当我从你的空间看到你已经转载了黄河铁桥上最大最圆的月亮，我知道你已经看到了兰州星空的大月亮，为你感到安心了。宝娃，因为每个人的兴趣不同，想法也各不相同。身边有很多令我们荡气回肠的事，既然喜欢和痴迷，那一定要学会用自己的勤奋和智慧换取那份光阴里的惬意，只有这样，我们的人生才是快乐无憾的。

由给儿子投票想到的

日子总在我点滴感悟的积累中不紧不慢地流淌，我也总在“做好手边事”的心意中忙碌着。11月29日中午，儿子给我在微信上说，让我帮他扩散一下。我努力地搜寻着，扩散什么呢？我打开链接看到这样一段话：一个学期的时间过去，第十七期东华团校秋季班即将结业，第三届“寻找最美团支书”风采大赛将启幕。经过学员自荐、小组推荐，共有36位学员角逐决赛资格。本次风采大赛决赛名单，将综合考虑网络投票数、学院评价、参与团课情况后得出。原来，他在竞选学校2016级最美团支书。

其实，对网络投票我一直不感兴趣。可打开儿子学校的链接后，我看到每位参加竞选的团支书，或多或少都有自我介绍。90后的孩子们，个性十足，信心百倍。既然儿子给我说了，我也就鼓励一下他吧。下班了，我在微信朋友圈分享了他的竞选链接。我写道：“其实我一直不喜欢拉票，可是到我儿子这里却过不了心坎了。那就试着分享在朋友圈，给他鼓励吧！化院1602班王昊哲，有大家的支持一定会更棒！”打下这些话的瞬间，我忽然觉得儿子变了，真的变了，短短的两个半月时间，他让我措手不及，我真地替他感到高兴。东华大学的育人理念在他身上体现得淋漓尽致，我很庆幸他能走进这样的大学继续学习。欣慰之余，我又想了很多很多。权衡利弊间，一些必须面对的问题真真切切地摆在了我的面前。

首先感谢东华团校给了他一个成长和展示的平台。每个人都需要激励机制的督促，这样才会有持续的后劲去努力做事，升华自身。学校发起这样的投票，我觉得票多寡不要紧，最主要的应该是激励孩子们做最好的自己！同时对学校的育人氛围是一种有效的宣传。曾记得儿子临上大学前我给他说过一句话：目前，你因进了东华而骄傲。今后，一定要让东华因你而骄傲。儿子笑着点点头，看来他没有忘记这句话。

可是替他拉票，我又有点不可名状的恐慌，这样的虚无里，他会不会有其他想法呢。假如，没有驾驭知识和现实的真本事，就是给他再多的票又有什么用呢？我随意地分享了，却没有刻意地拉票，随大家的心意吧。但是真的没有想到，除了我的家人纷纷出手投票和分享外，也得到了很多熟悉和不熟悉的朋友们的大力支持，看着一句句鼓励的话语，作为母亲的我，感到很幸福。我深知，从这些鼓励中，王昊哲又一次汲取了很多无形的动力，他一定会在大家善良而真诚的举止里福往福来，好运常伴。我也坚信朋友们的祝福也会塑造一个健康、积极、聪明而睿智的优秀学子。

第二天，当我打开链接，看到儿子的票数不高不低，我怕他有失望的情绪，这对一个正在长心智的孩子而言，淡定下来是不是会有一些难度的。于是，我在QQ上给他发了这样一句话："宝娃，大家都尽力给你投票了，不要太在乎，一如既往地做最美的自己！新的一天，一起努力！"一个多小时后，他回复："好的。"仅仅就两个字让我的担心一下子消除了，看来他能正确对待投票这件事，远比我想象的要好得多。他在掌握知识的同时，思想也在不断地成熟，这正是我期望的状态。很欣慰儿子能遇到东华的老师和同学们，是他们给了他潜移默化的影响和成长的动力。人生路上风雨无常，未来的社会竞争必然，只要淡定地做最快乐的自己，又何尝不是一种成功呢。正如儿子在自我介绍中所言："欢迎各位和我竞争，共同进步！"我为儿子有这样的格局点赞，是的，竞争不可怕，共同成长与进步才是最主要的。

虽然只是一次网络投票，却让我又一次在兰州的冬天与温暖相拥。我摘录了一部分师友们的鼓励和投票，这将成为王昊哲成长路上最温暖的记忆，340票伴着他的成长与感恩同行。晚上，当我看到河北的闫老师的分享："……孩子一周之内的数分作业做了近40页，不由得佩服孩子的毅力，坚强，拼搏，努力刻苦钻研精神！孩子真是长大了！把困难踩在脚下，才会站得更高。生命就是一次次蜕变的过程。唯有经历各种各样的折磨，才能增加生命的厚度。一个人的成长过程，恰似蝴蝶破茧的过程，在痛苦的挣扎中，意志得到锻炼，力量得到加强，心智得到提高，生命在痛苦中得到升华。当从痛苦中走出来时，就会发现，已经拥有了飞翔的力量。感恩孩子给我带来的振奋与温暖！"刹那间我被触动了，同为母亲，感同身受。闫老师的女儿目前在兰州大学学习。如果儿子能从闫老师的分享里能得到点儿什么，足以！

月明星稀，白驹过隙。儿子，我愿一如既往地和你携手，助你成长，也助我成长！投票活动会很快结束，可划过我们心上的印记一定要记住。因为你的身边有挚爱你的亲人，有为你指路的师长，还有和你共进的同学们……无论遇到谁都是一种美好，因为你的成长需要合力。

我们终于变成了你

无归期，无归期。春雪飘飘吹玉笛，空山闻鸟啼。

情痴迷，情痴迷。回望昔年月圆时，心殇人不知。

八年了，我再也没有认真解读过“母亲”这两个字，我以为有关这两个字的故事会在岁月里逐渐风化，寥落成渐行渐远的繁星，偶尔在天空闪烁一下，转瞬即逝，可现实将我的自以为是击得粉碎。

令人猝不及防，有关这两个字的故事，已在不知不觉中化成了血液，日夜不息地涌动在我的举手投足间，时而让我平静，时而让我激动，时而又让我想念……此刻，虽说我淡定地开启这篇文字，可又忍不住眼前模糊一片。

是啊，人的年龄大了，血管硬了，心却软了。一年一度的清明节，很多关于母亲的事随着日子一点点清晰起来。血缘啊，真是个强大的东西，无论你信还是不信，它都会顽强地传递着母女间与生俱来的心心相印。

冥冥之中，我坦然地告诉自己，母亲已经远走，珍惜眼前的日子，过好每一天才是最重要的。可我的思维就像一个顽皮的孩子，前脚答应得好好的，后脚却又不管不顾地回到老路上。我对思维的不讲信用真的无可奈何，只有放任她无所顾忌地驰骋一回吧。

母亲生前很喜欢黄菊花，这是兄弟姐妹们都知道的，三姐已经买来了。我对她说，本来我要买，你已经买上了。她说，多买一点也好看啊！是啊，我怎么就没想到呢！

我们的母亲已经走了八年了。她在世时，懵懂的我以为时光不会变老，母亲也不会远走。现在我才知道，人的年龄越大，时间流逝得越快，不知不觉我也变成了母亲曾经的模样，只是我的脸上比她少了一些皱纹和疲惫，倔强和顽强清晰地铺满了我的日子。

曾经，为了那段心理断乳期的挣扎，我把母亲的一件开襟毛衣悄悄留下来做了纪念。每年我都要拿出来闻一闻，整齐地叠一叠，因为这件衣服上有我一生下来就熟悉的味道，飘散在我慢慢长大的路上，芬芳了记忆，更芬芳了曾经的苦难岁月。

当“假如”跃上脑际，我马上打消了这样的念头，天真已离我远去，留给我的绵延不断的幻想里，真相就摆在那里。在我无能为力的日子里，母亲健在着；在我游刃有余的日子里，母亲却走了。

“等”字真是个大骗子。现在，每当有人在我面前说起“等怎么怎么了”，我总会粗暴而武断地打断他，就不怕等来等去一场空吗？那时候就剩下“假如……”，有用吗？从此，阴阳相隔的无奈里，我只能硬生生地扯断还温热的脐带，在薄凉潮湿的人世间踽踽独行，不痛不痒，不喜不悲，不急不躁，尘世喧嚣与我何干？

儿行千里母担忧。现在，我体验了做母亲的辛苦。我苦，仅仅是那一份随时能联系上的牵挂，而你呢。那时候没有电话，没有手机，你只有在朝阳里勃发希望，在夕阳下黯然神伤，在无数个风雨无阻的夜里回忆七个儿女的模样，那份牵挂又是怎样煎熬着你的身心。今天，我终于懂了你曾说过的“由不得”是什么意思了。

老妈，妈妈，母亲，在这样的称呼里，我不知不觉间回避着前两种称谓，因为对另一个世界里的你，只有母亲这个词，才显得那么庄重，也只有母亲这个词，才能配得上你曾经受过的那些苦，我能做的也只有把自己最尊重的称呼给你，别无他法了。也许黄菊花能寄托哀思，但花终究会在风雨中枯萎，面对这样的现实，就让我安静地在内心深处永久地安放一个最庄重的称呼——母亲。

走在扫墓的路上，我想无论年轮怎样更替，我们七个都是您最诚实的孩子。走一段山路，苍茫中寻你；掬一抔黄土，迷蒙中寻你；燃一张纸钱，思念中寻你；供一方酒食，渴望中寻你……苍茫落雪的大山，渺小的我放飞内心的天使去看你，隐约中一个风中张望的老人，那——就是你，母亲。

今天我们都变成了你。柳枝萌发，勾勒出一片嫩绿，齐齐地摇曳在风中，诞生一季的希望；含苞的花蕾，诉说着经年的故事。是啊，我们都是你的心头肉，习惯在你的心尖上舞蹈，那种恬适和舒缓总让绷紧的神经倾听生命的欢歌。曾经，喜怒哀乐任由我们撒播，你此起彼伏的感情波折线上，隐忍着稚嫩的践踏。那时，我们笑了，你的皱纹却更深了。

“子不嫌母丑”的古训洗刷着年龄的无知。你青筋突起的双手用坚定撑起了一方晴空，母爱的原始超越了一切华丽，朴素的阳光照亮苍白的软弱。曾经，尽管你穿着旧衣裳，在我们心里却那么鲜亮；尽管你瘦小，在我们心里却那么高大；尽管你苍老，在我们心里却充满活力……遗传变异的生物学理论，诠释了我和你的秘密。岁月在悄然中剥离着可有可无的记忆，如今，我也学会用眼神抚摸忧伤和迷离。

流年如水，和着别人的节奏迈出自己的步伐，别扭极了。我们还是习惯驰骋在你的心上。错了，你包容；对了，你鼓励。此刻，我们义无反顾地想起你的唠叨，原来那里也有丝丝春意。

人生脱不了窠臼，工作之余，曾听你东家长西家短地晾晒生活的本色，柴米油盐酱醋茶的烦恼就会迎刃而解。你告诉我，人走到哪里，把自己看低一些，把别人看高一些。我一直在琢磨，直到今天我终于知道，低处好做人。

在路上，我一步一步释放日子里的沉重。也许扬起的尘烟依稀，迷离语言的痕迹，感情的过往原来如此艰涩。一路的熙熙攘攘，人生就该如此延续，一直向前，向前！

这个清明，我没有疼痛。纷纷的春雨中，母亲，你看，我们终于都变成了你。

老爸，幸好我们还有你

有一天，带着老爸来到预定的酒店吃饭时，正好碰上有人家过白事宴请宾客，去世的似乎是一位老先生。等在包间落座后，我对老爸说：“爸，幸好我们还有你!”老爸笑而不语。

天暖和了，我和姐妹们带着老爸出门转转成了周末必修课。只有做完这个功课，周内做事我们才会安心。每次相聚，与其说是我们陪老爸，还不如说是老爸陪我们。他的大度、博学和幽默给了我们一家人太多的快乐。他能通过一件件小事告诉我们做人的道理。谁要是心里有过不去的坎儿，只要和老爸一聊天，什么都烟消云散了。他说，每个人都是一尊佛，佛光普照，不仅仅照君子，也要照小人。虽然话很普通，可是足够我们受用一辈子。

老爸的脑子里有很多的典故和俗语，话赶话说到那个地方时，他总会滔滔不绝地讲给我们听。春节从初一到十五，每天是什么日子，老辈人有什么讲究，他都能讲得清清楚楚。我真佩服他的脑子怎么能记住那么多东西，而且条理不乱，一丝不苟。我告诉老爸，亏得你是种地的，要是上了大学，你还不成一个学者专家了。老爸笑着说，要想学，什么时候都可以学，为什么非要到大学里才能学呢？是啊，只要做个有心人，什么时候都可以学。我的小侄子从小就和老爸在一起生活，正是受到老爸潜移默化的影响，小小年纪就开始读《史记》，去年顺利成为一名大学生兵，到部队去积累自己更多的人生经历。也就是在老爸的影响下，我也偏爱中国传统文化，尤其是中国古典小说。一个人在路上，不怕路途遥远，就怕岔路口没人指明方向，而老爸正是充当了我们兄弟姐妹们的指路人。

奶奶在世的时候，老爸一直亲自侍奉在床前，直到她老人家94岁去世，他说他只做了一些儿子该做的事。吃饭时，老爸在饭桌上从来不评价饭菜好吃不好吃，只是慢慢地细嚼慢咽。他说五谷养人，杂杂地吃才对身体好。老爸不善说教，他只是做，也许做出来的事更具说服力。现在，他的所作所为在他的儿女们身上体现了。这两三年，春暖花开的时候，爸爸就到农村弟弟家里住着，小院里每天晒晒太阳喝喝茶，弟弟和弟媳妇伺候得非常周到。冬天一到，哥哥家的暖气一来，老爸就被哥哥接到家里，暖暖和和地过上一个冬天，每天有嫂子和侄儿媳妇做饭，给他熬洗脚水等。有些事听起来简单，可长久做下去就不简单了，伺候老人尤其是这样。我们姐妹们心知肚明，只能尽力做好自己能做的事。兄弟姐妹间从来谁也不强迫谁，各尽各心就好了。

老爸也有最传统的一面。每次，当我们姐妹们接他过来住几天，他都婉言拒绝了，说自己身体不好了，说不习惯了等等。其实，在他心里，住在儿子家里才是自己的家。所以，平常由哥哥弟弟嫂子弟媳照顾老爸的生活，只有周末我们姐妹们才能去看看他，说说话。临走时，他还叮嘱我们装点这个装点那个。其实，他装给我们的不是东西，而是岁月里的温暖。东西虽然很普通，但是温暖一直在我们心里叠加。

春天来了，我们带他吃点可口的饭菜，带他看看游人，让他晒晒太阳，他的皱纹舒展了，盛满了春光。今年是老爸的本命年，也是我的本命年，看着老爸红红的袜子，我们的心情也跟着亮丽起来了。路上，姐妹们互相调侃，逗老爸开心。因为四姐从小说话有点大舌头，一着急有时候就说错词，比如“茄子”，她就会说成“帖子”，每当照相时，我们就一起说“帖子”，大家一下子就会笑得东倒西歪。就在金城公园西秦宫前，我给他讲鲜卑族，讲我的《西秦明月》，老爸听得津津有味。就在这时，我们碰到了一个村子里的世交，不一样的地方，两家人一起聊天，心情也大不相同。大家都感慨世事沧桑，艰难的岁月和现在美好的生活，不知不觉似乎就换了人间。

是啊，老人们年轻的时候，吃苦受累没条件享受生活，等他们年老时，条件好了，可他们又要走了……这样的事，谁也无力回天。可是，在他们走不动的时候，我们可以陪着说说话，回忆一下过去的生活；可以做顿可口的饭菜，让他们感觉到子女的爱；可以给他讲外面的世界，让他们觉得自己并没有落伍……小孝管温饱，至孝启智慧，我愿和老爸在启智的路上就这么慢慢走着，看人间风景无数。

我告诉老爸，年年有春日。来，让我一起掬一捧春光给你美容吧，说着话，我和三姐在老爸的脸上重重地亲了一口。四姐也学着我们来做，结果老爸笑呵呵地说：“去去去!”看着四姐被拒绝的尴尬样子，我们又一次大笑，笑声被我存进了文字，也存进了光阴。

第三部分　心路心语

年，过得很快
天空一片湛蓝
脚下无数泥泞
一年有一年的味道
我欣赏着划过心头的风景
也捡拾流年里属于我的心语

文字的灵性

闲暇时，总喜欢和文字打交道，越是深入，越欣喜不已，你在读文字，文字也在读你。在文字间游走，体会她蕴含的喜怒哀乐，记载心情，表达愿望，酣畅淋漓，非其他可以比拟。

几天前，文友留言："文字也有灵性啊，懂她的人总是赋予她生命，给她美丽的容颜，我惊叹这些生命的缔造者!"是的，文字的灵性就在于传达作者的意愿，唤起读者的共鸣，在二者间架起了一道沟通的桥梁，在这道桥梁上人们书写阴晴圆缺，留下足迹，悲欢离合应有尽有。

每个人都有自己不为人知的秘密，不能说，不想说，但可以用文字写下来。每当看见这样的文字，是激励，是嘲笑，是愚弄……只有文字会完整地呈现给你，可以诠释你别样的人生，但她又忠实地为你严守着那份只属于你的秘密。每个人都有宣泄的需要，可出于许多无奈，文字乃首选。她们理解你，任由你排列组合，毫无怨言，当你敲击完最后一个文字队员，你会发现，心情是那样轻松。回头再读，发现原来自己那么唠唠叨叨，时代痴男怨女跃然纸上。

文字除了能承载人们的感情，同样可以唤起人们的某种感情。每当你看不同题材的文章，爱情会在你心里涤荡，亲情会在你胸中蔓延，豪情会在你心中滋生。疾恶如仇，无限曼妙，绝处逢生。遗憾、同情、悲伤……在你感情的象牙塔内大起大落，你的感情体验就是文字的灵性。日常生活中，谁也离不开文字，或口头，或书面。我是工人，他是教授，这样或那样的信息时刻用文字传达着，由文字衍生思维，由思维衍生出不同情感，我们就这样奔跑在情感世界里，实际是奔跑在不同的文字世界里。走着，看着，听着，想着，或喜或悲，或败或胜，或近或远，或长或短，无一例外。我喜欢文字，与之为伍，游刃有余，人生一大乐事。看朝阳复出，看夕阳西下，看大雁南飞，听第一声鸟鸣……心中总涌动着将心情码成文字的渴望。当心动化作行动时，我知道文字中有我，她的灵性震撼着我，牵引着我。

有时觉得，看的是文字，阅读的却是赋予她灵性的作者。在文字中拥有了作者的思想，解读千变万化的世界。我驾着文字灵性的翅膀飞翔，细品四大名著。看红楼跌宕，阅世间起伏；看三国鼎立，听世人牢骚；看醉卧景阳冈，一声呼啸美名扬；看慈眉善目，普度三生取真经。我也学会了在文字中时而编织善良的谎言，时而回到孩提时代的懵懂，从别人的世界里寻找自己的影子，不知不觉已走远。挤压思维，让感情回归现实世界。蓦然回望，一路花香逶迤。

心情愉悦，文字如精灵，与你在手指间共舞，仿佛配合默契的舞伴，在偌大的世界里柔三慢四，劲爆火辣。释放着激情，燃烧着热情，抚弄着温情，此时此刻，你就是世界上最幸福的人，文字读懂了你，你也读懂了自己。心情忧伤，文字又如宽厚的肩膀，让你依靠，无言地听你诉说，善解人意，将不快化解，还一个轻松自如的你。的确，文字如心情，心情如文字。

月光如水，流动在笔尖，一个个精灵跳出了视线，那就是文字，如歌、如诗，挨挨挤挤，营造虚幻，也营造现实。无奈间，我只是慨叹，唉，这群带着灵性的文字。

现代社会，学会构筑自己多元化的精神世界

通过一段时间的调查分析，我发现：随着年龄的增大，有些人觉得做人越来越失败，精神越来越空虚，活得很累……由此引发了我的思考，为什么做人失败，那是因为没找到自己的定位；为什么空虚，是因为没有充实的精神世界。在这个后浪推前浪的现实社会，要是没点压力，是不正常的。因此我认为想要获得幸福感，或者减少失落感，至少要学会构筑自己多元化的精神世界。

首先，认识自己，找准定位。

现实世界里，大多数人不太了解自身。有大作为的，想着自己是有更大作为的料；有点小作为的，想着自己是有大作为的料；碌碌无为的，想着自己应该是有点作为的料……是的，人人都想自己是一块料。可事实呢，不容乐观，有些人手里干着，嘴里抱怨着，给自己的内心填充着精神垃圾，不仅污染自己的世界，也污染他人的世界。这种看不见的颓废日久天长就会发酵，深入身体的每个细胞，对人们健康心理的形成是一种极大的障碍。所以，在构建多元化精神世界的过程中，首先要读懂自己，看到长处，直面短处，认识自己到底是一块什么样的“料”，扬长避短，在人生的坐标系里找准自己的位置。

其次，确立目标，坚持不懈。

生活在这个世界，每个人的目标不同，每个阶段的目标不同。我们要在理性的基础上，客观分析内心需要。也许这种说法显得有点自私，但只有这样才会为自己营造一份愉悦的心情。当然这要建立在切实可行的基础之上。无论工作还是生活中，不说三年一个大台阶，起码也要有自己的年度目标，将这些目标化解在自己平常的琐碎里，一点点地完成，一点点地兑现，人生有了目标也就有了奔头。在确立目标时，不可以孤注一掷，把所有的精力放在一件事上，这就涉及我所谈到的精神世界的多元化。维系精神的载体不同，你所享受的体验也不同。但是目标一旦确立，就不可以三心二意，要持之以恒地去完成。否则，你就会有一种挫败感，不是因为你没能力，而是因为你没毅力。所以，完成目标的过程中，坚持不懈是获得愉悦心情的保障和手段。

第三，直面现实，勇于尝试。

在生活或工作中，无论处于怎样的环境，我们要敢于面对现实。工作有挑战，尽量找出最好的方法去解决；环境变化太快，努力学会适应；后来人的业务思维超越自己，要积极靠拢学习，而不是给自己造成压力；精力有限就要学会合理安排工作生活……但无论怎样，一定要让自己把握现实，不能被现实牵着鼻子走，使自己陷于应付，处于被动，被动的人没有创造，更没有创新。所以要直面现实，大胆地尝试新事物，边学习，边实践，边总结，边运用，尽量和优秀的人齐头并进，形成良性循环。这样就会越来越有信心，这种循环会强化你良好的生活工作习惯，达到逐步提高生活或工作质量的目的。值得一提的是，无论你学什么，也无论你营造怎样的环境，都是为你的目标服务，不可遗忘了根本，也不可以人云亦云，在纷繁复杂中迷失方向或失去自我。所以这一环节是你取得成功、获得乐趣的关键，不可忽视。

第四，客观把握，构筑多元化精神世界。

纷繁复杂的社会、家庭带给我们快乐轻松的同时，也给我们带来了一些情感上的震撼。当心情被困扰时，可以换一种方式来度过每分每秒，换一种心情做自已。工作提供给我们生存的基础条件时，也会给我们带来精神上的压力和体力上的付出，甚至是透支。当工作中遇到这样或那样的问题，当文凭不能代表水平的时候，尽力而为，杜绝自暴自弃，用最大的努力做好手头的工作。即使不尽人意，即使有些平淡，请换一种工作态度对待自已，换一种方式冲淡内心的失落……在沉默中沉沦，还是在奋起中奋进，那就要看你的精神世界是否丰富，因此构建多元的精神世界对每个人都十分重要。如何构建，看自已的爱好而定，看自已的生存环境而定，看自已的内心需要而定。有几个倾听你心声的朋友，有一堆你喜欢的书籍，有自已喜欢的体育项目，有喝几两小酒的勇气，有唱歌唱到把大家吓跑的力度，有长途旅游的实力，有为自已做几样小菜的雅致，形成对自已及时奖励的习惯，或者尝试适应一种陌生环境的能力等等，许多许多的精神愉悦的方式等你挑选。

精神分析学家弗洛伊德对于人格结构进行分析时提出本我、自我和超我的概念，他认为只有本我，自我，超我和睦相处，保持平衡，人才会健康发展；而三者吵架的时候，人有时会怀疑“这一个我是不是我?”或者内心有不同的声音在对话：“做得？做不得?”或者内心因为欲望和道德的冲突而痛苦不堪，或者为自已某个突如其来的丑恶念头而惶恐，这种状况如果持续得久了，或者冲突得比较严重，就会在短暂的人生道上，阻碍我们快乐的生活。

基于以上的观点，我觉得只有建立自已多元化的精神世界，满足本我，寻找自我，形成超我，才会完成个体升华，在现实世界生活得更快乐，更厚重！

山路弯弯

随着如流的人群，我在匆忙中登上拉萨到兰州的K918次列车。不知行驶了多长时间，一路的静默让我向窗外望去。一条山路清晰地蜿蜒在山坡，瞬间莫名的情愫浸润着我，我禁不住想起家乡的那条山路。它匍匐在高高的扎马台山，一头承载记忆，一头延伸现实。在薄凉的光阴里，以固定的姿势接纳时代的情绪。蓦然一种久违的渴望在心里跳跃，真的该去走走那条山路。因为我结结实实地与之朝夕相处了18年，直到外出求学为止。

儿时，每次和小伙伴玩耍，不经意间就会看到那条山路，于是倚着低矮的土坯房看路上隐约来往的人们。有的挑着筐，有的牵着驴，有的并肩，有的独行……直到他们消失在山里，我才恋恋不舍地收回目光。也许他们永远也不会知道，曾经有一个孩子细数过他们的背影。

和爸爸一起走上那条路时我才知道，这座山原来叫马集坡。传说北魏时，杨满堂挂帅西征，兵马曾在这里驻扎，后来改名扎马台。这条山路是为了方便大家通行，慢慢开辟而来。爸爸的话从此在我心里根植了一份神秘。

我曾想那些浩荡的兵马是怎样翻山越岭而来，他们就像电视画面一样在我心里闪烁，随着日子的隐去，慢慢存储在记忆深处，被更精彩的镜头掩盖。一旦有合适的引子，这些朴实的记忆又会汩汩流淌。

当我可以单独上山的时候，给在山上水泵站工作的哥哥送午饭就成了我义不容辞的责任。放学后，中午的时间对我来说太宝贵了，因为我要听评书，无论是单田芳的《隋唐演义》，还是刘兰芳的《杨家将》和《说岳全传》，都是我的最爱，我会为之不惜一切地奔跑。大人们要花15分钟的山路，我却能在这样的时间里跑一个来回。

烈日炎炎，随着我迈开的脚步，这条路一次次被我丈量。内心的熟悉和理解在脚下越来越明显，哪个地方有个坑，哪个地方有个拐弯，我闭目就可以说得清清楚楚。就在我奔波在这条路上时，满脑子却是杨七郎满身被箭射穿的凄惨，穆桂英挂帅时的忧虑，岳云的流星锤横扫那些侵略者的酣畅……一路的枯燥被评书中的精彩片段代替，偶尔山腰上的仓老鼠跑过，也会打搅一下我的情绪。

在这条路上，我是怎样地争分夺秒，全然不知道什么是累，什么是乏，但却开始了对中国历史的朦胧思考。每每从山上跑下来，汗珠沿着额头、鬓间滚落，眼角热热得发胀。爸爸悄悄拿着小手绢过来给我擦汗，边擦边说："你呀，就不像个女孩子，小心累着了。"此时，我的心思已不在我的身上，执着地端个小板凳安然坐在收音机旁，等待刘兰芳那曼妙无比的声音。一仰头，又看见山上那条路，在炎热的中午，黄土铸成的表面越发瓷实和透亮。

有一次，爸爸告诉我，我家自留地里的麦子熟了。大姐一个人从这条路上把架子车拉到了山上的地里。那年她16岁，我刚出生。绕着这座山还有一条大路可走，她嫌浪费时间。我想象一个少女怎样汗流浃背地把车子拉上去，因为路上有的地方很陡。就是什么东西都不拿，人走着也会气喘吁吁，可是大姐却做到了。爸爸一直为此事而惊讶，这是村里人的惊讶，也是我幼小心灵的惊讶。等我长大了，我给了爸爸合理的解释——人的爆发力有时候是无法估量的，仅此!

在这条路上不光是那个年代的苦涩，也有我撒野般的狂欢。现在想起来我禁不住掩面窃笑。那是我吗？的确就是我，一个扎羊角辫的假小子。春暖花开，跟着叔叔的三个儿子和村上的小伙伴们一起去半山腰的小洞里掏鸟蛋，我是唯一的女孩子。每次他们都不让我攀爬，安顿我在山路上等着。我就在那里无聊地扔小石头玩，看石头沿着斜坡滚落，直到在某个角落停止，我又开始扔第二颗……忽然看到坡上小洞里一只麻雀惊叫着飞出来，我好奇地凑过去。我想这下我也可以掏到鸟蛋了，无所顾忌地把手伸进小洞里，软绵绵的东西让我本能地缩回手，就在我猜测的一刹那，一条蛇爬出了洞，我比那只麻雀更加惊慌地跑开，呼喊着哥哥……从此我再也不敢去凑热闹，就在那刻对蛇的惧怕也就铭刻在心了。

冬日扎马台山披上了厚厚的雪，山路被雪掩盖了。我总是盼着快点出太阳，雪稍一融化，山路就可以走了。我催促着和姐姐们去捡拾地皮菜。听着脚下的咯吱声，看着她们小心翼翼的样子，我却迈开了脚步上上下下地来回跑，急得她们只喊小心，而我却开怀大笑，笑声惊飞了觅食的小鸟。我总是第一个到达要去的山坡，为找到一片大的地皮菜或是找到一处地皮菜多的地方欢呼雀跃。这时姐姐们陆续过来和我一起拾，瞬间我的胜利就消失得无影无踪了，多少有点失落，我不得不努力地去寻找新的“宝藏”。等下次找到了，再也不敢张扬，生怕被她们捡去了。看着我被冻红的小手和皲裂的口子，姐姐们总是心疼地帮我捂着，吹着。生性倔强的我全然不管不顾，依然寻找着，用一种发现的喜悦装点着冬日的心情。

岁月剥蚀着记忆，有些可以被风化，有些却越来越明朗。每次工作之余，弟弟就邀请我们去他在扎马台山上的果园里喝茶。他嫌我们走不动，在农用车厢里铺上厚厚的垫子，载我们去他的“世外桃源”。这样的浓情厚意总被我婉言拒绝，其他的哥哥姐姐对我一点办法也没有。我告诉他们，到达目的地不是主要的，行走在到达目的地的路上收获一些感悟才是主要的。就这样，在他们的嬉笑怒骂中，我们手拉手踏上了那条山路，顷刻间小时候的岁月在兄弟姐妹的气喘吁吁中忽隐忽现。我又一次寻找着那个鸟窝，又一次滚起了小石头，又一次在山坡上狂奔，又一次在高处呼喊他们快点，快点。一种惬意撒播在彼此的目光里，对抗着世俗衍生在心里的那份无奈与冷漠。

有人说，爱回忆以前标志着人生走向了衰老，可我不这么认为。那条山路以其厚重和包容呼唤着我的颓废，让我生动如初。更使我喧嚣的内心多了一份宁静和温暖。拥有那条路上的岁月，我是多么幸福，这种幸福随着瓢泼的雨和轻柔的雪撒播在我身后的脚印里，深深浅浅地诉说着我的过往。

列车员甜美的播报把我拉回了现实。那条不知名的山路依然守望着它的土地，可我爱屋及乌地用自己的情绪点燃对它的眷恋。因为在我的心里本来就有一条这样的路，总会在不经意间拨弄我的思绪，无论日历怎样撕扯，山路弯弯一直向前，温暖如初！

卖粽子的老阿婆

初春，我去宕昌县八力学校支教，八力乡还很冷，我来到附近的理川镇想买一床厚棉被。一个人游走在大街小巷，探寻着、欣赏着理川镇原生态的房舍、街道和人们的穿着。当我侧目时，一双和蔼的眼睛正在打量着我，那是一位皮肤黝黑的老阿婆。我冲她点头笑笑，慢慢走到了她的临街小摊前，原来老阿婆在自家门口卖粽子。

老阿婆热情地笑着说着，她的笑容里带着接纳，可她的方言我似懂非懂。我指着盆子里还冒着热气的粽子，问她怎么卖。她给我伸出了三个指头，嘴里慢慢说：一个元三个。我说，我要三个。看她熟练地剥好了三个晶亮的粽子放到了碟子里，却只占了多半个碟子。我接着说道，那就要六个吧。老阿婆又一次从盆子里捞起粽子开始剥，她把粽子放到碟子空余的地方，粽叶一层层地呈十字形摞在桌角，然后用一个小木板蘸起大碗里的褐色蜂蜜水一下一下地在粽子上边压边涂抹。这时，我看到她五根指头的最下面的关节都已经明显变大，指头由于粽子水的浸泡而显得白嫩白嫩。当我好奇地问起时，老阿婆说她已经卖了将近四十年粽子了。四十年，这已经不是在做买卖，这分明是在习惯性动作中过生活。为了照顾我，老阿婆语速很慢地说，她的粽子吃大了一层人又一层人。这是什么概念？原来有的人少年时就吃她的粽子，等少年变成青年结婚了领着儿女还来吃她的粽子，等青年进入中老年领着孙子也来吃她的粽子……我禁不住愕然。交谈中我知道老阿婆今年68岁了。看看天色不早，我的棉被还没买到，于是吃完粽子告别老阿婆继续前行。

接下来的日子里，我想知道是什么力量支撑她能将一个小买卖做了四十年，我还想知道老阿婆年轻时漂不漂亮，还想知道……一面之缘，这个和蔼可亲的老阿婆就这么住进了我的心里。

第二个双休日，阳光好极了，我迫不及待地早早来到理川镇。当我急匆匆地赶到老阿婆的家里时，她却不在家。邻居告诉我，今天是赶集的时间，老阿婆去了蔡家桥头摆摊，那里来往的人多，吃粽子的人也多。我一路打问着来到蔡家桥，远远看见老阿婆在桥的那头正忙碌着，忽然我有点激动。当我快步走到老阿婆旁边时，她和蔼地看着我，我也看着她。我不由自主地说：阿婆，我又来了！她笑着说：想吃我的粽子了吧！我满口答应着。摊前吃她粽子的客人三三两两的，有的带走，有的就在摊边说说笑笑地吃。看着客人们满意的笑容，她也说笑着，时光一下子活泼起来。她看着我说要几个元的，我说不急，你先忙别人，忙完再说。老阿婆笑着点点头，又开始给其他客人剥粽子，摞粽叶，蘸蜂蜜……那个动作熟练而沉稳，每次递到客人手里的似乎不是粽子，而是她的心情。不知不觉一个多小时过去了，可是老阿婆的粽子摊前客人络绎不绝。没客人的瞬间，她转身告诉我，赶集这一天她要卖出四桶粽子，收入也挺好。待会大儿子会给她再送两桶粽子过来，看来和老阿婆今天进行攀谈没希望了，于是我买了四块钱的粽子离开了。我告诉她，我还回来找她。她说吃她粽子的人全是回头客。我边走边想：那就让我做一年老阿婆的回头客吧。

支教的日子清苦而忙碌，晚上当我捧读余秋雨老师的《千年一叹》时，有些文字总会扯着老阿婆的影子跃然纸上。我懂得了生活在这个世界上的人们，他们都有自己的生存的理由，以及由这些理由衍生的文化和文明积淀。无论何时，我们只有静静地欣赏，这样才会在心上划过痕迹，触动灵魂的觉醒和升华。

又到周末，我算了算农历，刚好不是赶集的日子，便又一次去找老阿婆。当我看到她时，她正在路边的水龙头上洗衣服，没有搓板，她就在光滑的水泥台子上一下一下地搓着洗。这期间有乡亲来买粽子，她赶紧在水龙头上洗洗手，开始剥粽子，摞粽叶，蘸蜂蜜……他的旁边有个中年男子在洗一大盆洋芋。老阿婆告诉我那是她的大儿子，今年48岁了，是个哑巴，但能听到别人说话。家里包粽子的活儿和地里的农活儿都是他干。每天四点多就起床了，然后包粽子煮粽子，天亮了才叫她起床。我仔细看着他一点点地洗净洋芋上的土，然后把坏的地方又用简易削皮器削掉，耐心而细致。当他抬起头看见我看他时，有点不好意思地笑笑，接着又开始忙碌手里的活儿，直到把一大盆洋芋洗干净放到塑料篮子里为止。老阿婆告诉我，他的大儿子就是这样，眼里永远有活儿干。以前瞅了几个媳妇，都嫌他哑巴没说成，拖着拖着就和他们老两口儿一起过日子了。我忽然间明白了点儿什么。

下午的太阳热乎乎地照着卖粽子的小摊，偶尔有过来买粽子的乡亲，老阿婆终于可以稍微轻松下来了。她要我进屋去说话，但我更喜欢坐在洒满阳光的粽子摊边说话。当聊起她的往事，老阿婆那么平静自然，好像和我说的是别人的事。我看到了时光在她身上的烙印很深很深，岁月的潺潺小溪在她身上流淌的声音敲打着我的心坎。她18岁结婚，第二年有了大儿子。四岁时，孩子发高烧，好了以后就成这样了。虽然他不会说话，可他知道体贴父母，照顾弟弟妹妹，操持这个家一直到现在。二儿子很聪明，上学时经常把书包藏在理川的大庙里，然后去玩，等放学后再背回来。当老师告诉家里这件事以后，他就不去上学了，19岁就结婚了，次年生了一个女儿，这时候他才发现生活原来这么累。他在外地工作的同学鼓励他再去学校上课，然后考学。二儿子把这事说给他的父亲听，父亲生气地给了他一巴掌，骂道：娃都一竿子大了，还念啥书呢。就这么二儿子成了地道的农民。老阿婆的小儿子不爱学习，早早出门打工，不久领来一个临洮的女孩子，说是要和小儿子过日子呢。于是他们一家就在这女孩子身上陆续花了六万块钱。当老阿婆提出要去女子家里看看时，这女子却离奇地不见了，人财两空。小儿子不甘心，又出门打工，到现在快四年了，没给家里来过一封信，也没打过一个电话，是死是活也不知道。我张大嘴听着老阿婆的故事。

老阿婆看看我，依然那么和蔼可亲。她继续说，她的女儿初中毕业后去打工，跟了一个民勤的小伙子。老头子放心不下跑去民勤看了一下，回来后死活不同意。可是女儿却跟着民勤小伙儿跑了，再也没回来。七年后，有一天她突然回来了。跪在了父母面前，哭着说："娘，大，你们就把户口本给我吧。我的儿子那么大了，我割舍不下他，他上学要户口啊……"我看了一下老阿婆，赶紧岔开话题，问起了老阿婆的老头子。她笑笑说：那是一个老酒鬼。有一次喝醉酒心脏难受得快要死了，告诉我地震时政府补助的两万块钱，还有私下存的一万多块钱都放在哪里了，准备撒手呢。结果他没死掉，他放钱的地方我却知道了。说完老阿婆摇头笑笑。

一阵悲凉袭来，我禁不住看看阿婆的眼睛，她没有一丝的悲伤。与其说不悲伤，还不如说习惯了。她的心里已经结了一层厚厚的痂，抵御着情感的伤痛。在岁月中铸就了她悲喜不惊的面孔，和善而勤劳，也许这也是一种生活的姿态。

夕阳下，一个骑摩托车带着小孩的男人来买粽子。老阿婆赶紧起身剥粽子，摞粽叶，蘸蜂蜜……她的大儿子收拾那些摞得高高的粽叶。也许忙碌会让人忘记点儿什么，当老阿婆把时光包进粽子卖给喜欢的乡亲和路人，阿婆便不再是阿婆，而是悠悠岁月里的一个感叹号，当我看清这个感叹号的时候，我也便不再是我！

一条心路

9月29日晚注定是一个不平静的夜晚。

“天宫一号”腾空的那一刻，我的思维静止了；听到解说员播报的两个字“正常”，四个字“一切正常”时，我的思维欢呼了。“正常，一切正常”后面凝聚着多少航天人的心血。中国的航天事业，就是在感性和理性的不断升华中，在忠心、决心、恒心、信心、苦心、伤心、痴心、醉心、倾心、专心和细心的交织中走出来的一条心路。也正是这条心路，承载着一个充满希望的民族自由地翱翔！

中华人民共和国成立初期，当“我们也要搞人造卫星”的声音一经发出，中国的航天事业就开始了她漫长而又艰巨的孕育之路。为中国的航天事业矢志不渝的忠心和恒心就这样与中国航天人携手同行了。多少个不眠之夜，多少次的倾心交流，多少次的惊心尝试。随着苏联老大哥的礼物“两发P—1近程地地导弹”的到来，带给航天人的是更坚定的信心。我国第一个“运载火箭发射场———酒泉卫星发射中心”就在“我们也能行”的誓言中诞生了。

就这样，航天人痴心着，醉心着，在航天路上不断地冲击着，长征号火箭承载着“东方红”地球卫星升空的那一刻，中国航天人给自己一份满意的答卷，也给世界一个意外。可是谁又知道，航天人在尝试的路上，也因失利留下过眼泪，那种伤心，是母亲失去婴儿的剧痛。在圆航天梦的路上，他们苦心追求着，专心研究着，细心发现着，航天工程终于在航天人的心路中慢慢清晰了，“神舟”号出现在了中国人的视野，载人航天的理想在航天人的胸中熊熊燃起。

风急，阻挡不了航天人前行的步伐；浪大，练就了航天人飞翔的翅膀。他们将对亲人的关爱，对自己的信心，全都化成了对航天事业的忠心，义无反顾地融进了对航天事业的不断追求中。他们走过的每条路，都是用心铺就的路。每天每天与之交流，探讨，试图将这条路铺得更宽、更广、更长。与日月同辉，与银河接轨，让黄皮肤的子孙在月球上也留下漫步的足迹。是啊，他们想到了，也做到了或即将做到。

“神舟五号”，“神舟六号”，“神舟七号”就这样一笔接一笔地成功地书写着中国航天事业的历史。她告诉世人，中国人没有躺在祖先的“四大发明”上沾沾自喜，起起落落中，他们学会了理性的分析。细心让他们不容许自己有半点疏忽。就这样与世界看齐的理想成就了他们刻不容缓的行动。“为了人类的和平，中国人来到了太空”，他们用壮举向世界宣布着中国航天事业的蓬勃发展。宇航员为练就过硬的素质进行着系统的理论学习，虽说枯燥，但那一个个符号在航天人的眼里却成了富有生命力的精灵。超负荷的、艰苦的训练虽说反反复复，但就在这种反反复复中航天人挑战着人类生命的极限，造就了他们进入太空的天梯。中国的航天事业，经历了从无到有，从心动到行动的艰难历程，也正是这个用心铸就的历程，让中国的航天人学会了理性的思考，在这条心路上披荆斩棘，勇敢地走向世界，走向太空。

多难可以兴邦。当雪灾铺天盖地考验着我们的信心，我们从泥泞中架起了光明之路；大地震在猝不及防中撼动中华大地，历练我们的恒心，我们从废墟中挺直了脊梁；“地沟油”席卷大江南北，拷问我们的良心，我们从人人自危中寻找自己……大大小小的事件震撼着我们。让人翘首的“天宫一号”的腾空让我们暂时忘记了这些苦难和尴尬，给了我们鼓舞。航天人走过的这条心之路，在崎岖中彰显着灼人的魅力。

“天宫一号”承载着航天人的蓝色梦想驻扎太空，让我们静候“神八、神九、神十”在空间站对接的那一刻。假如在未来的太空有颗最亮的星，那就是中国的航天人用不同的心铸就的行星；假如在未来的太空有条通往地球的路，那就是中国的航天人用不同的心铸就的一条心路！

永不枯萎的教育独白

当我用素心守望教育的流年，你却用身姿镌刻信念与爱的教育独白。当这段独白震撼矫情、抖落尘埃之时，隐藏于现代人复杂经验中的断裂、矛盾和错谬便慢慢脱离浮躁的躯体渐行渐远。我无法说服自己，于是毅然舍弃廉价的抒情，用近乎偏执的真诚静静地解读你。

那天，我正沉浸在一节成功的家常课带来的喜悦中，突然传来了你为救学生而受重伤，致使双腿截肢的消息。于是急忙来到电脑前，点击网页，剥离各种报道中语言缤纷的外壳，还原你短暂踏实的五年教育人生。大眼睛的你满脸朴素，就和我的同事们一样，没有华丽的衣裳，却安于清贫中的奉献。琐碎中谱写教育的欢歌；静默中铸就倔强的希望。你的学生王睿的语文成绩不理想，心情不好，你擦去她的泪水，像妈妈似的说：“孩子，再哭我会心疼的。”就这七个字，让我在共鸣中与你咫尺面对。人各天涯，心系一处的亲切感莫过于此吧。青春的游走中，你用信念和爱的经纬交织，为孩子们撑起了一方心灵栖息的晴空。北京电影学院崔卫平教授说：“你所站立的地方，正是你的中国。你怎么样，中国便怎么样，你光明，中国就不黑暗。”为此，我想说的是：你照亮的不仅仅是我教育生涯中的灰暗，驱除的不仅仅是我在功利面前的虚荣。从此，和你并肩的不仅仅是我和我的同事们。

你在医院接受精心治疗的日子，各种荣誉纷至沓来，网络跟风评价铺天盖地。可我知道，你需要的不是这些，真的不是这些。耀眼的光环承载一种生命精彩的同时，更多的是给人们看的，它迎合的是世俗的目光，补偿的是脆弱的心灵，可昏迷中的你还在强调“先救学生”。临危之际，我知道向后退一步对你的意义，可你义无反顾地冲了出去……多处骨折，大腿两块骨头已经分离……丽莉，这种痛可以延伸，我和同事们落泪了。迷蒙中反思，你有今天的凛然义举，不是偶然的冲动，而是必然的结果，因为你曾经就为保护学生被自行车挂破了裤子。无言披星戴月，不说起早贪黑，点点滴滴流淌在时光里的心血，只有你的学生们在“快救我们老师”的呐喊中，“老师，你要挺住”的呼唤中，“老师，我们盼着您回来上课”的心声中得到了升华，必将以不可抹杀的强劲旋律贮存在史册熠熠生辉。为人师，“青出于蓝而胜于蓝”才是对你最高的奖赏。

咆哮的浪潮过后，留下的是一湖平静。我猜想你心灵的挣扎一定很痛很痛，这种痛别人无法分担，只有随着时间的推移慢慢愈合。诗人食指在《相信未来》里写道：“当蜘蛛网无情地查封了我的炉台，当灰烬的余烟叹息着贫困的悲哀，我依然固执地铺平失望的灰烬，用美丽的雪花写下：相信未来。”

随着阅读的渐进，我看到了“5月14日丽莉血压平稳，停用升压药物；5月15日丽莉停用镇静剂，神志清楚；5月16日丽莉试停呼吸机，自主呼吸；5月17日丽莉拔除气管插管，尽管声音微弱，但可以正常交流……”医务工作者分秒必争地倾力救治，用无数双温暖的大手进行着生命的接力。是啊，最好的医生、最好的医药、最好的医治，拯救的是你的生命，竖起的却是人们心中的丰碑。当国家领导人刘延东拿过一张贺卡送到你的手上时说：“这是我写的一个贺卡，内容是‘大爱无疆，师德楷模，祝丽莉同志早日康复’。我还特别送你一个MP3，这里面有很多好听的歌曲，你感觉疼痛或寂寞时可以听一下，放松身心。请你一定要保重，大家都说你是全国最美的教师。你人长得美，心灵也美，都美。”她近乎家常的诉说，包含着党和国家至善至美的人文关怀。看着她征得医生的同意后亲你的手背，让你叫她姐姐，还要你坚强战胜伤痛的那一刻，理性和感性的渗透中，温暖涌遍全身。当你洋溢着微笑说“谢谢，姐姐”时，亲人般的呵护便永远烙进了你的记忆，也成了我眼里最美的风景。

生命或长或短，虽然你尽早地绽放了精彩，却用血肉践行了新时期的师德内涵。你的美，必将摧毁小我意识里的误解和堕落，让人们对世道和人心有了更见宽阔和美好的理解，引领一代人的精神走向至高。在这样喧嚣的年代，你开启了教育的独白，我们就有责任让它永不枯萎。前赴后继的人群里，依稀走来的——有你的学生，你的同事，关心你的医生，关注你的教师队伍和中华大地千千万万和你一样善良的人们，更有痛苦中坚守爱情诺言“她是我的唯一，我是她的依靠”的那个人。

在尽责中慢慢活

无意中，看到这样一句话——慢慢地活！粗看无意，细想有情……慢慢走，一路的过往蕴含着怎样的精彩；慢慢谈古论今，历代烽火熔炼怎样的时代精华；慢慢想，平凡的沉淀又会升腾怎样的智慧……这于我多少有点缺憾，使自己更趋于安心的话，必须在尽责中慢慢地活。

一段时间的忙碌，麻木地与日出擦肩，看旭日从楼群间跃出耀眼的光芒，我总会拥着一刻的活跃伫立窗前，与时间比赛思维，敲下点点的感触；与落日挥手，看夕阳拉长行人的影子，渐隐在山的那边，我总会携着一天的疲劳加快回家的步伐，与那刻的伤感诀别……灵感撼动着片刻的闲暇。想起弗洛伊德的理论，人总是在追求完美的超我，重塑全新的自我，还本我一个快乐的本质。也许追求的过程有更多的磕磕绊绊，重塑的过程裂变着无数喜怒哀乐的集合，只为蜕变的那刻，本我只有拥着这样的左膀右臂向前走，一刻不停地向前走，才是真正的归宿！

在单位用行动诠释工作，在家中用行动诠释生活，在业余用行动诠释爱好。行动是承载责任的平台，当这份责任沉甸甸地落实在举手投足间，那份看云卷云舒的怡然就会溢出心底，快乐飞翔!

席慕蓉曾在做好教员工作的前提下，让书写诗歌成为习惯，给自己心灵一个安慰。但油画是她的专业，无心插柳柳成荫，就因这份恬淡的宣泄而使《七里香》红遍大江南北。《一颗开花的树》至今我还记忆犹新：如何让你遇见我/在我最美丽的时刻为这/我已在佛前求了五百年/求他让我们结一段尘缘/佛于是把我化作一棵树/长在你必经的路旁/阳光下慎重地开满了花/朵朵都是我前世的盼望……美丽的诗行里潜藏着一种对友谊怎样炙热的渴望。如今的她又再对蒙古高原的呼唤和热烈的追寻写下了《英雄噶尔丹》，折翼之鹰仍是鹰/苍天高处/仍有不屈的雄心……整整100行，如果不是对古烽火的倾听，不是对高原的拥抱，不是对蓝天的解读，哪来如此雄浑与壮丽啊！慢慢地活吧，看她怎样把一方水土用笔墨抛洒。

有朋友问我，最近有没有感悟，我知道我很久没动笔了。于是慢慢梳理积淀的思绪，将那些生活里的舒缓，尖锐，欢笑和眼泪，一点点从指间溢出，朴实的生活总给我谱写浅唱低吟。一份责任面前，我们责无旁贷，当放到自己肩上时，走过起初的喘息，走过一段时间的挣扎，就有了承担责任的习惯。某一天你会发现，自己真的很不错！这种默认不是别人浮夸的吹捧，是从自己内心涌出的自我欣赏与肯定。时间匆匆掠过眼眸，于是学会了在这个年龄慢慢活的真谛!

喜欢静静地支配时间，精雕细刻着走过的脚印，串串重叠，串串蜿蜒，却一直向前。我告诉儿子，成功的门是虚掩的，它只为有勇气的人开启。孩子也平静地说，妈妈，事情本来就那么简单！是的，事情本来就那么简单，是我们落满尘埃的思维模糊了视线。于是，翻开一处处褶皱拍打着，可我终究没回到原始的静谧。

曾经和朋友调侃，我说人人皆是不倒翁。当苦难来临时，不要埋怨环境的恶劣，人情的淡薄，自我的无为……环境只是测算一个人适应能力的张弛，活在这个世上谁也没有义务为你的不快乐买单，你也不是天生的苦命。只有努力地寻求，改变你做事的过程，那就会有迥然不同的结果，积极应对眼前的尴尬无奈，今夜过后就会柳暗花明。“做好自己”不是一句话而已，里面蕴含的责任意识才是最本质的，只有尽职尽责了，你才有说“做好自己”这四个字的资本，也许这样说有点偏激了，可事实如此，只要尊重事实，你就会有这样的思维。慢慢地活，活出一点自己的感悟和个性，在张扬个性的路上提高自己人生的起点。

在与形形色色的人交往中，在做琐琐碎碎的事情中，再看那些洋洋洒洒的文字中……人可以重生的意念一直提醒着我，这样的重生不是生理的再生，而是素质和涵养的获得。重生的快感不会无缘无故降临。只有当你在责任意识催促下，将工作，家庭，爱好等和谐地统一于自身，努力做好工作就找到了充实的根源，真心经营家庭就找到了快乐的根源，在纷乱的尘世兼顾自己爱好的一方晴空，你就找到了精神依托的根源，营造一个属于自我的多元化的精神世界，你就有了自己的制高点，苦难不会击垮你，世俗不会淹没你，荣辱不会制约你，慢慢地活，由衷地说，做自己真好!

人总在不断地咀嚼里才会品尝到七滋八味，青涩有之，恬淡有之，酸辣有之，这些味道制造着你的表情，塑造着你的心情。只有淡然的人才会正确回应着，用自己的成熟和阅历轻描淡写，一笑而过。亲爱的朋友，无论暴风骤雨，还是和风细雨；也无论艳阳高照，还是阴霾厚重，请挺起你的胸膛告诉自己——在尽责中慢慢地活……人生处处皆风景啊!

怀念墨香

开学了，大清早跑步到单位，一种清晨的朝气便侵入肌肤。生命在不经意间充满活力，吐故纳新，便产生了对这一天的期待：我的教学工作更上一个台阶，家人会有好消息告诉我……一种温馨的想法油然而生时，我满足地审视着自己。门房送来几份教学杂志，随手翻阅，淡淡的墨香沁人心脾，好久没有闻过这种味道了。我贪婪地凑近了那些杂志，享受着墨香的甘，那是任何一种顶级的香水都无法比拟的，于是那些墨香在我心里慢慢散开来。

上小学时，每学期发新书，教室里弥漫着墨香的味道。我和小伙伴们雀跃地翻动着崭新的书本，看着那些新鲜的插图，那些崭新的文字，还有似懂非懂的情节。一种期待爬满幼小的心，老师何时才能讲到这里啊，于是盼啊盼，终于讲到这里时并没有自己期待的精彩。就接着往后翻……直到所有的课文被我翻遍，直到所有的墨香淡淡离去，我失望地看着那本书旧了，甚至破了，于是又期待下一次墨香的来临。就在这种期待与贪婪中慢慢长大，但喜爱墨香的初衷却与日俱增。

初中时，没有小学时的张扬，但依然悄悄地闻着墨香。每次书包里装满沉甸甸的书，就在往家飞奔的路上，墨香从书包溢出，随风抚弄着我的鼻翼，心情也和着墨香跳来跳去。愉快的歌儿不时从五音不全的我那里飞出，惹得旁人侧目，是厌恶，是欣赏，是忍受，是折磨，统统顾不上了，我只是独自沉浸在墨香带给我的世界里独舞，直到那些墨香淡了又淡，淡了又淡。我只在墨香弥漫的世界里欢乐地成长，学会了与人争个高低，学会了怎样写出一笔好字，学会了文中主人公的温文尔雅。然后在自己稚嫩的想法里，朦胧地认识这世界。高中时，没有小学和初中时的幼稚，只是用心体会墨香的味道，多了一份从墨香中探寻世界的好奇。一个一个黑色的文字像许多板凳队员等待我的审视和排列，没辜负他们的期待，就在墨香中激发我内心诉说，辩论，调侃的情绪时，我开始写出自己的文字，被容纳，被释放的快感萦绕着我久久不能释怀。

于是我又开始变得贪婪了，那是一个新期待的诞生。图书馆里每期各类杂志我都兼收并蓄。原来我喜欢的墨香不只是一学期来一次了，只要我愿意，我天天可以去闻。直到有一天我的一篇讲演稿也散发着淡淡的墨香，《我的家乡》从此扎根在我心里，什么西瓜啊，软儿梨，鸟语啊，花香啊，我至今能如数家珍，就像看见了一个野丫头肆无忌惮地向我奔来，一种自嘲溢出心底。从那时起，在闻别人的墨香时，也闻着自己文字的墨香。高考时，我的作文仅差一分就是满分了，39分就像一个富有激发力的神物，巍然屹立在我人生的坐标处。看着分数单，我极力地搜寻着记忆深处的那抹馨香，不断地刺激着我的需求，将我从一个个懵懂推向思考。于是这种味道成了我生活的一部分，只要与之为伍，时间就会大段大段地流失，可我无遗憾！

岁月无尽的延绵，大学生活显得相对宽松。图书馆里盘古开天劈开了我的新世界；列国的纷争就像孩子们玩过家家一样演绎着历史；淹没在大江东去的豪情中，看弯弓射大雕的男儿本色；沉浸在《家》《春》《秋》的挣扎里；感动着《红楼梦》里如水的柔情；诉说着中国当时历史现状，愤慨着清政府的无能和卖国求荣的女人眼界，同情着李鸿章那个老头儿所受的夹板气；佩服着中山先生为救国救民将几千年封建历史埋葬的那种潇洒……我陶醉了，一种墨香一种人生，一种墨香一段历史，一种墨香一段心情。

当这种习惯根深蒂固时，我发现自己已经走得很远很远。没有了同龄人的城府，没有了涂脂抹粉的雅致，没有了从一个商场到另一个商场的奔波，我的闲暇全在墨香中溜走。这下我懂得了为什么有人在拉卜楞寺前一坐一个上午地作画，为什么有些人要将一个字写上几十遍，为什么有些人疲于奔波在旅途……那是一种感觉使然，那是一种爱好使然。此时我用理解的眼光看着身边，人为什么活得那么累呢？不要苛求，不要压制，不要让他们的心灵禁锢，这是多么难得。

儿子牙牙学语，我将《幼儿画报》呈现到他面前，让他闻闻味道。每每此时，我也惊讶于自己的强制，要儿子和我一样喜欢墨香。于是笑着对他说，儿子，你喜欢怎么看就怎么看吧。可是孩子会天真地告诉我，妈妈，看见小狗，我就闻见了小狗的味道，看见绿草我就闻见了绿草的味道。于是他钻到我怀里，一口气和着晚风，将他的小杂志在我的帮助下读完。墨香中弥漫着亲情，将我女人的柔情抛洒得淋漓尽致，冲动地看看他水汪汪的大眼睛，亲亲了事。

累了，烦了，心情压抑了，浮躁不堪了，我知道我需要什么了。于是泡一杯茶，放几粒瓜子，慢慢翻开一本崭新的书籍，当墨香溢出时，我就像婴儿闻见了妈妈的奶香，安静了，迫不及待地吮吸着。一种心情，几份遐想在脑际盘旋，心灵的碰撞让我激动地反省着自我的无知，天下本无忧，庸人自扰之。

上课铃声响起，惊扰了我的怀念，那只手还放在扉页，挤压着内心的渴望。我不禁好笑，好一缕清新的墨香，好一个贪婪的女人。

想起一文亭

今晚，安安静静地听着李健的《贝加尔湖畔》，和往常一样浏览一些文章。看到《“非虚构”的真实性与思想性问题》这篇文章时，我迫不及待地通读了一遍。是啊，“非虚构”强调亲历性，但是，这种亲历性，却不幸地沦为了“个人性”。如何克服这样的尴尬，每个人的“消化吸收”功能不一样，沉淀出的感悟就不尽相同。也许是音乐的催化，也许想起了云南的那些日子。一文亭跃入脑海，牵引着思维向前，感动于一文亭一年又一年的警醒，更感动于那位纳西族老太太的取舍。

一文亭建于清朝中叶，原建于古城木家院光碧楼前，相传是一位纳西族老太太募化铜钱，只取一文，积少成多建城此亭，故名一文亭。这是告诫那些不孝的子孙，人老了不可以抛弃，老人自有他们的贡献，或过去或现在或将来。一文亭只是丽江古城黑龙潭公园的景点，但它给后人的启示却是绵延悠长。我窃想，这位纳西族老人当时是怎样的一份悲愤。但她没有想法儿去讨好自己的儿女，而是用行动竖起了人们内心的一座丰碑。不贪婪，不放弃，不纵容，坚守着纳西族人民骨子里的倔强与顽强。太阳可以东升西落，信仰却一直悬挂在他们内心前赴后继。震撼之余，我也检讨着，反省着，认真照下了这张一文亭的照片。

“非虚构”强调亲历，也有一种熟视无睹，时时叩问我的思绪。每天上下班的路上，总是路过一些乞讨的人们。残疾人可以理解，令我不能接受的是围追堵截的孩子和跪地乞讨的老人。正是他们的这些行为，不但麻木和冻结了路人的同情心，同样在那一对膝盖下跪碎了做人的良知和自尊。什么使他们这样风雨无阻地在人们丢下的角票里出卖太阳下的磊落。也许“饱汉不知饿汉饥”，我在做夸夸其谈的文字，可是我不得不谈，由来已久。此刻，我又想起了在香港弥敦道那条繁华而拥挤的大街，两旁林立的高楼大厦，把街道挤成了狭窄的深谷，大商场、小店铺、银行、舞会、各式招牌上的霓虹灯齐放，但给我印象最深的还是那些不停劳作、两鬓斑白的老人。酒店里有他们值班的身影，店铺里有他们送货的身影，大街上有他们做广告的身影……我好奇地问了一位，他说他们的习惯就是这样，自己能养活自己何苦麻烦别人。多么朴素的习惯，却蕴含着做人的不等不靠，我由衷地尊敬这些有良好习惯的老人。同样是老人，给人的心灵体验却大相径庭。有人能承载生生世世的赞誉，因为他们的坚持；有人能诠释人性自爱的颂歌，因为他们的习惯；有人在长久的拿来中丢弃自尊的本我，因为他们的逼仄……我不禁问自己，老人到底应该怎样活?

贝加尔湖畔的旋律依然婉转在耳边，“非虚构”被我涂抹地面目全非，一文亭却在心里越来越清晰。老人，无论何时，不要让自己的内心荒芜。走出自我的哀怜，在时光的雕琢中，雕刻出生命的姿势。一文亭，弥敦道一直在我心里矗立，期盼明日的风雪中少一双瘦骨嶙峋的手。

春天的味道

犁铧篆刻新年的第一笔，春的味道从冬眠的土地喷薄而出；拙笔诠释了新年的开启，春的味道从蛰伏的心灵袅袅升起。

春光里的孩子。

结结实实睡醒那一觉以后，爸爸说春困秋乏。是的，春天的来临彰显着季节的魅力，无论你喜你悲，都会与你同行。春意拉扯着思维，把寂寥与冬一起隐去，人不觉生动起来。

实际从楹联上门，从亲朋好友迈开脚步，从日历翻过二月四日的那刻，人人心里都画上了冬的休止符。季节冲破苍茫，春的气息渐浓，我们都是她的孩子，尽情享受姗姗而来的明媚。

烂漫莫过迎春。

街心花园的迎春花，贪婪于一树的静谧，迟迟不肯露头。在一场洋洋洒洒的春雪催化下，在一场明媚春光的抚慰下，终于成群结伴地挂在了苍凉的枝丫上。正如宋朝诗人梅尧臣的诗句“野岛眠岸有闲意，老树着花无丑枝”。

粉的，黄的，白的迎春花在枝头盎然，朴素地昭示着新年的喜悦。人们悠然萌生了许多念头，难怪“一年之计在于春”呢。妩媚的女人奔走相告，心里的小算盘拨得噼里啪啦，春天红红火火地装进了人们的心里。

春意催促驿动的心。

水鸭子一声啼叫，黄河一失往日粗狂，款款如绅士，但骨子里的傲然依旧慑服着南来北往的客。路边一点嫩芽，窃想：这样的稚嫩能否迎风接雨，能否适应这广袤世界的日新月异？阳光总在风雨后，春芽努力绽放生命历程的精彩。

夕阳的余晖里，渐行渐远的是浮躁，机遇破土的感动，成长的秘密播种在我不惑的年轮上生根发芽。意念的逼仄终于让我在萌发的情怀里偷窥，与之同行中做自己，真好！

春天播种思念。

一辆呼啸而过的列车，载满了为生活折旧的人们。归来的喜悦还在土窝窝里飘荡，春风便催生了离愁。数着日子，喝着小酒，说着醉话，酒不醉人人自醉。我理解了仓央嘉措诗意盎然的兴致，不知归去是何年？在这样的情感缠绵之际，谁又保证自己不是诗人呢？

一个少年用心在草原上吟唱情长路短，勤劳的人们只能用凝眉表白对至亲的不舍。列车在奔驰，他们的心却飞回故里。年迈的双亲还在佝偻着身躯张望，温柔的妻子黯然神伤，失落串成季节的离殇。小儿一声“爸爸，你别走”粉碎了七尺男儿的雄心，去留艰辛。

春天孕育生命，也夹杂苦涩。没有心灵的焦灼煎熬，哪里会有相聚时的欢愉呢？或喜或悲相伴而生，拥着辩证的思维与时间赛跑，原来也是如此幸福！

拔节的愉悦。

一个冬天，儿子忽然帅气十足，四目的对望里我听到了拔节的响亮，不禁窃喜，母爱旋即勃发，窗外的春光越发惹人。儿子身体的需要与精神的渴求围剿了我的惰性，别无选择，围着锅台，围着心灵成了我每日的主旋律。

在书房的明媚里，沉醉于池莉的《怎么爱你也不够》，将惊讶码成文字，和着春风吟唱一首欢歌。如织的人流里，与儿牵手人生路。燕子归时，女人如斯！

红豆起相思。

坐在春光里，任时间从眼眸飞逝。一杯香茗，几粒瓜子，游弋于纳兰容若的诗词，翻几叶沧桑，迎一段波澜。武断地将他的情感劫持而来，还自己等待的心愿。

迷失在喜爱的文字里，不能自拔。王安忆曾作文《写作是孤独的，谁也帮不了谁》，我不完全认同，因为写作也是幸福的，在这样弥漫温馨的春天里写作更是幸福的。回归现实，审视自己，一届草根的荒唐言竟也如此灿烂。学习借鉴，但不迷信权威的态度，终使我折腾得越来越远，在感动中幸福，在幸福中感动。远眺群山，近听《春天的味道》：

啦……

静静看着泥土下第一颗种子发芽

树尖的冰雪融化绽放美丽爱的花

啦……

冷风中隐约飘来春天的味道

宣告着漫长等待就要结束了

天空中的云堆聚成你的微笑

告诉我幸福快来了

啦……

多年前的老歌心头涤荡，春播秋收，汗水交织着燕子的呢喃竞相起舞。这样的时刻，我愿用文字书写心情、阅历和感悟，与岁月一起分享。

车的故事

有时，翻捡日子里的琐碎，总有些感动让我情不自禁。每当看见我家的五辆车——架子车、三轮车、三马子、农用大卡车和小轿车，我就萌生着想说说的冲动。这五辆车，除了本身的用途外，更多地承载着一个农村家庭从贫穷到温饱，从温饱到富裕，从富裕到小康的历史变迁，蕴含着改革开放给一个普通农家带来的实惠与喜悦。

先说说架子车。那是一辆驾辕已被磨得光滑，遍体都透着历史沧桑感的车子，是这五辆车里的老大哥。在生产队里的时候，为了一家人所拥有的半亩薄田，爸爸用它往自留地里送肥料，拉成熟的庄稼，其他大部分时间被用来拉生产队的东西，充当赚取工分的工具。爸爸说这辆架子车在某些时候结束了他肩扛背驮的历史。他有事无事地总爱看着他的"老伙计"，可我不理解也不在意。

随着农村土地承包到户的一声号角争鸣。我家承包了四亩川地和四亩山地，全家人在爸爸的周密计划下，除了上学的弟弟和我，其他人都投入到了紧张而有序的劳动。春播秋收，蔬菜成熟了，瓜果成熟了，菜市场离我家有一段路。爸爸宣布——我们家要买一辆人力三轮车，轻松快捷地把瓜果运送到菜市场。三姐骑着它，每天别提有多神气，毕竟那时候一辆人力三轮车对一个农村家庭来说是一件较高级别的运输工具了。少不更事的我只是图新鲜，还无法体会到由架子车到人力三轮车是一种运输工具的进步。是啊，就是在这种进步中，卖菜的姐姐们总是能早早回家，帮家里做更多的事。没几年，我家承包的山地里果树逐年开始挂果，收成一年好过一年。眼看着硕果累累，人力三轮车已经远远不能满足运输瓜果需要。爸爸总是在饭后满足而有想法地看着三轮车。那年，我长大了，看出爸爸有了新的打算。

从承包的那一天起，我家就在四亩山地种上了各种果树，同时国家还给承包户给了许多优惠和补贴。在果园最美的季节，果花飘香，就像全家人的心情一样，弥漫在果园里，随风诉说着、传播着改革开放的芬芳。爸爸终于又宣布——我们家要买一辆电动的三马子来运送这些瓜果蔬菜。满脸稚气的弟弟驾驶着村上第一辆“三马子”的时候，喜悦和骄傲写在了他这位青年农民的脸上。三马子一突突，我家的所有瓜果都不用太费力就运回家或市场上。有时，热心的弟弟也帮别人家运送东西，乡亲们的感激之情溢于言表。全家人看在眼里，喜在心上。弟弟说有了这辆“宝马”，他就如虎添翼了。他喜欢果树的栽培与修剪，是一位在果园管理方面比较内行的小伙子，他培育出的果子个大且肉质细腻，所以有了三马子他就可以有更多的时间与果树为伴了。我戏弄他说，好马配好鞍，看来你要春风得意，前程似锦了。弟弟腼腆地笑了，微笑里蕴含着更多的打算和期望。

后来，国家免去了农村土地税，这下我家就更轻松了。弟弟说就是让他到再好的地方他都不去。他还被推荐免费学习果树管理与栽培技术，他的果园已经不能满足他施展技能的需求。于是他承包了村里的许多闲置土地，每承包一亩国家补助30元，他的果树种植又上了一个台阶。金秋时节，弟弟做东道主，邀请我们兄弟姐妹六人到他的园子里浪漫一回，吃农家饭，喝普通的茉莉花茶，可我们心里溢出的全是幸福和香甜。随着果园规模的扩大，虽然爸爸的身体慢慢佝偻了，但从他矍铄的目光中，我似乎又有了新的答案。

太多的蔬果，已让三马子忙不过来了。1998年的盛夏，爸爸第三次宣布——我家要买一辆农用大卡车。在鞭炮声中，在乡亲们艳羡的目光中，一辆崭新的农用大卡车开进了村子。弟弟向大家微笑着，宛如一位骑着高头大马的将军衣锦还乡了似的，同姓三叔说：“建军呀，你真行！”弟弟此时却大声说：“国家的政策这么好，处处为咱农民亮着绿灯……才有我今天的好日子！”他这一说让我为之一震。

最近两年，弟弟又买了小轿车，出门就更方便了。春暖花开时，他把八十岁的爸爸送到滨河路，姐妹几个搀扶着看一路风景，我们的心情就和黄河风情线一样绵延亮丽。爸爸腰疼，随时可以坐弟弟的轿车代步。忽然，我懂了弟弟买轿车的目的。

这就是我家的五辆车，车车有故事，辆辆载历史。看着家中封闭式的大瓦房，样样齐全的各类电器，听着弟弟说“姐，买房有困难就给我说一声”的亲情话语……我觉着弟弟已经走到了我这个教师姐姐前面。一次，我们兄弟姐妹七人又陪着年老的爸爸说起这五辆车。我们都知道，一家人与这五辆车有着多么深厚的感情。弟弟说：“只要人勤快，说不准我哪一天还会有第六辆车呢。”此时我窃想，广大农村一定还有拥有六辆、七辆车的家庭。

我家的车一路走来，用自身的变化，证明着变化的时代，那是一种可以忽略但不可抹杀的声音，正在广阔的农村散发着倔强的希望。

行军礼的那一刻

2013年1月4日晚，我又一次邂逅了人生旅途中的百感交集，这来自北京那些素不相识的老兵。当他们在张志超的二姐面前行军礼的那一刻，当他们在即将进入无菌室的张志超面前行军礼的那一刻。共鸣之时，心情和视线一起湿润了。

8点，中央7台军事节目中准时播出专题《请救救老兵》。“甘肃庆阳退伍军人张志超患白血病……”，思维被眼前的一幕幕彻底淹没了。身在浓浓亲情包围中的我，能理解他的二姐发微博时不能被大众关注时的悲凉；身为视儿女为心头肉的千万母亲中的一员，我能感知张志超的妈妈哭喊时的痛彻心扉；对于曾经哺育过小生命的我，能体会张志超的儿子才三个月大就用羊奶喂养时的无奈……当记者的出现给他的生命带来转机时，我慢慢放松了心情，因为这无疑是张志超生命的稻草。

西峰电视台播出老兵张志超的情况后，各地的捐款承载着爱心、期望和体温送到了他的家人手里，庆阳中医院的病房里弥漫着共渡难关的气息。他在记者和二姐的陪同下，来到北京治疗。当治疗费用出现缺口时，那些在北京的老兵出现了，他们用自己的奔走募捐了一笔笔治疗费用。他们站在张志超的病床前说的话，沸腾了我的思绪。“志超，我们都是当过兵的人，我们不怕，这没什么。”“一定要调整好你的心态！”“你好好治疗，我们还会来医院看你……”没有什么高深的理论，字字句句却给人希望和力量。在二姐租来的狭小的地下室里，他们焦急地商量对策，用坚毅铺设着一条生命的绿色通道。当他们看到二姐为给弟弟治病顿顿喝稀饭时，这些昔日绿茵场上摸爬滚打的男子汉流泪了，他们终于抑制不住内心感激，齐刷刷地给二姐敬了一个最崇高的军礼，并说道：“谢谢你救了我们的战友！”这份突如其来的感动击碎了我内心的狭隘。原来当过兵的人都有一种隐形的深情维系着。此刻，我想起了腾讯网“中国人的一天”中《退伍老兵》那满含惜别之情的眼神和不舍的泪水，今天我得到了答案。

在北京，医院为老兵张志超减免了一些费用，一笔笔捐款也纷至沓来，张志超终于可以和配型成功的二姐进手术室了。当他被搀扶着走进无菌室之前，战友们——那些素不相识的退伍老兵们又一次用军礼给他信心和期望，他也用标准的军礼向大家致谢。军人啊军人，你们的默契只有在军礼举起的刹那才会彰显生命无言的精彩。我为你们鼓掌，为老兵张志超加油。我坚信只要坚持，人的生命就会开花结果。因为二姐的坚持，才给了弟弟救治的希望；由于记者的坚持，才给了退伍老兵继续治疗的希望；由于那些退伍老兵们的坚持，才给了自己的战友战胜病魔的希望，坚持中守望奇迹是关心和爱护张志超的人们的信念。

可是命运有时并不按常理出牌。1月9日，从“陇东作家群”里传来“经过多方努力，我们依然没有留住老兵。2013年1月8日8时，在手术前的几分钟老兵张志超因器官衰竭在北京离开了我们。”我有点发懵，怎么会这样？电视上那一幕幕感人的场景又一次不可遏制地浮现在眼前。那位撕心裂肺的张妈妈该怎么办？那位一心扑在弟弟身上的二姐该怎么办？那个三个月大的小婴儿该怎么办？当看到庆阳市民自发组织起来要在第二天的寒风中去接老兵回家时，我的心情极度复杂。心灵的洗礼中我只能用文字表达对他的尊敬，因为在玉树地震救灾的官兵中，曾经有一位甘肃的优秀士兵，他的名字叫——张志超。他曾经用自己的热血温暖过玉树人民，当困难来临时，善良的人们没有忘记他。

生命需要留白和思考，老兵虽然走了，但在救助过程中温暖感人的一幕幕却一直刻在心底。借此说声：“老兵，一路走好！”

她·河南女人·大姐

她，身材矮小，穿着朴素，没有过多的语言；她，拥有对工作的诚信和生活无尽的微笑；她，是一位河南女人，在我所居住的小区收废品。

认识她是一次偶然。2008年年关将近，我把家里的垃圾全都整理出来，寒风中去找收废品的人，在小区门口找到了她——一个瘦弱的小个子女人。她手里不停地整理着刚收来的废品，看我过来，她热情地招呼着，要我把家里的地址告诉她，等忙完手里的活就来。冷飕飕的风不停吹着，我匆匆回家了。看着堆放在门口的废纸，旧杂志书本，饮料瓶……心里巴不得她赶快来。随着门铃声传来了一声“我来了”，那浓重的河南口音。我赶忙开了门，让她进来装。她笑着说，不进了，把地踩脏了你又该麻烦了，就在门口装。想到外面冷，我又让了一次，她坚持不进来。于是我把所有的废品都送到了门外。她要我把门关上，等她分好了再叫我。十几分钟后，她把那一大堆垃圾收拾得清清楚楚。她依次告诉我，这是废书本，这是废报纸，这是废纸盒……看她分得井然有序，我不禁惊讶。我原想的是等她装好了，给多少算多少。这时她一样一样给我付钱，算得清清楚楚。忽然，我觉得我的一大堆垃圾在她的拨弄下有了价值。整整29.80元，可她最后给我三十元，硬是不让我给她找那两毛钱。这出乎我的预料，我想着收废品的都爱占小便宜，可是现在我却欠了她一份小小的人情。就在我还疑惑时，她把手机号码告诉我，下次要是还有废品，要我打电话好了，因为现在大家都很忙。

我对她由好感转换成了好奇，看来她把收废品当自己的事业来做。要是我们平常对待自己的工作也这样一丝不苟，处处替他人着想，少一分指责，多一分理解，那我们的付出还怕得不到别人的承认吗？心里想着，这个河南女人还行。

似乎那年的冬天有着下不完的雪，天气格外清冷。那天下班，迎着凛冽的寒风，顶着直钻衣领的雪花，我进了小区的院子。我老远看着一大堆包装箱盒子在挪动，慢慢我看清了，原来是那个河南女人背着大出自己身体好几倍的折叠的盒子在风雪中走，一口口白气带着喘息，但还是那么均匀地前行。我打招呼道，师傅，下这么大雪还出来。她说没事儿，这几天大家都收拾房子，垃圾废品比较多，不能错过这个时机。老头子回老家了，今年我就不回去了，来回挺花钱的。我帮她放下那堆纸盒子，她接着说道，他回去还能帮家里干点重活，我就留到这里了。不知为什么，我心里忽然挺难过的，人有时候为了生活，也应该学会放弃一些东西和忍受一些寂寞，她在风雪中的那份执着在我心里扎下了根。除夕夜，我给她发了一条短信。

季节变换，转眼到了炎热的夏季。晚饭后散步，看见河南女人在自由市场的一角忙碌着，她的三轮车上装得满满当当，脸上挂着微笑，在晚霞的映照下，那么灿烂。我情不自禁地走过去打招呼，今天看来不错，看把你高兴的。她停下手里的活，不紧不慢地说，今天家里来电话了，我大儿考上了西南交通大学。我一听，这不是全国重点大学之一吗？她接着说，小儿上高一，全班排名第二，两个孩儿都挺争气。我太惊讶了，就这样一个普通收废品的女人，她竟然有那么好的孩子。我嘴里说着祝福的话，可思想已经不知去向了。人常说“母慈子孝”，现在我还想说“母强子不弱呀”，心想这个河南女人挺了不起的。看着她蹬三轮远去的身影，我心里却唱响了一首人性的赞歌。她用自己的行动告诉孩子做人的道理，无论你干什么都要认真去做，只有认真做了，成功与否都不会遗憾。

从此以后，我常看见她总是满载而归。过了一段时间，看她的身边多了一辆电动三轮。我半开玩笑地说道，大姐，看来你鸟枪换炮了。她笑笑说，今年不错，除了留够孩子们上学的钱，我买了一辆电动三轮，这样老头子去收废品时就不吃力了。我又一次被她感动了，她不但吃苦耐劳，还将自己辛勤的劳动化成了对家人的爱，这种爱没有甜言蜜语，但却像大山一样看得见，摸得着。心想这个河南女人真好，看来她人小心不小啊！陆陆续续地我知道了她的许多喜讯，她家盖起了小二楼，她的小儿子考取了郑州大学，她的小叔子来帮她做事，她又多出了一辆电动三轮，她要开一个固定的店面……

从她身上我看到了做人的原则，也看到了做事的原则。当人们竭力寻找那些成功女性时，也许榜样就在身边，只是我们的目光太高远，我们的思维太定式，我们的语言太苛刻。每天，每天，这个河南女人就在不断积累的废品中书写自己的人生，微笑是她送给世界的语言，理解是她和人交往的桥梁，诚信是她前行的铺路石，顽强是她和命运抗争的武器，容忍是她接纳世界的怀抱。她还是她，可她却将我送进了踌躇满志的世界。我喜欢看她工作时的投入，我喜欢听她带浓重河南味的普通话，也喜欢看她收获时的微笑。因为她带给我的启示是她永远无法知晓和理解的，我却固执地被她感染着、鼓励着，在自己的轨道上奔跑、拼搏。

今天天气很好，看她走来了，一身干净的蓝色工作服。我上前打招呼："大姐，忙呢。"不知何时，已改口叫她大姐了。生活就这样继续着，这位河南女人做着平凡的事，做着平凡的人，但她却用行动奏出属于她的最强音，愉悦着自己，也愉悦着他人。

年是什么味

今年我居住的小区禁放烟花爆竹，少了一份往年孩子们因放炮惊讶嬉闹的声音。虽然耳畔没有炮声，但不期的际遇却丝丝缕缕沉积着。当它们在我思维里发酵得浓浓的，直到无法承受时，我就在心里默默追问，年是什么味！细细把玩，岁月里的暖扩散开来，缓缓流淌。

一

2014年1月8日，朋友发来短信："嗨，今天记得熬腊八粥，过了腊八就是年……”被工作冲淡的思维一下活跃起来，我才发现2014年的1月8日和农历的腊月初八是同步的。母亲在世时，这样的日子里，她总是在大清早就熬好一锅稠稠的腊八粥，天还没亮，就叫我们兄弟姐妹起床了。她边给我们往碗里舀粥边念叨：五谷熬粥，来年大丰收；没睡醒就喝，糊里糊涂地喝完过日子，心里舒坦。当时，对母亲的前半句我认同，但是后半句我怎么也不明白。随着年龄的增大和阅历的加深，我意识到：原来“难得糊涂”也是做人的一种境界。农村有句老话：“老子不离世，儿子长不大。”今天，母亲走了，我也做了母亲，我该长大了。一下班赶紧到粮店买了米、豆子、莲子等，我要细细地为儿子熬腊八粥。当粥香满屋时，我明白了：原来腊八粥里全是浓浓的爱和思念的味道。

二

2014年1月18日，同事的母亲生病了，我和另外几个同事一起去看望。当我看到老人家时，比以前苍老了许多，脖子上缠着做过手术后的白纱布，与布满皱纹的脸形成了鲜明的对比，一明一暗间我有点眼热。只听她低声说：“我这病把我的娃拖累的，她在病房里急得一头汗一头汗的。当听到我的手术做成后，她快50岁的人就和小孩子一样高兴地跳起来了……今天都腊月十八了，我过上一半天到我小儿子家里去，让她把房子收拾收拾也好过年。”过年，这个词重重地敲在了我的心坎上。这就是我们的老人，无论贫病疾苦，他们的心里总做着为儿女过年的打算，一年又一年，或盼或说或念，眼神里从没间断过那一线长长的牵挂的味道。

三

2014年1月20日，弟弟来电话了。他说家里留了一些花心萝卜，绝对的绿色食品，过年家里来人拌个凉菜挺好的。他让我抽空去拿，要是没时间就送过来。我嘴里答应着，脑子里却又一次被过年占据。弟弟的花心萝卜内心紫红紫红，水汪汪的，咬一口又脆又甜，就像弟弟待人接物的味道。那是他每年特意为我们在外面工作的兄弟姐妹们种的。我仿佛看到他风里来雨里去的身影不知疲倦地劳作，当花心萝卜出苗时，他怎样细心地浇水、施肥……虽然累但快乐着。

温暖突然来袭，简单、满足此刻不由分说心里疯长着、散发着亲情的味道。

四

2014年1月21日，闺蜜打来电话，问我房子收拾了没，该洗的都洗了没。我告诉她，还没过腊月二十三，急什么呢。她说今年要回老家过年，所以早早把家里收拾完了，走的时候心里就舒服了。随着她的话音，我又被包裹在过年的心情里。过年，无论你走得多远，总有一个回家的声音在轻唤。因为家里有日渐苍老的爸妈，有久别的同学，有儿时的玩伴，有与心跳相随相生的乡音……与父母能团聚的儿女就不是断线的风筝；与同学倾心相聚，吹牛时就有了听众；与儿时的玩伴有一句没一句地暄关，就有扯不完的童年糗事；乡音回荡的高低起伏中，人立马接了地气。年就在大家平安健康的心满意足中画上句号，然后“車走車路，马走马路”，投入新一轮的心灵漂泊，积攒来年情感回归的味道。

五

马上就到小年了，我似乎还没有做好要过年的准备，但年确确实实已经来了。在阳光明媚的下午，我信步走着看着，西部市场早已人山人海。水果批发摊点顾客讨价还价，肉食摊点的老板满面笑容地给客人介绍，十元店里传来洪亮的录音：“十元买不了上当，十元也买不了吃亏。十元十元，只要十元。走过不要错过，送福到你家，祝你马到成功!”这一通广告词，一下喊活了我的心思，也喊活了时光。我情不自禁地走进十元店，瓷实鲜亮的平安结，栩栩如生的鲤鱼跳龙门，造型各异的“福”字……置身一片火红火红的海洋，内心燃烧着渴望，我贪婪地吮吸着红红火火的生命蓬勃前行的味道。

柔和的灯光下，儿子手机里传出了一串说唱：小孩小孩你别馋，腊八粥，喝几天；哩哩啦啦二十三，二十三糖瓜儿粘；二十四扫房日……随着这些说唱词，我理解了，无论时代怎么变，我们的骨脉始终不会变。因为这样的歌谣，我爷爷奶奶听过，我爸妈听过，我和老公听过，现在我的儿子也在听。此刻，我不再思考年是什么味，却毅然起身稳健地迈进马年的门槛。我认真地对自己说：好好过年，过完年好好过日子。

倾听花开的声音

伴着年末岁尾的钟声，暂且收回卧游于文字中的思维，览胜癸巳的点滴过往，踏波逐浪的脚步以倒计时的方式对接马到成功的来年。一点儿窃喜，一点儿惆怅，一点儿调侃……其实，在流风余韵的此起彼伏中，你在倾听，倾听时光里花开的声音。

头顶蓝天，你的内心更明亮。

记得在12月12日，你带着奔聚心头的感悟写下了自己的心情："冬日，西固的午后，天蓝蓝的，亮亮的，阳光耀眼。每次路过小区大妈大爷晒太阳的地方，我多想搬个小板凳坐在旁边，静静地听他们聊天，看嬉戏玩闹的孩子们，让思绪飞舞在暖暖的时光里，如此便好！"那时候，你心里装满了感恩。因为有了这样的好天气，教室里的孩子们再没有往年接二连三的咳嗽声，红润的小脸仰望着你，齐刷刷的，一个也不少，朗朗的读书声，传递着生命跳跃的讯息。于是，你拉起温暖的小手，和他们谈论万圣节、中秋节、春节……你看到了一双双灵性的翅膀在张开。你也忽然想起在阳光下和其他老人一起打牌的老父亲，这缕阳光是否也在他身边停留过。眺望季节的轮回，你禁不住扼腕为头顶的蓝天喝彩。

相约花季，你的生命更鲜活。

看完绘本《牵着蜗牛去散步》的一刹那，你的境界就在蜗牛的"慢"中展开了。面对纯真的笑脸和稚嫩的眼神，你学会了善待那些慢孩子，他们才是你生命中遇到的贵人，帮你完善思维，催你心智成熟，教你怎样在慢时光里感悟身边的风景。你的心河中有一种流动的思想和精神，爱心在那里静静发芽。俯瞰"处处皆教育"的校园，把现实世界和思想世界转化为自己的心灵世界，让你的教育行为有了硬度有色彩，真正为孩子们撑起了一片心灵栖息的绿荫，与他们一起在那片绿荫下撒欢儿，打滚儿。你真正体会到了“我心安处是幸福”的妙不可言。用生命温暖生命，涌动在骨子里的激越，催促孩子们迈向春天的脚步，时光为每个孩子洞开了一扇小门，那里是他们的桃花源。一丝绚烂掠过，你的生命顿时鲜活。

结伴同行，你的思想在发芽。

每到星期五，国学一班的孩子们簇拥着你游走于传统文化，造访琴弦古韵，聆听笛声悠扬。你一边扯着现实的衣袖，一边延伸亘古的学说。《弟子规》的诵读中，孩子们的身子越来越直了，脚步越来越稳了。他们的分享中，出现了“捡起一片废纸，净化你我家园”的环保小天使；出现了“幼吾幼以及人之幼，老吾老以及人之老”的小小志愿者；出现了“亲有疾，药先尝”的小孝星……点点变化，诉说着可以触摸的感动。“固本求真”在这些小家伙身上得到了践行，扎根传统文化，就有了立足的根本，源源不断的营养强健着孩子们的筋骨；游走于传统文化，学做真事真人，将与现实相悖的虚无彻底抛弃。于是楼道里，你总能听到这样的声音：“老师，您需要我帮忙吗”“你好，你需要我帮忙吗”？就这样简单的询问，一下子让你的思想发芽。有这样的职业真好，有这样的孩子真好。

携手文字，你的心灵在飞翔。

你拥有敏感的神经，便注定与文字相牵一世，种植流泪的幸福。浸泡于亲情，你写，因为你爱你的家人，更喜欢他们带给你的温暖和包容。于是，你每天睡醒的第一件事不是睁眼，而是祈祷，祈祷家人健康平安。游走于友情，你写，因为你爱你的朋友，更喜欢他们带给你是非曲直里的酣畅淋漓。于是，你每次出门总不忘给他们带点小礼物，不在于礼物的贵贱，而在于牵挂的无价。沉湎于爱情，你写，因为你喜欢身边这个与你相濡以沫的人，正是他的默默无闻，才给了你一份内心的安逸。于是，你每次回家，总不忘为他点亮一盏灯，有他有儿有你，你的内心就有了家。时时有感动，处处显真情，你总是写。与文字携手处，你便会让心灵小憩或远游，将生命深处的呼唤化作灵性的文字，挨挨挤挤地跳跃着，欢呼着，快乐着。

亲爱的自己，小龙腾挪处旧历风化，你一步一个脚印地走出了精彩；骏马嘶鸣中新年开启，你又一次站在了过往的肩上。你懂得了，有本事就做点大事，没本事就做点小事，但千万不可以不做事。因为生命就是渗透在你做的大大小小的事情中慢慢隐向红尘。爱因斯坦曾说：“人有两种活法，一种是你活着，好像什么奇迹都没有；一种是你活着，好像每一件事情都是一个奇迹。”你该选择哪一种呢？因为倾听花开的声音不只是春天的诗，也是夏天的词，秋天的歌，冬天的赋。祝福，也许惊讶就在下一个路口等你。

土　缘

我家住在西固，我便与西固这块土地结下了不解之缘。洋芋，长在这片土地上，我也与年年岁岁在餐桌上相伴的洋芋结下了不解之缘。洋芋属一年生草本，又称土豆、山药蛋等。它是人们重要的粮食、蔬菜，也是人们热衷的餐桌食物。看着它在泥土里静卧，努力地吮吸着大地的营养，然后以饱满和圆润示人，于是“土缘”就在我的思维里定格了。正因为立足大地，与土地结缘，我们才有了和洋芋一样沉稳而又不卑不亢的性格。

为什么把它叫洋芋呢，爸爸说这里面有个典故。古代两军开战，一方把另一方逼到了山上，想着将对方困死在山里。谁知道被困的将士们在山地里挖出来一种圆圆的作物，用火烧了吃起来很可口。这不仅养活了兵马，还让他们精神百倍，于是他们一鼓作气冲下山去，在对方毫无防备的情况下一举取得胜利。被困一方的将士们为了让这种食物传下来，就给它起名“养余”。意思是说：这种食物不仅养活了将士，还剩下了许多以备后用。后来，在人们的称谓中慢慢把它演变成了“洋芋”，品种也日渐繁多，有红皮的和白皮的。爸爸还告诉我，我家能在西固区居住，也与洋芋有着千丝万缕的联系。原来我家在树屏村，1962年自然灾害时，爷爷跑到西固区梁家湾村人们挖过洋芋的地里，捡拾一些被村里人扔掉的有伤的洋芋或者是遗漏在土里的小洋芋，然后背回家做成洋芋糊糊勉强度日。后来，爷爷渐渐和梁家湾村的人们熟悉了，于是他打算举家迁到西固区的梁家湾村。经过许多周折，爷爷终于把这件事办成了，并且在村子后面的山上开辟了很多荒地，种了大片大片的洋芋。虽然那时生活还很困难，可我家里的日子却慢慢好转了，因为每年爷爷和爸爸种下的洋芋要挖五千多斤。虽然吃饭时白面少得可怜，但是比起饿肚子的人们，我的家人已经很满足了。正因为丰收的洋芋，家里还养了许多牲畜，耕地有了骡子，过年还能宰一头年猪，平常用多余的小洋芋喂养了一些鸡，还能吃到鸡蛋……就这样，洋芋就像是一根救命的稻草，让我家人过上了能吃饱肚子的日子。

从我记事的时候，每当寒露过后就是挖洋芋的时节。一到洋芋地里，哥哥先用土疙瘩垒出一个大土灶，然后下面用柴草烧，直到那些土疙瘩烧得红红的，他就把从地里挖出来的不大不小的洋芋一层一层地铺在土灶里，把烧红的土疙瘩捣碎覆盖在洋芋上，再用土掩埋这个土灶，一丝缝隙也不留。接着我们就开始挖洋芋了，我喜欢看着兄弟姐妹们挖出一个个大洋芋时的兴奋，我更喜欢跟在他们后面捡拾，一筐接一筐，一麻袋接一麻袋，立在潮湿的土地里，远远望去，真像整装待发的士兵一样。临近中午，哥哥烧在土炉子里的洋芋也快熟了。当我们休息时，哥哥一点点地刨去覆盖在土灶里的黄土，随着他动作的深入，一股被烧熟的洋芋味就慢慢扩散开来，那种清香越来越浓，让人迫不及待。第一个烧熟的洋芋被拿出来时，姐妹们你争我夺，好不热闹。当大部分烧熟的洋芋被一一取出后，大家的兴致一下子落在了品尝洋芋上。我们静静地坐在土地上吃着、说着、笑着，艰难的日子就在一刹那鲜活了起来。

现在，虽然生活条件好了，可是人们热爱洋芋的情结却一点也没变。餐桌上，只要有洋芋做的菜，心里就踏实了。土缘有时候让人不可思议，但它却牢固地存在着，并维系着人们的传承和性格。看看那些小孩子，一到餐馆点的第一个菜总是“青椒土豆丝”；到西固俱乐部的人，手里总是提着一些“油炸洋芋片”或者沾满红辣椒的“油炸洋芋块”；早餐店里，专门有做洋芋角角的……人们边走边吃边喧，在快节奏的时光里，暂且过把慢生活，将惬意全都寄托到了一包洋芋食品上。人们离不开洋芋，而洋芋因人们的喜爱身价与一些时令蔬菜不相上下，可是人们宁愿不吃时令蔬菜，也要买几个洋芋回去，或蒸或煮或炸或炒，将一份踏实融进了每顿饭。

去年，去西固关山的路上，我看到了大片大片的洋芋花儿在开放。有人说：洋芋开花赛牡丹。的确不假，除了花朵小一些外，个个争奇斗艳，煞是美丽。等花儿开完了，土地里便有了小洋芋，一点点地疯长着。兴致所致，冬天一场大雪来临，我突发奇想，煮了一锅洋芋，坐在床上边吃边看着飘落的雪花儿，可我却找不到童年时一家人围坐在炕上吃洋芋的那种感觉了。但是看着眼前炸裂的沙沙的洋芋，我知道洋芋还是那个洋芋，而我已经不是我了。

有你，真好！

当我看完《兰州日报》创刊20周年有奖征文要求，文字挨挨挤挤地从思维深处涌来。我、本土文化、兰州日报、孩子们、身在西固……这些名词似乎一下子有了灵性，它们不容分说地催促着我的指尖敲打键盘，一个温馨的题目“有你，真好！”就这么诞生了。凝目回望，艰辛与收获、失败与成功相伴相生。我也从心底里说一句，《兰州日报》，有你我和我的孩子们真的很好。

作为小学教师，虽然工作忙碌，却没能冲淡我深埋于文字里的情愫，始终坚守“用文字弘扬美好人性”的初衷。2011年的冬天，当参加《小说选刊》的笔会与颁奖典礼时，我从文友口里听得最多的是“兰州的污染最严重”，人文景观，经济发展和环境整治似乎与兰州没关系，难道真是这样吗？作为地道的兰州人，我从心底里觉得委屈。于是我利用一切可以利用的机会给他们讲述兰州的人文特色。我把旧作《碎语兰州》打印出来，让大家从中了解“兰州是唯一一座黄河穿城而过的省会城市，依山傍水，山静水动，有独特而美丽的城市景观。城市建设将丝绸之路文化、黄河文化和民族文化汇集其中……当我捧着《读者》，漫步在滨河路，眼里溢出玫瑰花的浪漫。穿越“天下黄河第一桥”，倾听黄河水车日夜的呢喃。醉闻牛肉面的馨香，远观‘五泉山’张开双臂迎送南来北往的客……”杭州的郑付林律师吃惊地问我，兰州真的这么美吗？我说，是的，主要是因为你们不知道啊。于是“一本书，一条路，一座桥，一座山，一碗面，一朵花”就这样悄悄地被我植入了文友心里。陕西商洛的老作家谷庆书激动地说，一定要走走兰州的滨河路。回到兰州后，我做了一个整体规划，先从身边的地方文化入手，宣传从孩子抓起，让我的学生不仅知道西固是工业城，还要知道西固深厚的文化底蕴，让他们张口就来。

选定了目标，只有日夜兼程。我找来了2010年的《西固区志》，历年的《西固文史资料》，各地史话等，然后从西到东，从南到北的确定了要挖掘的人文景观和地方特色文化13处，从最西边的“达川三江口”到东边的“关山森林公园”。2012年，利用半年的时间走访了这些地方，并及时用文字记录自己的真情实感，然后发到《兰州日报》副刊。最令我感动的事悄悄发生了，每次当稿件发出后，下一周就会被如期刊登出来，我的文字找到了家，这对我无疑是莫大的肯定和鼓励。我需要什么呢，就是让自己的热情持续地催化，《兰州日报》就这样无声地陪伴着我，走过了一程又一程。2012年，我在《兰州日报》副刊共发表散文、随笔和书评16篇。看似平淡的数字，那里却蕴含着《兰州日报》对我的激励，让我克服了日子里的惰性。就因她给了我展示的平台，所以才使我的文字更具说服力和感染力。

当我着手整理这些文字作为我校校本教材的时候，一个很意外的惊喜来临了，兰州市首届优秀校本教材大赛开始了，“天道酬勤”这四个字重重地敲在了我的心坎上。每排好相关的一篇文字，我就小心翼翼地在最后打上“本文刊登于某月某日《兰州日报》”。此刻，我知道《兰州日报》已经走进了我的生活、我的工作和我的孩子们当中。当我的校本教材《身在西固》第一本成型的时候，我忘情地拿在手里，心里热乎乎的。“一分耕耘一分收获”，今年4月，《身在西固》获得首届兰州市优秀校本教材评比二等奖，但我知道这不是我一个人的功劳。

在完成《身在西固》的过程中，我的努力很重要，《兰州日报》的给力很关键。但无论怎样，我要把家乡的人文景观和地方特色种到孩子们心里，给他们的心灵一片栖息的绿荫，让他们从污染和沙尘的弥漫中看见兰州依然有过灿烂和辉煌，让他们走出兰州，走出国门的时候，依然很自豪地说——我是兰州人，足以！是啊，往事并不如烟，情缘弥足珍贵。在与《兰州日报》互动前行的日子里，我会珍惜这份情缘，共同见证兰州的今天，期待兰州的明天。

五月，我邂逅满怀感动

五月，以蓬勃的姿势诉说生命的火热，季节的热情催开一树的槐香。当身后深深浅浅的脚印盛满风雨，我只能淡然面对世俗颜面。无数朴素的日子铸就踏实的生命过往，一个偶然的机会，我邂逅满怀感动。

安安，这个三个月大的男婴，过早地失去了妈妈的怀抱，失去了爸爸坚实的肩膀，更多地承受了不该这个年龄承受的痛苦。当无数个宝宝还在妈妈臂弯里甜蜜微笑时，他却被无奈的父母遗弃在B市的市政府大门口。上班的人们发现他时，生命体征已十分微弱。他带给人们的是惊讶，是不可思议，是无一例外的为之动容。

可怜的孩子被一个很旧的小被子裹着。当打开他的包裹时，惨不忍睹，左边脸部全部溃烂。里面还有一张纸条："B市市政府，今天我们夫妇把心爱的儿子放到这里，真的是万般无奈。我们是偏远山区的农民，不慎被失火的热炕烧伤了一个月大的儿子。我们带着他做了烫伤治疗，可是总也不好，溃烂越来越严重，我们所有的积蓄都花完了。医生说要想治好孩子的烫伤，加上后期的治疗，还需要很多钱，可我们到哪里去找那么多的钱啊。我们只有把他放到这里，希望政府能救救我们的孩子，我们夫妇给你们磕头了！"大家一下子明白了是怎么回事。虽说是一名弃婴，但他特殊的情况牵动了B市市政府的心。一个紧急会议马上召开，市长批示：把孩子送进B市最好的医院接受治疗，全力抢救！

就在孩子接受治疗的时候，市政府与当地民政部门协调，把孩子送进了B市社会福利院，同时积极寻找孩子父母，可是最终也没找到。就这样，他彻底成了一名弃婴，从此他的人生也洞开了别样的一扇窗。

福利院的工作人员看到孩子的模样，一种母性的慈爱在他们心里涤荡。每个人都尽全力照顾这个可怜的孩子，他们多么希望孩子能早点康复。在大家的一致提议下，给孩子起了一个很朴素但又寄托了他们心愿的名字“福安”，希望他能在以后的日子里幸福平安！无论刮风下雨她们都是两人一组带着孩子到医院输液治疗。每次给孩子做完烫伤治疗回来，两个“妈妈”的眼睛总是红红的。

当医生做化脓伤口的处理时，孩子疼得全身颤抖，哭喊导致他嗓子嘶哑。一次次目睹孩子痛苦的挣扎，每个“妈妈”都在经受着心灵的煎熬。他们在安安身上付出的更多了，虽然孩子面目全非，但她们一有空就去抱抱他。安安左边嘴唇变形，喝点水就会漏掉，“妈妈”们用滴管给他喂奶、喂水。有一天安安看着“妈妈”们笑了，虽然那个笑有点变形，却在这些为他日夜担心的“妈妈”们心里掀起了波澜。根据以往的经验，他们知道安安有救了，可以平安度过烧伤带来的煎熬。从雪花飘飞到百花盛开，整整一百个日夜，安安的烧伤溃烂终于治好了。日子在一天天过去，安安也在一天天长大，看着他畸形的面部，大家又流露出了另一种担忧。

福利院会议决定把安安的真实情况上报市民政局，再上报到省民政厅，仅仅两周的时间就有消息了。省民政厅拨款三万余元，给安安进行三期整容治疗。2010年第一场秋雨下过后，8个月的安安和B市社会福利院的两位“妈妈”一起坐着单位的车来到省人民医院烧伤整容科。虽然他的父母没能尽到责任，可是我们的社会，我们的福利机构却在为这些无能为力的父母买单。

第一次整容治疗是从安安的左手开始，首先是食指和中指的矫正。医生全力以赴给孩子进行检查，进行排异反应的实验等等。当医生护士得知安安的特殊身份以后，大家对他关爱有加。有的送来了玩具，有的送来了新衣服，有的还送来了奶粉……陪同安安一同来治疗的福利院工作人员被这种无言感动着。她们说：“安安是不幸的，又是幸运的。他承受了不该承受的苦难，失去了亲人的呵护。可他生在这样的社会，得到的又是一种大爱。”我想，只有亲身经历过的人才会有切身的体会。这种隐形的付出，没有张扬却又结结实实地存在。

2011年4月，春暖花开的时候，安安又一次来到省人民医院做二期整容治疗。看着躺在病床上被全身麻醉的他，我的内心被一种生命顽强的延伸感动着。小小的人儿，小小的生命，需要呵护与理解！需要一种物质做基础！需要一些精神来支撑！作为普通公民我们能给他的少之又少，而他能彰显生命活力的源泉一直是我们的政府和社会。医生从安安的小腹部取下一块皮肤，然后再植到他的脸上……当医生一针一针地缝合时，我知道缝合的不仅是他的小脸，还有他的心灵，长大后他一定是一个懂得感恩的人。

那天，当我来到烧伤整容科住院部的18号病床，那一幕又一次感动了我。陪同安安的一名福利院工作人员正在陪孩子睡午觉，她搂着孩子，胳膊弯曲着放在孩子背后。那种姿势一直保持着……是啊，正是有了他们这样无微不至的照顾，孩子才恢复得十分迅速。他们的付出，远远超过了工作范围，她一下子被我们惊醒了。她告诉我们："孩子才做完手术，一刻也离不开人。别看安安才一岁，可是他很理解人。每当午睡时，他总是安静地睡觉，非常听话。虽然累点，我们很喜欢这个孩子，就和自己的儿子一样。"这就是我们的工作人员，用朴实的言行诠释着爱的内涵。

看着安安欢快地蹬着小腿，我仿佛也被感染了，心情随着他一起舞蹈。工作人员告诉我，安安的左耳朵烧得只剩下一点儿了，这个手术等到五六岁时才可以做，需要从孩子的身体某处取一块软骨做一个耳廓，然后固定起来。这些手术费省民政厅早早地拨付了过来，不够可以再次申请。另一个福利院工作人员说道："我们的政府真地很好！"忽然，一个熟悉的影子在我脑海浮现。温总理站在震后的废墟上，哽咽的话语响遍了中华大地，"乡亲们，你们放心，国家不会忘记你们，人民不会忘记你们"。是啊，安安，你就好好地长大吧，虽然你小，可是国家没有忘记你。

当我再次见到安安时，他的脸部植皮非常成功，圆圆的左眼睛流露着看到世界的喜悦。当我们和他一起玩手动音乐盒时，他认真地倾听着，在他幼小的心灵里，一切都是那么美好。我想有一天，当他发现自己与其他孩子的不同时，他一定会追问自己为什么叫"党福安"。

看着载着安安的车越来越远，晨阳已放射出万道光芒。静默中我若有所思，点点滴滴在鲜活中流淌。忽然想起梅特林克的设想"能像远眺往昔那样，远眺未来”。是啊，往者不可谏，来者犹可追。让我们一起走向众芳之所在，那儿正是百花争妍的家园，迎着春光摇曳的那朵是安安，是我，是你，也是他！

假如十八岁再来

人间五月，淳朴的岷县大地，正彰显着生命的活力，任花草虫鸟恣意，和着洮河日夜诉说的呢喃。挺拔的二郎山听着风儿传递的情话，耐不住寂寞加入了一年一度的花儿盛会。

怀揣无数情歌的姑娘们来了，不摘花魁不罢休的小伙子来了，有过同样经历的小媳妇来了，凑热闹的孩子们来了……这些为“花儿”在心里呐喊的人群中，年逾花甲的巧珍大妈也来了。慈眉善目中透露的是善良，稳健的步伐中透露的是健康。岁月沧桑，依然在她的眼角留下了痕迹，稍有笑意，仿佛木刻般清晰，看着她的明目，我感觉她的身上有故事。我要走进她的心灵，这种欲望那么强烈，一步步走着，一点点想着，一眼眼看着。我读懂了她的心思——假如十八岁再来，假如十八岁再来……那是对逝去岁月的召唤，是对容颜已逝的无奈。更确切地说是她这个年龄女人的渴望，渴望爱与被爱，渴望在花儿中找到一种心理平衡，渴望在年轻人的情歌中找回当年如花似玉的自己，渴望木郎能将她重新在盛开的花儿中迎娶，可是他在哪里，在哪里啊！悔恨自己的任性，悔恨自己的幼稚，悔恨自己将他送上了不归路。花儿的歌声此起彼伏，可是巧珍大妈却趟进了自己记忆的河，那年，那月，那人，那事，不知不觉中，泪已千行。一把，两把，抹了还流，流了再抹，仿佛二郎山的那口清泉，永远有自己唱不完的歌。

你一言，我一语，淳朴的乡亲给了我谜底。每年这时候，巧珍大妈都会将埋藏的感情倾泻，那是对木郎大叔的思念。别无选择，她只能将这份思念随泪滴植入大地，让地下的他慢慢感知花儿的再度盛开，感知巧珍大妈的等待——

假如有来世，我们还来二郎山花儿会，花儿是山间流淌的小溪，你我就是那翩飞的蝴蝶，听到了吗?

那年,巧珍十八岁,随着话花儿盛会的召开,她怀着忐忑与少女的期待和姑娘们结伴来到了约定的山坡。远处悠扬的歌声将姑娘们的视线紧紧捕捉。“像路边的石头啊，一直在等你啊/像河中的树叶啊，想找到你啊/像空中的风筝啊，想看见你啊/我心中的姑娘啊，你在哪里啊/下雨的天气啊，我盼在屋檐下/我心中的姑娘啊，可还记得我吗?”质朴的歌声，深深打动了一位姑娘，她就是巧珍。巧珍自己知道，她的心已经属于这首歌，属于唱歌的那个人，他就是木郎大叔。

经过几轮对唱，细心的人们发现唱歌的人群里少了巧珍和木郎，大家心照不宣，继续着自己的爱情追逐。就在那天，巧珍和木郎结结实实地相爱了。从此洮河见证了他们的爱情，二郎山的草草木木见证了他们的爱情，有情人终成眷属。要是没有那件事，巧珍和木郎就像中国千万对恩爱夫妻一样过自己平凡而又幸福的日子，没有大浪，却很甜蜜。可是，人间的幸福有时老天也会嫉妒。

当木郎得知妻子怀孕后高兴得不知说什么好了，尽自己的最大努力照顾巧珍。有一天巧珍无意间说特别想吃酸的东西，那种让自己周身都酸的感觉，想起来都舒服。说者无心，听者有意。木郎还是一如既往地去采摘中草药，以便多换点钱，为妻子，也为未出世的孩子。

这天，巧珍还是像往常一样给木郎准备好了中午的干粮，叮嘱着将食物和牵挂的心装进了背篓里。她焦灼地回到了房里，是不是昨晚没睡好，咋这么难受呢。干脆躺下再眯一会儿，可是躺下来，就看见木郎的面孔，再加上怀孕，有期待也有不安。这时隔壁三婶来借她家的家什，她只好起来招呼。在三婶的谈话和举动中，她看出了羡慕，感觉到了作为木郎老婆的幸福。三婶走后，她感觉好多了。慢慢地哼着“哥哥是水，妹是鱼，没有水的鱼儿怎么活……”哼着，想着，也为自己的无端烦恼后悔着。可她哪里知道，那也许是女人怀孕时的生理反应，也许还有别的什么预兆。

傍晚时分，飞鸟归巢，小村炊烟袅袅，巧珍早早地准备了晚饭，进进出出地等木郎的归来，就是没有音信。她有点儿坐不住，朝大门外走去。今天人们咋怪怪的，她心里嘀咕着，同时也为自己的瞎想暗笑着。这时三婶来到她跟前，眼光中有点躲闪。巧珍想不就那件家什吗，你用就得了呗。可是巧珍还是有点疑惑，往日说话麻利的三婶今天却吞吞吐吐。她哪里知道，三婶是来给他打预防针的，木郎出事了！

就在大家采集草药的时候，木郎发现了一棵李子树，青涩的李子已经有点微微泛黄,这不正是巧珍想吃的东西吗？他想叫别人来帮忙，可是犹豫了一下，就朝里面最大的一个李子伸出了手，长在小路边的这颗李子树似乎承受不了那样的重量，悲剧就这样发生了，木郎和折断的树枝一起摔下了并不陡峭的山坡。可是就在他掉下去的地方有颗大石头，他不偏不倚重重地撞到了石头上，额头的血流着，他想说什么，可终究没有说出来。带着遗憾，带着巧珍牵挂的心悄无声息地走了。

巧珍似乎从三婶那里感觉到了什么信息，追问着要三婶说实话。三婶未说话，泪已经流下。孩子，你要挺住。木郎他，他出事了。什么，不可能……就在她打断三婶说话的时候，一行人抬着木郎静静地走来了。巧珍忘了自己的身体，忘了自己的生命和呼吸，他奔向木郎。

她瞪大眼睛看着木郎，喊着木郎，木郎，你咋了。可是没有往日那么及时的回应。巧珍轻轻地拉起木郎的手，想放到自己的脸上，可是木郎的手里似乎有样东西，巧珍使劲掰开，原来他手里紧握的是那颗微微泛黄的李子，巧珍顿时明白了一切。木郎，是我害了你，是我……还没等她说完就晕了过去。人们理解了木郎，也理解了巧珍。

巧珍大妈，您儿子回来看您了，快去看看吧！人群中不知谁说了这句话。她忙忙地收起心事，极力地寻找着，远远的儿子向他走来，她似乎看见了当年的木郎。木郎，儿子，儿子，木郎，在他的视线里交替出现着。

就在她转身走向儿子的一瞬间，不知哪位小哥又唱起了“像路边的石头啊，一直在等你啊/像河中的树叶啊，想找到你啊/像空中的风筝啊，想看见你啊/我心中的姑娘啊，你在哪里啊/下雨的天气啊，我盼在屋檐下/我心中的姑娘啊，可还记得我吗?”巧珍大妈回望着，惦记着归来的儿子，更惦记着这首歌。

她的心里也和年轻人一样的热，嘴里念着木郎，木郎，假如十八岁再来……花儿会在二郎山重开。

身边保安的一天

内心深处，我对保安的认识一直很模糊，他们的工作性质似乎与常人不一样，这源于各种媒体的报道。可是，2010年秋季学校分来了两名保安以后，我心里重新树立了保安的清晰形象。与他们朝夕相处的日子里，一点点的敬意越积越多。今天，我只是以一个旁观者的身份说说他们琐碎而又平凡的一天。

初见他们二人，我感觉到的是朴实的外表和默默无闻的性格。每天早上7点10分，他们准时到校，巡视校园内外，对发现的异常及时排查，解除师生的后顾之忧。7点30分，他们全副武装和值周岗的师生一起在校门口迎接到校的学生，微笑总是挂在脸庞。对于调皮的学生他们一遍遍告诫着；对于有问题咨询的家长，他们耐心解答着；对于有事需要帮助的教师及时伸出援手……看似不起眼的小事，却温暖了与之接触的每个人。半个小时就这样在他们和学生、家长、老师的互动中过去了。通过观察，我发现他们虽然一脸轻松，但眼神一刻也不轻松。当我问起时，他俩只是笑笑，我知道这才是他们的职业内涵。8点正，关好学校电子大门，其中一个依然留守大门口，另一个上了教学楼。从一楼开始查看，走廊里有没关掉的灯，随手关闭；有做危险动作的孩子，及时制止；有需要报告的特殊情况，及时反映给学校……事无巨细，学校保安所到之处，总让人心里特别踏实。

8点50分，第一节课下了，他俩依然坚守在校门口，制止想随意出校门的学生；对想进学校的家长进行询问，并和班主任取得联系后，由班主任出面方才允许入内。有时候，个别学生没带学习用品，当家长送到校门口以后，都由他们负责送到孩子所在班级，无论是老师还是学生都十分感激。这种感激化作了孩子们的“谢谢叔叔”和老师们会心的一笑。10点整，正是学生们大课间的活动时间，他们又开始在校园里忙碌了，操场上总有他俩来来往往的身影。等孩子们回教室了，他们开始填写半天日志，总结经验，找出不足，以便第二天做得更好。11点40分，师生放学，他俩一东一西，随时注意着人群中的动静，目送孩子们被家长接走。等他们收拾好离校时，就12点了。

下午他们2点到校，比师生早到20分钟。当学校门口小区业主的私家车来来往往时，他们总是疏散着学生，为司机打开顺利的通道。2点15分开始重复早上的工作内容。晚上放学，等全校师生离校后，做完最后的检查他们才离开。冬天下雪时，他们在雪地里值班；夏天烈日炎炎时，他们在骄阳下值班。

当我问起他们时，一个腼腆地说："都是本职工作没啥好说的，领导吩咐下来的，认真做好就是了。"另一个调侃地说："我们的工作是让师生高高兴兴上学，平平安安回家。"看似朴实的话语，我读到的却是对职业精神的诠释，只是表达得更朴素一些。的确，自从他们来了以后，学校门口比以前更加井然有序，得到师生和家长的一致好评。

日复一日，不急不躁，在他们的生命里已成为一种习惯。他俩把每件小事做得很出色，用自己的实际行动解读了一名学校保安的职责。我窃想：原来保安和普通人一样，只是把遇到的事做得更踏实一些，为他人考虑得更多一些，把自己永远放在为学校师生服务的最前沿。有人说："坚守，成就别样风景。"今天，我懂得了他们的坚守，成就的是学校师生的安全感和幸福感。我也知道学校不能没有他们，新时期校园守护神，他们当之无愧。

四月兰州春正浓

俗话说："春寒不算寒，惊寒得半年"，恰好惊蛰的那天天比较冷，因此，今年兰州的春天来得迟。此刻，南方已姹紫嫣红，可兰州才慢慢退去寒意，迎接春天。四月，挑一个晴朗的日子，我漫步滨河路，静观春意迟迟枝头闹，春风习习当空舞。

沿途的迎春花，在春光的抚慰下，成群结伴地挂在苍凉的枝丫上。正如宋朝诗人梅尧臣的诗句“野岛眠岸有闲意，老树着花无丑枝”，春天终于红红火火地灿烂在兰州人的眼里。黄河边老老少少的人们散步嬉戏，也许童心未泯，也许已被感染，我很快融入恬静的画面中，和大家一起比赛打水漂，谁赢了谁输了似乎并不重要，只为扔出的石片在水面上击出层层涟漪的那一种畅快，朗朗的笑声和迎春花一起挤在枝头绽放。筏子客热情地吆喝着生意，用自己黝黑的皮肤和鼓胀的羊皮筏子勾勒出一道春日别样的风景。

这样的季节，素有“天下黄河第一桥”之称的黄河铁桥，安然横亘与南北两岸，与千万个游客相伴相依，随着照相机、摄影机走遍天下。黄河里的水鸭子扑闪着翅膀做飞翔状，但终未离开水面，耳语着与同伴隐于水中觅食。收回视线不经意间仰望，五颜六色的风筝飞舞在湛蓝的天空。起初还不见风，风筝飞得多了，春风也不知从哪里袭来，与这些精灵当空起舞。“大鹏”展翅翱翔，“喜羊羊带着懒羊羊”，“章鱼”打扮得鲜鲜亮亮地来凑热闹，儿子QQ版的“脸谱”也来招摇过市……这些愉悦着我的视觉。可我最喜欢看放风筝的人，他们的目标专一，时进时退，收放有度，不言不语，一种对外部环境的把握在内心摆渡，终于将自己的风筝稳稳地送上了蓝天。看着他们一脸的惬意，坚定而淡然。我也坐在春光里，和着纳兰容若的诗词，翻几页沧桑，迎一段波澜。其实，生活就像放风筝，在外部环境相同的前提下，需要我们用心收放，用情摆渡！

夕阳的余晖照耀着滨河路，穿梭于匆匆的游人中，远山近水以其厚重和包容让我喧嚣的内心多了一份宁静和温暖。身后的柳枝吐绿，摇曳身姿，将一方时光涂抹成嫩黄，蓦然一种久违的感动在心里萌发。是啊，四月兰州春正浓，春天的味道又一次弥漫在南北两岸，弥漫在穿城而过的黄河，弥漫在兰州人的心里。

闲话马拉松

燕剪春风，上下翻飞时将龙年的春季和夏季缝合得妥帖自然。回望一路的脚印，或默默无闻，或铿锵有声。走过季节更替，我们将又一次迎来兰州国际马拉松赛。这样的时刻，被方方面面的信息点燃的热情总催促着脚步一路向前。

去年6月，我陪儿子看兰州国际马拉松比赛，新鲜和拥挤中领略了马拉松赛的原汁原味。依然记得，那些表演方队的大爷大妈一个个精神抖擞，当一架巡视的飞机飞过时，他们竟然孩童般地仰望呐喊，把积聚的热情抛向蓝天；当大赛在紧张地预备时，那些维持秩序的警察一丝不苟地立在骄阳下，把誓言化成了行动；当运动员们紧张地跋涉在跑道上时，那些志愿者们及时递水递毛巾，把温暖送给了来自世界各地的健将；当运动员路过观看的群众，大家无论老少，都鼓掌加油……兰州，这个响亮的名字，因滨河马拉松赛道的美丽而享誉国内外；马拉松赛也因兰州的质朴和内涵更具人性的柔美。在这样的互动中，兰州国际马拉松赛因秀美、大气、执着、顽强而永远镌刻在了史册。

转眼将近一年。此刻，在姹紫嫣红的百合公园，我和儿子一同观看了“2012兰州国际马拉松赛暨全国马拉松积分赛体育文化节”的开幕式。骄阳灼人，可一遍遍的彩排在主席台下进行着，年龄大到70多岁的老人，小到2岁多的轮滑幼童，他们没有怨言，只有一脸的汗水，自豪和倔强在迈开的脚步中传递。开幕式上，上演了活力四射的旋风轮滑、聚集了兰州人雄浑的威风锣鼓、整齐划一的少年篮球韵律操、刚柔相济的太极拳等节目。表演结束后，现场进行了有趣的互动。儿子在马拉松赛知识问答中获得了全场的第一份礼物，看着可爱的儿子，我由衷地笑了。此刻我想说的是：面对面，智启智。这不仅来自会场氛围，更来自每个人的心灵体验。彩旗招展，热烈的气氛中群众积极参与互动，更加突出了“全民健身嘉年华、激情活力马拉松”的活动主题。

通过走访一些工作人员，我了解到2012兰州国际马拉松赛线路设在“黄河风情线”沿线，一路景色优美，观光长廊、“生命之源”水景雕塑、黄河母亲雕塑、西游记雕塑、平沙落雁雕塑、百年中山桥、白塔山、黄河音乐喷泉、人与自然广场、龙源、体育公园、水车博览园、春园、秋园、夏园、冬园、绿色公园等沿河景观，这充分展示了魅力新兰州的独一无二，同时也让参赛运动员和各地游客感受黄河文化的博大幽远。

是啊，兰州国际马拉松赛竖起了兰州的口碑，铸就了兰州人心里的丰碑。可是对于更多的人来说，为奔跑的兰州加油呐喊那将是另一场马拉松的开始。夕照的百合公园里依然人声鼎沸，我不仅把目光伸向远方，守望那一月，那一天，那一刻的到来。

谁把流年暗中偷换

10年，20年足以让如花似玉蜕变得香消玉殒，也足以让秀色可餐沦落为残羹冷炙。一种传统的色彩闪耀在大家的脸上，同学中说得最多的一个字就是忙，忙似乎成了生活中万事皆可休的王牌理由。感叹中，我不禁想起苏轼《洞仙歌》中的一句话“……但屈指西风几时来，又不道流年暗中偷换”。

是什么让昔日的意气风发变得世故冷漠，又是什么让昔日的眉飞色舞变得眼眸暗淡。几杯酒下肚，终于让大家走出自己内心沉重的壳，那年那事那人娓娓道来。谁对谁怎么了，谁现在高官厚禄了，谁家长里短了，一种轻松的氛围弥漫在彼此心间。看着茶叶上下翻动在清澈的水里，积蓄在心灵深处的那份美好在你一言我一语的寒暄中闪闪烁烁。

女人的话题总是以家庭孩子为圆心，或大或小地画着自己运行的轨迹。无论你的半径多大，起点就是终点，几多辛劳，一点成就，几份自我欣赏播撒在同心圆上。自己就是那永无停歇的陀螺，从半径小的圆上蹦跶到半径大的圆上，从起点到终点无一例外地诉说着自己的圆满。可是女人们哪里知道，围绕着圆心的同心圆是无穷无尽的，也许直到生命的最后一刻，你还在为没有将某个同心圆画圆满而抱憾吧！我想啊，何不试着做做圆心呢？传统否定着我的想法，但我喜欢这种异想天开。

男人的话题免不了仕途征战，一句句惋惜在推杯换盏中淹没在一饮而尽的酒水里。他们恨不得气吞山河，可是哪里知晓自己就那么大一点点吞吐量。听的最多的一句就是，假如我才二十岁，假如我才三十岁，一定怎么怎么了，就在这种肆无忌惮的调侃中，随着光阴又一次次归于平庸！也许征服世界在任何一个男人心里都曾闪过，无论他多么卑琐，也无论他多么伟岸！因此才出现了统一六国，焚书坑儒的秦始皇；才出现了弯弓射大雕，将自己的铁蹄踏遍中原的忽必烈；才出现了种族灭绝的罪魁祸首希特勒……功过各半中男人的手越攥越紧。电影《卧虎藏龙》里有这样一句很经典的话：当你紧握双手，里面什么也没有；当你打开双手，世界就在你手中。我想说的是，人要懂得放弃，才能在有限的生命里活得充实、饱满！

感慨中同学们让时光倒流。尘埃落定，流年总在每个人的身上雕刻下痕迹。啤酒肚宣扬着自己在官场的浮华，黄脸婆呢喃着生活中的琐碎。扼腕中“cheers”，一份豪迈在不知不觉中张扬。遥想当年的那份纯真，真的不敢相信自己已经是这样的年龄，这样的无可奈何！

谁把流年暗中偷换？的确，流年是世界上最高明的小偷，它不知不觉改变了一切，婴儿慢慢地长成少年，黑发慢慢地变成了白发，激情慢慢地消磨了，无尽的思念也慢慢地淡然。但是，时光可以流逝，岁月可以变迁，不管怎样的沧海桑田，只要我们的心活着，就会有不竭的希望和动力。只要我们无愧于心地努力了，就可以对自己大声地说：“你真棒！”

历史的发展规律永远向前，你我在时代长河中不过沧海一粟。当回首往事的时候，真正让我们感到坦然的会是什么呢？财富，名利，还是其他？答案有如饮水，滋味只有自己最清楚。但是我想，只要那是你真正需要的，只要你为之坚持不悔，自然不会愧对流水一样逝去不复返的年华。

看着满面泛着酒光，感慨失去岁月的同学，我又想起泰戈尔的诗句：“如果你为错过太阳而流泪，你将错过群星”。但人最可怕的就是说的时候心动，说完了根本不动。只有在年复一年的恶性循环中凋零着自己时光的花朵。

记得大学英语老师给我说过一句话——你原本会更出色的！就为这句话，我一直不懈地努力着，好了我觉得会更好，因为更好是永无止境的！也正应了那句话，世上没有最好，只有更好！

大家在激烈的争论中最后达成一致，无论昨天怎样，也无论明天怎样，最能属于自己的，也最好把握的就是今天。抓住今天，让自己的每时每刻都精彩起来！因为我们虽然错过了太阳流泪，但再也不想错过群星了。无论谁把流年暗中偷换，精彩永远在心里绽放。看看你手掌中有无标志着坦途的星纹，但我们一定要用最有毅力的手摘取属于自己的星星！

做个安静的网络人

作为一名文学爱好者，网络让我几多欢喜几多忧。别人理解时欣慰，别人误解时郁闷；有新发现时欣喜，在迷茫时懵懂；获得时满足，失去时遗憾……磕磕绊绊一路走来，慢慢稳定，慢慢成熟。稳定中心生一些想法，成熟中积累了一些认识。网络有其自身的特点，要想扎根网络，游刃有余，就要学会做一个安静的网络人。

每当静坐屏前，我总会习惯性地浏览一些喜欢的文学网站，看着大家对自己文章的评论。言辞间有的委婉，有的直白，有的鼓励，有的问好，就像无数个朋友在和你一起探讨，一起分享，满足之情溢于言表。每每徜徉于文字，我会为读到一篇美文激动好几天，为作者的文笔慨叹，为作者的视野惊讶，也为作者的遣词造句、谋篇布局点赞。与此同时，我也会看见自己的不足，那种感悟只能在心里默念。我窃想，我多像一只跳出井口的娃，贪婪地吮吸着井外的新鲜空气，迅速地抢视着井外的景色，满眼满脑子的灵感就像跳跃的音符，呼之欲出，由衷地说一句——网络真好！

在我的博客中，我可以尽情地诉说喜怒哀乐，小到柴米油盐，大到人生感悟，和大家交流着生活工作的看法和困惑。看见博友的调侃幽默，我忍俊不禁，旁若无人地放声大笑，他们还在那里留言“我家电脑屏幕抖动，原来是你的笑声震动”。在文学网站，看见文友写的小说，我会为主人公的悲欢离合唏嘘，因浮世的沧桑，呼唤着心底的那份执拗，有时连自己也觉得奇怪。看见文友们美轮美奂的散文，那份对美的渴望一点点地从心底溢出，随着他们的文字我低吟浅唱，是满足，是享受，还是一种认可，只有我的心里最清楚。就这样在网络中走走停停，或看，或想，或写，或读，人生的另一种境界不知不觉地植根于我的每个细胞，更加坚定了自己为人处世的原则和生活工作的热情。

每次给文友留言，我静静地抛去那份浮华，用心敲打着理解与欣赏，以至于让有些朋友认为我多么有才华，实际笨拙的我就这样笨拙地享受着自己的网络生活。因为我知道，人活着容易，生活着更不容易。活着，可以苟且偷生；而生活着，就必须有自己的目标，自己的价值观和人生观。通过大量的网络阅读，我深深地感悟到，人生处处是风景，哪怕是衰败的，哪怕是灿烂耀眼的……我们都要学会静静地欣赏与感悟，丰富自己走过的一段路，活跃自己单调的思维，为自身钟爱的文学路加一块砖，添一片瓦，足以！

我也喜欢在QQ上和网友交流，开阔视野，增长见识。有的开朗，有的含蓄，有的幽默，有的憨直。我礼貌地与每个人交往，坦言自己的爱好，好多网友知无不言，言无不尽，给了我很好的启示。烦恼不知不觉在聊天中淡忘了，快乐迅速地蔓延。一幅幅幽默的图片，一张张精美的贺卡，一句句可人的话语，总让人遐想无数，这人是胖是瘦，是高是矮，是什么职业等等。这种想法只在心里闪烁，但我不会问起，我只会安静地和他（她）聊起方方面面的话题，用观念诠释现实，在不断的交流中提高自己。

虽然我不喜欢网络游戏，但我不会说三道四，只是礼貌地拒绝朋友的好意邀请，就像尊重宗教信仰自由一样，我尊重每个和我交往的网络朋友。我知道网络与现实有区别，但网上也应该学会约束自己的情绪，美好的，厌恶的，激动的，愤怒的，毕竟网络也需要修养，网络也需要知识，网络同样需要尊重，这样会赢得越来越多的朋友。

作为一个具备社会责任的人，有自己的工作和生活。但现实里的许多无奈、压力和过来人的劝告，无休止循环往复，平淡得让人窒息，以至于自己的思维定式，思想陈旧的自己也不认识自己。棱角慢慢地被磨平，爱好一点点地被淹没……朋友，这时不妨来网络世界一游，也不失是一种娱乐身心，增速长见识的好去处。但一定要记住做一个安静的网络人，你的安静也会为你的现实世界营造一片宁静的江湖!

写作是一种心情，也是一种责任

通过一段时间的阅读，我发现，好的文学作品对人是一种知识的扩充，一种视野的拓展，一种豪情的激发，一种信念的坚定和一份良知的发现。它能将生活中的阴暗缩小，快乐放大，愉悦情不自禁。为读者营造一份积极向上的心境，从而更好地投入生活、工作和学习。由此我认为，写作对作者而言应是一种心情的释放，更应是为读者服务的一种责任的容纳。

有段时间，因家中有事，心情总不能平静，但又舍不得夜深人静时扑灭心中写作的欲望。于是信马由缰，哀哀怨怨地写些文字。第二天再读总有一种文理不顺的感觉，同时在文字中也夹杂着自己的情绪和烦恼，像这样的文字，要是拿出去，只会给读者带来灰暗的感觉，哪怕点击只有一次，也会对那仅有的一位读者造成心灵的伤害。虽说有些不舍，但我还是毫不犹豫地选择了删除。此时，我深刻地意识到要想写出美文，让读者赏心悦目，作者本身就要有一份宁静的心情和比较充实、美满的生活。只有这样，健康、乐观、自信、向上才会从你的笔端流淌，读者才会从你的文章中受益。任何宗教都是劝化人心向善，我想我们的文学也应该这样，给人以启迪。予人玫瑰，手留余香啊！这才是我参与写作的初衷，违背了这种初衷，心里总有一种愧疚和不安。

有了平稳的心境还不够，还要一份对读者负责任的态度。

那天，我打开网文，仔细地阅读，儿子不知啥时候凑过来，他站在旁边喊道，妈妈，这篇文章里有脏话。我知道那是作者为塑造人物形象的需要，可孩子不知道，一整天都在说这件事。我知道，那句脏话被孩子记住了，无论我给他怎么解释，也消除不了那句话对孩子心灵的腐蚀。由此，我想到了作者的责任。

现在的阅读环境宽松，读者可以接触方方面面的文章。所以营造一个健康的阅读环境不仅是管理者的责任，更是我们每位热衷写作的作者的责任。只有作者这里的关口把好，才能从源头上遏制文学作品反面影响的蔓延。有句老话说得好“学好不容易，学坏一句话”，也就道出了人走下坡路的容易性，尤其是那些年龄偏小的读者，也许把作者作品的本意没理解，反而从有些作品里学到了一些不良习气。把说脏话认为是潇洒，把一身的坏习气当成是个性，这样下去实在有点得不偿失，看那些作品干什么，当初还不如晒晒太阳，让自己稚嫩的骨骼更加健壮。

虽说我人轻言微，但我还是想申明自己的观点，对自己也是一种警醒。

写作，作者的初衷不同，那么对待文学作品的态度也就迥异。有的喜欢写诗歌，从诗歌蕴含的意境中让读者自己去展开想象，或凄美，或哀婉，或豪放。有的喜欢写散文，优美的文笔，蕴含的哲理、亲情、爱情、友情不约而同展现给读者，让读者或奋发，或警醒，或自尊。

这里我主要谈到的是小说，小说从内容上讲是社会生活的缩影，但从文学的角度讲，它又是一种艺术。那么它就要反映社会生活的真实性，又要有一定的美学因素，让人读了有警醒和感悟。警醒来自内容，感悟来自艺术。这种完美的结合如何做得恰到好处，一直是困扰我的问题。

假如过分注重小说的社会性，生活性，为了塑造人物鲜活的性格特点，那就会出现一些人物言行的真实场景，否则人物不死不活的，肯定不能满足读者的阅读愿望。虽说为人不齿，也是一种写作中的不得已。假如注重小说的艺术性，就会让人有种虚无缥缈的感觉，虚构得有点夸张，让人因不现实而失去阅读的兴趣。因此，找准结合点，不失小说的真实性，又能赏心悦目，是我一直追求的目标。

在我阅读的有些小说中，从头到尾充斥着人物的污言秽语，骂娘的有之，侮辱人的脏话有之。不张口则已，一张口就是八字满天飞，让人看得面红耳赤。是啊，人物的形象活了，跃然纸上，可他带给读者的反面影响也就来了，这种反面影响对年龄小的读者更深，对其形成良好的审美观念无疑是一种阻碍，对作品本身蕴含的深远意义也会大打折扣。

鉴于这种情况，我觉得作者应该在塑造人物形象时，尽量少一些脏话，多一些描述，虽说达不到直观的效果，但也不至于给读者造成面红耳赤，心惊肉跳的感觉，让我们的大读者更加奋发，让我们的小读者免受其害，这样作品的本意也会让大家理解，何乐而不为呢?

实际有些作者写作的目的也是为了吸引人们的眼球，为自己创造一种价值，无论是精神的，还是物质的。但也要把握一个度，超过了这个度，必定会对读者有着负面影响。那时候我们还在努力地致力于自己的笔耕，因作品为自己创造的价值而津津乐道时，你还不知道自己已沦落为教唆犯，因有些孩子看了你的作品学会了什么什么，那些家长，那些读者的怨气统统指向了文学作品，致使一些好作品也蒙受不白之冤，对作者无益，对读者无益。

写作对作者来说应该是一种享受，否则你也不会执着地徜徉于文字，那么你的作品带给读者的应该是享受。毕竟文字是有灵性的，它会将你的思想，你的语言完完整整地交付给读者。

也许说起来容易做起来难，我也是纸上谈兵，但看了有些小说里的污言秽语我不得不说，不为别的，只为自己写作的那份心情，也为自己写作的那份责任。

营造一个和谐、健康的阅读环境，人人有责。

终究没开花

天冷了，看着大丽花枯败的叶子停下最后的挣扎，我满怀遗憾地动手做了彻底清理。我的大丽花从夏到秋，从秋到冬终究没有开花。有时候很上心的事却没有按着期许而来，内心多么轰轰烈烈的想象，那毕竟是想象。

2012年初，在去万寿寺的路上，我碰到绿化工人正在播种大丽花，一块块的根茎经过一冬的蛰伏，蓄积了满腹的活力，跃跃欲试，只待着时机成熟，便把一腔的热情，用怒放的生命不折不扣地抛洒给世界。一个工人说："这些大丽花种下去几天就发芽了，皮实得很。到夏秋季节，大朵大朵的大丽花漂亮得很。"也许是阅历所致，也许是我爱胡思乱想。随着她的话语，我心里盛开了一片花的世界。好心的工人送我一块大丽花的根茎，嘱咐我回家后在大盆里种下。

春天了，阳台上暖洋洋的，沐在一地的春光里。我找来一个大花盆，仔细弄来了泥土加了一些肥料，然后小心翼翼地把大丽花的根茎种上埋好，并把花盆放在太阳可以照到的地方。果然没几天，一个个嫩芽破土而出，着实让我欣喜不已。忙碌之余，施肥浇水，这些嫩芽一天一个样，转眼主干上就长满了绿叶。奇怪的是这株大丽花只是往高里长，瘦高瘦高，少了一份壮实，我多了一份担心。看它还往高里长，没办法，我就给它搭了一个花架，撑着他细长的茎叶，唯恐它夭折。老公说，我看这株大丽花不会开花了，他本来就不是在花盆里种的。我不相信，依然每天小心伺候。炎炎夏日，依然没有一个花苞。这和我家曾经在小院里种植过的大丽花截然不同。那时候，在母亲的操持下花园里的大丽花茁壮而富贵。夏天，一个个花苞苞油亮油亮地在枝叶间摇动。忽如一夜，但凡有个花苞开放，从此大丽花就和比赛一样，你开得大我比你还大，你开得鲜艳我比你还鲜艳……小院里满是花儿的清香和色彩。无论哪个乡亲来我家，总不免在院子里对大理花一番褒奖，母亲的皱纹也开了花。遇到刮风下雨，母亲就拿绳子把一簇簇的大理花固定，免得被风刮倒。等风停了，雨住了，再看那些大丽花，红的更红，黄的更黄，粉的更粉，新崭崭地呈现在我们面前。偶尔，有的大丽花被风吹折了，母亲就摘下来给我们玩，伴着花香我喜欢把那些花瓣一片一片揪下来，然后抚摸着，高兴的时候就双手捧起花瓣向空中抛洒，让花瓣落在自己的头上身上，低头看自己的手，全被花汁浸染了，红红的充满了花香。想起了小院里的大丽花，就想起了那些无忧无虑的时光。大丽花在那个年月种下了记忆，也种下了我内心花的世界。此刻，我觉得那些被绿化工人播种在田野里的大丽花，它们是幸运的。

我把大丽花的事告诉了父亲。他说那是因为大丽花的根系没有铺开，吸收不了养分造成的。要想大丽花开得好开得旺，就把它种到院子里，风吹日晒才好。家里以前的大丽花就是这样的。我恍然大悟，是我的自私限制了大丽花的本性，想自己拥有，最终什么也没有。

其实，我们的思想就如蕴含在大丽花根茎中的宝藏。假如种植在豁达的心里，一定会绽放一种超人的力量，春华秋实，生命的精彩就在怒放的那一刹那；假如把它种在狭窄的心里，也会生长，但营养不良，无论外界怎么影响，它终究不会开花，更别说结果了。

八力的天

一路颠簸着，随着支教的队伍我从兰州来到了陇南市宕昌县八力乡。一脚踏进支教的八力九年制学校，思维不可遏制地衍生出莫名的地域特色，十分活跃地游移在山水间，游移在人们或凝重或闲适的表情里，游移在孩子们羞涩而质朴的眼神中……远离喧嚣，水退山显，眼前豁然开朗，与之的心理融合就此拉开序幕。

春天已上路很久，作为宕昌县海拔最高的八力乡，早晚温差大，人们依然穿着棉衣。可天气的寒冷阻挡不了人们在季节变换中春播秋收的脚步。不经意间仰望，天就像一块亮丽的蓝布覆盖着苍茫的山峦，勾勒出油画般的轮廓，护佑这片土地上朴实的乡民。阳光就像被漂洗过一样清丽耀眼，正午时分淋漓尽致地撒播着温暖。当清真寺的古兰经诵读之时，一种虔诚在心底缓缓流淌，心情随之灿烂起来。

清新的空气，随着微风在山间荡漾。我所遇到的孩子和乡民，脸上泛着朴实的高原红，羞涩的一笑间，便把我这外乡人亲切地接纳了。接过他们递给我的饼子，喝着他们送来的热开水，宕昌八力的水土浸润着身心，城市里浮躁的心气就被这简单的“日出而作，日落而息”的模式彻底放牧了。

我好奇地顺着街道慢行，前面牧羊人吆喝着羊群走向他们的觅食之地。八力沿街的很多人家开着小商店，有的卖擀面皮，有的卖日用品，有的卖五金杂货。当我随意走进一家小卖部里，有两间房子，外面一间摆放着小商品，套间里盘着炕，收拾得干净整洁。有两个穿着黑色外衣，裹着黑色头巾的回民奶奶坐在热炕上聊天，虽然她们说的什么我不太明白，但是从她们温润的目光里，我知道她们生活得很惬意。真的想坐在她们身边听听过往，可我终究在猜测中和她们道别了。

捡个暖阳普照的下午，我来到山地里看当地农民挖党参苗子。这是去年秋季栽下来的，经过两个季节的孕育，终于从一两寸长到了七八寸，土地里没有足够的空间和养分让它们继续生长。这些被挖出的苗子接着就要栽种在别的地里，等到秋天才能长成真正可以入药的党参。我忽然觉得，这换来换去的栽种，多像孕育的胎儿换了一个又一个母体，党参生命的升华就是在一块接一块的土地接力赛中完成的。干活的农民一天到晚跪在装有麦草的蛇皮袋子上，刨下一整块土，然后用叉子敲开，从碎了的土里面一根一根地捡拾富有生命力的小党参苗，并且分长短扎成小捆，最后装成一袋一袋的，拿到集市上去卖。我也跪在蛇皮袋子上在主人的指导下挖着党参苗子，泥土的味道带着一股清凉入心，不知不觉手里也整齐地捏了一大把，和大家挖的放在一起不分彼此，我接了地气的身心一下子轻松起来。晚上临收工时，主人还要将没有挖完的部分用扫帚扫去上面的垃圾，然后用一块大塑料把这块地严严实实地盖起来，防止第二天土地受冻后挖不动，或者是避免挖的时候伤到那些幼苗，这种呵护简单而又细致。

晚上待在宿舍里，背靠大山，刮过窗外的风一阵一阵带着肆意的怒吼，瞬间不知去向，幸亏屋内一团炉火正旺。捧一本喜欢的书籍细读，文字从眼前掠过，丝毫没有入眼，因为八力的天在我思维深处交织成了前所未有的画面。虽然这里家家户户都生炉子、填热炕，但天空依然碧蓝如洗。我窃想：看来环境的污染源不在于这些，而是工业污染。只要我们从根本上治理了工业污染，城市的天空也会更加亮丽，让人们内心深处的幸福感油然而生。

此刻，我发现发展与污染似乎是一对孪生兄弟。虽然城市建的厂子多，经济发展得比较快，但不能有力地治污，就会牺牲人们的健康为代价。八力以农耕为主，两山之间没有什么工厂，经济相对单调，但是党参苗子卖了好价钱，依然让他们很富足。整齐的民居，白色搭配棕色勾勒的边幅，非常富有民族特色。忽然清真寺里浑厚的诵经声再次在夜空中响起，又一次提醒我，在这个回民聚居的八力乡，我才是真正的少数。

八力的天，让我看到了纯粹的蓝，看到了“一粒沙尘中包含一方世界，一朵野花中蕴藏一个天堂”的内涵。拥有同一片八力的蓝天，无论回族，还是汉族，是没有任何区别的。

瓢儿飘香

瓢儿，又叫野草莓。

这个季节，八力漫山遍野熟透了的瓢儿在风中摇曳，火红的果实里全是时光酝酿的甘甜与浓香。

放学后，我和朋友漫步在学校对面的山坡上。不知何时，身后就会冒出几个小脑袋，他们质朴可爱，用期待的眼神征求我和朋友的意见。我俩相视一笑，算是对小脑袋们与我们“相遇”的默许，于是我和朋友的路途便沸腾了。

李老师，孙老师，快来啊，这里有一大片瓢儿。这是小朵啰和小哪吒的声音。因为朋友姓李，孩子们管她叫李老师。

孙老师，李老师，这是我帮你们摘的瓢儿，扎成小把好拿。小茹仰起汗涔涔的小脸给我们递过来。

李老师，孙老师，这些瓢儿又大又甜，保证不酸。小霞跑过来，手心里放着几颗红红的瓢儿。

……

我和朋友应接不暇，孩子们黑黑的小手与红红的瓢儿形成鲜明的对比。这些瓢儿的颜色就和朋友给孩子们带来的香包一样火红。六月初，朋友从庆阳过来陪我支教。她的到来，让孩子们像过年一样幸福。因为朋友不仅给每个孩子带来一份庆阳特产——维思特杏肉，还给孩子们每人带来一个庆阳香包。当带有十二生肖图案的香包挂到孩子们脖子上的时候，一份吉祥平安便时刻伴随着他们了。孩子们对比着各自的香包，笑着，闹着，脸上挂着少有的兴奋。走在放学路上，他们把小脸扬得高高的，红红的香包在胸前摇摆着，可爱至极。

孙老师，你想什么呢，你当老鹰好吗？小强喊着，将我从时空中拽回现实。原来朋友组织孩子们玩老鹰捉小鸡，她要当鸡妈妈，我就是老鹰了。碧绿的山坡上，绿草铺地，软绵绵的，我们开始追逐捕捉。孩子们拽着朋友的白色外套在旷野上奔跑……笑声回荡在山谷，小小的身体滚翻在草地上。朋友教他们海底捞月，我教他们大鹏展翅；朋友教他们跳舞，我教他们唱歌。八力的黄昏被我们彻底搅扰得不得安宁，可我的思维却宁静极了，内心的安逸带我登上教育人生幸福的制高点。

蓦然，我又看到了朋友陪孩子们打乒乓球的身影，操场上打沙包时躲闪的身影，在教室给孩子们辅导功课的身影。有人说，物以类聚，人以群分。我曾经去过她工作的福利院，当看到小生命渴求被爱抚的刹那，我从内心重新审视生命的过程。人被需要着，被牵挂着，那才是最幸福的。因为课余，我和朋友总被这些小家伙跟踪，可我们还是毫无察觉，有时突然从林子里探出的小脑袋让人忍俊不禁……不知何时，思想抛锚的我身上扎满了“然然刺”，这些小家伙彻底把我变成了小刺猬，看他们一个个笑得前仰后合，我也将计就计，让这份快乐继续着。

有一天，我有事要回兰州，朋友也要顺路回去。孩子们哭着告诉我，孙老师，你让李老师先别走好吗？可是，事情的突然让我也不知所措。这些傻乎乎的小家伙们知道挽留不住，他们精心做了一些爱心卡送给了我的朋友，哭红的眼里满是留恋和不舍，我的心里也翻动着七滋八味。我想：瓢儿飘香也只是一季啊！

当我回到西固福利一校后，同事们先是惊讶，后是拥抱，接着嘘寒问暖。我一次次眼热，因为他们的真诚与牵挂将我彻底融化了。教学楼里一见到孩子们，他们先是睁大眼睛说——孙老师！然后楼道里就异口同声了，孩子们一起喊着“孙老师，孙老师，孙老师……”我怕影响上课，将他们全都领进教室，可是孩子们还是蜂拥而至，层层包围着我，一个小女孩还钻到我怀里不出来。看着福利一校素雅的“福文化”走廊，看着孩子们干净整洁的穿着，看着孩子们白嫩嫩的小脸，我忽然想到了八力的孩子们，那些脸上还挂着高原红的孩子们，那些漫山遍野打滚的孩子们。这种反差让我的思维慢慢从山里来到城市，碰到家长，他们问我还要不要捐书了，大家会大力支持。尤其是一位七十多岁的爷爷，他每天接孙子看不到我，还一直在猜测我到底去了哪里。行走在教育人生的路途中，我需要什么，这才是对我最高的奖赏。

原来，无论城市还是乡村的孩子，当你走进他们内心的时候，需求是多么相似。孩子们的笑脸在我眼前变换着，眼前模糊时，一束束扎成小把的火红的瓢儿又一次占据了思维。欣赏教育风景的旅途中，飘香的不只是瓢儿和香包，还有孩子们、家长们和同事们的笑脸和牵挂。

此刻，我想说，为人师真好，做支教老师更好，因为瓢儿飘香，我心自知！

无法预约的感动

在我支教的宕昌县八力学校，我邂逅的感动时有发生。有时让我措手不及，有时让我无言以对，有时又让我百感交集……学校“六·一”儿童节活动中，在孩子们歌舞的催化下，我又一次体验了无法预约的感动给我心灵的冲击。有人说：感动是一种品质。那就让我感动着，感恩着，与这些大山深处的孩子们一起走过一段难忘的时光。

作为八力学校庆祝“六·一”儿童节文艺演出的节目主持人，我见证了孩子们所有的表演。虽然没有华丽的新衣裳，但他们却有童心的向往；虽然没有动人的语言，但他们却有表达真爱的勇气。幼儿园大班孩子们的手语《感恩的心》让我懂得珍惜身边的人，身边的事；四年级的舞蹈《我不上你的当》给全场观众诠释了“善良正直才是人类永恒的主题”；五年级的小品《新武松打虎》给大家上了一堂生动的环保课，展现了一个人与自然和谐相处的“绿色家园”……但最让我动容的还是七年级两个小男孩的一曲《父亲》，因为我的内心和他们产生了强烈的共鸣。我想家了，想家里的老父亲。当他俩唱完走下表演场地时，我又邀请他们上台。看着他们脚下的手工布鞋，看着他们洗了又洗的衣裤，看着他们还挂着高原红的脸蛋儿，我只能给他们一个深情地拥抱。我扶着两个孩子的肩膀说出了我的心声。当我出门支教的前一天，我的老父亲告诉我：你是做妈妈的人，你也是当老师的人。你要老师怎么对待你的儿子，那么你到学校就应该怎么对待人家的孩子。我就是背着这份沉甸甸的嘱托踏进了支教的八力学校。当全场的掌声响起时，我模糊着双眼向这两位可爱的孩子送去了我的祝福，谢谢他们带给我的心灵享受。

此刻，望着窗外的夜色，我给心灵洞开另一扇窗。是啊，庆祝“六·一”的活动结束了，但留在我心里的印记愈加清晰，我如是，别人亦如是。福建师大的余文森教授在他的专著《有效教学“十讲”》中谈道：“既促进学生发展又促进教师成长的教学才是有效教学。”那么我想新课程理念倡导下的教育，也应该是学生情感得到发展，教师灵魂得到震撼的双边教育。这样的教育把师生置于一种教育情境中熏陶，在心理共鸣中让彼此思想得到升华，这样的教育才是真教育。

行走在支教的心境中，我感恩遇到这样一群淳朴的孩子，他们给了我重新审视自我的机会。我在尽最大努力教给他们知识，培养他们的情感，提高他们解决问题的能力。但他们却用行动，用眼神一点一点洗涤着我的心灵。我禁不住吟诵小楼的诗歌《我带蜗牛去散步》：上帝给了我一个任务/让我带着蜗牛散步/我不能走得太快/因为蜗牛实在爬得太慢……我恍然大悟/原来，上帝叫蜗牛牵我去散步！因为在支教的路上，我遇到了无法预约的感动，领略到了自己教育人生路上别样的风景！

桥上桥下

桥上，一点清净；桥下，无数繁忙。桥上桥下，清静与繁忙交织，不同的人描画着不同的轨迹。

雪花飘落，移步上桥，忙碌的脚印来来往往。是谁这样匆匆，何去何从？生命的律动在纷乱中唱响。于是，循着这样的节奏放眼桥下，马路上车流涌动，市场里人来人往……雪花洋洋洒洒，恰似薄如蝉翼的幕布，亦梦亦幻亦真实。

拉近视角，路边修鞋的大爷出摊了。他是甘谷人，和老伴儿租住在附近。寒冬，他的鞋摊边围拢着纸板子遮风挡雪；酷暑，他的鞋摊上支起一把大伞遮阳挡雨。每次去修鞋，我总爱看他布满老茧的双手。因为长期劳损，关节变大，指甲变厚。顾客一来，他便从鼻梁上的老花镜后面朝上看看，招呼着坐到凳子上，然后一丝不苟地忙着手里的活儿。那一举动，酷似以前的账房先生，有时让我忍俊不禁。因为他的活儿做得细致结实，老顾客络绎不绝。他和老伴儿就靠摆修鞋摊，供养了五个子女上学，还为三个儿子买了房子，娶了媳妇。我问他为啥没给自己买一套房子，他说等老了就和老伴儿回甘谷，老家里有自己的老房子。我一下找到了修鞋大爷每天安然出摊、没有一丝抱怨的理由。因为他的心有归宿——老家老房子！他的忙碌有价值——儿女的幸福，儿女的幸福就是他的幸福。

转换一下视角，修鞋摊的马路对面，就是自由市场，市场口有一家水果摊，老板是一个中年男子。每天早上他和老婆摆好摊位后，就开始踢毽子，夫妻俩你来我往，那个毽子被牢牢地掌控在他们的脚上，夫妻俩脸上始终挂着微笑。无论刮风下雨，他们的生意却从未曾停下。秋天卖核桃的时候，他们的摊上多了一位帅气的小伙子，认真地帮夫妻俩剥核桃皮。原来这是他们的儿子，在兰州交大上大二了。一家人和和睦睦地干活儿做生意，一种莫言的温馨笼罩着水果摊。客人们你来我往，挑选着中意的水果。其实，人过日子，是苦是甜，是安闲还是忙碌，只要把日子过活了就好。因为日子活了，人的心也就活了。

雪慢慢停了，天桥旁边的小区门口，收废品的女人也开着三马子来了。车一停稳，她马上拿着编织袋子进了小区，边走便打电话，看来已经约好了收废品的时间地点。作为小区的居民，十多年来，我见证了她从三轮车到电动三轮车的过渡。每次收废品，她都能把废书本、废报纸、废纸盒……分得井然有序，然后才称斤两，算得清清楚楚，一大堆垃圾在她的拨弄下有了价值。她还把手机号码留给住户，她说因为现在大家都很忙，有废品招呼一下就行了。有一次，我们聊天时她告诉我，今年不错，除了留够孩子们上学的钱，还买了一辆电动三轮，这样她老头子运送废品时就不吃力了。我被她感动了，她不但吃苦耐劳，还将自己辛勤的劳动化成了对家人的爱，这种爱没有甜言蜜语，但却像大山一样看得见。陆陆续续地我知道了她的许多喜讯，她家盖起了小二楼，她的小儿子考取了郑州大学。目前，当人们竭力寻找那些成功女性时，也许榜样就在身边，只是我们的目光太高远，我们的思维太定式。

每天，桥上时我便观望，桥下我便融入。不同的人书写不同的人生，微笑是他们送给世界的语言，理解是他们走遍世界的桥梁，诚信是他们前行的铺路石，顽强是他们和困难抗争的武器，容忍是他们接纳世界的怀抱。思维从桥下回到桥上，他们依然是他们，可我却被送进了踌躇满志的世界，因为我被桥下的世界固执地感染着。忽然，谁家的音响里传来一支《凡人歌》，“你我皆凡人，身在人世间，终日奔波苦，一刻不得闲……”既然注定是凡人，那就让我以苦为乐，做平凡人的梦，但一定要用行动奏出属于自己的最强音，愉悦自己，也愉悦他人吧！

此刻，我人在桥上，心却已移步桥下。

乡村放歌人

站在金沟乡通往杨家嘴村的公路上极目远眺，层层梯田分明，眼前豁然开阔。我禁不住遥想，山那边还是山吗？山那边还有梯田吗？山那边还有公路吗……山那边的风景就这样被我的思维涂上了不同的色彩。因为我小时候生活在农村，乡村情结一直在心里涤荡，只要稍微有点泥土的催化，想象就会插上翅膀飞得很远很远。金沟作为西固区较偏远的乡村，是我们挖掘教育展览馆和民俗馆史料的重点地区，就这样我们找到了杨家嘴小学的王德元老师做向导。认识了王老师，便认识了乡村教育的脊梁；了解了王老师，便了解了做个大格局老师的意义。因为他的“花儿”唱得非常好，于是我便亲切地称他——乡村放歌人！

有一种人，你只要和他交谈，就能感受到满满的正能量，王德元老师就是这样的人。初识王老师，是在2015年的春节前。因为腊月二十三以后，农村就有进行大扫除过大年的味道了。为了能赶上这样的时机，腊月二十四那天，我们工作组的几个同事一起去了王老师所在的杨家嘴村，在那里见到了王老师，一位淳朴睿智的乡村教师。当给他讲清楚我们的来意后，王老师高兴地说：“筹建西固教育展览馆，这是大好事啊！同道中人，只要我能帮忙的事，你们尽管说，我一定做好!”说这话的时候，他的眼睛笑成了月牙儿。听着他带着河州味的普通话，我心里挺好奇的。于是我便和他聊起了金沟的历史渊源，原来老一辈的金沟人就是从临夏河州迁来的，经过和本地人语言的相互交融，相互渗透，逐渐形成了西固区三大语系之一的南山语系。接着王老师又给我们讲了刘伯温在金沟斩龙脉的传说，生动形象而又符合情理。我们跟随王老师一起走访了金沟乡的大库沱、小库沱和麻家湾。他和大家行走在山路上时，根本就看不出来是六十岁的人，手脚比我们利索多了。他手里拿着一根细棍子，边走边甩边和我们谈论对学生的教育，谈国家发展的大好前景。他说：“教育是个良心活儿，我们当老师的要对得起人家的娃娃!”“对得起”三个字重重地敲在了我的心坎上，和他共鸣的瞬间，我想做老师的只要对得起每个孩子，那他的教育良心就是安闲的，他的教育灵魂就是高尚的。没有高谈阔论，他却把做教师的根本诠释得这么入心入肺，我不仅对这位西固教育界的老前辈肃然起敬。每到一户人家，他都用方言和村里的人说明来意，然后客气地让他们把家里的老旧东西拿出来给我们看一看，挑一挑。当有的人家把什么老旧东西扔了或没保存，他就调侃着给人家说：“农村人不识货，拿上就砸破。”惹得在场的人们哈哈大笑。那天，我们的收获满满。煤油灯、老地契、老课本等装满了车后备厢。走在蜿蜒的山路上，听着王老师清唱的“花儿”，我的幸福指数陡然倍增。就要告别的瞬间，我忽然对王老师的“花儿”有了兴趣。他告诉我他目前编写的内容属于“花儿新唱”，主要以歌颂党的政策和教育为主，我们约定让他给提供一些近年来编写的“花儿新唱”的歌词。他答应了，并在四月份将这份歌词托人送到了工作组。看着他手写的稿子，我仿佛看到了一颗颗文字背后蕴含的灵性，看到了一个个跳跃的音符奏出的欢快旋律，也看到了王老师笑成月牙儿的眼睛。

有一种人，你越接触越喜欢，王老师就属于这种人。虽然他身在小山村任教，可他的思想却在大世界，只因他具备了身为教师的大格局。八月中旬，要为西固民俗文化馆收集一些老旧服饰和农耕工具，同时还要录制一些西固南山语系民谣的需要，我再次踏上了去杨家嘴的路，并在那里见到了早已等候的王德元老师。看到他的一瞬间，我觉得他比以前精神了，一双会说话的眼睛还是那么炯炯有神。他撂下了手里的农活儿，又一次陪我们踏上了挖掘老旧物品的路。走之前他特意给妻子打电话备好中午饭，我们嫌给他家添麻烦就谦让着不要做了。可是王老师却说："我们大家都是老师，在西固教育界我们就是一家人，你们能吃饱喝好干好工作也是我的心愿啊！"就这几句大实话，让我感动得一塌糊涂。忽然，平常侃侃而谈的我一时语塞，我和同事们别无选择地默默接受了他的安排。

当我们录制南山语系的民谣时，他清清嗓子，开始认真地给我们朗读《罗罗谣》和《穷人谣》，委婉温润。也许是他的声音感染了我，也许是歌谣的意境感染了我，忽然昔日的生活场景翻滚着向我袭来。这就是我们西固人昔日的生活，醇厚忍耐而又一路向前。接着王老师又给们唱了一段《穷人谣》的眉户戏，忽高忽低，抑扬顿挫中把大部分农民的昔日生活反映得淋漓尽致。他的唱腔，他的声音，混合着文字内容，让人心生另一种感触。可他最拿手的还是"花儿新唱"，他的唱腔高亢悠远，把我的思维引领得很远很远。他作为我们西固区教师队伍里的一位老教师，能把我这个年龄这么大的学生于无声中熏陶得如痴如醉，那么他所带的班级的孩子们呢。遇到这样的好老师，毋庸置疑是山村孩子们的幸福。

在走村串户中，时间过得很快，我们又一次满载而归。到了向王老师挥手道别的时刻，镜头逐渐拉远，他伫立在层层梯田间，"花儿新唱"在山野里慢慢响起。"花里面好不过白牡丹，人里面好不过少年。教师好比是白牡丹，正遇上儿童与少年。牡丹的责任不一般，恰逢上人生的关键。传道授业者解疑难，把人生的希望点燃。"……就在这一刹那，我知道那已不是他随意的哼唱，而是流淌的心曲。这时，当我再次回眸，这位乡村放歌人的形象在我视线里愈加清晰。他的歌声里有一生的教育梦，也有对西固教育无限美好的憧憬。在金沟乡的公路上放眼望去，我知道山那边的风景到底是什么色彩了。

我的村庄笑了

每次回娘家，我看到村口书写着“梁家湾村”四个大字的门楼牌坊时，心里禁不住漾起别样的情愫。自豪感、归宿感、抑或是被南来北往的客人铭记的认可感，莫名的感情纠葛中，走过门楼牌坊的一瞬间，我便将自己的灵与肉交给了生我养我的这块福地。一声狗吠，一群小孩的嬉闹，婶子大爷的问候……心被温暖包围，我不再是我，而是一个游移在母亲怀抱的孩子。随着时间的推移，这种感觉越来越强烈了。

骨子里渗透着“子不嫌母丑”的古训，我情不自禁地深爱着我的村庄，无论过去还是现在，也无论贫穷还是富有。生活工作的脚步匆匆，当心中的牵挂发酵，发酵得让我无以承受之时，我只能别无选择地回到我的村庄，在慢时光里淘洗疲惫的身心，释放内心的思念，在家长里短里抛掉城市生活带来的冷漠。我笑了，我的村庄也笑了。当我又一次融入川流不息的城市，她却以守望的姿势不悲不喜地横亘于时光的坐标上，在风雨中迎送属于她的每个孩子。

晨曦微露，我的村庄从梦中醒了。正是农忙季节，三马子运送成熟的果蔬。街道上，平坦的石灰路无声地承载着村民的喜怒哀乐。这是近两年修建的村级公路，一改以往下水泛滥的局面。原来的下水在路上流，一到夏天滋生蚊蝇，搅扰着人们夏日的心情；一到阴雨天，满街道的污水给村民的出行带来许多不便。自从把下水从地上改到地下后，这种困惑迎刃而解，一上一下间村民们笑了，梁家湾村笑了。

农村的夜，在我的记忆里一直是黑漆漆的，神秘而空旷，没有月色的夜里，让人有窒息的错觉。可是，有一天我的窒息感荡然无存，一盏盏太阳能路灯照亮了我的村庄，也照亮了人们的心。我特意在老爸那里住了一夜，不为贪恋乡音的温暖，只为看看我的村庄在路灯下的轮廓。夜晚，凉爽的风抚摸着我的身心，前前后后与我为伴，和我的感悟缠绕着缠绕着。我从村东走到村西，又从村西走到村东，仔细铭记着柔和灯光下的树荫、墙角儿。倾听孩子的啼哭和穿越围墙的聊天。一明一暗间村民们笑了，梁家湾村笑了。

农村的人，面朝黄土背朝天，留下的汗水顺着鼓凸的肌肉流到了黄土地里。有朝一日，他们驼背了，他们的腿脚不灵便了……他们的天空就是自家小院那么大，他们的目力所及就是门口来来往往的人们的背影。说起这些，心里有一种村庄衰老的颓废，但这种现实终于改善了。因为村里目前修的健身场所马上要竣工了，老年活动室也有望建成。那天我碰到梁家湾马主任，一个朴实的中年人，蹲在大路旁静静地说："尽力吧，修个健身场所，让人们闲暇时有个去处，让年纪大的人天天可以来这里锻炼一下。"就这么几句话，却让我觉得无比幸福，似乎村庄的幸福就是我的幸福。也难怪，谁让我和我的村庄血脉相通呢。工地上尘土飞扬，一静一动间，村子里的老人们笑了，梁家湾村笑了。

在农村城市化进程中，这些在城市里平常的再也不能平常的设施，对于我的村庄却推进得如此缓慢而艰难。人们安然于宿命的安排，任劳任怨地早出晚归。前不久，一场冰雹将村里的作物打得千疮百孔，看着一点点腐烂的早熟梨，看着遍地的青葡萄，看着即将成熟的六月红……我心疼极了。一个小孩子问："奶奶，谁把老天爷惹了，怎么下这么大的冰蛋蛋?"童言无忌，到底是谁把老天爷惹了，还要我的村庄为之埋单。就在我心里翻江倒海之际，村民朴实的话语却像大禹一样疏通了我心海的泛滥。"不要紧，庄稼打掉了就打掉了，谁也不会饿肚子，只要人没有伤着就好。况且我们随时做好'端不了满碗'的思想准备。"这次我看到的是乐观面对天灾的坦然。透过面临七零八落的庄稼，一成一败间村民们笑了，梁家湾村笑了。

灾难过去了，太阳出来了，我的村庄还和平常一样祥和。因为她的心境没有被现实的浮躁洗劫，她的心房没有被缭乱的世俗蒙尘，她的头脑没有被无休止的欲望蛊惑，她的脚步始终与心灵一起成长，正是这种憨实的成长铸就了中国稳定发展的地基。

我的村庄告诉我，只要我们健康地生活着，用微笑化解一切苦难，该有的都会有，毕竟“中国梦就是咱老百姓的梦”！我从内心想说句——谢谢你，我的村庄我的爱！

孩子，镜子

作为一名小学教师，我接触过的孩子很多，他们是划过记忆的流星，我只能在思绪末端好好安放。但这几天，手里捧着橘子的小芸用她柔弱的身躯和我的思维抗争，声音不大，却真诚地打动了我。

小雪后，天冷了许多。我一踏进学校就像开动的机器，思维在不停地旋转。批作业、上课、业务学习……在这个生满为患的窗口学校，一样活儿接着一样活儿，思维的冲击碰撞只是自己的事。10点，上新课，读课文……一堂课我全身心投入，孩子们你争我夺回答问题，课堂上的时间总是那么短暂，下课铃声响了，有些没有尽兴的小家伙嘟囔着，怎么又下课了。看着孩子们，我没有停下收拾教学用具的手，因为还有下一个班的孩子们等着我。忽然，一个怯生生的声音在叫我，我以为又是哪个顽皮的小家伙。当我抬起头时，一个瘦弱的穿着蓝色羽绒服的小女孩站在讲桌旁，她用双手捧着一个黄黄的橘子，静静地告诉我：孙老师，这是我给你留的橘子。说完用期待的眼神看着我，看着孩子伸直的胳膊和捧着橘子的小手，我心头一热，下意识地停下手里的动作，轻轻拿过她手中的橘子，仔细看了一下。

我认真地告诉她：“小芸，这个橘子看起来很好，一定是你精心挑选的。”小芸露出了微笑。

她羞涩地说：“孙老师，你怎么知道？”

我转动着手里的橘子说：“是这个橘子告诉我的，不信你也问问它呀。”小芸迅速从我手里接过橘子，左看看右看看，一脸迷茫地看着我。

看看时间不早了，我赶紧说道：“小芸，你的心意我领了，只要你一天天进步了，就是给老师最好的礼物，好吗？”小芸满意地点点头，但她没有跑开，一直用眼神把我送出了教室。

其实，当我接到小芸所在的班级时，她的英语学习很不理想，胆小文静，上课爱走神。前天读课文时，我本来要拍拍小芸前面的小女孩，表达我的赞美。可是我走过了座位，无意间拍到了小芸的肩膀。小芸惊讶地看着我，满脸的欣喜，我示意她看课本不要看我。令我意想不到的是，小芸读课文的声音一下子变大了，上课的眼神一直很专注。第二天当我批改作业时，一本写得很漂亮的作业引起我的关注，我想要在课堂上做总结时用，所以看了看名字，原来是小芸，这次该我惊讶了，我问自己怎么会这样，因为她平常写作业不是偷工减料就是粗粗拉拉地完成。当我再次给小芸班上课时，她就像变了个人似的，一直很专心地听课。我看懂了小芸的眼神，她也看懂了我。我告诉她，要是听不清，就搬着凳子坐到前面听课，小芸高兴地坐到了我的眼皮下面。一节课又一节课，小芸始终如一地坚持着。我知道这对一个孩子来说要用多大的毅力啊，可她做到了。我也在课堂上真正地表扬了她，因为她的作业写得很棒，因为她真的进步了。当她把橘子递给我的一瞬间，我知道她还学会了感恩。被人牵挂是幸福的，被一个孩子牵挂更是幸福的，但小芸带给我更多的是反思。

我知道，作为任课教师，我没有像班主任一样关注孩子们心灵的成长，尤其是那些中等生和学困生，我只是用工作的态度和他们来往，多么呆板无奈啊！今天我懂得了，对那些需要关注的孩子付出一点鼓励和微笑，就会把他引到理想的彼岸，激发他内心无限的活力和向上的动力，这远比简单的说教要有效得多。孩子就是教师的镜子，老师一旦走进了孩子们心里，他们就会住到你的心里。此刻，教育的温馨在我内心弥漫，我提醒自己理智一点儿，可今天我真的无法理智。当再次踏进教室，怀揣着一颗感恩的心，我悄悄地告诉小芸——谢谢你！

那位做家谱的老人走了

曾在文字里看过一句话，“有的人，一转身就是一辈子。”有时我会停下阅读，仔细想想这句话的意义；有时会一笑而过。反正过了就过了，真的没有太在意。在我眼里这句话只是能给人心灵触碰的几颗文字，淡然而隐忍。可是，今天走在陈官营城中村逼仄的街道里，这句话却结结实实地划过心头，让我彻头彻尾地领会了这句话的分量，只因那位做家谱的陈家老人走了。一面之缘的言谈里，在秋雨绵绵的季节里我徒有怀念。

兰州的春天总是隐含着说来就来的冷，在这样的冷里，我邂逅了陈家老人，也邂逅了一段温暖感人的时光。2015年3月底，几经周折我找到了西固陈官营的陈家老人那里，他专门负责陈家家谱的编纂和整理。没见到这位老人以前，我一直猜测他是不是和我已经接触的做家谱的老人们一样和蔼可亲。也许他是位精神矍铄的老人，也许是位身材较胖的老人，也许是位侃侃而谈的老人……我就这么武断地和我以前见过的做家谱文化的老人们比对着，寻找着。可是，当我真正见到82岁的陈家老人时，他的老态龙钟让我多了一份担忧。他瘦弱的身躯已经佝偻得很厉害了，青筋暴露的右手紧紧握着一根支撑他走路的拐杖，眼神里流露着倔强和期盼。当我说明来意后，他带我来到他家的阳台。在这里，我看到了几卷卷轴支撑的家谱资料，密密麻麻写满了陈氏家族已逝先人们的名字。在这些家谱资料的下方，他边参考搜集来的资料边一点一点地理着顺序。做这些活儿的时候，他都是先查阅，然后坐在小板凳上展开手下的长卷，再用铅笔写上人名或勾画标记。原来在我脑海里的复制粘贴，在陈家老人这里却变成了这样的版本。他就是用自己的整个身体和心力做着自己想做的事。忽然觉得人要为自己的执着和安心活着，那才是对生命最大的尊重。

随着和他谈论陈氏家谱文化的深入，他不时地站起来给我找复制的陈氏家谱、甘肃省图书馆对他们陈氏家谱的收藏证等。看着他拄着拐杖来回走在屋子和阳台间，我不由自主地去扶他，可是他从我的手里抽出了胳膊。边走边说："不用，不用。"我只能等在阳台上，我没有跟着他，我怕打搅他的思维，怕他忘了该拿的东西……但是，他整理过的东西，总是被他毫不费力地拿出来。然后他就开始给我讲陈氏家族的演变历史，讲陈氏家族有成就的人物，讲为整理陈氏家谱他做的调查研究和走过的山山水水，他一定要做一本最完整的陈氏家谱。此刻，肃然起敬默默在心里升腾。只要你愿意，何时开始做喜欢的事都不晚，年龄真的只是数字而已。

他小心翼翼地打开牛皮纸信封，拿出省图和省档案馆给陈氏家谱的收藏证，翻开一个个红色的收藏证时，他的脸上绽放着被认可的满足。当谈到陈氏祠堂时，他很惋惜地说："破四旧时全部毁掉了。目前在寸土寸金的陈官营，想要一块地皮太难了。要是能争取上，就是沟沟洼洼的地方也好，可是没有啊！"我看出了他内心的渴望，也知道在陈官营这样的城中村要找一块地方盖家祠真是太难了。他接着说："我们一直申请，看能不能行！"他说这句话，也许是给自己留下一些希望和安慰。但是从我内心讲，我真的希望奇迹能发生，因为家祠说小了是一门姓氏文化的维系，说大了其实是对地方人文信仰的一个推广。有了家祠，一个家族的精神漂泊就会止步。年头节下时，这一门的子孙总会带着自己内心的向往来到家祠里转一圈，留下的是疲惫和迷惑，带走的却是虔诚和平静。

我一一把需要的姓氏文化资料给陈家老人说明，并约定在需要的时候来拿这些资料复制或复印，他非常赞同我的意见，并告诉我随时来。四个月与我这个健康人似乎是一晃而过，但这四个月中陈家老人走过了怎样的一段挣扎我却不得而知。七月中旬的兰州，热得让人不知所措。捡一个明朗的日子，我又一次来找陈家老人。他家的具体位置我已经记不清了，禁不住问了一位本村妇女，她告诉我："陈家老人昨天抬埋了！"就这么简单的一句话，足以让我愣怔了半天，抬埋了？怎么会这样呢？那妇女看出了我的不解，她解释道："好像得了治不好的病。"看来我来迟了，为了不打搅他的家人，我暂时回去了。一路的高楼依旧，人流依旧，绿荫依旧，可是我还记得很清楚的那位陈家老人却走了，带着他未完成的心愿走了。我只有在心里默默地说，祝您老人家一路走好！

时间不因人的喜怒哀乐而停止，它不急不慢地流淌着，缔造着属于平常人的生活。数着日子，老人的三七过了，我又一次循着原路来找陈家老人的家人。他家里没人，我只有到邻居那里打问了一些情况，原来陈家老人有个儿子，是开小车的司机。当几经周折找到这个瘦弱的中年男人时，我多少还是有一些顾虑，很多不定的因素在我心里游移。可是在他盖有二楼的小院里，当我说明来意时，他很爽快地说道："你先在楼下等我，我马上就下来。"他提出带我们去他妈妈那里看看老父亲留下的家谱等资料。

他拿着钥匙打开他妈妈家的大门走进堂屋，因为天阴再加透过阳台的是二次采光，屋里比较暗。当他打开灯时，一位老太太从床上起来了。他儿子说："妈，你在家呢，我还以为你没转回来呢?"老太太和儿子一样，非常支持我们的工作。他们翻箱倒柜地给我们找来了陈家家谱的复制本。老太太说，"老头儿在的时候几乎把所有的退休工资都搭进去做这事了。花几万块钱把家谱复制了两大箱子，说只要寻根问祖的人来了就给他们一本，现在还有这么多呢，你们就拿一本去吧！"接过陈家家谱的一刹那，我忽然觉得这不只是一本家谱，还有一种做人做事的执着在里面。我在桌子上搜寻着，我想找到陈家老人的遗像，想给他深深地鞠上一躬，可是我最终没有找到。

老太太听到我说起陈家老人的心愿时，她禁不住一把一把地擦拭着眼泪。她说老头儿得了治不好的病，说走就走了。不过他走的时候很清醒，兰州市主管姓氏文化的领导还特地为他做了悼词，都说他做家谱功德无量，所以走的时候很清醒。陈家儿子也难过地擦着眼泪。我说老爷子一生钟爱做家谱文化，怎么把他未做完的事情做好，怎么把他的心血展示给人们才是我们共同要完成的事情。陈家儿子点点头，他愿意尽自己最大努力和我们配合做好这件事。

留下了联系电话，我告别了陈老太太和他儿子出来了。刚走出不远，电话铃声响起，是陈家儿子打来的。他告诉我，二十一中的陈老师是他的堂兄弟，那里保留着一些老父亲的东西，让我们联系一下看能不能用上。我很欣慰地看看身后，雨点越来越密集了，有这样的结局，也算是给陈家老人一个交代吧。

感恩，在粽香飘飘的六月

写这些文字，我犹豫了两年，腹稿也打了整整两年。儿子在校的时候，我怕有逢迎的嫌疑，所以，一直等到他走进高考考场。那一刻，我想说的话全都排成了队，拥挤着，跳跃着，和着六月的粽香来到了键盘上，让我牵着着儿子的手重新走一遍他在兰州二十八中的学习历程。

儿子生性活泼好动，初中毕业时，班上的有些家长给孩子往硬件设施好的高中报名，教育教学氛围相对活跃。那样的大环境固然好，可根据儿子的性格特点，我选择了规模不大，教学相对安静的兰州二十八中学。因为我坚信，教育不是浪涛澎湃的大江大河，而是润物细无声的小溪。以后的日子里，只因我是妈妈，才对儿子的举手投足那么在乎，对儿子的点滴进步那么欣喜若狂，与儿子架起了母子连心的桥梁。一次次和儿子倾心交谈，一次次把我推到做妈妈的满足与幸福中，我由衷地为儿子能在兰州二十八中上高中窃喜，由衷地为他能遇上二十八中的老师们感到踏实。高一一年，儿子就已经构建了多元化的精神世界，找到了心理支点，回归了学习原点，发现了生活亮点，三点一面，他每天稳稳地站在这个面上，观望自己生存的世界，一点点由青涩走向成熟。

看着儿子能慢慢用思想驾驭行动，追本溯源，感恩的种子在我心里茂长。“三位一体”的教育模式中，家庭教育、学校教育和社会教育形成了儿子成长的合力。但作为中间环节的学校教育，不但弥补了儿子家庭教育的不足，也延续了社会教育的内涵，抵御了有些负面信息的侵蚀。也正因为有了这样良好的学校教育，才使儿子在身体长大的同时，精神也在发芽。儿子高一第二学期的时候，由于工作需要，我要到外地工作一年时间，很多同事劝说我：“儿子上高中了，你走了能行吗?”我告诉大家：“能行!”因为我从内心相信二十八中的整体管理，更相信儿子的班主任宋栋老师和其他任课老师。事实证明：我的决定是对的！因为儿子一刻不停地在进步着。通过参加家长会，我深切地感受到兰州二十八中学构筑的至真至纯至深的教育理念，摸得着，看得见，让我儿子受益匪浅。

做至真教育，育人先育根。什么事一旦做真，那看似平凡而安静的表象下，必定蕴含着不可抗拒的正能量。人之初，好逸恶劳难免，尤其是现在的独生子女这种倾向尤甚。有些家长教育方法单一枯燥，导致孩子的思想摇摆，意识单纯，使他们在学校和家里形成的心理落差加重。但是儿子的班主任宋栋老师，一个喜欢挑战的女教师，却让他们从初中的朦胧走向高中的现实。她不厌其烦地给孩子们讲中国的教育现状，让孩子们在有憧憬的前提下，更加客观理智地对待学习，对待自己的人生，从而以最快的速度适应高中生活。在日常的班级管理中，宋老师要求孩子们做到的，她首先做到。她告诉孩子们：其实人生几十年，任何时候都不要把过程当结果。无论你上学还是工作，那只是你生命的一次次履历，证明你生存的痕迹……就是在她理智客观的启发下，孩子们自我担当的意识强烈了，自我认识清晰了。事实胜于雄辩，在兰州二十八中至真教育下，孩子们内心扎下了拼搏的根。

做至纯教育，育人先育心。儿子每天回家，就把发生在学校里的事告诉我，无论幼稚、无论空洞抑或是异想天开，我都静静听着，倾听他生命里的响声。儿子清澈的眼神在我眼前晃动，因为他在学校里又得到了心理共鸣。我也认识到教师虽然是一个职业，但更多地蕴含了职业以外的张力和渗透。儿子的老师们付出的不是永远批不完的作业，不是备不完的课，更不是早出晚归的表象，而是用智慧点燃智慧，用精彩酝酿精彩。去年夏天，我有事去二十八中，数学陈老师正在讲课，我不忍心打断，就在教室外面静静地等着。下课后，我看到陈老师后背湿了一大片……汗水浸透衣衫莫过如此吧。他的课结束了，我的思维却喧嚣了。是啊，儿子的成长就是有了这些老师们的助推和接引，一月一小步，一学期一大步。儿子不仅在学校学会了学习，还找到了学习的趣味。他开始迷恋《果壳里的宇宙》《时间简史》等包含很多物理学原理的书籍，作为家长，我在与老师们的默契中一如既往地支持儿子。儿子的心活了，做事有了心劲。我也不失时机地告诉他：人每天走过的路上都有风景，这风景使我们的生命增加长度，加大宽度，挖掘深度。

做至深教育，育人先育魂。“美国最佳教师”雷夫在第56号教室的价值观中提到：“我们追寻完美，但永远无法企及，追寻的过程就是一切。我们相信，热爱阅读的人将拥有完美的人生。”可见读书对孩子们是多么关键。班主任宋老师要求孩子们广泛读书，尤其是要多阅读一些名著。随着时光流逝，孩子们心河中有一种流动的思想和精神，看见了时代的徘徊与挣扎，在繁琐中真正把握时代的命脉，从一个至高走向另一个至高。一个月，两个月……一年，孩子们将优秀的文化内化为自我成长的动力，搭建起良好的人格框架，在铸就信仰的路上用文字擦亮了个人梦想。儿子在高一寒假的时候，在顺利完成作业的前提下，积极和班上同学一起做关于西固环境保护的课题，积极做一些课外阅读，从网上购买了中国1986到2006的科幻作品。儿子的种种“积极”，让我看到了这种持之以恒的至深教育让他的灵魂得到了升华。

也许不是每朵花都美丽得惊天动地，不是每朵花都香艳得惊世骇俗。只因我是妈妈，儿子如花般的笑颜每天在我心中最柔软的地方绽放，留下花开的甜香，我用虔诚的心怀解读：因为他的老师们将自己理智的师爱升华为至真至纯至深的和风细雨，润泽了孩子们青春的心田，指引了孩子们懵懂的行为，纠正了孩子们时有偏差的价值观，才使儿子在成长的路上愈走愈远，愈站愈高。在此，我真诚地对儿子的老师们道声：“辛苦了，谢谢！”

在键盘上敲下“谢谢”二字的时候，我给自己的心情终于给了一个说法——粽香飘飘的六月，感恩的心感谢一路有你！

来，我们一起走

爱上阅读，注定要远离喧嚣；爱上阅读，注定要喜爱安静；爱上阅读，注定要思考与内化。每个爱上阅读的人都是一个行者，行进在文字铺成的路上总想倾听什么，可谁给我说；总有一些话要说，可说给谁听，谁又能听？走进了陌上书会，走进了悦读小组，我听到了每位书友内心的声音，铿锵如铁，柔软如棉。强烈的共鸣中，我与他们没有了距离，似曾相识之感油然而生。我由衷地想说——来，我们一起走。

一起走，需要有话说。

只因文字，我们有了维系的纽带。书友们简短的自我介绍中，流溢着阅读带来的快乐，这种快乐像精灵一样，亮丽了蒙尘的眼睛，激活了沉睡的情愫，激发了想说的欲望。这里没有职业的限制，没有身份的高低，没有年龄的障碍，只要你愿意，都可以把自己原原本本地晾晒给大家。通过自我介绍，每位书友都成了一本装帧精美的书，扉页的清新、厚重、单纯一览无余，多么期盼接下来的阅读分享环节里有更精彩的收获。忽然，在星梦缘那样别致的环境里，观书友们生动的表情和真诚地渴望，一句话跃然上心，人和人在一起，有话说真的很重要。时间虽然很短暂，可我们真的有话说，有很多话要说。

一起走，需要有事做。

虽然书友们的职业不同，但共同的爱好让大家走到了一起，缘起陌上书会，惜缘星梦空间，那一本本即将交换的书，就像颗颗闪烁的小星星，遥远而又明亮，引燃了每个人内心爆裂的火花，拷问着阅读的内涵和走向。《中国文脉》让我从踩北京的龙脉，踩兰州的地脉，一下跨越到中国文脉，这是多么令人赏心悦目的事啊！《永远不要找别人要安全感》，让大家明了了从外界得到安全感的不可靠性，其实真正的安全感，永远来个人内心的担当和强大。《小恐龙的飞行医院》让我们又一次走进童话的美好，把自己交给了过去的时光，真的很庆幸我们最小的书友能在这样的年龄就机遇有书的氛围，他精神发芽的土壤一定会很肥沃。《最好的告别》将衰老和死亡用二次消化的模式诠释得淋漓尽致，认可也好，不认可也罢，书友分享的热情传递就在那里。《平凡的世界》里，路遥老师用平实的文字在我们眼前铺陈了一个雅俗共赏的文字世界，无论思维里波涛汹涌还是涟漪柔美，我们总忘不了这就是我们曾经生存的世界，其实《平凡的世界》真的不平凡。更有锐意少年从细枝末节上对三国进行了入木三分的解读。有的书友的分享着重针对中小学生阅读，阐明从多角度的阅读思考更有助于学生成长的实质。有的认为读书阅读实际就是一个寻找自我的过程，读的书多了，找到了自已，百感交集中真正做自己了，那就会成就一个世上最幸福的人。《小姨多鹤》从女主人公的感情世界出发，奏起了一个女人曲折的命运交响曲，思考不言而喻。《围城》让我们又一次欣赏到城内城外的风景。《悉达多》是一本黑塞经典文学，从书友的分享中，可以感知它阅读的宽泛和众多。《心态即命运》侧重于孩子教育过程中的想法，感受那些贴近心灵又会影响我们生命轨迹的生活点滴，对于心态的培养，对于精神的构建，道出了自己的见解。《黄书》讲述黄种人的过去与未来，以及来自灵魂的暴动。《几番魂梦与君同》用北宋著名词人晏几道的词句做书名，诠释了主人公的爱与生死。有的书友因为喜欢阅读而自律，又因坚持阅读而让自己的世界与众不同。最令人感动的是读者集团的王廷鹏老师，他因高速路堵车来迟，但他不放弃的态度令大家折服。他说史学是国学和传统文化的根基，《资治通鉴》应是首选，书中详略把握得当，故事简洁动人。他结合自己的阅读，给大家推荐了《中国学术史》《喧哗与骚动》《南渡北归》等书，并答应将《书之爱》无偿地赠送给陌上书会，以作分享。因为阅读，我们收获了感悟。因为感悟，我们有事可做。因为有事做，我们的人生才留下了清晰的脚印。

一起走，需要有后劲。

是啊，总有一本书，让你爱上阅读。今天，就是这群人，让我一直惦记。读书时吸纳，分享时倾吐。我就像一块干透的海绵，汲取着书友们的能量。大家交换着带来的书籍，聊着彼此很感兴趣的话题。心活了，人也活了，久违的感觉包围了我们，时间过得很快很快，彼此留下了联络方式，为自己的凡尘心事找到了坦途。这下我真的相信了一段话，“美不需要理性的参与，不用概念的运用，不用逻辑的分析而叫人一见钟情。”交流中不经意的一言一语，也许为书友今后的阅读注入了活力，也许为书友今后做事清晰了思路，所有的不可能皆存在于可能之中。毛主席曾在哈达铺大手一挥——到陕北去！让哈达铺成了成了中国革命走向成功的加油站。此刻，我想说，到陌上书会的读书小组来，这里会有你需要的后劲，让你在文字的灵性中更加知性，更加美丽与帅气。

一起走，需要看得远。

下午的时光正好，花园里有一簇花儿开得正旺，那正是书香弥漫的陌上书会。书友们的专题分享抑或泛泛而谈，都会储存在这段明媚的时光里。哲学的内涵，历史的厚重，生死的追问……都会成为静夜里洞开的另一扇窗，为灵魂的再生输入新鲜空气。我问自己，你要什么？我问自己，你要去哪里？一个声音告诉我，我要文字，我要携手陌上书会，和同道中人一起走向远方，看沿途的风景，体验一脚泥泞的生活，仅此。

虽然我们暂时“陌”生，但一直在奋发向“上”；虽然读着不同的“书”籍，但总会在文字的盛宴里默默相“会”，对，这就是陌上书会。书友们就这么一起走着，一起说着，一起做着，一起看着，一起体验着。此刻，带着内心的真诚，我想说——来，我们一起走！

悦人莫过海棠鲜

时光里，与一群人相遇，缘聚缘散，随心；红尘中，与一朵花相遇，惜缘惜福，随性。这样的日子，阳光明媚，办公室的萝卜海棠又一次含苞绽放了,看着这株充满勃勃生机的精灵，我总想说点儿什么。

余秋雨在《文化苦旅》中写道：“人世间最有吸引力的，莫过于一群活得自由自在的人发出的生命信号。这种信号是磁，是蜜，是涡卷方圆的魔井。”此刻的共鸣让我不能自制。生命抑或迎接生命的路上，我走了一段路，又走了一段路；做了一些事，又做了一些事。在这样的循环往复中，思维时而平静，时而激越。每当安坐办公桌前，海棠入眼，心情随茁壮的枝叶就缓缓舒展了。

初遇这株萝卜海棠，与其他的没什么两样，就在我触碰的一刹那，我知道我们的因缘就悄然根植身心了。无言并不代表无语，她用自己的默默花语和我交流，她很内向，可我却五味杂陈。在与她朝夕相处的日子里，我懂得了善待际遇的万物，总会从中得到心灵的滋养。土干了，我给她浇水；枝叶打卷了，我给她施肥捉虫……功夫不负有心人，她的蓬勃是给我最好的慰藉。每当工作累了，我就看看她，侍弄一下滋养她的盆土。我真切地感受到了，蓬勃是可以传染的，通过花语，通过枝叶，通过泥土，还有心心念念的牵挂。在与之对望中，我从她的茂密葱茏间读懂了做好一件事的意义。生活如此，工作亦如此。

因为有了她，一向对养花三心二意的我，开始留心养好萝卜海棠的方法，学之用之，海棠花叶茂了，花开了，我的心花也开了。每当海棠花苞跃跃欲试时，我由衷地感到欣慰，又有什么好事来临呢。寻常的日子里，一份又一份期待诞生了。人们常说“蝴蝶效应”，我体会到了，一份又一份期待变成了现实，好心情来了，人活了，工作更好了。每次因工作外出，我都会提前给她浇水，不忘出门时看她一眼，只为记住她的模样。等回到办公室，我第一件要做的事就是轻抚她的枝叶，与她在无声中交流。特别是我的工作干的正酣时，那些花苞好像知道我的心事，此起彼伏的开放，有一枝花足足开了二十多天。每天我和同事们热议她的归期，她的前程，可她丝毫不为言语所动，依然故我的该伸展就伸展，该向阳就向阳。大红的花儿在大绿的枝叶陪衬下，一枝独秀。有的同事开玩笑说，鸿运当头。那种壮观让与之朝夕相处的我又一次真切体会到了，人如花，花亦如人。

有一段时间，因生病我没能好好操心这株萝卜海棠。我想经过这个炎热的夏季，人都被高温折磨蔫了，这株海棠花一定默默走了。当我再次看到她的一刹那，感动漫遍全身。她的几根老叶苦苦支撑着，虽然有点稀疏，有点儿黄；虽然叶茎有点细嫩，有点儿无力……宛如我再次见到她的心情一般，羸弱而辉煌，是渗透在骨子里的辉煌。我默默端详着，良久无语。常言狗通人性，原来花亦如此。我缓缓收拾了盆中干枯的枝丫，浇水，施肥，海棠伴着我工作的脚步一天天长起来了。转眼一周，她的叶茎比以前更加粗壮，叶子更加油绿，花苞亦步亦趋地来了，似乎还有点新生的羞涩。我笑笑，那就让我忙我的，她伴我就好。心情好了，我的身体恢复得也很快。花如人，人亦如花。

庸长的日子不紧不慢，新一轮的工作按部就班，但我与萝卜海棠的互动已从感性走向理性。她因我而旺盛，我因她而喜悦。繁花落尽的季节，我内心多了一份希望，少了一份萧条，希望常在，感动常新。于是我在深秋写下了几行小字，也写下了自己一季的心事。

好事近·咏海棠

三月抱春归，四季盛衰相见。憾喜乐花期过，有朝夕牵盼。

随缘施雨露精华，浓绿渐成簇。终百日含苞放，酿千红一处。

人到中年

晚上站在小区西门口等人，忽然一个三四岁的小孩子跑过来欢快地玩耍，我入神地看着孩子，心疼的。孩子的奶奶走过来说：“宝贝儿，你再不要耍了，这奶奶看着你笑呢!”听到她这样说，我知道自己真的步入奶奶行列了，其实我九年前就已经是奶奶行列里的人了，我笑笑走开。人到中年，不仅是外貌发生变化，更多的是生活内涵发生了变化。

人到中年，来不及看秋叶伤怀，因为家里还有老爸等着一起喝杯热茶，聊聊东西。每次回家，老爸总能适时地给我们兄弟姐妹讲过去的事情，他讲得投入专注，我们听得津津有味。他的脑子里永远有说不完的故事、谚语、俗语和笑话。有的内容他以前讲过，只是我没有记住，等再讲到的时候，依然能让我们开怀大笑。有时他问我的公公婆婆都好吧。假如我说好着呢，他什么也不说了；假如我说谁不太好，他总是说：“人老了，就难活了。”要我多关心一些。有时他问我工作上的事，我总是报喜不报忧，他满意地点点头。有时候讲他给哥哥姐姐小时候洗脚的情景，一个一个排队等候。冬天，哥哥姐姐脚上冻出了一圈圈的口子，他就利用晚上的时间给哥哥姐姐织羊毛袜子，一织有时候就是一整夜，早上都能穿上一双热乎乎的袜子。有时候他给我讲村里谁家发生了什么事，虽然那些事和我没半毛钱的关系，但我依然听着分析得失，更加恪守自己做人的原则。等到吃完了饭，我们要回去的时候，他总嘱咐我们装点这个水果，拿点那个蔬菜，要是不拿总觉得对不起他似的。当我们大包小包出门时，他总站在大门口张望目送，这个姿势一站就是一辈子。

人到中年，没时间做无聊的逗留，因为回家还要为放学的小帅哥做饭洗衣，和他分享成长的体验。儿子非常听话，今年虽然刚满17岁，可一米八九的大高个让我怎么也爱不够。上高三了，依然傻乎乎的。他的每一点进步总牵动着我喜悦的神经。他喜欢科幻和量子物理，床头堆着科幻杂志和中国1986到2006年的科幻小说集。他强力推荐我看看刘慈欣的《三体》，我答应着。他还喜欢天文学，缠着我非要买一架天文望远镜，看着他渴望的眼神，我只能满足他。炎热的大太阳下，凉风习习的夜晚和天色朦胧的清晨，我成了他忠实的助手。他边观察便给我解释，我点头答应着。其实对我这个偏爱文科的人来说，听他讲长镜头短镜头里月球的演变，听他讲逻辑思维，听他讲《时间简史》和《果核里的宇宙》，根本激不起来多大兴趣，可我还是随声附和着，因为我不想让他的兴奋没有回音。今年8月放暑假，他要独自上北京去玩，我给他分析了利弊后终于放手了，我的任务就是静静地等待。他安然无恙地回来了，也带回来了清华大学的一个教授送他的毛笔字。他告诉我，今后他的梦想是攀登珠穆朗玛峰。他说得很安静，可我听得一点也不安静。为了锻炼耐力，他进行跑酷运动。为了锻炼野外生存能力，他网购来蚂蚱、蚕蛹、蝉等昆虫油炸着吃。我真的不能够接受，心里翻江倒海的。他还告诉我，妈，什么时候我给你吃个活的你看看。我问他，亲，您是我儿子吗？怎么这么另类呢？他抱起我在地上转圈圈，直到我晕得讨饶为止。9月底开运动会时，他的跳远连决赛也没进，和我说起来是一脸的失落，可我俩还是异口同声地说出了“重在参与”！第二天参加跳高时，他感冒了。我去给他送感冒药时，他兴奋地告诉我，他的跳高在决赛时打破了学校记录，全年级第一。那一刻，我分享到了他成功时的喜悦。这么大的小伙子，他想穿斗篷玩，我给他买了，当穿上的一瞬间，我都快笑死了。他故伎重演地抱起我转圈圈，问我为什么要笑，可笑得很吗？我只有讨饶，我说我儿子穿了斗篷更帅了，他这才作罢。有时候看他学习压力大了，利用周末时间我们去农村走走，去坐城际列车玩，在新区让他自由地呼吸。有时候他的袜子破了，有时候他的校服烂了；有时候老师批评谁了，有时候老师表扬谁了；有时候他的学习进步了，有时候退步了……事无巨细，他都会愉快地告诉我，我也一一接纳着。有一天，他手把手地教我打游戏，可我总是手忙脚乱，无所适从，他却高兴地哈哈大笑。我问他，明年这时候，你还会在我身边吗？他说，我就上兰州的大学。看着儿子一脸的幼稚，我不知道是我的自私还是他的大度。但是，在与儿子一起长大的日子里，我觉得生命的蓬勃，不需要限制和界定，只要支持、回应和建议就好。

人到中年，没时间到处玩耍嬉戏，因为总想和年龄已大的兄弟姐妹们吹牛抬杠，一起吃顿家常饭，回忆年少的故事。有一天，大姐到家里看老爸，她一进门就喊晕车了，很难受。以前她没有这种情况，忽然我觉得大姐岁数也大了。于是每过两三周，我就希望大家在一起聚一聚，吃吃喝喝说说话。哥哥总喜欢和二姐三姐抬杠。他们谈起已去世的母亲曾经重男轻女。生活困难时期，母亲做了白面馍馍，不是挂在高高的房梁上，就是放在深深的缸里。那是专门给哥哥弟弟吃的，根本没有我们做女儿的份儿，女儿们可望而不可即。但是，哥哥说家里的重活儿他干得多……就在这样的你一言我一语中，满屋子的笑声此起彼伏。大姐谈论着他的退休生活和孙女的可爱，二姐谈论着他们城中村的改造中的房子，还谈起她和亲家之间的往来，互相理解中关系越来越好。三姐迫不及待地说着自己马上就要领到手的养老金，一定请我们吃一顿丰盛的饭菜。她手底下利索，不知不觉一桌好吃的就上来了，不知不觉一案板的饺子就包好了，不知不觉令人垂涎的花卷就出锅了。她说着话的工夫手里的活儿就干完了。她排行老四，可她的孙女却是兄弟姐妹里最大的。四姐永远都是默默无闻收拾家务的，就在大家说话的工夫，她把老爸的衣柜收拾的井井有条，桌子地面打扫得干干净净。每当问起她时，她总会说："给老爸干了活儿，回去时心里就踏实了。"其实她说出的是我们大家的心声。他们说话的时候，我永远是忠实的听众，我不想打断任何姊妹兄弟的调侃，因为我从他们你高我低的争论中获得了很多的灵感。生活不是波峰波谷中的大起大落，而是一如既往的潺潺小溪，滋润身心，只要大家平安健康就好！

人到中年，不爱参加聚会，只想和喜欢的人在一起走路，看看日出的心事，日落的向往。过一阵子，我们几个死党就聚在一起胡说八道。她的儿子出国了，你的还在上高中；她和老公拌嘴了，你被工作困扰了；他怎么操心正在上学的孩子，她怎么伺候年迈的父母……只要能说的我们都说，那时候忘记了年龄，忘记了身份，忘记了暂时的烦恼，我们眼里只有我们自己。前一阵子S受伤了，我们跑去看她，这个坚强的女人，一边操心儿子，一边开店，还一脸的微笑和得意。我们在夕阳的黄河铁桥上嬉戏，在火锅店里蹭wifi,抢锅里的一条宽粉……还是上高中时的丑样儿，只是脸上都生出了不少皱纹，穿衣喜欢鲜艳的颜色。只是彼此还多出了一份不为人知的秘密，那秘密只有自己慢慢消化，不能告诉任何人。有时候，我也和三两个文友一起谈论文字，他们的谈资满满的，我只有听的份儿，就是这份听的心情很对路。思维里没有聒噪，一点点的平复，灵感随着他们的语言慢慢流淌，我告诉他们这样挺好。

人到中年，远离喧嚣，只想在喜欢的文字里埋下一颗颗感恩的种子，在精心的呵护下长成来年的春华秋实。夜深人静，家里三足鼎立，儿子在他的房子里静静地学习，他爸爸在小卧室看电脑新闻，我则一直做我的厅长，在客厅一隅搁置的书桌前看我喜爱的文字。时间过得总是很快，我只有让我日益迟钝的思维游离在自己的心事里，一点点设想着下一刻要完成的事情。我喜欢把大量的时间铺在我喜欢的文字里，写写感想，只为每天发生的大小事给我的触动。这样的文字里，我学会了感恩，学会了分享，学会了形成自己的观点。有时候把自己的一些观点分享给儿子，他理解并挑剔着。有一天，儿子给我说他要在班上念每日一文了，让我把《写给未来的你》给他打印出来，因为这是我做家务时必听的内容，也不知什么时候他也听到了。他再不想听那千篇一律的高考高分作文了，我心里挺高兴的，我知道儿子开始思考了，开始有自己的想法了，这比死巴巴地埋头做题更令人欣慰。我告诉他，与其打印别人的东西，还不如打印我写给他的东西。当然了，余光中老师写得很公正很有内涵，但那毕竟不能与我们的生活相切。于是我把《兰州日报》上我在2013年写给他的《每一个今天都是好日子》拿给他看。他看完兴奋地说，妈，就这一篇了，真的挺好的，以前我怎么没看出来呢。看着儿子满意的表情，我知道他认可我的文字，终于能给他一些启发了。不只是儿子，我的兄弟姐妹们也为我的照片和文字感慨，他们总是问我怎么就能想到那些呢。尤其是《重阳节，与您同行》真正的触动了兄弟姐妹的心事，从他们的言行里，我知道我做了一件很有意义的事情。看着胖胖的二姐，我认认真真地说，你和我的关注点不同罢了，其实平常的日子里大家各自精彩就好。

人到中年，我想得少，做得也少了。可我一旦决定要做的事，就会把它做得非常精彩，非常有意义。最重要的是，人到中年，在外貌发生变化的同时，思想也要悄悄地发生变化，至少给家里的后辈一点可以借鉴的东西。在大家每次的聚会中，因我的到来而更加兴趣盎然一些！

流年拆殇

按部就班的日子一天天在月季花里变成了粉色、黄色、大红色。下川村路边少了打牌的人，却多出了一群群谈论拆迁的人，他们的皱纹里隐卧着或深或浅的心事。懵懂中我闯入了这种境地，破败、堆积、疾走、兴奋、哀伤交错的时空中，大红色的“拆”字随处可见。拆字中有“分散，毁掉”的意思，于搬迁的村民而言就是分散居住，于这个曾经风雨剥蚀过的小村庄而言却是毁掉。多年后，分散的村民会相聚，但这村庄却成了每个人嘴里的话语，文字里的符号和脑海里的记忆，当这些结痂的往事被硬生生地剥开之时，流年拆殇不可避免。

一

到西部市场买菜，听到几个摊贩谈论下川村因拆迁闹出了人命，于是我驻足聆听。有位老人因舍不得老宅子，不满意补助款的发放而拒绝搬迁。这期间，老人和儿女们的意见有分歧，最后协调不成生了闷气，再加上拆迁工作人员的催促，于是他便老病发作，撒手人寰了。看着摊贩一脸的惋惜，似有内心的触动，那是对今后生活的承诺，也是对生命易逝的珍惜。

我不迷信，但我相信宿命。命中只有八分，就不要强求十分。即使强求来多余的两分，驾驭不好就会成为人生的疼痛。大家谈论赔偿的事情，于情难过，于理不难过。人们的认识不同，对事情的界定也就不同。无财人在的日子看似平淡，却是一场无需多少观众的旅行，风景尽收眼底；财来人不在的日子令人惊叹，却永久失去了缺少主角的戏，曲终人散时淡然归去。人心的欲念酿造了既定的事实，走在灼热的阳光下，我心里却是满腔的悲凉。逝者安息，生者自励吧。

二

人在下一刻遇到谁，根本无法预见，正是这样，才会在脑海里期盼接下来的精彩。收集史料的过程中，我意外碰到了一位热衷书法的中年农民，他的笔架，他的毛笔和他的细胞融合在了一起。谁要想拆开这样的融合，无疑会让他很痛很痛。因为与之相伴30多年的书法伙计即将离他而去，他心里除了不舍还是不舍。

我看着他，慢慢说了一句，你什么也不图，只是因为舍不得。当舍不得三个字出口的瞬间，我看到他的眼圈红了。他热情地邀我进屋，我们谈论传统文化，谈论家庭教育，谈论书法与做人，谈论他与笔架的书墨情缘。因为我们都听过刘冰教授的传统文化讲座，他场场必到，我一场也没落下。距离就在我和他的攀谈中没有了，心心念念里只有被理解的舒畅。他说出了搬迁过程的不合理，问得村主任和工作人员张口结舌。那里有他思维的缜密和对搬迁中的深度思考，不是为他，而是为下川村的村民。因为时间关系，我只有和他道别。一别不是经年，而是有着一杯清茶的邀约。

看着他在门口向我挥手，成了时光里的姿势，多年后谁还记得尘世里的方寸间，只因一方笔架之缘，他和她倾心交谈，故事是一个即将搬迁小村庄演绎的。

三

看见了下川村一个拄拐杖的老人，我不经意的一句话，却触动了她内心最柔软情感，瞬间泪奔的无奈滋润和催化着我的思维。

站在她的老宅子里，一滴眼泪打在院子的水泥地上，瞬间盛开成尘埃里的花。体味着“拆”字，它拆的不仅是一个村庄的骨架，还有祖祖辈辈的老人们种在这块土地里的心事。这些心事里有细胞、血脉、肌肉纵横交错的粘连，此刻却要连根拔起，那种痛没有流血，却痛到了心里。

老人说：“我能怎么样，舍不得啊，这房子，这院子，这些花草……以后住到那样的楼房里，急死个人哩。”在这样的小院里，春有燕子夏有蝉，秋有大枣冬有白雪，眼前的风景转换中，她的呢喃也会随东升的太阳一样到处播撒；在这样的小院里，她的思维可以绕着牡丹和月季花开得红艳艳……可是，现在要搬迁，她老年的定式思维里已经开不进一辆汽车，眼睛已盛不下城市的霓虹，她该怎么办呢。她的身影会在红尘中隐去，但是佝偻的不仅仅是身体，还有她的精神。

四

走在下川村的街道，街头巷尾的话题让我的思维渐渐钝化。忽然，一阵欢笑随着山地车的到来愈加清晰。我看清了，那是风华正茂的少年。双栖的生活模式里，似被城市的浮华和喧嚣吞噬。

是啊，可以住高楼大厦，不再有日出而作，日落而息的困顿。“家有万贯不如薄技在身”的古训于他们却成了笑谈，他们整日里把自己置身于游手好闲的模式里。“拆”字其实拆出了迷茫和欢乐，短暂的波动后，留给他们的还有一段很长的心理焦灼，谁能保证这样的焦灼会不会灼伤稚嫩的心。

一瞬间，少年走远，留给我的只有身影。我唯有把祝福送给他们。可是“搬迁后遗症”这五个字却强势地掠夺了我的思维。孩子，岁月静好，好自为之吧。

时间就这么静静流淌，“拆”字在下川村的大街小巷此起彼伏，你喜你悲，你甜你苦，时间都会在合适的时候给一个满意的答案。我期待这样的答案里，多一半是会心和欢笑。

此刻，燕子飞过村庄，时而低旋，时而高飞。明年的今日呢？

奶奶的鞋

看到奶奶曾经穿过的小皮鞋，记忆深处除了和奶奶有关的画面强烈冲击思维外，我还禁不住想到了“约会”这个词。其实，世间的事、人或物，在我没有落下脚步以前，我真的不知道下一刻会与什么事、什么人或什么物相遇。在无法预知的相向而行的历程中，又要遇到多少磕磕绊绊，义无反顾地走在和我相遇的路上，终于相见了，我唯有珍惜！就在羊年初始，我遇见了这双在世间存在了33年的小皮鞋，她是奶奶的，是她曾经最疼爱的二孙女亲手做出来的。33年后的今天，它们终于踩着我的文字来了，是奶奶的旧物，是二姐的珍藏。我把它们小心翼翼地拿在手里，读着那些年月的时光。

说起奶奶的鞋，就不能不说奶奶的脚。不说便罢，说起来又让我内心隐隐生疼。众所周知，我国古代妇女有裹足的陋习，当时的人们普遍将小脚当成是美的标准，而妇女们则将裹足当成一种美德，不惜忍受剧痛裹起小脚。人们把裹过的脚称为“莲”，而不同大小的脚是不同等级的“莲”，大于四寸的为铁莲，四寸的为银莲，而三寸则为金莲。三寸金莲是当时人们认为妇女最美的小脚。记忆里奶奶的脚到底是什么莲我无法界定，但是奶奶的鞋却是最好的佐证。我找来一把尺子量了一下奶奶的小皮鞋，比三寸多出了一厘米，那么奶奶的脚一定是金莲无疑了。这对出生于1911年的奶奶来说，在她的少女时代就应该有了一双最美的小脚，为遇到胸有点墨的爷爷做了最好的准备。

其实，奶奶是一个非常欢乐的人，她都喜欢热闹的氛围和调侃似的寒暄。记得小时候，看奶奶洗脚几乎成了我们这些孙辈的一大乐趣。因为她洗一次脚比较繁琐，还要看天气情况，所以奶奶几乎是一月多才洗一次脚，冬天的话时间隔得更长。每次奶奶洗脚，总是提前烧好烫水，在院子里太阳最好的地方摆一个小凳子，再端出来半盆热水，旁边放一大片塑料用来放她的绑腿和裹脚布。

就在一切准备就绪后，奶奶给围着她的孙子孙女们说，离我远些，离我远些。然后从绑腿开始拆起，绑腿的头一般是塞在前面一层的绑腿下的。她一圈一圈地拆,我们的视线也跟着她的绑腿一圈一圈地转，终于奶奶的绑腿拆完了，她的裤管松懈下来，一下罩住了缠着白色裹脚布的小脚。这时奶奶卷起裤管，很多的白色皮屑便纷纷从裤管掉落，细细碎碎的很多。奶奶边抖边让我们离远一点儿，其实好奇的我们只是想看个究竟，哪里会离远一些呢。一会儿奶奶脚下的土地上便布满了白白的皮屑，新鲜而干裂，那时候我看见了，但心里想什么自己却不清楚了。

接着奶奶开始从裹成梭子状的小脚上拆裹脚布。人们常说，懒婆娘的裹脚又臭又长，但是奶奶不是懒婆娘，她的裹脚一点儿也不臭，因为我根本没闻到。随着裹脚布一圈一圈地拆，那些碎皮屑随着奶奶脚腕的一点点裸露又开始出现，掉下。这次这些碎皮屑已经不能让我们有太多的兴趣，我们期待的是奶奶裸露的三寸金莲。碎皮屑飞舞着，裹脚布一层一层地旋转，终于，我看到奶奶的大拇指脚尖了。它就像一个孤独的舞者突兀在奶奶的脚上。接着我又看到奶奶的脚面了，一个高高隆起的圆疙瘩，马上就要看到她的其他脚趾了。这些脚趾在哪里，他们全都在奶奶的脚心里，一个个被外力挤压而整齐地排列在脚心里，没有一点活力地屈服着。我想,好好的脚就被弄成这个畸形的样子，还被称作美丽。这种被当时社会视为最美的小脚，那是要建立在怎样的挣扎和无数不眠的苦痛里啊！有人说，中国人给女人裹脚的历史是一段呻吟的历史，呻吟二字说得太贴切了！

就在我还用幼稚衡量奶奶的脚时，奶奶的鞋却占据了我的思维。在我的记忆里，奶奶一直穿的是和她的三寸金莲配套的小布鞋。每次白天上床时，奶奶跪在炕沿边上，两只胳膊支撑在炕上，将两只小脚支在炕外面相互碰撞，这样粘在小鞋上的泥土杂物就从鞋底上掉下来，鞋底相对来说就干净一些，然后她穿着小鞋就上炕休息了。但是晚上睡觉时，她还是脱鞋的。她的小鞋每次鞋底都磨毛了，鞋帮破了她才换一双新鞋。当然，负责给奶奶做新鞋的就是我二姐了，因为奶奶最疼她，因为她从小和奶奶一起睡大的。二姐心灵手巧，做的鞋又结实又好看。二姐出嫁后在一家皮革厂上班，于是她有机会接触皮革了。看着城市里的老太太们穿精致的小皮鞋，于是就给奶奶做了一双小皮鞋。这双小皮鞋曾经让奶奶在村子里备受瞩目。每当奶奶穿着小皮鞋在大门口晒太阳，就会有过往的村里人很稀罕地问这问那，一会儿她的身边就围了一圈人谈论这双小鞋，这足足让奶奶笑了一年又一年。直到这双小皮鞋旧了，可人们的问询依然不断，或许鞋已经不重要了，可是因鞋被人关注的温暖才是一个喜欢热闹的老太太最满足的。

现在，奶奶已经走了，可她的鞋却被二姐小心翼翼地收藏着。今年由于我工作中收集史料的需要，二姐才拿了出来。她在我们姐妹的微信圈里发了这双小皮鞋的照片，着实让我开眼界，我们大家说着笑着，一段往事总会被一点点复原。毕竟是姐妹，虽说她爽快地给了我，其实，我知道我硬生生地拿走的不只是奶奶的鞋，还有她和奶奶的温暖记忆。

奶奶的鞋，是我记忆里的往事，也是一代人心里特有的痕迹。她的奇特不只是样式，更主要的是穿这双鞋的脚，那才是最让人唏嘘不已的内涵。裹脚的中国历史结束了，可一双双曾经哀嚎的泪眼，用模糊的眼神盼望过什么，你懂我懂，奶奶的鞋最懂!

茉莉花开

今夏，我迷恋上茉莉花茶，不可救药。寻着那一抹淡淡馨香，心系茉莉。茉莉花开，素雅恬静，香味默默飘散，犹如人到中年的清欢，不浓不烈，不温不火，滋养于无声处。

一

金枝柳妆容犹浓，十月天凛冽似冬。父儿兄姊知冷热，心归处暖意融融。

天骤冷，给在农村小院里的老爸打个电话，让他记得多加衣。老爸淡淡地回答，不冷不冷，西固冷吗？我说不冷，可有的花谢了……我仿佛看到了他的皱纹里盛满了笑容，像缓缓流淌的小溪，流进了我的心里，流动在天尽头。

天骤冷，给在外地上学的昊打个电话，让他记得多加衣。昊笑着说，上海还热呢，刚吃完饭，在回宿舍的路上。我说，那你要照顾好自己，晚上不要太迟……我仿佛看到了他阳光帅气的脸庞还挂着丝丝稚气，又像一枚疯长的青果，在岁月的枝头一往无前，唯有祝福!

天骤冷，兄弟姐妹们互相牵念，记得多加衣……一声声叮嘱不经意间传递，没有多余的话语。

坐在书桌前，台灯的柔光里，人也温柔了许多。这些问候与叮嘱和着茶桌上茉莉散发的香气，暖暖地回荡在心里，芳香了一段时光，也芳香了我单调的思维。

二

粽香飘飘又一年，屈子长吟临风眠。慢赏香包寻艾叶，尽在凝眉促膝间。

看到这些文字，想起了端午节的香包火红一片，也想起了有你陪伴的日子。

馒头山的杨树叶依旧发亮，风过处，呼啦啦黄成一片，我俩走着踩到一脚泥，心里却那么踏实。

官鹅沟的溪水依旧清冽，记得我指给你看的断层地理吗？你盯着我傻傻地看，看得满山的鸟儿和我一起欢笑。

西狭颂的湖水依旧那么平静，林中的落叶被我踩得脆响，你定定地站在一座茅草亭下。你说有朝一日，你只想拥有茅草屋一间，屋前有条小溪潺潺流淌，假如这样，我去不去看你。我说，去，有你的地方我就去。

那个小镇的街旁一定又建了很多的房屋，可那条东西贯通的街道依旧烟火浓烈。记得我俩一起吃过的大骨头吗，那个味道深藏在记忆，富足了内心的长廊。

学校后山的沙棘子一定成熟了，黄黄的，一串又一串挂满枝头。冷风中，你摘一颗放在嘴里，凝眉咧嘴的模样仿佛昨日。

……

转眼，1000多个日夜悄然而去，许多的画面总在我不经意时猝然袭来。

如今，你只能默默忙着手里的活儿，我只能悄悄想着心里的事儿，只是天各一方。

每天，你的问候，你的叮嘱，你的牵念如期而至。你知道，我很懒，懒得能在暖阳里坐一个下午，懒得双休日不肯出门一步，懒得睡了一觉又一觉，懒得给你回个话……可我的身边，你一直陪伴左右。

很不幸，记得那年你送我的玻璃翠吗？今秋，终于让我养死了，因为我懒得在春天换土。不知所措，只能把我的期盼种到了那个空花盆里。来年，长出许许多多对你的期盼。

莫言说："朋友或是情人，能走过三个月的已不容易，能坚持六个月的值得珍惜，能相守一年的堪称奇迹，能熬过两年的才叫知己，超过三年的值得记忆，五年后还在的，应该请进生命里。十年后依然在的，那就不是朋友了，已经是亲人，是生命的一部分了！"没别的选择，我只能把你请进我的生命里。

起身，却见茉莉花开，一朵、两朵、三朵……俗雅如你，馨香如你。你若不离，我必不弃！

三

寒露弄字粉黛催，沉香袅袅扣心扉。琼浆玉液半羹起，最是杯口一剪梅。

人到中年，闹中取静，俗雅共赏，淡然前行。对峰谷相携的人，尤为喜爱。

撞个日子，约三五文友，小坐一隅，煮字烹茶。从生活四艺的精细委婉到俗世悍妇的粗枝大叶；从身边历史的追溯到古巴比伦的变迁；从黄河文明到幼发拉底河的精华……无不成为我们的话题。

琴儿将沉香燃起的刹那，禅茶一味将我们彻底俘获，我们安静了，时光也安静了。白茶淡雅，可除口中异味；黑茶浓而甜香，可除腹中油腻。

熏着袅袅茶香，我忍不住配图写下了"一白一黑间，流淌人性的舒缓和安逸。天地虽阔，有你就好！"你，是时光里携手的同行者，是一白一黑的杯杯小茶，是颗颗扣动心扉的文字，是可遇不可求的心境。

在琴儿那里，我记住了能扛起一方光阴的军霞，触动了她，更触动了我；

从雪人那里，我记住了不把生活过枯的蓝奶，生动了她，更生动了我；从坤州牧那里，我记住了让父母与时俱进的至孝，智慧了老人，也智慧了我……

一本书，有一句话触动了心灵，会开启一段壮美人生；一群人欢聚，事事扣动心弦，句句惊艳时光。醉倒何须酒，茶亦惹尘埃。

在我配的图上，小茶碗边上有一枝寒梅。陕西文友青姐姐马上留言，琼浆玉液半羹起，最是杯口一剪梅。这样的文字，一下让我沦陷，在与大家分享的同时，我在酝酿着怎么写出上两句。

平仄起波澜，韵律水云间。秋深有何惧，纤手遮尘烟。我一直沉浸在这样的氛围里不能自拔，一直想着来日的方长。

清晨，看着元峁山上的淡淡白雪，又想起了昨日雪人被我催得没能安心做手里的事，想起了大家闻到沉香袅袅时的陶醉，昨天又是寒露节气。于是，我写下了，寒露弄字粉黛催，沉香袅袅扣心扉。再加上青姐姐的下两句，我心安然。

我认真看着绿叶衬托的茉莉花，素洁高雅，香气怡人，入心入肺，那香分明源自无瑕的素心。

今秋，又见茉莉花开，中年，犹如茉莉花开。

生日快乐

西固的秋，雨水淅淅沥沥，无休无止，哀哀怨怨地诉说着自己的伤感。

走在旷野，绿叶更绿了，执拗地在秋雨的敲打下摇曳，清新别致，快意无限。喇叭花却因缺少阳光早早收场了，那一抹红在初开的早晨就已收进了光阴的图册。无论绿叶，也无论红花，都成了人们秋天的风景。对，还有机遇过的每个人。

这个简单的KTV里，没有生日蛋糕，没有耀眼的蜡烛，更没有一首祝贺生日的歌曲，可这分明是为庆祝兰的生日而进行的小聚。

走出过生日的窠臼，我在无形中寻找有形，我在无为中寻找有为。忽然，能说会道似乎在这种场合里有点多余，让我静静地倾听兰的心音。她告诉我，“看着我挣了一些钱，真的把人快挣死了。”那种语气里没有抱怨，只是安静地陈述。对，每段光鲜亮丽的后面都有一段不为人知的付出。

她让我看了她食指关节处生成的茧，我禁不住伸手摸摸，粗粗的，硬硬的。这种粗粝是能扎人心的。挑过粪土的人，真正懂得庄稼一枝花的内涵。经历过起早贪黑一把辛酸的人，根本没时间计较语言和眼神里的荒唐。

她说，“人怎么过都是过，已经开始做这事了，就只有慢慢摸索着做下去，而且会做得越来越好。”书上有云，开弓没有回头箭。抒情些语句，也可以这么说，既然选择了远方，就只有风雨兼程了。

她用自己的俗语说着，我用自己的思维想着，其他的朋友们在音乐的旋律里唱着笑着。人的浮躁是可以被停止的，那是经过风雨后的只言片语，那是尽览沧桑后的一个眼神，那是一道划过心上的老茧……同样是女人，同样有儿女需要操心，同样有老人需要照顾，同样有很多家事需要处理……她却这么淡定地和我讲着属于她自己的故事。不张扬，不避讳，不扭捏。有一种女人真的很优雅，那种优雅，是盛开在尘埃里的花，俗雅共融。兰，如是。

有人说，这世界上有一种等待，最好的一种叫来日可期。在兰的履历表上，也许没有常人想象的冠冕堂皇，可她的心里一直有一种等待——来日可期。因为，她的眼神告诉我，明天会更好！

兰告诉我，“生意不好做，可日子过着呢，我的生意就做着呢。”我知道，面对难心事，她有时不是赢家，但至少还能和生活打个平手。看来，真正的勇士不一定流血流汗，但依旧可以在最艰难的时候站着生，我最敬佩的莫过于这个“站”字。

人的年龄越大，内心能被触动的机会越来越少。遇到了，我会倍加珍惜，无论你是谁。在秋雨绵绵的时节，兰让我看到了陌生而又熟悉的生活褶皱，那里有她的脚印，也有千千万万个女人的脚印。是的，只能是女人的脚印。

我有点晦涩地说：“应该给你准备一个生日蛋糕才好！”

她笑着说："要什么蛋糕呢，都这年龄了，我只是想和大家聚聚，高兴高兴罢了。"

呵呵，就这么简单的理由，却那么动人。我知道，兰的内心有风景，不知道我能不能做最幸运的看风景的人，但我会一直走在路上。

清晨，拉开窗帘，窗外的雨依旧淅淅沥沥。这样的日子，适合坐在绿意盎然、小茶一杯的书房里想心事，想得开怀大笑，想得泪眼婆娑，想得天荒地老，想得不分昼夜……但此刻，我最想做的事，就是说声——兰，祝你生日快乐!

是的，在这人世间，总有一些人永远让我心心念念，与他们的共鸣让我行走在时间的峰谷上舒展思维，生动的不只是一纸文字，更是一段不知不觉的光阴。正如植物的生长需要进行光合作用一样，他们就是阳光、空气，看似平常得再也不能平常，可我分分离不开。

我玩不起了

以前，常听人说玩不起，总觉得别人小气抑或是作假，事情真正落到自己头上的时候，我终于懂得了玩不起的人的苦衷，或是身体，或是思想，总有一样排斥着不适合自身的东西。

今天，我终于给那些曾经被我误解的人们平反了。岁月淘沙，因为我也走到了玩不起的年龄。吹不起空调，吃不起冷饮，对自己不喜欢的人敬而远之……随着阅历的丰富和年龄的增大，我玩不起的地方越来越多。

首先说说身体方面的玩不起吧。

吹不起空调。吹得多了头疼，浑身不舒服，那是因为多年的不注意，导致身体的虚弱。明明五大三粗的身体，却偏偏有一副弱不禁风的样子，说起来让人可笑，可笑过之后，我知道我的身体真的经不起长久的冷风侵蚀，只有看着吹空调的朋友们说声，"还是少吹一些的好。"可是说完，又觉得多此一举。因为理解的人，他觉得你是好心，不理解的人觉得我在用自己的想象绑架他的行为。因此，语言背后的真谛只有交给时间去验证。

吃不起冷饮。大热天吃点冷饮真的很应景，可我吃的时候欢天喜地，吃完就怨天怨地了。有时因为过冷，胃肠就会感冒，头晕眼花，难受至极，连最喜欢做的事都提不起兴趣了，耽误的不只是小事，有时候还会耽误大事；有时胃里饱胀感极强，从吃完冷饮的那一刻起，胃就彻底罢工了，不管经过了多长时间，即使到了吃饭时间也丝毫没有反应……遇到上述情况，还得吃点药才能缓解或舒服一些，细细算下来，买药的钱比吃冷饮的钱贵多了。所以，现在看着冷饮，不是因为心疼钱，而是想到吃完的难受劲儿，望而却步了。

熬不起夜。以前熬夜做点喜欢的事是常态，现在却不行了。一夜瞌睡十夜补。哪天如果熬夜了，第二天一定昏昏沉沉。做事思维停滞，效率低下，即使有时间补觉，也回不到按时作息带来的神清气爽的状态了。因此，每天按时作息成了目前的常态。到了休息时间，我总能按时休息，而且一上床不到五分钟一定呼呼大睡了。我忽然发现，有些恶性循环会破坏身体原有的平衡，有些良性循环会让身体非常舒服。这话听起来十分幼稚，可就是这样幼稚的结论，是我经过反复验证后深切的体会。

不可以太累。以前，下班了我还可以出门做些业余的事情，睡一觉照样生龙活虎。可现在体力一点也经不起透支，硬撑着做点别的事就会耳鸣脑涨。这种鸣叫仿佛身体拉响的警报，时刻提醒着我，该休息了，该休息了。过度劳累后，吃不进饭，睡不着觉，感觉很不爽。所以，工作之余，只能淡然度日，看看书喝喝茶，为第二天养精蓄锐。

每当我远离空调，拒绝冷饮，按时作息的时候，姐妹们都说我很自律，我只有点头笑笑。哪里是我自律啊，是身体让我这么去做的。因为无论你的思想多么喧嚣，承载这些喧嚣的物质载体一定要给力，一旦不给力，多么精彩的思想宝塔都会轰然倒塌，谁不信谁就试试看。

其次说说思想上的玩不起吧。

有一次，看马步升老师的文章，里面有一个词“生命的纯度”很是触动我，只是因为我平时多少有些积淀。每个人都有自己原生性的思想和生活的感悟，固定的三观里有许多不可逾越的鸿沟。我越来越喜欢拂拭蒙蔽在头脑里的灰尘，爱自己，尊重自己，不愿逾越三观的鸿沟去做事，更不愿意去填平别人的鸿沟，让他和我并驾齐驱。否则，对自己不礼貌，对别人也不尊重。于是，我只管跻身象牙塔打磨自己生命的纯度。

有一次和老爸聊天，他老人家告诉我，每个人都是一尊佛，佛光普照，照君子也要照小人。虽然这句话对我触动很大，可是我最终发现，我不是佛，我也没有什么佛光。我只喜欢能让我欢心的人在我的内心深处走来走去。因为他们才是我生命里的佛，正直，善良，淳朴，不迎合，不趋炎附势。

有时候，我真地想让自己变得笨一些，辨别不出语言外壳之外的阴暗。可是有些人前一秒语言的冠冕堂皇遮盖不住后一秒行为上的丑陋和无耻的时候，我哑口无言。也许，这就是他们的生存模式，我不能用我的三观去打磨他们蓬勃的生命力。既然有土壤让他们生存，我根本没有理由也没有资格去打搅那些言行错位的畸形美丽。我只能敬而远之，远远地看着，抑或转身离去。

有时候，我真的想让自己的思维变得迟钝一些，看不出这是演戏。可偏偏我这近视的眼睛，在有些人一张嘴的刹那，我就看出了他们是很蹩脚的演员，可我还得耐着性子看。说句心里话，我真的不想看，我告诉自己，必须要尊重自己。于是我只能舍弃一些东西，决绝地给自己找一块心灵的乐土。在这块乐土上春播秋收，和心灵相合的人们一起看云卷云舒，霹雳闪电。然后看着他们的眼神，郑重地说出两个字——珍惜!

原来，我真的玩不起了，我也只能给自己一条悦途去奔跑，那里有善良、正直和小鸟的欢歌。有人说，人最好的修行不在深山，而在都市。看着眼前的蓝天白云，无论深山都市我都不会去修行，因为我已经到了玩不起的年龄。我只有深爱着自己和家人，我才有资格有能力对别人谈论爱与被爱。

既然，我玩不起了，首先尊重自己的身体，然后尊重自己的思想。在玩不起中萃取生命的精华，在玩不起中无怨无悔地老去!

品茶，品人，品时光

工作之余，我总喜欢散淡地放牧心情。

比如，看夕阳，看落雪，看春雨，看小狗从街道跑过，看熙熙攘攘的车流和人群……但我最喜欢的还是品茶，随着茶气的袅袅升起，人也在不知不觉中安稳下来。于是，一个真实的自我慢慢走来，安静地品，安静地听，安静地与心灵对话。

品茶，其实也在品人，喝茶的人不同，心境大不一样。

和文友们一起喝茶，讨论茶禅一味里的奥妙，更多的是文字里的世界。哪首诗里的哪个句子最动人；哪部小说里的情节扣人心弦；哪篇散文的节奏和布局巧妙。在这样的心境中，灵感蓬勃而出，一棵小草，一声鸟鸣，一根枯枝……似乎都成了文字里的主角。

不为人知的小草，依旧用自己的一抹嫩绿绽放精彩；不经意的一声鸟鸣，是凯旋的号角，更是惺惺相惜的寻觅；高挂树干的枯枝，曾有过一季又一季的辉煌，谁的生命又能永生，更不用说那滚滚红尘中大部头的缘来缘去。

一杯小茶下肚，浪漫而知性的氛围里，我们恨不得让时光停下来，至少慢点儿，再慢点儿，然后用最快的速度交流，心一下子走得很近。茶是心情，心情亦是茶色，相互映衬中手挽手愈走愈远。终于，在一抹夕阳的余晖中，心存一丝感伤和向往，然后回归现实。彼此看着看着，忽然想笑，那是附庸风雅后的尴尬，更是对自己书到用时方恨少的遗憾。

和一般朋友们喝茶，倾听他们用自己的观点诠释俗世纷争，地气在他们的语言中时隐时现。

认真听他们跳跃性的话题，小视角里有大世界，每个人用自己的思维给凡人凡事盖棺定论，站在谁的角度，都能理解。逐渐茶只是茶，人只是人，各行其道。此刻，茶只是饮品，心情有点狼藉。于我个人，认知的盲点似乎被触碰，但更多的是对一个职业领域的客观认识，抑或是一段情感的理性眺望。

和闺蜜一起喝茶，优雅中总离不了家事。年龄似乎不是问题，如何让自己更加卓越才是问题。

淡淡一口香茶，轻启朱唇，老公、孩子、家事和逐渐衰老的容貌是永远谈不完的话题。有的老公安于现状，有的老公专注事业，有的老公还有些婆婆妈妈，面对这样的倾诉，取长补短，最终在家中没有汉子的把闺蜜逼成了女汉子，有事业的把闺蜜训练成了贤妻良母，婆婆妈妈的把闺蜜培养出了果敢的性格。喝一口茶，谈一段过往，原来谁家都有难念的经，于是安安静静地接着踏过脚下的红尘路。

你家的孩子出国了，我家的孩子才上高中，她家的孩子上大学了。互相传授过来的经验，懒惰的闺蜜信誓旦旦，一定要让自己成为孩子的良师益友。勤快的闺蜜灿若星河，自信满满。你一语我一言中推杯换盏，茶成了最好的催化剂，有茶有话有氛围。

无论老公，也无论孩子，最后还要落到自己日渐衰老的容颜上，如何保养便成了最终压轴的话题。无论多少化妆品，无论多少遮盖霜，最终的落脚点还是要心态好，好心态才是标本兼治的美容之根本。此刻，大家的意见逐渐走向一致，茶起话落，聚散两依依。

和茶艺师朋友喝茶，多了一份庄重，更多了一份茶道中“道”的触碰。

琴儿，一位高级茶艺师。我们的相识有偶然，更多的是心灵的相悦，她用茶道诠释生活，我用文字诠释生活，不知何时，琴瑟相和。我俩从秋天的瓜果飘香走到了冬日的生活四艺，我笨拙的插花吸引了她的视线，于是一段时光就从她淡淡的沉香、茶香、花香和墨香中走向升华。

春天来了，我俩早就约好了，春光明媚时，要喝一场淋漓尽致的小茶。就这样，走在彼此相遇的路上，一点一点把春天的呢喃化成目光里的惊讶，然后淡定地说着焚香、插花、茶道和挂画。一刹那，生命似乎就要开花，呼之欲出的感觉让我不能自制，那就尽情地享受她带给我的曼妙。

从开门七件事的琐碎，到娴雅流转盘旋在玉兰花蕊间，直至我俩的心情荡漾在柳梢上，终于在沉香的袅袅缥缈中，心情在迎春花的金黄中绽放……时光静止，她的声音仿佛宋词的婉转，聆听铺满一段时光。茶，人，道，还有两个最真实的女子。淡进淡出，却又那么扣人心弦。

也只有在她的茶艺展现中，我看到了茶人合一的天籁，仿佛古琴奏响一段心曲，又仿佛晴空碧波浇灌思维。茶是温和的，人是温和的，我的一段时光也是温和的，心灵沟壑中的凡尘被她一点点清洗得干干净净。

于是，茶落人间非俗物，妙手一曲惹尘埃的心境中，我忽然不知所措。一杯一杯，畅饮清浊气，细语话流年。温婉湿润的心情里，茶不说话，人自多情了。

暮色里，我忽然有点无助，灵魂相近，竟然如此眷恋。

品茶，品人，更多的是时间的流逝里，一种四季裁剪的心情。茶喝完了，人走得更近了，人世间的薄凉走远了……似乎我还想说点什么，可我又不知道该说什么，那就等待下一次，我们继续在茶色里浸泡时光吧。

听　雨

雨，跋山涉水，不管不顾地来了。我，义无反顾，在《雨后初晴》中沉醉地迎接。

是啊，四月的春雨，不张扬，如江南女子般婀娜。虽然没有敲打窗棂的响动，可大地上已留下了婉约的身影，“人间尽似逢花雨，莫爱芳菲湿绮罗”，一种突然降临的怜惜包围了我。

很久很久，没这么真切地感受一场春雨的韵味了。看看天，灰蒙蒙，不禁为自己的多情浅笑，别无选择，听雨吧。

季节以不容置疑的姿势来来去去，我也以不可阻挡的步伐一天天老去。在路上，春雨已来过无数次，可我认认真真听雨却是这一次。其实，听雨需要安闲，需要心境，需要清空内心的芜杂，这样，春雨才能淋漓尽致地下到心里，湿润被光阴制造的皲裂，慢慢从焦灼走向温润。我有这样的资本，因为我拥有这样的年龄。

雨，淅淅沥沥下着，我随着思绪进进出出，穿梭于文字；匆匆忙忙，逡巡于现实，两者之间有千丝万缕的缠绵，也有各自坐拥天下的霸气。文字是化了妆的生活，是装修后的世界。而现实是每个人生命里的一道硬菜，你爱吃或者不爱吃，你都得吃，有时就着欢笑，有时就着眼泪，有时就着无奈……但真正吃完了，会真切地感受到，原来我不爱吃的却这么有营养，才是真正触到痛点的食物，在心上划下了久擦不去的痕迹。

日子走了，心静了，痛过的，我好好收藏；甜过的，我也好好收藏。行走在一点点收藏心情的路上，生活不知不觉厚实了，人不知不觉淡然了。

蓦然，一个小雨滴落在窗前，瞬间洇湿了一方尘埃，它们相拥低语着属于自己的世界。早上，昊在空间发了说说，“早安，充实的一天!”旁边配了一本书和一杯牛奶。我看到有个网友给他留言“你的周末居然还有早上!”瞬间，我感觉暖暖的。因为昨晚做梦时，我梦见自己抱着胖嘟嘟、五官长得很美的他。他的小脸蹭着我的额头时，我悄悄地问他，“宝娃，你最喜欢谁?”他认真地看着我说，“我最喜欢你，妈妈。还有……”他的话还有没说完的时候，我却高兴地笑醒了。那个漂亮的孩子分明就是他，那么心疼，那么可爱，那么不可替代。

现在昊真的长大了，大得他的世界我似懂非懂，大得可以抱着我满地转圈圈，大得可以很优雅地安排自己的晨曦黄昏，大得可以为自己撑起一片心灵的世界……我知道，曾经我们母子相依的甘苦日子没有白白走过，个中滋味只有我俩最清楚。忽然，想说一句，昊，小时候我和你相依相偎，等你长大；现在，我依旧和你相依相偎，灵魂相伴，一路向前。此刻，在春雨里，在他还有早晨的双休日，真的很高兴。

春雨，你一定是季节派遣的使者。不然，为什么老用猝不及防的雅致撩拨我脆弱的心思。其实，人人的心里都有一个不为人知的角落，那里有属于心的世外桃源。春天，可以携爱漫步，看春花烂漫，将一季的心事铺展，然后和着

《葬花吟》的曲调将记忆与花瓣一起发酵，愈久弥香。

此刻，我把自己锁进春雨，寻觅归来的路。挨挨挤挤的文字里，我用理智捡拾合适的文眼，不是窥视的惊慌，而是淡定的自如。在你精心的呵护里，我终于蹒跚起步，就像老槐树上飞出的第一只雏鸟，扑闪着稚嫩的翅膀。而你依然屹立在风雨交加的日子里，张望着越走越远的我，“青箬笠，绿蓑衣，斜风细雨不须归”，我不想给你留下背影，可除了背影我还能给你什么。

此刻，我也任五味杂陈，用深深浅浅的脚印吟唱，你是我不变的传说。雨中我把油墨的组合，用心涂抹，抹出一片金黄的寄托。忽隐忽现里，我看到了你的笑颜，一种渴望深深地掩埋着。我用心倾听来年的歌，小雨更加欢快地诉说，那年那月那人，还有那些无法言说的那事。

忽然，有一种冲动，到大街上去听雨。匆匆下楼，小雨浸湿了头发，但“沾衣欲湿杏花雨，吹面不寒杨柳风”。我信步走进一家服装店，看女人们挑三拣四地试衣服。红色，热烈而活泼；绿色，青春而有希望；灰色，深沉而内敛……无论衣服怎么样，只要适合自己的就是最好的，我真的替这些美丽女人们感动，只因她们的生命依旧蓬蓬勃勃。

曾经，一点小病折磨得我不知所措，那时候连最亲的人都顾不上了，哪里还有心思看衣服呢。今天，我静静地看女人们不厌其烦地试来试去，那是因为他们对生活还有心劲，有了心劲，做事就有了活力。健康而美丽地生活着，做自己喜欢的事，吃爱吃的食物，营造一种好心情，又何尝不是凡俗中爱自己的最好模式呢。

日暮，雨还在静静地下着，我静静地听着。听着听着，心事没了；听着听着，天晴了；听着听着，心亮了。原来，雨中有感念，有思念，有回忆，还有淡淡的感动。

第四部分　读书感悟

读别人的书

走自己的路

这样就好

至乐莫过读书

现实生活中，每个人都有自己的喜好。有人喜欢垂钓，于恬静中放飞思绪；有人喜欢书法，于遒劲中挥洒豪情；有人喜欢编织，于细密中自得其乐……而我，最喜之事莫过于读书。

读书，可以营造一个人安逸的心境，由浮躁走向淡然。

当工作又累又忙的时候，我暂时放下手头的活儿翻翻喜爱的书。与曹雪芹对话，听听他怎样将封建王朝的盛衰用一块顽石开启；与张爱玲对话，倾听她对那个时代的浅唱低吟；与徐志摩对话，听听康河的水怎样滋润他诗人的心灵；与沙翁对话，听听他怎样把人性的善恶用悲喜表达……于是慢慢从自己的情绪走出，穿越时空，由衷怜惜黛玉葬花的冷月清魂；沉醉于“再美好也经不住遗忘，再悲伤也抵不过时间”的哲理诗句；游走于赫米霞与海伦娜的感情泥沼。我窃喜自己所生活的时代多么美好，有喜爱的书读，有喜欢的事做，不知不觉中将工作生活的忙碌与劳累化成了鞭策自我的动力，在心随忙动中且行且悟，达到读有字书，悟无字理的目的。其实心态变了，自己的世界就跟着变了。

读书，可以拓宽一个人的知识视野，由脆弱走向顽强。

我在相对比较集中的时间读一些自认为很有分量的书籍。李佩甫的《生命册》诠释了生命在极度环境中挣扎后的突破；毕淑敏的《花冠病毒》是我们面对生命不测时，如何处置的最佳范本；阿寅的《土司和他的子孙们》为我展开了一幅经纬交织中的民族历史画卷；高平的《仓央嘉措》于无声中显现了金顶牢笼里生命充满感性，争取人性的抗争。当我的视线与他们的文字相遇，共鸣中扼腕，唏嘘中反省，原来生活的面目不只是井底之蛙的一方晴空。其人其事总是震撼着我脆弱的灵魂，面对面，智启智的文字盛宴里，我问自己，你的小脾气与之相比又算得了什么呢？我很赞同这样一句话，我是因，世界是果！我想啊，只要我们自己对了，世界也就对了。

读书，可以唤醒一个人爱的天赋，由小我走向大我。

面对浩瀚的历史书籍，我偏爱经典国学，很多典故成了启迪我心灵的金钥匙。子曰：“苟志于仁矣，无恶也。”勾勒了做人的底线，让我懂得了没有文化信仰的民族是一个没有前途的民族。作为一位母亲，你要孩子做什么样的人，你先要做什么样的人，假如孩子生“病”了，那最先吃药的应该是父母亲。与人交往中，傲慢的人，求人爱，求人帮，求人尊敬；谦虚的人，能爱人，能帮人，能尊敬人；能施爱的人，得人帮，得人爱，得人尊敬……这些唤起良知的精髓，让我一次次抛开小我的苑囿，义无反顾地走向更广阔的世界。人要想走得稳，长得快，必须要有精神发芽的环境。国学就是我们最好的生存土壤，也是铸就精神力系统的关键所在。只要抓住了根，那就会有源源不断的营养供给，我们思想里的钙质才不会流失，看似儒雅，其实无敌啊。

读书给我带来了许多无以言说的快乐，我只想与我认识和不认识的人们分享感悟。最近国家提出了“立法推动全民阅读”，我觉得强制不如引导，当我们的孩子，我们的民众真正体会到了阅读的快乐，那又何必赶鸭子上架呢，其中利弊有待静观。立法推动阅读引发的议论还未散去，“犹太人年均阅读64本书，而国人年均读书不到5本”的消息，又刺激着大众的神经。著名作家贾平凹在上海书展上感叹“真正读书的人少之又少”。他说：“如果人人都不爱读书，国家的发展就没后劲了。”鉴于以上情况，我又对立法推动阅读泛起了波澜，但愿强制的后面能早日培植出大众阅读的习惯。

其实每个人都有心里懵懂与无助的时候，有些话不能说，有些事不能做，有些人更不能见……那该怎么办呢，走进新华书店吧，那里有许多温馨的文字默默地接纳你，她会为你守口如瓶，当你真正与之成为朋友，你也会在强烈的心理共鸣中，走出心理困境的喜悦中，穿梭于字里行间的惬意中，和我一样说出——至乐莫过读书！

读书与育人

林语堂在他的《论读书》中写道："读书须先知味。世上多少强读人，听到此语否？这味字，是读书的关键。"不期而遇，内心与先生的文字强烈共鸣。激赏之余，不仅想到了读书给我职业优化的动力。作为一名小学教师，跋涉在三尺讲台，沐着杏风桃雨，直面现实与理想的人性，我喜欢读书，在流年素心的虔诚中，读出了育人味，铸就了相对幸福的教育人生。

纵观教育历史，爱心是担负着教育使命的教师必备的。但教师光有爱心，没有专业的成长和灵魂的升华那又是苍白的。因此，教师只有游走于文字，沉湎于书香，使心河中有一种流动的思想和精神，看见时代的徘徊与挣扎，才能在繁琐中把握教育的命脉，从一个至高走向另一个至高。"美国最佳教师"雷夫在第56号教室的价值观中提到："我们追寻完美，但永远无法企及，追寻的过程就是一切。我们相信，热爱阅读的人将拥有完美的人生。"可见读书对教师的职业人生是多么关键。

我一直以为，不读书，就不能反观世界和生命的本真。英国思想家约翰·弥尔顿曾说："优秀的书籍是抚育杰出人才的珍贵乳汁，它作为人类财富保存下来，并为人类生活的进一步发展服务。"教师只有通过读书，继承优秀的文化遗产，内化为自我成长的动力，在理想的教育中搭建好的人格框架，就会有宗教一般的情怀，在铸就信仰的路上用文字擦亮个人梦想，重新触摸流失到记忆之外的最细微的生动。教师一旦与学生建立了教育伦理关系，就承担了一份社会责任。如何坚守对教育的忠贞，教师就要多看书，拓宽教育视野，在不断的突破中升华教育思想，挖掘教育资源，学会与所在教师群体、学生群体、家长群体和一些社会群体合作，听取他们的意见和建议，在外力催化的前提下，长远地提升自我育人的品位。

通过读书，结合自己多年的教育积淀，让我懂得了教育的归属应该是“发现与激活”。教师要想具备这样的能力，就必须大量阅读，驾驭多变的教育形式，及时避免在享受数字与逻辑、快餐与光速的物质世界的危险性，远离浮躁时代所特有的各种各样的流行病，在反思教育点滴中让新的精神发芽。当代著名教育专家李镇西用自己从教二十余年的经历干脆地说：“‘阅读欲’就是我的‘生存欲’！这种‘阅读欲’源于自身的危机感。学问的功底，学识的功底，使我如饥似渴地阅读。”日复一日，年复一年的教育生涯中，有时我们以一种常规的思维束缚了心智，要打破这种常规，善于反思，我们才有可能憧憬美好未来。读书中反思，既可以思考教育观念与教学艺术，又可以思考教学成功经验与失败教训；既可以思考教师的教育教学方法，也可以思考学生学习的方法。只有这样才能不断地彰显教师风采，在突破常规中发掘生命的内涵，达成互动中跋涉前行的默契，真正做一个不迎合教育世俗，维护孩子身心健康的捍卫者。

国家提出了“立法推动全民阅读”，我觉得教师应是立法阅读的践行者和倡导者，在阅读中退去旧尘埃，树立与时俱进的育人观。一切言说终究是虚弱的，只有通过读书，教师才能真正在精神的切片中，注重过程、细节和独特的生命感受，重视内心的体验和倾诉，把爱和阅读中的直接经验与间接经验融化成个体能力，抛开随行就市的假道说，努力做到：用教育发现点亮学生的自信；用教育道德震撼学生的心灵；用教育精神影响学生的生命；用教育技巧改变学生的命运。

透析自身阅读史，我清楚地意识到：读书会促进职业成长，职业成长又不断提升自我阅读品味，进而达到读书与育人的齐头并进。当然，这里的育人，不仅仅指学生，还有我自己啊。

读书何须在书房

于我而言，读书，不知何时已成一个很享受的过程。

一

2016年的冬天不冷不热的，儿子上大学走了，每天下午下班回家也没什么事，于是我就去新华书店看书，看自己心仪的书，看着看着，就把自己放到了书里，一种前所未有的美妙在心里诞生。

鲁豫的《预约幸福》，我就是在西固的新华书店看完的。每次读到她采访的一个明星，不同的成长轨迹，不同的成名道路，但都有着和一般人不一样的坚韧和顽强。我独自沉思，人到底应该怎么活才幸福呢？看了这本书，我知道一个人创业成功固然好，不成功的话，其实走在拼搏的路上，也有与众不同的风景，这风景里有风霜雨雪，四季分明，但幸福总是在不经意间就降临了，我懂了，老天总是眷顾那些吃苦耐劳的人。

有时候，走进新华书店，放眼望去，有坐着板凳的老者，有学生，也有坐在台阶上的读者，这样的氛围里，由不得自己赶紧开始阅读，就像蜜蜂飞进了花园里，只有采蜜，别无选择。

雷殿生的《十年徒步中国》，我也是利用闲暇时间在新华书店看完的，我被他的精神深深折服。生活在这个世界上，做自己喜欢的事才真是件非常愉快的事，哪怕流血流汗，只要有一搏的过程就没有遗憾了，回望处连自己都会被自己的执着与顽强感动地泪流满面。真的，生命是用精致来感悟的，不是用粗糙来消耗的。

二

因为工作需要，我和同事去省图查资料，那里没有喧哗，只有书页的翻动和偶尔的咳嗽声。

和管理员沟通后，我俩找来需要的资料，好几本书，高高的一摞，我想这要看到什么时候呢。其实，我多虑了。安静的阅览室里，我们的阅读速度极快，工作效率极高。经过四五个小时的翻阅，我们查到了自己需要的资料。我很惊讶，原来，我给自己心理设限，可事实并没有那么难。

我和同事商量着，以后有机会就来省图看小说，看他个昏天黑地，那才叫一个过瘾呢。只要我愿意，时光总会给我一些馈赠。只要氛围合适，无论在哪里读书都会有收获的。

三

曾经，在我的思维里，假如能有一个很有品位的书房，随手拿起一本悦心的书籍，沐着春光，看着远山，品着小茶，静静地在文字里让思绪跌宕起伏，那再好不过了。

现在，我拥有了这样的环境，可思绪却没有跌宕起伏，事实与我的想象相悖，答案不得而知。

春雪过后，当朝阳万道时，我拥着一腔憧憬走进春光。人行道上，人来人往。路边，我看到一个老人家在自家临街的小卖部旁边，边看书边照顾自己的小买卖。

他看书的神情是那么专注，我站着看了一会儿。也许他觉察到旁边有人，缓缓地抬起头，从老花镜后面慈爱地看着我说，《红楼梦》你喜欢看不，我说喜欢。然后他又问，喜欢传统文化吗？我说喜欢，但更喜欢用行动诠释。他笑笑。

我告诉他《红楼梦》我看了两遍，第三遍才看了一半。他又笑笑，摘下老花镜告诉我，他正好也看到第三遍，快看到一半了。我的心里一热，世间事有时候就这么巧合，我说天下读书人是一家。他问我有没有兴趣一起研究传统文化。看着老人家那么认真，我说我还达不到研究的阶段，只是了解一些。

当我的目光落在他看的书页时，空白的地方写着标注了拼音的生字，还有一些生词的解释。他看着我解释道，有一些字不认识，这样做了标注，下次读过来就不用查字典了。是的，读书就是一点点咀嚼文字里大世界的过程，何苦匆匆而过呢。

看看时间不早，我和他道别，当我走出几米远的时候，我回头望，他依旧沉浸在书页里与文字相拥相惜了。温暖的时光里，老人家依旧安详。

我迎着太阳，心里豁然开朗。是啊，读书何须在书房，心安之处有天涯。

与书相伴的日子

近日，和朋友们小聚，偶尔谈起读书。有的说，该忙的都忙不过来，哪有时间读书；有的说，也想读书，可静不下心来，勉强读了，也不知书中所云；有的说，读书的确好，可一拿上书就瞌睡了，大家谈论得不亦乐乎。忽然，我觉得一个人能拥有与书相伴的日子，就是开启灵魂快乐旅行的日子。

为了能与书相伴，有时我忙中偷闲，赶紧拿来喜爱的书抢读几页，尽快把握所读文章的精髓，心中顿生欣慰。就像饥饿的人匆忙中抓紧吃上点食物，也能有饱食感一样。正是在忙中偷闲时，我了解了著名国学大师王国维，他引领我进入《人间词话》的“境界”之造境、写境，有我之境、无我之境，让我看到了中国词学、美学的根据，由此走向由诵读鉴赏唐宋词到试着填词、炼字的道路。填词时，每当我找到凝练而富有意境的词，一定会高兴半天。在春暖花开的季节，我填了《蝶恋花·春意》《蝶恋花·春闹》《蝶恋花·春韵》，在儿子高考之际填了《好事近·咏海棠》。在装修新房时，把这些承载灵魂之旅的文字打印到壁橱的四扇柜门上，每每抬头诵读，给自已庸常的日子带来了无以名状的喜悦。是的，读书不是给别人读，就是给自已读。有些东西我可以用金钱买，可有些从心灵生发的东西根本就是金钱也无能为力的。

为了能与书相伴，工作之余，我尽量不参加那些无味的聚会，给自己留出相对集中的一大段时间。此刻，如果拿到一本书，我就像婴儿嗅到了母乳的味道，瞬间安静下来。假如这本书偏理性，我会耐心读，因为里面有许多东西需要辩证，需要推理，更需要从宏观上把握和吸纳；假如这本书偏感性，我会用心读，因为有些文字的寓意之美，只有共鸣中深切体味才会见作者用心之美。朝暾夕月一花一世界，落崖惊风一叶一菩提，驰骋于这样的心境，我问自己，何事不能了呢？杨光祖老师的《所有的灯盏都暗下去了》让我看到了敢于用犀利的语言剥离世界虚伪的利刃，也看到了一个爱书买书读书藏书的学者身上曾经有过的艰辛曲折。是的，灵魂的高贵不在物质的多寡，容颜的娇美也不在化妆品的牌子。于娟的《此生未完成》，虽然极尽乐观之内涵，但依然让我在纵观生命奔涌的浪潮中，读出了“健康福中首”的不变铁律。于是，在这样的心理体验中，我一定会让自己健健康康地生活工作着。自己煮茶喝，一沉一浮间静观世相，自得其乐；自己当厨娘，一起一落间满含温情，做出可口的家常便饭；抽空陪伴家人，一言一语间释放情怀，过得踏实富足……就这样做最快乐的自己，生活不知不觉温馨而浪漫。

与书相伴的日子，让我洞察了一颗露珠的晶莹，一个眼神的难忘，一颗心灵的回归。读书积累到一定程度，人一定会具备于琐碎之处体验生动的能力。一颗花苞的萌动，让我看到了力量之源，期待着某月某天某时的绽放，于是我的路上铺满了希望；一滴露珠的掉落，让我顿生哀愁，那是对美丽瞬间的留恋，于是我的思绪里充满向往；一片金黄的丰收里，浮现着农人们在田野里劳碌的身影，于是我想到了春播的重要。岁岁年年花相似，年年岁岁人不同。的确，我有很多文字，就是在与书相伴的日子里得到的感悟。去年，看到西固金沟乡王德元老师给我们工作的无私支持，我写下了《乡村放歌人》，在兰州广播电视台举办的“感动兰州”征文中获奖，这也只是其中之一。人一生之中都在画一个圆，从原点出生，然后成长、叛逆、工作、旅行、变老……突然有一天，你会发现喜欢和家人聊过去了，曾经走了的人在心里又一次复活了，那年生活过的小村庄、小胡同、小巷道蓦然变得亲切了。当你哭着来，别人哭着送的时候，人又回到了原点，一生的圆终于画完了。其实，就这么简单，很多触动，都来自阅历的丰富和读书感悟积累的质变。

其实，我们读过的书，其中的精髓全都融进了骨血，举手投足间一览无余。林语堂在《论读书》中写道：“人生之初，都是好学好问，及其长成，受种种的俗见俗闻所蔽，毛孔骨节，如有一层包膜，失了聪明，逐渐顽腐。读书便是将此层蔽塞聪明的包膜剥下。”蔽塞聪明的包膜能否被剥下，那就看我读书的领悟了。于是我悄悄对自己说：无论你有多忙，无论你多心烦意乱，还是拿上书本就瞌睡……这都不应该是不读书的理由，还是读点书好。因为，与书相伴的日子就是净化心灵的日子，提升自我的日子，寻找最美自己的日子。

《平凡的世界》不平凡

在我的阅读体会中，有些文章像险峰，付出思考比对才能一览秀色；有些文章像平川，只需放眼驰骋就能将精髓尽收眼底；有些文章像丘陵，在思绪的时起时伏中获得阅读的快感。最近，我再次捧读《平凡的世界》，路遥老师用平实的文字在我眼前铺陈了一个具险峰、平川、丘陵于一体的文字世界。我时而激动不已，时而平心静气。无论思维里波涛汹涌还是涟漪柔美，我总忘不了这就是我们曾经生存的世界，禁不住由衷地慨叹：《平凡的世界》不平凡。

《平凡的世界》用朴实无华的内涵接纳了无数漂泊的读者，让他们在自己平凡的世界里找到了精神的归宿。只要认识汉字，只要愿意阅读，就会看懂《平凡的世界》呈献的内容。对于不同年龄段的读者，内心共鸣的支点可能有所不同。但是，在自我认知的范围内，大家都会不约而同地与现实生活相联系。从小说人物一波三折的起伏中，时急时缓地对人性进行诠释，然后让心灵平稳着陆，跟着故事情节的发展一点点推进。读者的好恶、得失、喜怒、胜败似乎都能从中获得一个宣泄的出口。最终，通过取舍找到最适合自己精神发芽的那块土壤。于是，在无数“假如……”中回归现实，用我心做我事，举手投足间从此多了一份坦然和坚守。钱穆说，“中国文学即一种人生哲学”，在这里再贴切不过了。

《平凡的世界》中每个角色都是那个时代人物群的浓缩，正是这样浓缩了又浓缩的人物用他们活生生的行为告诉读者：人活着真的不容易。但就在读者眼睛可以看得见，心里可以感受到的“不容易”背后，人们总得想办法继续生活下去，小说中不同人物的不同活法，又在读者心中激起了五味俱全的波澜。当视线游走文字时，我时而为少平的处境捏把汗，时而为田家姐妹的眼光击节，时而又为田福军的忧国忧民酣畅豁然……生活的激流中，一个时代的内涵统领着个人的精神，谁又能摆脱时代的痕迹独活。人物命运的起伏跌宕把那个时代人们的生活入木三分地进行了刻画。在一次次的矛盾冲突面前，人们思想意识的局限让我对故事的发展充满了期待。毕竟，时代变了，此一时彼一时啊。中国大地上特殊时代的人们就这么不折不扣地复活在了路遥老师的笔下。此刻，我真的读懂了什么是“源于生活又高于生活”的内涵。

《平凡的世界》不只是平凡的世界，它用120万字叩问的是历史，敲醒的却是万千读者的灵魂。这样不言而喻的现实意义，就像流淌在山间的小溪，清澈得足以照见读者的心思，又洗涤着懵懂中纷扰的尘埃。20年前，我以励志的心态读完了这部小说，把自己放在角色中单纯地看主人公的喜怒哀乐，从中寻找自己在平凡世界中前行的动力。蓦然回首，青春的思维里没有历史观，没有发展观，洋洋洒洒的文字淹没了肤浅的阅历，被动地阅读着，想象着，对主人公少平最终的归宿有点怅然若失。今天，我像看过无数“风景”的旅人，当目光落在“谨以此书献给我生活过的土地和岁月”时，就开始与这些富有生命力的文字对话了。游走于小说时与文字互动前行，跳出文字时独自在跋涉中体验，别有一番滋味在心头。站在每个小说人物的角度，我都能理解他们。尤其是对孙玉亭穿着破衣烂衫，趿拉着破鞋干革命的那种精神上自我慰藉的方式给予同情，他的不甘心跃然纸上。田福堂、田万有、金家兄弟……那分明是一个时代一层人的代表。孙少平不只是小说中孙玉厚的儿子，孙少安的弟弟，也不只是一个出色的煤矿工人，他还是一个精神凝结的精灵，在人物的实体之外活出了一个博大的精神世界。也正是这个精神世界里容纳着那个时代无数觉醒的有思想的青年，他们在时代的大网中挣扎前行，终于用自己的抗争赢得了一席栖息的绿荫。虽然那片绿荫还不能完全遮蔽风雨，虽然那片绿荫还在起步阶段，虽然那片绿荫在有些人的眼里不足挂齿。但是，这是少平自己人生路上的风景，难得且不可多得。我为这样的灵魂鼓掌喝彩之际，顿悟世事无论怎么变幻无常，人生还是用自己的双脚走路最踏实，用自己的双手营造生存的空间最幸福。

《平凡的世界》随着“少平远远看见，头上包着红纱巾的惠英，胸前飘着红领巾的明明，以及脖项里响着铜铃铛的小狗，正向他飞奔而来……”画上了句号，但留给我的思考却一直延伸着。我不禁问自己：《平凡的世界》真的平凡吗？我的回答只有三个字：不平凡。

感悟土司及其他
——读《尘埃落定》有感

这个夏天，我游走于土司时代，慢慢咀嚼温度里的燥热。秋天终于快来了，我没有盼望，但它终究还是要来了。“从一群野画眉在窗外声声叫唤，我从男孩变成了男人……尘埃落定后，我在床上变冷时，血也慢慢地在地板上变成黑夜的颜色。”一个长大、孤傲、睿智、沉稳和阴谋的傻子缓缓地从阿来的《尘埃落定》中走来。

你是人们眼中的傻子，却用自己的脑子创造了麦其土司边境的空前繁荣；你是人们眼中的傻子，却用自己的手段得到了最美丽的女人；你，不是土司，却是藏地人们脑子里所有土司的土司。就是这样一个隐忍、等待和大胆的你随着土司石头官寨的轰然倒塌，没有了生命的依托，将自己的灵魂交给了刀锋。冰凉而无疼痛的时刻到来时，就只有让自己在那股旋风中独舞，真的一了百了。复仇者的火焰只是推波助澜的一抹温热，无辜而又安慰。恰恰在那一个时代结束时，我才觉得你真是一个傻子，或许你不该随叔叔而去。随之而来的你一手创造的那个小镇也会成为承载历史文明的亮丽一笔。沙粒尘封了蓝天白云的遗憾，只为后世留下了一个“凹”字形的遗迹，或许还有你们民族高高吊起的厕所，都会为后人提供夸张的想象和莫须有的神秘。毋庸讳言，我就是其中的一个。

我被你们那个时代的呼吸蛊惑着，人与人的关系赤裸裸的三六九等，奴隶，自由人，上等人到土司。一种根深蒂固的传统观念，从精卵结合的那一瞬间就注定了身份。不穿鞋的小奴隶索郎泽郎，行刑人家的小尔依，马夫家的塔娜，还有茸贡土司的女儿塔娜，还有一个麦其土司的傻儿子你啊。于是我跟着你趾高气扬，跟着索郎泽郎和小尔依唯唯诺诺，跟着桑吉卓玛感情纠结，跟着女土司的女儿塔娜尖酸刻薄，跟着马夫的女儿塔娜视财如命，跟着你的母亲——一个神秘的汉族女人游走在吃醋、手段、吸食鸦片和对傻儿子的精心保护与提防中劳累，跟着你的父亲麦其土司放荡、贪婪、豪夺、残暴和惊恐中前行，跟着你的哥哥犯着聪明人的错误而最终腐尸而亡……此刻，我好像是那个一言不发，两次失去舌头的书记官，俯视着那片土地上每日的无聊和奢靡。于是我面对自己的现实吞吞吐吐，将时代与时代相提并论。我也傻了，脚下的土地输入我们躯体的地气不同，此一时彼一时，哪里有什么可比性呢？你的时代，只是历史车轮转过的一瞬，当白色汉人和红色汉人进驻的那一刻，正如你所说，再也不会有土司了。当你的预言被现实击中后，你彻底被打垮了，因为你做土司的理想成了泡沫，你的躯体随之瓦解。

静静地匍匐在自己的内心遥望，你那个时代的空气里弥漫的气息单纯而又蛮横。只是波及的人群不同罢了。仆人们的欲望，不能说是欲望，而是愿望吧，就像一根绳子串起来的小珍珠，清晰而鲜亮。吃饱了肚子，有朝一日能有个自由人的身份就是最大的幸福。为此，他们恨不能时时吻着主子——至高无上的土司的鞋尖，那份骨子里的奴颜婢膝已经成了生命的习惯，在躬行中祈祷着好运降临。可是明天的太阳照遍藏地的苍穹，他们的脸色更紫了，他们的皱纹更深了，他们依然不能过多地行使五官带来的功能，只能在内心的那片心海里默默地祈祷与诅咒。而主子们的愿望，不能说是愿望，而是欲望吧，就像一根绳子串起来的乌石，硕大而沉重。在世袭的心理暗示下，弱肉强食，用自己的智慧扩大着所属的土地，增加着自己的奴隶与百姓，用白银和粮食充实着地下的仓廪。闻着厚实的飘出地下的混合味道，他们多了一些不安分，于是拿那些下人的耳朵、舌头、手甚至是性命开心。可是你没有满足现状，用自己的傻操纵了更大的玩笑。让那些自认聪明的土司饿扁了肚皮，拜倒在你的皮靴之下，白银来了，女人来了……你的欲望得到了空前的满足与膨胀。而你用自己的思维再次为那些聪明人掘下了更大的陷阱。

我总相信人生有辉煌的一刻。你辉煌了，可欲望就像揪心的恶魔，你不能驾驭它，形势远远超出了你的睿智。当你把获取土司的位置作为最高的理想，当你把拥有更多土地，拥有更多财富作为目标，虽然那些在你眼里如粪土，但你没法拒绝扩张带来的快感，更没法拒绝这种明争暗斗中你稳操胜券的喜悦……你疯狂了，当时机来临时，你把那些肤浅贪婪的土司们推向了绝境，让他们一个个把梅毒带回了自己的土地，让他们眼睁睁地体验一个活人慢慢腐烂的过程……可是，你的思维啊，这次真地出了问题，为白色汉人卖力的黄师爷为你的湮灭做了铺路石。当在亲情与自我矛盾的途中，你终于将自己的天平倾向了那个野画眉欢叫过的，童年居住过的土司堡垒……但是土司的位子再一次淹没了你内心的那点温情，红色汉人俘虏了你。马背上，当你的至高理想没有植根的土地之后，你的心慢慢死去，你的灵魂飞走了。复仇者是一个多好的合作者，他给了你温柔的一刀，你在自己思维的牛角尖得到了解脱。

我窃想，假如你可以再傻一次，也许你可以寿终正寝，可那在你的思维里是永远也无法滋生的。因为你的胃里同样“牛羊毛多于铁屑”。一个时代的结束，也许刚开始有点晦涩，但随着时日的缓缓流淌，依然会谱出一曲动听的歌。谁说不是呢，尘埃落定时，一切终究被风化，一个土司的时代就这样从我的视线里淡出。

经纬交织中铺开的民族历史画卷
——读《土司和他的子孙们》有感

《土司和他的子孙们》由甘肃作家协会会员、甘肃文学院签约作家阿寅（原名王国虎）著。作者把生活的阅历和才华用心血凝结成一部沉甸甸的文学作品，小说共分为九章，通过性格鲜明的人物和跌宕起伏的故事情节，深入浅出地描写了锁南普土司及其后代的传奇故事，挖掘了临夏积石山厚重的历史内涵，集文学性、历史性和可读性于一体，为读者提供了不可多得的文学读本。

我对这本小说产生浓厚兴趣，源于书名中的“土司”二字。因为读过茅奖作品《尘埃落定》，我理解了“土司时代”怎样从我们的眼中慢慢淡出，淡出并不代表销声匿迹，这给我留下了想象空间和期待后续的情感需求。阿寅老师的《土司和他的子孙们》恰好弥补了这一阅读渴望。随着阅读地渐进，我被小说呈现的惊心动魄的历史场景捕获，浓郁的地方特色吸引，被生活化背后的内涵折服。沉浸于这样经纬交织的民族历史画卷中时缓时急地走向光阴深处，禁不住写下了一些自己的感悟，与读过和没读过这部小说的文友们分享。

一、以“我”的看、听、想、读描画了《土司和他的子孙们》在历史变迁中的“经线”，为小说的发展支起了一个可依附的、强有力的骨架。

作者以土司及其子孙几代人的生活内涵为主线，深挖其中的本质，梳理出了若干条主线，将人物命运的起伏缀于其间，给读者局外人的清晰和感悟。

1. 通过传说，我认识了自己的祖先锁南普少年时期的勇猛刚烈，15岁就杀死了一只比自己高大的狗熊。管家告诉他：“可老爷像是很不高兴的样子。”这侧面了说明了少年锁南普的胆识，为他以后在你死我活的现实中无所顾忌埋下了伏笔。不遵守一些相安无事的潜规则，厌恶老锁南普因土司生存地位需要为他娶的妻子，肆无忌惮地放纵自己的个性。就是这样的个性，成就了他的名声，也捣毁了他的土司地位、豪华的土司府、成群的牛羊……以致“经过这场变故，锁南普渐渐明白，女人毕竟不是填肚子的糍粑，而是上苍制造的美丽陷阱，专意猎取像他这样恣意狂为、不知节制的男人。”也正是这样的个性，使他落魄之际在西番庄站稳了脚跟，并成了“清一色跟锁南普一样的小眼睛，身板也像锁南普一样壮实，像九个活蹦乱跳的小公牛”的九个儿子的父亲，一向沉寂的西番庄一下子热闹起来了。当“他看见冲天的火光，他的妻妾们倒下了，他的成群的牛羊倒下了，他的华丽的府邸倒下了……”锁南普的一生就像他用银川河的大麻石砌成的八角大碉一样，永远烙在了西番庄人的心里，铸就了临夏积石山下一段鲜为人知的传奇历史，也为他的子孙们的恩怨过往敞开了继续发展的大门。

2. 经过几百年的演变，锁南普的后代在西番庄形成了大大小小的家族，“我们”这一房是比较强势的一支。我的祖父作为几代单传的命根子，因曾祖父拒绝送我祖父去做喇嘛又引出了一段与思想、与地方风俗撞击的历史。在一场突如其来的瘟疫面前，我祖父侥幸捡回了一条命，却失去了庇佑他生存的保护伞。祖父被作为西番庄人眼里的“瘟神”在人们的谩骂和羞辱中做了给道庙“献身”的“身子”（活人当祭品）。读到这里的时候，我身临其境，几乎是屏声静气。“献身”这天，大法师做完法式后，从袍袖里拿出一根一尺多长的竹签。“大法师手里捏着竹签，先在他的袍袖上试了几下，然后对准我祖父的腮帮子，用力刺了进去……”在人们的欢呼声中，“只听‘噗’的一声，我祖父从嘴里吐出一截沾满血的竹签儿。”就这样，穿了咬断，咬断了再穿……反复了好几次，我祖父才被制服。经过这样的变故，在庄人王顺发的引诱和教唆下，祖父走上了抽大烟赌博的不归路。输光了所有的家产，也输掉了一世土司建造的宏伟的土司府。土司府被拆得七零八落，可是留在西番庄人心里的却是抹不去的遗憾和痛惜，祖父的绰号“王烧子”也因此诞生。“房子被债主拆了之后，一无所有的我祖父，跑到庄子对面的‘马脊梁’上，鹰一样地蹲了三天三夜，然后攥了一把黄土，从西番庄消失了。”其实，这是我祖父无奈与反省的一个过程，有了这样的过程，为他日后的发迹打下了基础，也为读者提供了思考和想象的空间。

从此浪迹天涯，由于骨子里的倔强，他做了“脚户”，靠贩大烟为自己的卷土重来积累了第一桶金。他用钱捐来了一个保安队长，成了衙门里的人。在权钱铺开的道路上，重新回到了西番庄，在人们还在不断的诧异声中，他在“马脊梁”上建起了与曾经的土司府相媲美的豪宅。接着“买喇嘛庙”，用自己的胆识和肆无忌惮平息了西番庄和李庄人的“争水事件”，娶走了侄儿媳妇，种植鸦片……主观上满足个人膨胀的欲望之时，也或多或少地给西番庄人带来了一点好处。可是，就是这样一根硬骨头，终究没能抵挡住历史车轮的碾压。土改时期成了“恶霸地主”被枪毙。“当一声尖利的枪声响过后，我祖父没有倒下去，反而冷笑着转过头来。那狰狞的面孔，吓得行刑人差点掉了手中的枪。”可无论他多么强势，终究在“两岸的人群中浪潮般涌过一片惊叹”时，湮灭成西番庄的历史。

3. 随着事态的发展，我的大伯做了五世鲁丹巴活佛，我父亲贡布参了军，后来在得到祖父的死讯时父亲赶回西番庄，老老实实做起了农民。看到这里，其实父亲心里有了自己的打算，祖父走了，父亲来了，这意味着什么呢？经过波折与磨难后父亲成家，在西番庄代替“老羊头”做了生产队长。为了化解与李家庄几世的恩怨，他宁愿为李家庄的李甲长做“孝子”。“老贡布还真有几下子，几辈子没办成的事，他给办成了。毕竟是衙门爷的后人……”是啊，这需要气量，更需要胆识。“我父亲的威望在庄子上如日中天”，接着父亲又带领西番庄人种花椒……此刻，读者应该理解我的父亲留在西番庄的真正目的了。

4. 我作为土司的后代，喜怒哀乐贯穿于小说的始终。听着祖先的故事，看着那些古老的历史，想着发生的这一切过往，残酷的现实昭示着应该做一个怎样的自我。我与英子的感情纠葛、我与王少卫、王少红的恩怨过往，是对时代内涵的折射。在这种复杂的情感挣扎中，我的童年少年充满了屈辱和无奈。祖先骨子里的血依然在我血管里流着，可我却不能像我的祖先那样活着。英子跳楼自杀，少卫怀着我的孩子坠河而亡，王少红的官场本色，……这一切不可抵挡地发生在我的身边，我的神经就像绷紧的弦。“我疯狂地怒吼着冲到窗台，抓起盆子，使劲朝窗外扔去……”当我进了看守所再次回望历史和现实，听到的却是“快来吧，孩子，要不就来不及了”，这与开头的“我绞尽脑汁，拼命地思索起来”遥相呼应。我怯懦、我坚强、我痛苦、我欢乐、我逃避、我直面……留给读者来评说吧，因为我是土司的子孙。

至此，一个思路清晰，经线分明的小说骨架巍然屹立在了读者面前，要想了解形成这种纬线的根源，需要沿着作者在小说中的纬线思考和拓展下去。

二、以作者对中国历史和富有特色的地方民族历史内涵的挖掘，描画了“土司和他的子孙们”在历史变迁中的“纬线”，为小说的丰满和恢宏提供了原汁原味的材料。

作者写的虽然是土司及其子孙的命运，反映的却是不同时代的历史内涵。在一种大背景、大环境里塑造的个人恩怨曲折，折射出种种社会制度的现实里，人们的生存现状，只是土司和他的子孙们更具代表性。以点带面，带给读者的是对中国地方史乃至中国历史的长久思考，通过对历史的洞察，为读者提供了可借鉴的、积极的现实意义。

1. 我的祖先锁南普所在的时代是真正的土司时代。要想把握和理解土司心态，写得惟妙惟肖，就要谙熟土司制度以及在这种制度下不同等级人群的思想行为，这样才可以将人物的飞扬跋扈和无所顾忌刻画得入木三分。土司制度是元、明、清三代对南方民族施行的一种统治制度，也是元、明、清三代在南方民族地区采取的一种封建民族政策。土司制度产生的初期，它作为一种新兴的政治统治制度，在当时的历史条件下应当说是一种进步。在清朝大规模改土归流以后，对残存土司的统治有了很大的变化，土司的势力大为减弱，只在形式上为土司统治，实际上是在清朝所设的各种流官机构的管辖之下。元、明、清三朝建立和推行土司制度的意图，不是为了经济上的剥削，而是为暂时安定情况十分复杂的边疆民族地区，以求得暂时的相安无事。在这样的地方自治的现状下，人与人的关系赤裸裸的三六九等：奴隶、自由人、上等人、土司。索朗土司、锁南普土司就是那个时代的产物。管辖一方的土司凭借着至高无上的权力，演绎了权力倾轧下的你死我活，演绎了人性极度膨胀下的奢靡无度……但最终牺牲的不只是土地和牛羊，还有他们管辖的臣民，尤其是女人。投奔索朗土司的姑娘被酷刑折磨，惨死在牛背上，行刑场面惨不忍睹，不看这部小说，永远也想不到那种酷刑的真实场景。丹真土司的女儿，虽然有土司家族大小姐的傲慢，但我的祖先锁南普土司见不上她，她只是土司间为巩固权利的一种媒介。看似风光，实则是一种变相的牺牲，失去了做女人应有的幸福和享受，导致她一步步走向尖酸刻薄和变态。在锁南普朝贡去的一年时间里，他娶的三房妻妾不翼而飞。土司太太轻描淡写地说："……她们既然是糍粑，这么长时间没人吃，自然是馊了，坏了。"从这里就可以看到土司太太的变态已经上升到了怎样的地步。这也为锁南普去找另外的女人，并为女人走向倾覆埋下了伏笔。恰恰就是为了索朗土司管辖地的卓玛，他最终失去了一切，大彻大悟后，以他的睿智和胆识在西番庄开辟了另一番新天地，结束了自己的土司时代，但他土司的光环依然照耀在头顶，照耀在西番庄人的记忆里。

2. 我的祖父所在的时代是民国时期、抗日战争、解放战争和解放初期。在这样的历史跨度下，造就了我祖父的生死存亡和颠沛流离。看似个人命运，实则是中国千千万万个和我祖父一样的人们的命运。抨击的是社会深层次的黑暗和一切不完善的制度孕育的畸形心理。将中国近代历史在西番庄的一段演绎完完整整地呈现给读者。

我祖父由于赌博输完了家产，"一溜溜山，两溜溜山，王溜溜山，脚户哥下了个四川。"他从此做了脚户，加入了河州万头驮脚大军中。其实这是当时贩运货物的一种方式，靠脚力吃饭。这里看似简单，其实蕴含着丰富的地方文化内涵，又一次翻开了历史上西北地区脚户的职业特点。混乱的清末民初，祖父做脚户和贩大烟又一次发迹。捐了一个当时的河州城保安大队副队长的职位，成了衙门里的人了。他"嘴里的金牙闪着耀眼的金光"，因为当时河州城流行镶牙之俗，富人家才用金子。紧接着是我祖父和李甲长的儿子李汉杰的对峙，反映的却是旧势力和新生事物的矛盾。在大是大非面前，新生事物的薄弱可见一斑。但是，随着抗日战争、解放战争战火的燃烧，祖父的大势已去已成定式。他想投机取巧，获得重生，可是关营长给他的"证明"却被王老蔫卷了烟卷化为灰烬。他和我父亲的矛盾冲突又一次凸显了时代交替的矛盾，他最终也没能阻止父亲走上革命道路。至此，解放战争的尾声里，还残喘着以祖父为代表的旧势力的挣扎。新的社会制度总是用他的尺码衡量一个人的好坏，一个社会的价值标准。在这样的尺度下，一声枪响，祖父最终没能逃出一劫，隐含着旧时代的结束和新时代的开启。土司子孙们的命运又将走向怎样的一个结局，引领读者的也正是这一幕幕时代背景下有血有肉的现实。

3. 父亲经历了祖父和他所在时代的故事，他用理性战胜了骨子里祖先的莽撞和自我私欲的膨胀，和着时代的步伐前行。但是烙在他身上“土司子孙”的身份让他小心翼翼，唯恐一触即发。他的敏感让他付出了代价，被当作逃兵，土改时被定为地主，文化大革命被划为牛鬼蛇神。站在宏观的角度，这其实是中国历史前行的足迹。我的父亲就是从这段历史隧道里走出来的典型。“在我的记忆中，父亲沉默寡言，很少说话，但他的骨子里却有一种令人敬畏的威严”，这是时代和祖先的遗传混血的结果。一直到父亲带领乡民走上了致富的道路，把时代和土司子孙的胆识恰到好处地放在了一个支点。土司的骨血在，可是那种肆无忌惮的个人主义却慢慢在时代的演变中被规范和制约，正好说明了时代进步中文明取代野蛮的进程，这需要对历史的解读，是多少人用血的代价换来的。

4. 我在地主狗崽子的呼声和屈辱中长大，祖先的身份像一座大山一样压得我喘不过气来。不是我的错，却要我用生命去承受，这正是历史给我的启示和思考。阴差阳错地将那些心术不正的人推上了人生舞台做主角，我只能眼睁睁地做观众。我不服气，我不甘心，又怎能抵得住“苗正根红”的历史内涵呢。爱情的力量也曾使我热血沸腾，可我终究不能与时代对抗，在被压抑的个性面前，我一步步走向了自闭。这样的历史，葬送的不只是一个“王世文”，而是千千万万像他一样的有为青年。我有着祖先的倔强，也有着时代青年的活跃，可是特殊的历史面前，我的呐喊随风而去。在沉默的对抗中，我有的是自暴自弃，是随波逐流和与世无争。黑白颠倒中看着那些畸形的心理膨胀，这样的历史背景下，中国就和主人公的心理一样，去向何方？年少时的恋人英子自杀，儿时的同学王少卫溺水，而胸无点墨的王少红却走向了教育局局长的位子，这无疑是对中国现状的嘲笑和讽刺。不能以伪善迎合时代，那就只有被时代排除。而王少红的叔叔王世红的凄惨死相也昭示了祸福相依的道理。是啊，人终有一死，或背骂名，或流芳千古。我的出路在哪里，我终于在极度崩溃时做了傻事，在看守所里重走心路。我不甘于现状，因为我是土司的子孙，但我更是这个时代的子孙。

作者由于故事情节的需要，把中国历史的每个时期点到为止，但通过人物命运的发展，读者不得不深思。经历过的人会产共鸣，没有经历过的人会激发想象和探究历史，也许这是这部小说给我们的另外一种体会。

三、浓郁的地方特色和专题化的研究在普遍性与特殊性的相扶相携中提升小说的主旨，贯穿土司及其子孙的灵魂跃然纸上。

在这部小说中，作者运用的语言具有浓郁的地方特色，加之对当地藏传佛教的专题化研究，为小说增添了一种独特的艺术魅力，很好地还原了当地人文风俗，为读者了解西番庄土司子孙们奠定了基础。同时对生存环境、人们的思想意识做了深层次的挖掘和解读，使读者真正了解土司和子孙们的生活渊源，了解了活佛的生活，他们也是普通人，只是比普通人更加睿智和自制。

1. 方言彰显了地方文化特色。比如："杂和、亮豁、屎跑牛、闪闪窖、氿、吊巴郎……"还有许多这样的方言，读来使人感同身受，也是人物性格活跃在特有的环境中，大大提升了读者的阅读兴趣。还有一些地方风俗，比如孩子经常生病，大人们就讲迷信叫魂："文儿，保（谐音）怕，渴了喝来，饿了吃来。"这些耳熟能详的地方习俗仿佛就发生在昨天，同时也穿插了一些临夏花儿的曲调，更让人开了眼界。细读这篇小说，可以学到许多甘肃地方方言，俗语处处皆是。从某种意义上说，是对甘肃的一些将消失的方言和已经消失方言的挖掘和拯救。恰恰就是这些土生土长的语言，塑造了一个个活生生的具有地方特色的人物。让读者在惊心动魄中阅读的同时，恰到好处地了解了甘肃的人文特色。在用语言营造了这样的生存环境后，为人物的心理活动和行为就找到了出处。俗话说"一方水土养一方人"，阿寅老师笔下的这方"水土"正好就为土司及其子孙们的生生不息拓展了时空，将鲜为人知的地方历史浓缩于几个人物命运的交织中，让人感慨不已。

2. 对地方人文历史进行了还原，让读者在大环境下理解人物命运。比如：土司时代怎么对待"出轨"的女人；在相对落后的西部农村，民众根深蒂固的信仰，将活人做祭品；在描写活佛的心理活动时，让读者看到了活佛的来历和真实的生活。这源于作者对历史史料的剖析和把握，从专题的研究过渡到具有文学色彩的小说，在极具说服力的同时深深地吸引了读者，也是整部小说的内涵丰润悠远的特点，充分调动了读者的感官，留下了思考的空间。虽然小说读完了，可是读者的思考一直在继续。

四、作者张弛有度的表现手法使读者在感知与想象中恰到好处的倾听了土司和他的子孙们在历史起伏中的命运变奏曲。

1. 读完整部小说，我想到的是作者写文时的干净利落和不露痕迹。小说以章节的形式呈献给读者，每一章看似独立，其实有着千丝万缕的联系，但作者的描述不拖泥带水，阳刚之气浑然天成。每章收笔恰到好处，给人以写的是文字，韵味和功夫却在文字外的感觉，让人展开想象的翅膀，衍生出许多“假如”，可是读者的“假如”总被作者的另一番天地覆盖，情理之中，预料之外，引人入胜，欲罢不能。

2. 以主人公“我”贯穿整部小说的始终，衔接过渡不知不觉，彰显了作者的文字功底，拿捏恰到好处，堪称大手笔，以小见大，由近极远。虽然整部小说跨度大，时间久，可是经过作者的精心处理，于经纬交织中把土司及其子孙的命运完整地呈现给了读者。尤其是恰到好处地运用富有地方特色的语言，使小说凸显了与众不同的风格，将西部的地方历史演绎得淋漓尽致。

总之，通过看这部踏踏实实的小说，我学到了很多知识，令人耳目一新。但是主人公表现出的一些宿命的行为我不推崇。

我的精彩我做主
——读《痛并快乐着》有感

年初，白岩松老师的《痛并快乐着》在我断断续续的阅读中画上了句号，掩卷之时，文字彻底从视野中消失，思考却一直在持续。他把自己的成长用一颗颗文字铺成或蜿蜒或笔直的路，路上有阳光、阴霾、疾呼、忘情、挣扎……一场与文字的相遇在这条路上缩短距离时，内心强烈的共鸣便泛滥成七个字的世界——我的精彩我做主。

一个人的成长注满了自我意识的觉醒，生命的历程就充满了欢乐和痛苦的PK，也许这种说法有点绝对，可我别无选择。回望他走过的路，起初的青涩和挣扎从步出北大校门的那一刻便开始在心里发芽，看得见摸得着的成长一路翻卷而来。是的，男子汉的锋芒毕露，没有矫情和无奈，铮铮脚步踩碎的是内心的忐忑，吵醒的是对明天信心十足的拼搏。他把感悟完完整整地呈现给读者，他做的只是他的分内之事和想做的事。当职业与事业很好地平衡在生命的历程中，持续的热情和思考将这份平衡保持得丝毫不差。从这个角度说，他是幸运的。而从中衍生的思考只是事业的浓缩，点点星光在黑夜里执着地引领他走向未知的前程，坦然中有一份不为人知的焦虑，于是他变成了在牛角尖上的舞者，孤独、惊险而又自我封闭。即使如此，这份独到的感悟，是他眼里的风景，更是他负面的精彩。有了极致的体验，就有极致的行为。人生的坐标系里，他终于把自己定位在多维空间奔跑。在学者导师面前，他是记者又是学生；在职业上他是主持人又是评论家；在世俗里，他是严肃的思考着，又是不缺乏爱心的布道者；在个人意识里，他是名人又是眷恋人间烟火的俗人……就这样他的形象在文字的交替中变幻莫测。是的，善于思考中前行的人总是富有不确定性，但这种不确定性总在自我精彩的峰谷中波动，从没有偏离过，足以。

事实报道中，中国的前行就在他嘴巴的一张一合中呈现于方寸。随着阅读地渐进，我为他工作中遇到的难题握拳，也为他化险为夷，圆满完成任务时在内心欢呼。可贵的是，他每次都能把经历过的成功失败在背景音乐的催化下，提炼、反思，果断地化作文字，贮存在走过的脚印里。回望身后，工作的喜怒哀乐清晰而又大气。与其说是他的感悟，还不如说是时代的感悟，毕竟现实中能用自我思维勾画现实的人很少，况且很多人总是在象牙塔里自得其乐呢？此刻，我觉得白岩松身上责任很大。走在刀尖上，是福是祸那是小我的事，可这并没有影响他的个性和情绪，而是一如既往地做事说话，可以给沉醉的、麻痹的有些人一点波澜。正是他这种一分为二的工作态度和执着的人生理念，使他的骨干和魁梧跃然荧屏与文字。隐隐约约中，他在文字里奔涌的血液沸腾了，可是闪烁其词的挣扎又让人少了一份淋漓尽致的酣畅。这里的痛苦和精彩也许旁人无法言说，只有他自己在柔和的灯光下，在古典音乐的陪伴下，慢慢地慢慢地和鲁迅先生交谈了。

其实，一个人的外在多么强大或者卑微，他都需要一段安静的时光阅读自我。无字书胜有字书，因为安静能给我们的思维更多驰骋的空间。白岩松也不例外，抛开外界的喧嚣，阅读、足球、音乐伴着灵魂飞翔。与其说是逃离现实，还不如说是为了面对更为心动的现实，他的心动需要代价，因为他以自己的方式博得了人们的褒贬。无比柔弱的时刻，内蒙古的大草原，家乡的亲情便在心里升腾。生命的呼唤里，让他一次次回归本我的意识。看他把自己调侃得体无完肤，那是绝对的想往反面的佐证。儿子，终于给了他最高的奖赏，从此在这种完美的生命接力中，他的视野更加宽了，他体验的内涵更加丰富了，我慨叹一个回归的他，依然还有那么多深藏不露的棱角。

磕磕绊绊中一路走来，中国的发展在他个人的身上留下了痕迹，曲折中有前进。其实，每个人身上都有这样的痕迹，只是我们拂去尘埃的同时也把这样的痕迹抹去了，生活一直在继续，痛并快乐着就一直会延续，他是这样，我们每个人亦是如此。是的，梦想只是惯性生活的点缀，但我们不能没有梦想。生活无论以多么严肃或滑稽的面孔示人，有了梦想，我们才会有一对浪漫的翅膀，精彩也许就在梦起飞的那一刻。无论晴天雨天，我的精彩我做主吧！

一部史话一扇窗
——读《河口史话》有感

看小说，起伏跌宕的情节让人不忍释卷；看散文，唯美和缓的节奏让人紧紧追随；看诗歌，文字后面的世界让人浮想联翩。而看史话，没有紧张的节奏，没有唯美的意境，没有诗意的陪伴，只有一些实实在在的文字，记载着曾经发生过的实实在在的事。周末的下午，信手间我又一次邂逅了毛祖军主编的《河口史话》。时光里总有一些相遇撩拨人心，《河口史话》用她的过往轻而易举地俘获了我的思维。我随文字穿越河口古镇历史，目力所及禁不住长叹——一部史话一扇窗！

和着暖暖的阳光，我舍不得丢掉一个字。因为一段段记述，已超越了文字本身的内涵，是河口人，也是西固人一步一个脚印踩出来的时光印记。深深浅浅，断断续续，一直向前。河口作为丝绸之路中线的“金城西大站口”之一，为中西方的经济文化交流发挥了重要的作用；了解了“羊皮筏子赛军舰”的历史典故，从无知的调侃中重新定位了兰州羊皮筏子曾经在水上运输中的重要地位；了解了兰州白兰瓜的渊源；了解了河口教育从清代的“三门义学”到现在的教育历史；了解了文物民俗在河口的演变；知道了河口张氏文化的源远流长。河口骄子遍布全国，从保家卫士张延龄到多才多艺的张连英，无不编织着河口张氏的脊梁……人一旦把根扎在历史的土壤，汲取的营养就会让思维更开阔，想象更高远。此刻，黄河水依旧滔滔而下，但内心的归属感让我在古镇遗韵的畅想里对生活的认知多了一些厚重，少了一些懵懂。一点出神入化的笔墨，需要书写者无数心血的打磨；一段撼人心魄的历史，需要无数人用肩扛起的责任；一个黄昏，也不只是老树昏鸦的天堂，更是一部史话与一颗心的两情相悦。是的，我唯有拜读，才会从颗颗文字里读懂一种流动的精神。

对我这个地道的西固人而言，最能产生共鸣的还是“民俗乡韵”这部分。书中记述：在方言发音中，河口方言是由山东方言、宁夏方言和青海方言杂汇而来。声母混读，zcsjqx混读为zcs。没有卷舌音，不分前后鼻音，字的异读等较为严重。方言词汇大部分与普通话一致，但也有少部分是地方性词汇。如：陌生人河口人叫“诧人”，软弱无能的人统称为“囊尕”，发辫叫“顶鞑子”，干了麻烦事叫“戳祸”，不尊重他人的举动叫“敦摔”……记得有一则笑话，说的是河口人过年时大清早招呼亲戚的吆喝声，普通话是“亲戚们哪，起，起一个洗一个。”而河口话说出来是“亲次们哪，次，次一个死一个。”至今想起来还令人捧腹。至于河口饮食、饮酒的一些礼俗，民俗节日，民间忌讳等，和西固人乃至老兰州人的做法大同小异。但河口人“打醮还愿”的习俗别具一格。书中记述：“打醮还愿”是道教信徒设坛祭酒，以求国泰民安、风调雨顺、五谷丰收的一种宗教形式。“打醮”是集文化、历史、音乐、舞蹈、武术为一体的带有宗教色彩的民间文化活动。由法师从事这项活动，有的叫“跳法师”，有的叫“神鼓舞”，还有“文唱、舞跳”之说。法师皆系男性，且又是祖传世授，以务农为主等。“打醮还愿”活动一般在每年二月二开庙门、三月三踏青苗、四月八行水会、五月端阳看庄稼、九月九关庙门时举行。活动中一般有“击”、“唱”、“跳”等形式。活动的全过程也叫“喜神”，有酬谢众神护佑，一方民众安康、和睦友好之意。“打醮还愿”活动起源于秦朝，盛行于明清两朝，也是在这时候传入河口地区的。书中还有许多内容隐含一定的历史价值，有待于感性兴趣的朋友进一步挖掘。

掩卷之时，凝视《河口史话》的封面，张氏祠堂的飞檐，在风雨的洗礼中斑驳而又大气，在沉静中见证历史过往。书只是一个承载，但它蕴含的文字却是会说话的精灵。你看，它在那里，朴素醇厚；你不看，它也在那里，不急不躁。但透过《河口史话》这扇窗，却是人们了解河口，了解西固，了解老兰州的最好渠道。它的可读性、历史性和借鉴性是置身本土的人不得不叹服的。

时光里的守望者

——读邱志林《旷世绝恋》有感

同事的母亲说：“人勤天下无难事!”说者无意，听者有心。就这七个字将人与事，尤其是人与难事的关系表述得十分清楚。只要做生活的有心人，勤于观察，善于积累，生活总会给你一份惊喜。陕西宝鸡市作家邱志林老师就是这样一位勤劳的人，将心灵与生活的脚印交相辉映的人。捧读他的心血之作《旷世之恋》，不说是夜以继日，也是心心念念地想着抽时间看完了。全书5个中篇小说，12个短篇小说，11篇散文，总体贴近生活，就像我眼前的大山一样瓷实而久远。所有的小说和散文用朴素的文字把那段时光里的刻骨铭心洋洋洒洒地呈现在我的眼前，又用生动俏皮的俗语谚语加深了我对文中事件的理解，让我这个晚辈不知不觉邂逅那年那月那人那事。是啊，他用笔犁开了散发着浓郁生活味的年代，又在文字里风雨跋涉，一年又一年伫立在生活的田间地头，守望一段平凡的时光，守望一次旷世的相恋，守望感恩的脚步敲响心坎，守望一次次心灵挣扎里良心的复苏。此刻，映入眼帘的文字催促着思维，我便与这位时光里的守望者对话了。

朴素的文字，传递着不平凡的情怀，将读者引渡到心灵纯洁的彼岸。在《迟开的雪莲花》中，邱老师诠释了苦难并不可怕，可怕的是没有觉醒的大众意识。主人公欢林失去了父母，但有砸断骨头连着筋的兄弟，可他最终还是在风雨飘摇中拥着自己的童年出走他乡，在砖厂老刘的照料下，成了一名能自食其力的孩子。当他用歌声化解命运的枯燥之时，老天却意外地青睐了这个被生活推来搡去的少年，给了他一根救命的稻草。经过一次次的选拔，他终于成了音乐学院的学生。苦尽甘来之时，他又意外地邂逅了昔日恋人。事业有成，家庭美满，世俗的媚态又一次流淌在邱老师的笔下，也许这才是浸泡我们心灵的现实。老师的笔触就这么直爽，能进能出，站在先生的文字外观望，何去何从，给读者一个通灵大道，我懂！《旷世绝恋》决绝地击毁了人们物欲横流下对情感的诋毁，真情真意的叙述，水到渠成的自然，让我的心随着主人公起伏不定。当时代的狂澜将这段感情无情斩断时，绝望中让人内心活泼，失落中让人有一份希冀。生活的演绎把现实一页一页翻过时，河边的邂逅注定了这段恋情的旷世之绝。此刻邱老师的宗教情缘也在文字里忽隐忽现，宿命地灌溉里有自己的信仰。我很费解两具尸首的分合，但我理解老先生的情怀，生不能做夫妻，死也要携手共赴黄泉路的圆满。逝者安息，生者自强才是给我们最好的讯息。假如你还徘徊在情感纠葛的漩涡中，假如你还为情感与物质之间艰难抉择时，看看《旷世绝恋》，你会为自己的情感找到出路。《无法删除的定格画面》却又用感恩的心将人民子弟兵的情怀诠释得淋漓尽致。大恩不言谢，主人公只能用自己对社会的付出回报母女的救命之恩。“爱出者爱返，福往者福来”莫过于此吧！《天眼难遮》用反例暴露了人性的险恶所铺就的心灵扭曲之路。惊醒之时，反躬自问：为人子女，我们到底应该怎么做人，这也许才是文字背后的真意吧。

《一个监理的辞职报告》却用血淋淋的现实，大桥的垮塌，偷工减料者牟取暴利，将一个监理的良心和职责撕得粉碎。万般无奈的监理只能在极度的苦恼中写下了辞职报告，主人公暂时逃避了现实的折磨。可是他辞职背后的隐患却留给了读者无限的思考，也许明天这样的事就会发生在你我身边，现实就是现实，我为老先生大义凛然的构思喝彩。这也更要引起现在主管部门的深度思考才是最终的目的，具有十分重要的现实意义。

邱老师的文字就是这样沉静，但又处处隐匿着惊涛骇浪。只有把生活嚼碎了，消化了，吸收了，蜕变了才会产生粒粒文字，敲击的不只是时光，还有对现实的叩问和心灵的洗涤。当这些中长篇小说在我眼前翻卷成生活画面时，我也认识到了文字来源于生活，但又高于生活的真正内涵。其实我们每个人的生活又何尝不是一部精彩的长篇小说呢，可是又有几人能以守望者的姿势恪守对文字的虔诚边走边俯身捡拾呢？邱老师不畏风雨的守望，终于捡得了生活馈赠于他的舍利。闪亮的不只是他的眼，还端正了像我这样懵懂前行者的心灵之路。

他琐碎的文字，堆砌着生活的真谛，让人们麻木的意识清醒地栖居。看完邱老师的这部作品，我另外一个感觉就是“生活原来可以这么过啊！”一个人是不是圆滑，从他的言谈中一览无余，而邱老师的文字就和他人一样，善良而又直率。娓娓漫谈中，让人觉得事情本不该这样。但人心不古时，有些事的发展就会拐弯，从简单走向复杂，从明了清晰走向扑朔迷离。《大山里的都市人》让人忍俊不禁，又多了一份思考，人一旦失去了生存的土壤，那再好的阳光雨露，也浇灌不出一幅如花的笑颜，各得其所吧。一件件看似很小的事，总蕴含着纹理清晰的伦理道德。慢读中一点点地在我骨子发酵，生活的百态中筛选出了一颗颗粒大饱满的精神食粮。什么该做，什么不该做，一目了然。邱老师的散文创作中，折射出的是他对自己生活过往的感悟，对生活感恩感激溢于言表。人一旦满足了，那什么时候都是最幸福的。他的幸福生活就随着他细碎的文字一点点流淌，从青年到中年，从中年到老年。不张扬，不激越，但又把一个作者内心的呢喃付诸钟爱的文字，传递给每位读者。当这个信号传达之时，友谊的金贵，爱情的甜蜜，亲情的滋润，把一个一路充满艰辛，但又心怀感恩的可爱之人的形象在纸上勾勒得栩栩如生。此刻，我看到的不只是他照片上的慈祥与睿智，更多的是文字传递给我的大义情怀。

掩卷之时，我轻轻呼唤思绪的归来。写文需要什么，我觉得有这样的情怀挺好！对于邱老师的《旷世之恋》，我还有许多没有咀嚼的细微深意，有待其他读者捧读之时再次领略，相信会有不一样的风景在心中漾起。

把日子过活
——读《税务局，让我拿什么奉献你》有感

读完张柏青老师的《税务局，让我拿什么奉献你》，七滋八味随着颗颗文字敲打我逼仄的思维。走在生命风景的旅途中，有人裹在传统窠臼里张望，声声叹息淹没了羸弱的自信，扼腕中把自己交给了宿命；有些人站在自我的风口浪尖弄潮，不慎失足，一蹶不振，埋怨纠结中风化；有些人却能接受机遇的馈赠，享受生活工作的百感交集，把感恩写满寻常的日子。《税》中偏偏命运不按常理出牌，张柏青老师却用信念在倔强中构筑希望，他就是他。他的文字，引燃了我对“活”的浅尝，因为他把日子过活了。

中国著名美学家、文艺理论家朱光潜在《谈文学》一书中写道：文学作品之成为文学作品，在能写出具体的境界，生动的人物和深刻的精致。不但要能满足人的理智，尤其是要感动心灵。《税》中，张老师不温不火地娓娓道来，见字如面，只是少杯茶而已。他用理智的文字，引领一个个十字路口的脚步迈开，这远比空洞的说教、廉价的抒情外壳来得实惠。假如白岩松在《痛并快乐中》把自己的成长用一颗颗文字铺成心灵之路，用中年人的思维与一场文字相遇，涂写了励志的画面。那张老师就用花甲的沉稳将工作生活的负重当成一种鞭策，长驱直入地驰骋于自己钟爱的文字世界，涂写的却是爱我所爱的人性理想。四个俗字“乐此不疲”也许会使他负重的感觉轻一些，再轻一些。人一旦朝着既定的目标一如既往，那困难还是困难吗？其实生活本就是一种状态，如

何使这样的状态和缓而有序，那就要看支配者的经营方式。纹理明晰中张老师用思想把生活的赋予或煎或煮或炸，个中滋味就是缥缈在文字背后的那一缕缕炊烟，我远观却也能闻出柴米油盐的味道。

岁月是一把刻刀，让他的棱角越发分明，身后深深浅浅的脚印里盛满了寒来暑往，一个安心踏实的税务工作者的形象在我的视线里越来越清晰。他说："人是很奇怪的，有时自己也猜不到自己的心事。"精神分析学家弗洛伊德对于人格结构进行分析时所提出的本我、自我、超我，在张老师身上可见一斑。本我和自我厮杀的主战场上，他终于让自我升华成超我。在超我奔走的路上，携着挚爱的文字越走越远，用厚重彰显人格的魅力，把性情中人的一腔过往沉淀、沉淀，直到无法承受，然后重重地埋在了《税》中发酵，我闻到了诱人的醇香，愈久愈醉。

穿越四季轮回，谁的身上不留痕迹，只是我们拂去尘埃的同时无意间抹去了，把生活的感悟和着情感垃圾倒进了时光的粉碎机。但他却将自己的顿悟串成岁月里亮丽的风景线。"我说，是我还活着，还能继续做点好事!"做好事成了他生活的惯性点缀。是啊，生活无论以多么严肃或滑稽的面孔示人，有了梦想，我们才会有一对浪漫的翅膀。英国诗人华兹华斯说："一个诗人不仅要创造作品，还要创造能欣赏那种作品的趣味。"那我们的生活又何尝不是这样呢?我们不仅要学会创造生活，还要创造欣赏这种生活的趣味，张老师如是。他把生活的热情揉进自己渐行渐远的背影，把生活的趣味展现在《税》中，你说我说任由大家评说。

"生命像捧在手里的水，尽管我十指并拢，水还是一滴滴地渗漏，这是谁也挡不住的丧失。"他这些诗意的语言风采飞扬，多多少少有点无奈的对峙。令人振奋的是他很快走出了独舞的暗夜，破茧成蝶后的世界里有齐老的画作，有萨马兰奇的对话……老骥伏枥，我想是他成就了文字还是文字成就了他？都不是，是他的呐喊庇护了流浪的心。我鼓掌，令人猝不及防的是命运，而令命运猝不及防的是人的心灵。花甲的他把日子过活了，我还有什么理由在原地徘徊呢。

饱览俗世的激荡轰烈，生命的长度无从把握，宽度和深度却能突破。辍笔，顺祝张老师健康快乐!

不要让认知盲点阻碍你成为优秀的人
——读《为什么聪明人也犯傻》感悟

《为什么聪明人也犯傻》是美国人玛德莲·赫克著，蔺秀云、徐守森译的心理学书籍。从司空见惯的领域诠释了我们日常生活工作中因为认知领域的盲点而造成的思维上的局限和做事上的尴尬。我觉得这本书不失为想突破与提升自己，又找不到有效途径的人们进行阅读的好书。

我坚信风平浪静时，我是聪明人，可是生活工作中每天依然有很多波澜起伏要面对。安静时，我会为做过的有些事，说过的有些话感到遗憾或后悔，但世上没有后悔药。为了避免这种遗憾铺满心路，造成纠结的心理，那就要依据可循的规律，找到解决的方法。的确，为什么聪明人也犯傻呢？那只是因为我的认知里有盲点，就像汽车后视镜的盲区一样，这种盲点已经融入了我的思维，顽固地成为思维的一部分。而这种心理上的盲点能解释我经常被视作“愚蠢”的绝大多数行为。恰好此书凝练出了十个方面，详尽地阐述了我们生活工作中的一些现象，揭示了产生表象的盲点及解决策略，我觉得以下三方面更接近我们的实际。

一、冲动是魔鬼——因为我无法停下来思考。

主要策略是：1.面对别人，当我情绪波动时，意味着思考的时机到了。让危机中的情绪作为暂停信号，以免说出不该说的话，做出不该做的事。2.在压力情境下赢得更多时间，越有压力越要思考，这样可以减少我们草率做出决定的概率。3.日常工作或生活中给自己留白，营造一片属于自己心灵的乐土，静静地思考，这样可以打破乏味的沉寂。假如我是游在水里的鱼，阶段性地跳出水面，这样才能看清楚自己到底在什么样的水里游泳。可见无论何时，思考对于我们做好事，抑或是使事情向好的方向发展提供了可能。

二、最大的敌人是自己——原来看清自己这么难。

一方面，我承认看清自己的确很难；另一方面，当别人表现出类似的问题时，我仍然会表现出不理解的震惊。此外，当我偶尔对自己认识得更清楚时，也会表现得很惊讶。主要策略：1.利用“偶然性”觉察。有时，我会偶然发现自己的某些特点，比如和他人交流时，我们会注意到他人无意识地映照出了自己。比如自己的孩子，比如自己的学生。2.获得其他老师的反馈。既然他人能比我们更清楚地看到自己的特点，那么他人就是潜在的有价值的信息来源。从别人那里，我能得到有关自己待人处世的信息。这样我做事的方法就会越来越符合实际。3.核查自我信念。除了更清楚地认识“外在我”外，如果我想加深自我意识，更清楚地了解自己，就应该弄清楚我秉承的自我信念，即我是什么样的人。4.检查你的“是的，但是……”，当我说出“是的，但是……”时，这可能就是自己无能为力的表现。根本做不了，时间太紧张……你可以填写这个空白。这就是没做事之前的自我设限，给自己心灵一道难以逾越的门槛，造成思维障碍。因此，只有认真地看清楚自己，才能从理念上、人格上、做事的方法上日益完善。

三、不同的视角——自己的视角永远存在偏见。

我常会听到这样的抱怨，“我永远都搞不懂他。为什么他会那么做？根本就是不可理喻！他们怎么能那么想？我真的不明白。”等等。当做出类似的评论时，经常暗示着被我评价的人一定做了蠢事。但是，如果我真是对他人思维或行为的原因完全不理解，那么一定是我们自己存在盲点。主要的策略：1.倾听“愚蠢”的判断。通过权衡你一定能找到合理清除自己认知盲点的理由。我觉得这句话说得很有道理，如果你没有经历过别人所经历的事情，就不要去评判一个人的行为，从而避免用我们的思维绑架别人行为的做法。2.真正倾听鲜活的故事。比如倾听别人的故事。因为有些事对于我是针尖大的事，而对于别人却是天大的事。视角不同，对事情的认知程度也不同。3.使用模拟练习和艺术作品来体验不熟悉的世界。这就是为什么我们要进行一些拓展性训练，因为它其实包含了很多心理学原理的。为什么要看一些经典著作，看一些经典电影，为什么有些故事很吸引你，那是因为你的内心和故事情节发生了共鸣，慢慢你对世界也就产生了善良的理解。《天才在左，疯子在右》里阐述了这样一段话：我走在人群中，大人们说高楼大厦很漂亮，眼前的风景很漂亮，可是我看到的却是很多的腿和鞋子……这就是角度偏差，我们一定要倾听孩子的声音，也要倾听大人的声音。

看完这本书，你会从思维深处产生思考，尽可能多地扫除自己认知上的盲点。在认清自己的同时，也会从理解别人的角度看问题，原来很多问题的认知上，并不是别人错了，而是自己走入思维盲区罢了。此刻，平常很感性的我，也被书中的文字打造得理性十足。此刻，当我再次走进阳光明媚的春天，我所遇到的人更美了，事更顺了，花花草草更加生机勃勃了。置身思维之外，我默默地对自己说——这也太可怕了！这就是《为什么聪明人也犯傻》真正的魅力之所在吧。

《一壶老酒》愈久弥香

有一种温暖不适合说出来，我只在心里珍藏着，一旦说出来，就显得俗气；有的人我不必对他说感谢，因为谢字一出口，就很见外；有一种情愫一直在心里埋藏着，随时光发酵，愈久弥香。

温暖伴我，不觉时光薄凉；有人牵挂，心不再逼仄；无以名状的情愫埋藏，总有一天会被挖掘，但我不知道被挖掘的方式是什么，可是这一天迟早会来临。

《一壶老酒》就是集温暖、牵挂于字里行间，将内心情愫深深提炼的一首歌。

第一次听这首歌是在KTV里，一位女同事唱的，她的高音让我望而却步，但始终还没有唱出情感的最高境界。因为和大家聊天，当我听到时，多少有点触动，但很快被喧嚣和调侃淹没掉了。我记着下来要找这首歌好好听听，可这记性真的靠不住了。与其说是记性不好了，还不如说没有真正打动我。

第二次听这首歌是在刘家峡，一位张掖书友唱的。大庭广众之下，他唱得那么投入，那么深情。等安静下来，他唱的那个曲调一直在我耳畔盘旋，我也随口哼着，哼着哼着就动真感情了。一幅幅生动的画面在我眼前浮现着，有时还会让我眼热。

“喝一壶老酒/让我回回头”，此句一出，便把一位离家打拼的游子呈现在了大家眼前。无论他帅气、粗狂还是单薄，但那份频频回头的不舍和对家乡亲人的眷恋就跃然纸上了。好歌总让人期待，我期待他回头的刹那看到了什么，又有怎样的事情发生。

“回头啊望见/妈妈的泪在流”，这是怎样的一种生动。谁与母亲的离别中没有这样的画面呢。记得我高中时住校，每次回学校的时候，母亲总是站在隔着一条铁路、一条马路还有一片田地的土堆旁看着我，直到我坐上公交车消失在她的视线里为止。

只可惜那时候等一辆公交车要等的时间太长了，有时候半小时，有时候四五十分钟，我等多长时间，母亲就会在土堆旁站多长时间。无论春夏秋冬，我习惯了，母亲也习惯了。有时候，我老远给她招招手，让她回去，可她依旧站在那里。这样的镜头，就在我听到这句歌词的时候，清晰地浮现在了眼前。

“每一次我离家走/妈妈送儿出家门口/每一回我离家走/一步三回头”这几句歌词的反复里，让这样的镜头忽明忽暗地出现着，一个出门在外的游子不舍而又无奈，无奈而又不舍。人生有时候需要抉择，但是做出什么样的抉择，就得承受什么样的感情波折，一步三回头也就在所难免。

“喝一壶老酒/醉上我心头/浓郁的香味儿/再也喝不够”，这里浓郁的香味儿，我隐隐觉得是家的味道，有家的人心灵才有归宿。再也喝不够，是对家的依恋和向往，还没有走出家门，出门在外的心酸就和家里的温暖形成了强烈的对比。浓郁的香味儿，是一根长长的风筝线，无论游子走得多远，飞得多高，家的味道永远渗透在骨子里，涌动在血脉里。

“每一次你千叮咛/妈妈你拉着儿的手/每一回你万嘱咐/儿在心中留”，离别时的难舍难分，离别时的痛彻心扉，就在妈妈的千叮咛和万嘱咐里，留在了儿心中。未来无论多大的风霜雨雪，都会被千叮咛万嘱咐抵御在心房之外，成了游子最有力的情感武器，让他在忍耐的路上成就自己的梦想。

“喝上这壶老酒啊/让我回回头/回头啊望见/妈妈你还招手/一年年都这样过/一道道皱纹爬上你的头/一辈辈就这样走/春夏冬和秋”当所有的情感铺垫做足之后，游子依旧喝酒，依旧回头望，妈妈还在招手，他要用一种方式来说服自己。一年年都是这么过的，一辈辈都是这么走的，我也只能这样走出去，才能走出一片属于自己的天地。眼睁睁地看着皱纹爬上妈妈的头，就算是为了藏满故事的皱纹，此刻只能继续前行了。

“喝上这壶老酒啊/我壮志未酬/喝上这壶老酒/忠孝两难求/喝上这壶/老酒那是妈妈你酿的酒/千折百回不回首啊/我大步地往前走啊”，这几句歌词，一下子把一个沉迷于个人情感纠结的游子形象高高树立起来。

喝了一壶老酒，装上了妈妈的叮咛和嘱咐，看过了父辈走过的路，游子将怀揣着未酬的壮志，告诉自己，抉择的时刻到了。既然忠孝不能两全，那就舍小家顾大家。再喝一口妈妈酿的酒，抛开忧愁，大步往前走。至此，歌声戛然而止，把整首歌推向了高潮，把听众的情绪调动到高昂的状态。

此刻，听众只能在慢慢的回味里，一点一点回归现实。也许就在情感回归的路上，每个人都把自己放到了歌词所呈现的角色里，音乐泛起的波涛里不能自拔，一幅幅画面在心头掠过时，无数个人故事就在歌声里演绎出来了。

后　记

对任何人来说，第一，都有着不同寻常的意义。

《眷恋这样的时光》是我的第一本散文集，有溢出心底的兴奋，更多的是冷静后的反思。因为书中的每一颗文字，都是我用脚步丈量后的真实感悟，不急不躁；也因为我给自己蜗居在不同报纸杂志的文字找到了最温馨的归宿，不胜欢喜。

故乡人文，主要书写兰州市西固区的人文历史。每天，行走在这片土地上，看到的人，做过的事，都能激发我很多灵感。缘聚西固，心向往之。为她发声，让更多的人了解她，成了我一直以来的心愿。于是，或深或浅，或远或近的文字就这么在我不知疲倦的日夜里诞生了，我很珍惜。

亲情时光，是与我的亲人们有关的文字。人，无论你走多远，你茂盛壮大的根系永远在家庭。我的家人们很朴实，但在我疲惫时，总能给我最温暖的呵护。无论是风趣幽默的父母亲，还是心心相印的兄弟姐妹们，都是我最好的加油站，我爱他们。

心路心语，是我一路走来简单思想的汇聚，直白情感的抒发。我生存的世界在我内心种下什么样的种子，我就开出什么样的花，结出什么样的果，无以回报，唯有用文字呢喃。

读书感悟，是我对阅读的一些认识。身体的饥饿可以用不同食物填饱，精神的匮乏只能靠读书弥补。年复一年，日复一日，读书，一直是我心灵的美容液。读到动情处，不免乱涂鸦。

各位师友，在您看到这本散文集里的文字时，虽然我已尽力，在您的慧眼里，一定有瑕疵，还望多提意见和建议，以便我在以后的文字里努力改进。

在此，对以文字质量第一的敦煌文艺出版社表示衷心感谢！对给予我无私帮助的赵武明老师表示衷心感谢！对曾经给我支持和鼓励的师友们表示衷心感谢！

孙菊英

2017年11月